소설

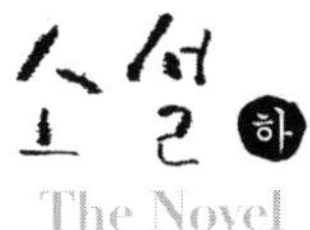

소설 하

The Novel

제임스 A. 미치너 장편소설 윤희기 옮김

THE NOVEL
by JAMES A. MICHENER (1991)

이 책은 실로 꿰매어 제본하는 정통적인 사철 방식으로 만들어졌습니다.
사철 방식으로 제본된 책은 오랫동안 보관해도 손상되지 않습니다.

비평가 칼 스트라이버트
279

독자 제인 갈런드
493

역자 해설
사람들이 사는 세상 — 소설의 세계
623

제임스 A. 미치너 연보
635

비평가 칼 스트라이버트

내가 사십 평생을 살아오면서 그동안 여기저기 썼던 기록들을 하나하나 정리하다 보니 한 가지 욕심이 생겼다. 고등학교도 마치지 못하신 펜실베이니아의 독일계 농부를 부모로 둔 호리호리하고 붉은 머리의 한 메노파 교도의 시골 소년이 어떻게 해서 대학을 우등으로 졸업하고 또 미국 문학 비평가가 되었는지, 그리고 어떻게 해서 문예 창작 학교의 학장이 되고 옥스퍼드 대학의 객원교수가 되었는지, 그동안의 삶의 여정을 설명해 보자는 것이었다. 내 삶이 평탄치 않았던 만큼 그것을 정리해서 말한다는 것 또한 쉬운 일이 아닐 것이다.

메클렌버그 대학에서 문예 창작 고급 과정을 지도한 지도 벌써 10여 년이 흘렀고, 그 사이 내가 가르친 학생들 가운데서 아홉이 직업 작가가 되어 있었다. 이제 내가 가장 아끼면서도 한편으로 가장 못마땅해했던 제니 소어킨이 내년에 키네틱 출판사에서 책을 한 권 펴낼 것이 거의 확실한 만큼 꼭 열 명의 작가를 배출하는 셈이 되었다.

한 문예 동인지에 자신의 첫 소설을 발표한 여자 졸업생

하나가, 아마추어들에게 프로가 되는 길을 알려 주겠다는 취지로 발간된 어떤 잡지에 내 강의에 대한 다음과 같은 글을 기고한 적이 있었다.

그 강의는 한 학기에 수강생이 열네 명을 넘지 않는, 다분히 진지한 학생들만을 위한 강좌였다. 수업이 장장 90분씩 진행되기 때문에 어김없이 한 번씩은 지명을 받기 마련이어서 우리는 항상 준비를 하고 있어야 했다. 우리 여학생들은 그 교수님을 매우 괴상한 사람이라고 생각했다. 아직 미혼이라는데 그 이유도 알 것 같았다. 큰 키에 비쩍 마른 몸, 한 번도 빗질한 적이 없는 듯한 붉은 머리, 그리고 평상시엔 우릴 쳐다보지도 않으시려는 듯 감추고 계시다가 질문을 던져서 우리가 얼마나 멍청한가를 깨닫게 해주실 때만 부릅떠지는 두 눈. 옷차림? 글쎄, 엉망이긴 했지만 그래도 깨끗하기는 했다. 그러나 항상 10년은 뒤쳐진 스타일이었다. 강한 바리톤 목소리는 전혀 예상 못 한 곳에서 음조를 높였고, 여느 교수 같으면 유머 감각을 발휘할 곳에서 짜증내는 기미를 보이셨다. 때로 우리들이 실수를 저지르면 어김없이 조소를 퍼부어 여학생들은 울기까지 했고, 몇몇 남학생들은 그 교수님을 패주고 싶다고까지 하였다. 어떤 축구 선수가 이렇게 말한 적도 있었다. 「정말 한 대 쳤다간 그를 반쪽 낼지도 모를 것 같아 망설였던 거지, 뭐.」

지금은 다른 대학에서 강의를 하고 있는 젊은 친구 하나는 또 이렇게 말했다. 「스트라이버트 교수님에게는 당신들의 결점들을 덮어 줄 수 있는 장점이 하나 있어요. 일단 그분의 강의에 들어가면 그분은 자신이 어떤 행동을 하든 간에 항상 학생들 편이라는 생각을 심어 주죠. 지옥의 문에 들어서건 홍수에 휩쓸리건 그분은 우릴 위해 싸웠고, 또 우리가 작가가 되어야 한다는 점을 분명하게 각인시켜 주셨으며, 우리의 성공을 보장하는 일이라면 무엇이든 하려 하셨던 분이시죠. 제 자리도 그분이 마련해 주신 겁니다. 우리가 그분의 강의에 등록하면 그분은 항상 한 가지 약속을 내거십니다. 〈자, 나하고 한번 해보자. 내가 어떻게 하는지 잘 봐두게.〉 이렇게 말이에요.」

제법 괜찮은 소설을 두 편이나 발표한 또 다른 졸업생은 이렇게 말했다. 「그분의 얼굴을 보면 금방 알 수 있어요. 우리들이 무언가 의미 있는 걸 만들어 내길 바라셨죠. 저는 그분이 우리들에게 마지막 기대를 걸고 있다는 묘한 느낌을 받기도 했어요. 다들 아시겠지만 그분은 소설가가 되기를 원하셨어요. 그런데 비참하게 실패하지 않았습니까? 소설 한 권을 출판했는데, 한마디로 박살 난 거죠. 그 후로는 소설을 쓰지 않으셨어요. 이건 제 생각인데, 그분은 그 후 학생들이 성공하도록 돕는 것이 당신의 삶을 정당화하는 것이라 생각하셨던 것 같아요.」

나는 내가 가르쳤던 학생들이 〈스트라이버트 교수님의 강의를 듣지 못했으면 성공하지 못했을 겁니다〉라고 말할 때 나름대로 내가 해온 일에 대한 긍지를 느낀다. 이렇게 말하면 꼭 내 강의를 들으라고 선전하는 소리로 들릴 수도 있겠지만 사실 그런 건 아니다. 학생들과 면담을 하다 보면 그들은 내가 얼마나 카리스마적인 인물이었는지 ─ 사실은 아니다 ─ 또는 나의 작품 분석이 얼마나 훌륭했는지 따위는 입밖에 꺼내는 법이 없다. 그렇다, 그들은 언제나 이런 말을 한다. 「그분이 우리 강의실 벽에 그려 놓은 커다란 계보도(系譜圖)가 참 독특했어.」 여기에는 그럴 만한 이유가 있다. 장차

운명의 아트레우스家

제우스 ---- 플루토[0]
탄탈로스
오이노마우스[1]
니오베[3] --- m --- 암피온
펠롭스[2] --- m --- 히포다메이아
아트레우스[4] --- m --- 아에로페[5]
크리시포스
티에스테스[6]
프리아모스
틴다레오스 --- m --- 레다
트로이의 헬레네[11]
m
플레이스테네스[8] 아가멤논[9] 메넬라오스
펠로페이아[12] 아들 둘[13] 아이기스토스[14]
카산드라[7]
m
클리타임네스트라[10]
에리고네[19] 알레테스 아이기스토스 2세
펜틸로스
오레스테스[15] 이피게네이아[16] 엘렉트라[17]
헤르미오네[18] --- m --- 네오프톨레모스
티사메노스[20]
에리니에스[21]

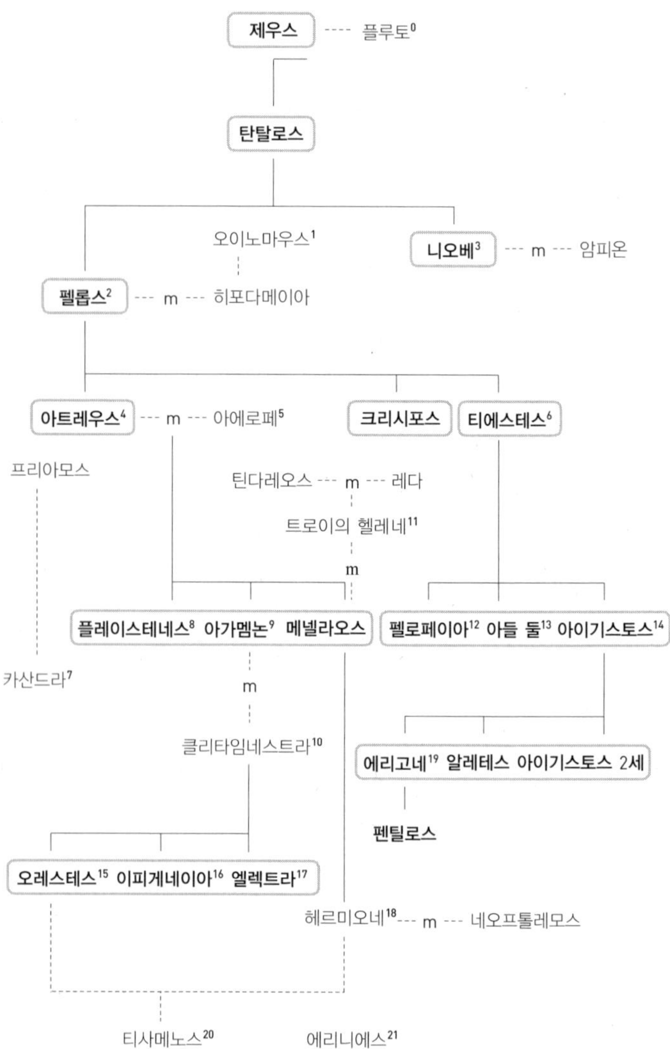

0. 크로노스와 레아 혹은 오케아노스와 테티스 사이에서 태어난 여신.

1. 자기 딸을 향한 근친상간적 욕망 때문에 그녀와 결혼하려는 젊은이를 모두 살해함.

2. 그의 아버지에 의해 산 채로 요리되어 제신들에게 제물로 바쳐짐.

3. 그녀와 아폴론 사이에 태어난 아들들과 아르테미스 사이에서 태어난 딸들인 그녀의 열두 자녀들이 모두 그녀의 면전에서 죽음을 당함.

4. 형제인 티에스테스와 목숨을 건 싸움으로 집안에 저주를 초래함.

5. 티에스테스와 관계를 맺음으로써 형제간의 싸움을 더욱 악화시킴.

6. 아트레우스가 자기 아내의 부정을 복수하기 위해 자신의 아들들을 티에스테스에게 저녁 식사로 제공함.

7. 아가멤논의 살해 당시 클리타임네스트라에 의해 살해됨.

8. 자기 아버지인 아트레우스를 살해하라고 보내지나 도리어 아버지에 의해 죽음을 당함.

9. 아이기스토스와 클리타임네스트라에 의해 살해됨.

10. 애인인 아이기스토스와 함께 남편인 아가멤논을 살해하나 자신의 아들인 오레스테스의 손에 살해됨.

11. 헬레네와 클리타임네스트라는 각자의 형제와 결혼한 사이. 헬레네는 또한 파리스와도 결혼함.

12. 자기 아버지인 티에스테스와 근친상간의 우를 범함. 따라서 그녀는 아이기스토스의 누이이자 어머니임.

13. 이 두 아들은 그들의 아버지인 티에스테스에게 제물로 바쳐짐.

14. 클리타임네스트라를 사랑하게 되어 그녀의 남편인 아가멤논을 살해함.

15. 자기 아버지인 아가멤논의 죽음을 복수하기 위해 어머니인 클리타임네스트라와 어머니의 정부인 아이기스토스를 죽임.

16. 그녀의 아버지가 자신이 타고 갈 배에 순풍이 불도록 그녀를 아울리스에서 제물로 바침.

17. 자신의 어머니인 클리타임네스트라를 살해하는 데 일조를 한 그녀는 결국 미치게 되어 자기 자매인 이피게네이아를 살해하려고 함.

18. 자기 남편이 오레스테스에 의해 살해되자마자 오레스테스와 결혼함.

19. 자신의 형제인 알레테스가 오레스테스에 의해 죽음을 당하는 것을 목격한 후, 오레스테스와 관계를 맺어 아들 하나를 낳음.

20. 오레스테스와 그의 손에 남편을 잃은 헤르미오네 사이에서 난 아들.

21. 죄인들에게 형벌을 가하는 복수의 여신들. 그들은 모친을 살해한 오레스테스를 괴롭힘. 자기 부인을 살해한 남편은 용서할 수 있어도 형제 살해나 부친 살해, 그리고 모친 살해는 절대 용서하지 않음.

작가가 되려는 젊은이들이 그 계보를 암기하고, 그에 대한 모종의 훈련을 마치고 나면 그들은 진정 위대한 책이 무엇인가에 대해 각자의 마음속에 나름대로의 이해를 얻기 때문이다. 한 학생은 이렇게 말했다. 「난 스트라이버트 교수님의 강의를 듣기 전에 소설을 열 편이나 읽었지만 소설 속의 숨겨진 의미를 찾지 못했어. 그런데 그 교수님의 계보도와 씨름하다 보니 알 것 같더라고.」

1983년 크리스마스 이후에 내 강의에 들어온 학생들은 모두 그 계보도에 대해 한마디씩 평을 하였다. 가장 대표적인 것은 메클렌버그 대학과 출판계에서 큰 명성을 얻게 될 티모시 툴이라는 졸업생의 이야기였다. 「작가로서의 나의 삶은 스트라이버트 교수님의 강의실에 앉아 그 경외스러운 계보도를 공부하고 분석하면서 커다란 의미에서 문학이 무엇을 담아 내는가에 대한 깨달음을 얻던 때부터 시작되었다. 그 도표는 삶의 여러 가지 실제적 모습들을 이해하는 데 도움을 주었으며, 또 위대한 작가들이 그러한 삶의 모습들을 어떻게 표현하고 있는지를 알려 주었다.」 또 다른 학생은 이렇게 말했다. 「뚱딴지같은 착상인 듯 보이는 스트라이버트 교수님의 그 계보도를 대학 당국에서는 덧칠을 해서 지워 버리고 싶어했어요. 하지만 그 도표가 어떤 다른 강의들보다도 더 많은 것을 가르쳐 주었던 것 같아요. 강렬하고, 잔인하고, 파렴치하면서도 극적인 인간 행위가 적나라하게 드러나는 세계였지요.」

그러나 이런 일반적인 평에 만족을 못 했는지, 몇 편의 글을 쓰기도 했던 한 기자가 구체적인 질문을 던졌다. 「그럼 구체적으로 말해서, 당신이 작가가 되는 데 그 계보도가 어떤 도움을 주었습니까?」 그러자 한 젊은 친구가 이렇게 설명했다. 「그 교수님은 우리들에게 훈련을 시켰어요. 갑자기 한 학생을 지명하면서 소리치시는 거예요. 〈자넨 17번이야. 여왕인 자네 모친을 내일 살해할 참이야. 자, 그럼 그 운명의 날 새벽 3시에 깨서 혼자 뭐라 말을 한다면 자넨 뭐라고 말하겠나?〉 그러면 그 학생은 자기가 남자라 하더라도 계보도의 17번처럼 여자가 되어 그 여자가 했을 법한 독백을 해야 되는 거지요.」 다시 그 기자가 물었다. 「그래요, 그것도 교수법의 한 방법이겠군요. 그래, 그렇게 해서 배우는 것이 대체 뭐죠?」

그 젊은 친구가 대답했다. 「글을 쓸 때 혈관을 통해 뜨거운 피가 흐른다는 강렬한 의식이 없으면, 그 글에 어떤 중요한 의미가 담길 수 없다는 것이지요. 글쓰기란 곧 신체의 모든 부분을 다 동원해 이루어지는 행위라는 겁니다. 스트라이버트 교수님은 우리들에게 이런 말씀을 하셨죠. 〈주전자의 물이 끓을 때 그 속에 모든 재료를 다 집어넣어야 됩니다. 그렇지 않으면 여러분은 작가가 될 수 없습니다.〉」

작가가 된 한 여자 졸업생은 그 기자에게 이렇게 말했다. 「메클렌버그 대학 당국은 구태여 그 계보도를 지우려고 하지 않았어요. 그런데 훌륭한 루터파 가정에서 자란 일부 여학생들이 들고 일어섰던 거죠. 위대한 문학이 극악스러운 사건으로 가득한 것임은 인정하지만 그래도 그 계보도만은 도덕적인 이유에서 찬성할 수가 없다는 주장이었죠. 스트라이버트 교수님이 이렇게 맞섰다나 봐요. 〈그걸 없애면 나도 나가겠습니다.〉 그래서 그 계보도가 남게 되었죠. 정말 잘된 일이에요. 저도 그 계보도 때문에 길을 찾았거든요.」

내 계보도의 맨 위에는 〈운명의 아트레우스가(家)〉라는 제목이 붙어 있다. 한쪽 벽면을 거의 다 차지할 정도로 크게 그려진 그 복잡한 계보도는 초기 그리스 문학의 중심 축을 이루는 전설적인 그리스 가문에 관한 것이었다. 그 도표에는 제신들의 왕인 제우스와 대지의 여신인 플루토와의 관계를 시작으로 해서 그들 사이에서 태어난 탄탈로스, 그리고 탄탈로스의 아들로 밀턴이 노래했던 인간 펠롭스가 나타난다. 그리고 서로 사이가 매우 소원했던 펠롭스의 아들인 아트레우스와 티에스테스가 나타나는데, 이들의 행위와 감정이 바로 호메로스, 아이스킬로스, 소포클레스, 그리고 에우리피데스를 사로잡았던 비극의 근원이었으며, 또 그 이후 모든 문학의 기초가 되었던 것이다.

또 그다음에는 다음과 같은 운명의 이름들이 등장한다. 아가멤논, 메넬라오스, 클리타임네스트라, 카산드라, 트로이의 헬레네, 오레스테스, 이피게네이아, 엘렉트라 등. 그리고 각 이름 다음에는 0에서 21까지의 붉은색 숫자가 나타나는데, 그 숫자를 통해 학생들은 각 인물들에 얽힌 섬뜩한 비극을 추적할 수가 있었다.

1989년 2월 어느 화요일, 가을 학기가 끝나고 겨울 학기에 내 강의에 들어온 학생들과 첫 번째 모임을 가졌을 때, 나는 문학의 본질적 성격에 관한 입론적인 강의를 시작하였다. 문학이 주로 인간의 감정과 정열을 다루는 것임을 강조한 나는 이렇게 말하였다. 「만일 여러분이 각 인물들이 어떠한 감정에 휩싸여 있는지 상상도 못 하고 또 그런 감정들과 자신의 감정을 일치시켜 어떤 공감도 이루어 내지 못한다면 여러분은 작가가 될 수 없습니다. 그들의 행위가 대단히 가증스럽건, 고귀하건, 자기 희생적이건 혹은 대단히 속되건 간에, 여러분은 스스로를 고무하여 그 인물들의 상황 속에 자신을 위치시켜야 하며, 또 그 인물들의 가슴속에 파고들어야 하는 겁니다.」

이 말이 끝나고 내 계보도를 소개하면서 나는 예의 그 의식을 치르기 시작했다. 즉, 사전에 아무런 설명이나 주의도 주지 않고 장차 작가가 되겠다고 모여든 학생들 가운데 아무나 지목하여 자신을 무시무시한 곤경에 처한 계보도의 인물이라 가정하고 그럴 때 그 인물이 무슨 말을 했겠으며, 혹은 무슨 생각을 했겠는지 낭송해 보라고 시키는 것이었다. 그러면 마치 고대 그리스인들이 등장하는 이야기의 대사를 쓰듯 학생들은 그 인물들이 했을 법한 말이나 머릿속에 품었을 생각을 모두 말로 나타내야 했다. 그날, 내가 첫 번째로 지목한 학생은 이전부터 내가 양면적인 감정을 품고 있었던 한 여학생이었다. 아이오와 대학의 유명한 문예 창작 학교에서 전학 온 그 여학생은 전학 올 당시 썼다는 괜찮은 내용의 소설을 보여 줌으로써 내 마음에 들었던 학생이었다. 그러나 옷차림은 영 맘에 안 들었다. 왜냐하면 그 여학생은 아칸소나 오클라호마라면 재미있다고 생각했을지 몰라도 이곳 메클렌버그에서는 전혀 어울리지 않는 그런 선정적인 문구가 가슴팍에 새겨진, 그것도 몸에 꼭 끼어 보기에도 민망한 야한 티셔츠를 즐겨 입고 다니기 때문이었다. 제니 소어킨이라는 그 여학생은 그날도 가슴에 도전적인 문구가 새겨진 셔츠를 입고 있었다. 〈보이는 대로 가지세요.〉 나는 이제 그 여학생의 실력을 테스트할 때가 되었다고 판단했다.

「소어킨 양, 자네는 14번이야. 자네는 누이인 12번의 점심 초대를 받았는데, 그녀가 자네 누이이자 어머니라는 사실을 바로 얼마 전에 알았지. 난 자네가 서로 다른 두 목소리, 즉 하나는 자네 어머니이자 누이인 12번에게 말하는 목소리, 그리고 또 하나는 자기 자신만이 들을 수 있는 목소리, 이렇게 두 목소리를 어떻게 내는지 보고 싶어. 자, 그럼 이제 자네가 그 12번이 식사를 대접하려고 기다리고 있는 방으로 들어섰다고 하고 한번 얘기해 봐.」 그러고는 평소 버릇없어 보이는 그 여학생의 바로 곁에 다가가 서서는 그녀가 미처 생각을 정리하기도 전에 큰 소리로 외쳤다. 「시작!」

사실 그 여학생이 맡은 역할은 매우 어려운 것이었다. 나도 그 점은 잘 알고 있었다. 우선은 여자가 남자 역할을 해야한다는 것이 어려울 테고, 그다음은 그 인물이 처해 있는 상황이 몹시 혼란스러운 상황이기 때문에 어떤 식의 태도로 어떤 목소리를 내야 할지, 쉽지가 않았던 것이다. 솔직히 말하면 제대로 해낼지 염려스러웠다. 그러나 나는 곧 깜짝 놀라지 않을 수 없었다. 이미 그 계보도를 철저히 연구했는지 소어킨 양은 자기가 맡은 14번 아이기스토스가 클리타임네스트라 여왕을 유혹하여 그녀의 남편인 아가멤논을 살해한 가장 비열한 인물임을 알고 있었기 때문이었다. 소어킨 양은 능수능란하게 남자로 변신하여 누이를 향해서는 교활한 족제비인 양 아첨하고 아양 떠는 목소리를 내더니, 그 누이가 자기 아버지인 티에스테스와 근친상간을 해서 자기 어머니에게 불경의 죄악을 저지른 것을 생각하여 누이를 살해하려고 마음먹었을 때는 이아고와도 같이 분노의 칼을 가는 듯한 낮은 목소리를 내었다. 이전까지만 하더라도 소어킨 양에게 곱지 않은 시선을 보냈던 학생들 전체가 경탄해 마지않는 연기였다.

소어킨 양이 각 목소리로 네 번씩 토하고 읊조린 대사를 통해 우리 모두는 아이기스토스가 그의 누이인 펠로페이아뿐만 아니라 아가멤논 왕까지도 살해할 수 있는 인물임을 충분히 납득할 수가 있었다. 내가 먼저 박수를 치자 학생들 모두가 나를 따라 박수를 쳤다. 곧이어 나는 이렇게 말했다. 「소어킨 양, 그런 티셔츠를 입고 다녀서 작가는커녕 아무것도 안 되겠다고 생각했는데, 지금 보니 그게 아닌 것 같군.」 또다시 학생들의 박수 소리가 터져 나왔다.

그다음 나는 학생들이 철저하게 머릿속에 각인시켜 주었으면 하고 바라던 몇 가지 핵심적인 사항들을 지적하였다.

처음 그런 얘기를 들은 학생들에게는 어쩌면 충격적으로까지 들렸을지도 모른다. 「남은 인생 동안 여러분은 문학의 수호자가 되어야 합니다. 어떤 형태의 검열에도 홀연히 맞설 수 있는 그런 사람이 되어야 합니다. 만일 오클라호마의 한 침례파 여신도 단체에서 어떤 책이나 연극에서 사악한 주제를 다루고 있다고 항의해 온다면, 저는 역사상 가장 위대한 문학이라고 알려져 왔던 몇몇 작품들, 우리를 깜짝 놀라게 했던 그 이야기들이 바로 우리가 다루어 온 이 사악한 악당들의 행위에 기초해 있음을 상기시키고 싶은 심정입니다.」 그러면서 나는 벽에 그려진 계보도를 가리켰다. 「살인, 모친 살해, 근친상간, 배신, 부친 살해…….」 잠시 극적인 효과를 내기 위해 말을 멈췄던 나는 다시 말을 이었다. 「그런고로 누가 여러분들에게 무엇이 고상한 문학이고 무엇이 금지된 문학이라 말한다 하더라도 귀 기울이지 마십시오. 그리고 여러분이 누군가와 맞서 싸울 힘을 필요로 할 땐 이 계보도와 또 영감을 얻기 위해 이 계보도의 인물들에게 의지하였던 위대한 작가들의 이름을 기억하십시오. 호메로스, 아이스킬로스, 소포클레스, 에우리피데스…… 그들은 우리들에게 길을 열어 준 작가들입니다.」

그런 다음 나는 한 발자국 성큼 내디디며 한 학생을 지목했다. 「케이츠 군, 7번 한번 해봐. 10번과 차를 마시고 있는데 자네는 예언자이기 때문에 그녀가 자널 죽이려 한다는 사실을 알고 있어. 자, 두 여자의 목소리를 부탁하네. 그들의 대화…….」 케이츠 군은 소어킨 양처럼 정열적인 배우는 아니었다. 그러나 그 역시 자기가 맡은 두 여자가 어떤 상황에 처해 있는지 나름의 섬세한 통찰력을 지닌 학생이었다. 그 학생이 대화를 끝내자 나는 이렇게 평을 내렸다. 「아이기스토스보다 덜 극적이긴 하지만 그래도 자넨 어떻게 해야 하는지 잘 알고 있군, 케이츠 군. 감성과 이성이 적절히 조화를 이루고 있어. 처음 입학할 때 자네가 제출한 글을 읽고 그럴 거라고 생각했는데 오늘의 연기로 그걸 입증한 셈이야.」

그리고 나는 다시 계보도를 가리키며 나의 세 번째 메시지를 전달하기 시작했다. 「셰익스피어는 살인에 대한 세 편의 웅대한 연구서를 썼습니다. 『햄릿』, 『맥베스』, 그리고 『오셀로』가 그것들입니다. 그렇다고 그가 살인한 적이 있느냐, 그것은 절대 아닐 것입니다. 아니, 그럴 필요가 없었습니다. 감옥을 보고 교수형 장면을 지켜보면서 그는 살인의 의미를 추론할 수 있었고, 또 뜨거운 두뇌 속에서 살인의 행위를 실행할 수가 있었던 것입니다. 호메로스는 상상을 했고, 아이스킬로스는 백일몽을 꾸었습니다. 결코 자신들의 손으로 그런 끔찍한 짓을 저지를 필요가 없었던 것입니다.」 나는 벽을 두드리며 계속 말을 이었다. 「여러분은 여기 이것이 필요한 게 아닙니다. 여기 이 머리에, 그리고 이 가슴에, 또 여기 이 배와 허리에 이것이 필요한 것입니다.」 나중에 몇몇 학생들은 내가 이런 말을 할 때 마치 〈점점 장엄한 표정을 짓더니…… 더 이상 비쩍 마른 붉은 머리의 독일인이 아니라 아트레우스가의 한 사람인 양…… 구체적으로 말해 자신이 수행해야 할 끔찍한 의무들 때문에 무서워 떠는 오레스테스〉처럼 되더라고 하였다.

또 한 학생은 이렇게 말하기도 했다. 「그분이 저희더러 아트레우스가의 일원이 되라고 하는 순간부터 모든 것이 바뀌었어요. 이전보다 더 고귀하고 더 정열적인 시각에서 문학을 바라보게 되었지요.」

그 겨울 학기 첫날의 나의 열변이 끝나자 잠시 침묵이 흘렀다. 그리고 나는 또다시 한 학생을 지명했다. 「톰슨 군, 자네 16번이야. 어느 여름 오후에 아울리스에 있는데 자네 아버지가 자네에게 다가오고 있는 모습이 보여. 아버지가 무슨 행동을 하실지 모르지만 그래도 자넨 지각 있는 소녀여서 대충 어떤 상황인지는 알고 있지. 그녀가 아버지에게 말하는 것이 아니라 혼자 무슨 생각을 하고 있는지, 그것을 한번 말로 표현해 봐. 인생의 그 마지막 순간에 그녀가 자기 자신에게 무슨 말을 했겠는가?」

톰슨은 자신이 맡은 역을 제대로 해내지 못하였다. 물론 그 학생도 계보도를 열심히 공부했고, 그래서 자신을 왕과 왕비의 아리따운 딸인 이피게네이아와 동일시하는 뛰어난 감각은 지니고 있었다. 그러나 그 톰슨 군은 자신이 역을 맡은 이피게네이아가 곧 죽게 된다는 생각에 너무 압도된 나머지 눈에 눈물을 가득 보이며 아무 말 없이 서 있기만 할 뿐이었다. 톰슨 군의 입에서 아무 말도 나오질 않자 학생들은 초조해하며 당황한 기색을 보이기 시작했다. 그때 나는 차분한 목소리로 그 어색한 분위기를 바꿔 놓았다. 「훌륭해, 톰슨 군. 자네의 그 모습이 아마 가장 진실에 가까운 것인지도 몰라. 왜냐하면 우리의 그 아름다운 공주는 그날 아울리스에서 그녀의 아버지가 자신을 죽이려 한다는 사실을 알고는 자네가 방금 했던 대로 그렇게 울고 서 있었기 때문이야.」

나는 1952년 리딩 근처의 한 농장에서 태어났다. 우리 집안은 농장 일을 할 때 아무런 기계도 사용하지 않고 옷에는 단추도 달지 않는 엄격한 아만파의 규율보다는 대단히 보수적이긴 하지만 분별력 있는 판단으로 생활의 편리함을 추구하는 온건한 메노파의 전통을 따르는 독일계 가정이었다. 따라서 옷에 단추도 달고 자동차도 이용하였지만, 그 색상만은 우리들의 의복이나 독일 스타일의 모자와 마찬가지로 경박하지 않고 장중한 분위기를 내보이기 위해 검정색으로 하였다. 한 가지 예외가 있었다면 여자들은 레이스가 달린 아름다운 보닛을 쓰고 다녔다는 점이다. 그러나 보닛을 만들 때 들이는 정성으로 판단해 꼼꼼하고 단정한 주부와 그렇지 못한 주부를 구별할 수 있었다. 물론 대부분의 여인네들이 단정하고 방정한 행동거지를 보였음은 두말할 필요도 없었다.

어렸을 적부터 메노파 전통이 폐부 깊숙이 스며 있었던 나는 리딩의 공립 학교에 들어가서도 꾸준하고 성실하게 공부하여 전과목에서 A를 받았다. 특히 수학, 과학, 역사, 그리고 프랑스어 과목에 단단한 기초를 쌓고 또 뛰어난 성적을 보였기 때문에 나의 고등학교 1학년 과정을 지켜보신 선생님들은 내가 나중에 분명 일류 대학의 장학금을 받게 되리라고 확신까지 하고 계셨다. 드디어 졸업이 가까워지자 피츠버그, 펜실베이니아, 시라큐스 대학의 입학 관계자들이 장학금을 줄 테니 자기네 학교로 와달라고 제의하고 나섰다. 그들은 내가 학급의 반장이고 뛰어난 트럼펫 솜씨로 학교 밴드의 주축을 이루고 있을 뿐만 아니라 3개 국어 — 독일어, 영어, 프랑스어 — 에 능통하며 과학과 문학에도 많은 소질이 있다는 사실을 눈여겨본 것이었다. 장학금 제의만으로는 좀 불안했던지 그들은 우리 지역에 거주하는 자기네 동문들과 접촉하여 나를 설득시키려고까지 하였다.

어머니는 식탁 위에 유명한 세 종합 대학의 장학금 제의 서류들과 그 옆에 한 조그만 단과 대학의 장학금 제의 편지를 펼쳐 놓으시더니 마침내 결정을 내리셨다. 「펜실베이니아와 피츠버그는 안 되겠다. 그곳은 신이 없는 지역이야. 그렇다고 시라큐스가 더 마음에 드는 것도 아니고, 아빠와 나는 이 세 대학보다는 메클렌버그가 좋겠다고 합의를 보았다. 하느님을 두려워할 줄 아는 루터파 학교이니 적어도 사악한 길로 빠지지는 않을 거 아니겠니?」

내가 〈그렇지만 그 학교에선 장학금을 주겠다는 말도 없었잖아요〉라고 말하자 어머니는 대뜸 이렇게 말씀하셨다. 「내가 찾아가서 얘기 좀 하면 금방 들어줄 테니 걱정하지 마라.」 그래서 4월 어느 날, 나는 어머니와 함께 차로 10마일을 달려 메클렌버그로 향했던 것이다. 옛 독일 지명을 따서 이름을 지은 아름다운 독일인 거주 지역 ─ 펜스터마허, 드레스덴, 반제 ─ 을 지나칠 때는 정말 고향의 포근함을 느낄 수 있었다. 그래서 메클렌버그 대학의 돌담이 시야에 들어올 때에는 저 학교에서 나를 원한다면 기꺼이 받아들이겠다는 생각이 들었다. 「아빠도 맘에 들어 하실 거다.」 어머니는 자신 있게 말씀하셨다.

입학 담당 직원과 대면하신 어머니는 군말이 필요치 않다는 듯이 대뜸 서류 세 통을 앞에 펼치시며 말씀하셨다. 「이 서류를 보시면 우리 애가 어떤 앤지 잘 아실 겁니다. 이건 학업 성적이고, 이 세 통의 편지는 우리 애한테 장학금을 주겠다는 대학들의 편지랍니다. 하지만 저희는 기독교 집안이라서……. 종파야 메노파지만 선생님들의 루터파도 매우 존중하는…….」

「전 퀘이커교도입니다, 스트라이버트 부인.」

「예에? 그건 어떤 종판데요?」

「신교도죠. 말하자면 장로교나 침례교하고 비슷한…….」

「그럼 뭐, 아무 문제 없군요. 자, 어때요, 선생님?」

담당 직원은 서류를 뒤적이고는 머뭇머뭇 미소를 지었다. 「이 서류들은 틀림없으며 대단히 만족스러운데요. 댁의 아드님이 저희 학교에 들어온다면 저희로서도 행운입니다.」 그러나 어머니는 이런 모호한 약속에, 아무리 공적인 위치에 있는 미소 짓는 퀘이커 교도가 한 말이라도 선뜻 만족하실 분이 아니었다. 「그러면 칼이 다른 대학에서 제의한 만큼의 장학금을 이곳에서도 받을 수 있다는 말씀인가요?」

「스트라이버트 부인, 저는 뭐라고 결정을 내릴 수 있는 위치에 있질 못합니다. 아드님이 장학금을 받게 될는지도 장담을 할 수가 없습니다. 단지 이 서류들을 보아 95퍼센트는 확실하다고 말씀드릴 수는 있지요. 저흰 댁의 아드님 같은 학생들을 필요로 하거든요.」

「그럼, 얼마까지 주실 수 있으세요?」

그 담당 직원의 태도는 고집 센 펜실베이니아 독일인 부모들과 여러 중요한 문제들을 많이 다뤄 본 솜씨였다. 그는 다시 미소 띤 얼굴로 대답했다. 「스트라이버트 부인, 저처럼 비교적 낮은 직급에 있는 사람에게는 장학금과 같은 금전적인 문제를 처리할 권한이 없습니다. 그런 문제는 위원회에서 다루거든요.」

어머니는 다시 다른 대학들의 장학금 제의 편지들을 앞으로 내밀었다. 「이 숫자들 보셨지요?」

그러자 그 직원은 아무 대답도 없이 그 편지들을 어머니 앞으로 슬쩍 밀어내며 입을 열었다. 「부인, 이런 숫자들이 중요한 게 아닙니다.」

어머니는 깜짝 놀라셨고, 또 구태여 놀란 표정을 감추시지도 않았다. 직원은 재빨리 설명을 하기 시작했다. 「부인은 펜실베이니아 대학에서 제의한 액수가 그 작은 단과 대학에서 제의한 액수보다 훨씬 크다는 것을 보셨을 겁니다. 액수가 크다고 좋은 게 아닙니다. 왜냐하면 펜실베이니아 대학처럼 큰 대학에 다닐 때 드는 전체 비용이 작은 대학에서 드는 비용보다 훨씬 많이 들기 때문이죠. 찬찬히 시간을 두고 비교해 보시면 그 작은 대학에서 제의한 장학금이 펜실베이니아나 시라큐스에서 제의한 액수보다 칼에게는 더 많은 재정적 도움이 된다는 걸 아시게 될 겁니다.」

「그러면 이 학교를 다녀도 비용도 훨씬 적게 든다는 말씀이신가요?」

「훨씬 적죠.」

「그러면 장학금도…….」

「그건 위원회에서 결정을 할 겁니다.」

「알겠습니다. 그런데 그것도 확정된 것은 아니고……. 하지만 비용은 훨씬 적게 든단 말이죠?」

「훨씬 적죠. 펜실베이니아의 이런 시골구석의 생활비가 대도시의 생활비보다는 훨씬 적으니까요. 스트라이버트 부인, 이렇게 한번 비유해서 말해 봅시다. 랭커스터, 리딩, 그리고 앨런타운에 있는 상점들간에 가격 경쟁이 붙었다고 해보세요. 아니면 부인이나 부인의 남편과 같은 분별 있는 독일인 농부들이 어디 할인 매출하는 데는 없나 찾아다닌다고 칩니다. 그럴 경우 어떻게 되겠습니까? 가격을 비싸게 매긴 상점들은 아마 다 문을 닫아야 할 겁니다. 펜실베이니아, 피츠버그, 시라큐스가 서로 경쟁을 하고 있다면 저희도 마찬가집니다. 이 점을 부인께 말씀드리고 싶군요.」

「허나 선생님께서는 장학금을 약속할 수가 없고, 설혹 약속하신다 하더라도 액수가 얼마나 될는지 모르시잖아요?」

「그렇습니다. 그래도 제가 오늘 드린 말씀은 믿으셔도 될 겁니다.」 이 말과 함께 우리를 사무실 밖으로 배웅하려던 그 담당 직원은 갑자기 걸음을 멈추고는 나를 보고 말했다. 「참, 칼. 자네는 어떻게 생각하는지 한번 말해 보게.」

「전 이 학교에 입학하고 싶어요.」 후에 나는 어머니와 내가 떠나고 난 뒤 그 담당 직원이 내 입학 지원서에 이렇게 적었다는 애기를 들었다. 〈최적격자임.〉

나는 메클렌버그 대학이 내게 전액 장학금을 주고 또 첫 학기 성적을 토대로 내가 추가로 신청하는 과목의 수업료를 면제해 주겠다고 결정한 사항을 대학 측에서 결코 후회하지 않았으리라고 생각한다. 문학뿐만 아니라 과학에 관한 강의들은 대체로 수월했다. 더욱이 두 개의 외국어에 대한 실력이 뛰어났기 때문에 나는 그 외국어의 실력이 없으면 듣지 못했을 과목들을 여유 있게 들을 수가 있었다. 3학년 때까지의 나의 성적은 학기마다 너무 똑같아서 단조롭기까지 했다. 6학기 동안 매 학기마다 나는 네 개의 A학점과 한 개의 B+를 받았다. 대학에서의 공부가 어떤지 금방 적응한 나는 교수들이 뭘 기대하고 또 과제물을 제출하고 시험에 통과하기 위해선 어떻게 해야 하는지 정확하게 예측할 수 있었다. 어떤 선생님들은 나를 천재에 가깝다고 생각하셨으며, 반면에 또 어떤 선생님들은 나를 능력은 있으나 영감은 전혀 없는 전형적인 학점 벌레라는 꼬리표를 붙이시기도 했었다. 하지만 어느 쪽도 나를 제대로 파악한 것은 아니었다.

공부에 너무 신경을 쏟느라고 과외 활동에 많은 시간을 할애하지는 못했었다. 오케스트라에서 트럼펫을 연주하기는 했지만 학교 밴드의 일원이 되겠다고 지원한 적은 없었다. 또 합창 클럽에 힘있는 나의 바리톤 목소리를 빌려주기는 했어도 캠퍼스 밖으로 합창 여행을 떠나는 것에는 적당한 구실을 대어 참석하지 않았었다. 그리고 메클렌버그 학생들이 전통적으로 앨런타운이나 랭커스터 교회에서 행하는 교회 콘서트에도 나는 참석하지 않았다. 아무리 가까운 거리라 하더라도 내 공부를 내버려 두고 그런 행사에 참석한다는 것이 편치 않았기 때문이었다.

사회 생활에도 아무런 사건이 없었다. 싸움을 벌인 적도, 소동을 피운 적도, 또 몰래 술을 마신 적도, 카드놀이를 한 적도 없었다. 이성 교제란 더더욱 생각해 볼 수도 없었다. 붉은 머리에 어줍게 생기기는 했어도 신체상의 아무런 결함도 없었고, 말수가 적긴 했어도 부드러운 미소로 상대방의 호감을 사는 나는 그런대로 내놓을 만한 청년이었다. 캠퍼스 곳곳에서 보이는 우리 지역 출신의 독일계 여학생들이 아무리 무감각하더라도 나 정도면 마음에 두었을 것이다. 게다가 메클렌버그 대학에서는 분별 있는 이성 교제를 통하여 결혼으로 이어진 학생들이 많았기 때문에 밤중에 여학생들이 자기네들끼리 농담을 주고받으며 〈칼은 누구에게 정착할까?〉라고 말했을 가능성도 충분히 있었다. 마치 내가 짝을 찾아 헤매는 종달새라도 되듯 말이다.

처음 2년 동안 나는 여학생 어느 누구와도 교제를 하지 않았다. 그러나 대학 생활의 전성기였던 3학년 때, 나는 윌마 트럼바우어라는 소더턴 출신의 예쁘장한 독일계 여학생과 자주 마주치기 시작했다. 한번은 학교 구경을 오신 윌마의 부모님이 나와 윌마를 앨런타운과 리딩 중간쯤에 위치해 있는 이 지역에서 유명한 7&7 레스토랑으로 점심 초대를 하신 적이 있었다. 그때 나는 초대에 응하기는 했어도 너무나 순진한 나머지 그 초대가 그분들의 딸과 잘해 보라는 뜻으로 이루어진 것을 전혀 눈치채지 못했었다. 그 후에 그날 점심이 즐거웠다는 등 별다른 얘기나 행동을 보이지 않았던 나는 며칠이 지나 윌마가 자신에게 관심을 보인 앨런타운 북부 출신인 한 메노파 가정의 4학년 학생과 약혼을 했다는 소식을 접하였다. 그러나 그때의 나의 반응 역시 〈그거 잘된 일이야〉라는 말이 고작이었다. 그녀가 그렇게 결심을 하게 된 데에 나 자신의 무관심이 결정적 요인으로 작용한 것을 전혀 알지도 못하고 말이다.

4학년 때, 수강 신청한 열 개 과목 전부 A나 A+를 받아야겠다고 결심한 나는 여학생들이 전혀 안중에도 없었다. 혼자

다니기는 했어도 외롭다는 생각이 들지는 않았다. 왜냐하면 〈현대 영국 소설〉이라는 과목에서 흔히 20대 초반의 학생들이 경험하는 지적 각성에 푹 빠져 있었기 때문이었다. 사실 그전까지만 하더라도, 10대에 학문의 즐거움을 발견하고 대학에 첫발을 내디딘 다음부터는 자기 나름대로 목표를 세워 매진하는 여타의 학생들과는 달리 나는 서서히 공부에 매력을 느끼고, 어느 강의에나 뛰어난 능력을 보였지만 뭐라고 가시적으로 내보일 수 있는 목표도 없는 학생이었다. 그런데 그 강의를 듣고 난 다음부터 나의 방향이 설정되었다 해도 과언이 아니다.

담당 교수는 60대 초반의 남자로 펜실베이니아 대학을 졸업하고 시카고에서 석사, 그리고 노스캐롤라이나 대학에서 박사 학위를 취득하신 분이었다. 성함이 폴 하셀메이어인 그 교수님은 아주 뛰어난 석학은 아니셨지만 메클렌버그 대학에서 인정을 받고, 또 남들이 하기 싫어하는 궂은일을 마다 않고 하셨기 때문에 급기야는 영문과 과장으로 발탁되신 분이었다. 물론 능력이 있다는 젊은 교수들이 여러 가지 업무가 과중한 학과장직을 맡아 자신들의 연구 시간을 허비하지 않으려 했기 때문이기도 했다. 그 약삭빠른 젊은 교수들은 인디애나나 콜로라도, 아니 정말 운이 좋아 동부의 유명 대학에 혹 스카웃되지나 않을까 하는 기대 속에 열심히 자신의 업적을 쌓고 연구서를 쓰는 데에만 온 신경을 곤두세우고 있었던 것이다.

랭커스터 지역의 한 독일계 가정에서 자라신 그 하셀메이어 교수님은 사실 무미건조하고 재미가 없으신 분이었다. 수십 년을 『베오울프에서 토머스 하디까지』라는 땟물이 절절 흐르는 옛날 작품 선집을 가지고 강의를 하셨고, 또 오래전부터 토머스 하디의 『귀향』을 영국 소설의 정점이라고 믿고 계셨기 때문이었다. 그러나 50대 중반에 이르러서는 갑자기 기존의 범주에서 벗어난 일련의 소설들을 다루기 시작하셨다. D. H. 로런스의 『사랑에 빠진 여인들』, 아널드 베넷의 『할머니들의 이야기』, 올더스 헉슬리의 『연애 대위법』과 연이어 세 편의 미국 소설들, 즉 프랭크 노리스의 『맥티스』, 시어도어 드라이저의 『아메리카의 비극』, 그리고 엘렌 글래스고의 『불모의 땅』을 빠른 속도로 읽어 내려가셨던 것이다.

이런 방향 전환이 있었던 그해 가을, 그분은 자신의 최근 발견에 대한 정열적인 강의를 하셨고, 그것이 나에게 엄청난 영향을 미치게 되었다. 전혀 새롭게만 들리던 그분의 거친 음성이 나를 나태와 무감각의 굴레에서 벗어나게 해주었으며, 특히 로런스와 베넷의 기교에 나는 새로운 깨달음의 영역으로 들어서게 된 것이었다. 〈그들은 우리가 이곳에서 발견하는 삶과는 또 다른 삶을 제시하고 있다〉라고 생각한 나는 그 작가들을 일찍 알지 못함으로써 얼마나 많은 것을 잃었는지 후회스럽다고 여러 차례 친구들에게 한탄까지 했었다.

그러나 나의 주요 관심은 미국 작가들에게로 쏠려 있었다. 나는 전에는 전혀 들어 본 적도 없었던 『맥티그』라는 작품이 캘리포니아의 어느 불행한 치과 의사에 관한 감동적인 이야기라는 것을 알게 되었고, 또 이전에 참고문헌을 통해 시궁창 속이나 파헤치는 선정적인 작품이라고 결론을 내렸던 『아메리카의 비극』이 위대한 소설의 전통에서 한 자리를 차지하고 있는 웅대한 작품이라는 사실을 깨닫게 되었다. 놀라울 정도로 새로운 발견들이었다. 나는 또 시간을 내어 이디스 워튼의 중편들을 읽게 되었는데, 너무나 재미있던 나머지 헨리 제임스의 중편도 세 편이나 읽게 되었다. 그 결과 「애스펀 페이퍼스」를 가장 뛰어난 중편소설이라고 결론짓기까지 했었다.

내가 강의 시간에 이러한 나의 의견을 개진하자 하셀메이어 교수님은 기말 페이퍼로 제임스의 중편을 다루어 보라고 하셨다. 그러나 나는 거기서 한 발짝 더 나아가 〈헨리 제임스와 토마스 만: 한 도시에 관한 두 중편〉이라는 제목으로 논문을 쓰기 시작했다. 「애스펀 페이퍼스」와 옛날 독문학 강의 시간에 들었던 만의 「베네치아에서의 죽음」을 비교 분석하고, 또 어떻게 이 두 작가들이 베네치아라는 도시를 이용하여 그렇게 강렬한 효과를 거두었는지, 약 50페이지 정도 써내려갔던 것이다. 실제로 가본 적도 없는 도시, 그러나 두 편의 걸작을 통하여 그 색조와 의미를 분명히 환기하고 이해할 수가 있었던 도시 — 베네치아.

내 논문 가운데 특히 하셀메이어 교수의 주목을 끌었던 부분은 베네치아라는 도시가 제임스와 만에게, 그리고 그들 작품 속의 주인공들에게 어떤 마취적인 영향을 미쳤는지를 분석한 긴 단락이었다. 나는 글 속에서 많은 걸 추정하고 추측하고, 또 가상의 주인공들과 살아 있는 작가들을 서로 혼동하는 오류를 범하기도 했다. 허나 그래도 그 글은 나의 분석적인 정신이 돋보인 글이었다. 독서 과제로 제시된 주제를 두 편의 짧은 중편의 초상이자 일정 수준의 사고와 표현에서 새로운 고원으로 장대높이뛰기를 하는 한 학생의 초상으로 변형시킨 나의 독창성에 그 교수님이 관심을 보이셨던 것이다.

나를 부른 하셀메이어 교수님은 말씀하셨다. 「스트라이버트 군, 정말 뛰어난 논문이야. 자넨 문학 행위가 어떻게 이루어지는지 그 핵심을 꿰뚫어 본 셈일세. 난 자네가 이제부턴 좀 더 어려운 주제를 다루어 보았으면 하네. 『할머니들의 이야기』와 『연애 대위법』을 같은 식으로 비교해 보게. 서로 사뭇 다른 두 작가가 마찬가지로 서로 다른 배경을 사용해서 어떻게 서로 공통된 목적을 이루어 냈는지 말일세.」

수개월에 걸친 그 논문 작업이 나의 미래를 결정하는 계기가 되었다. 왜냐하면 베넷의 소설 속에 나타난 산업화된 영국의 5대 도시에 대한 이해가 이곳 펜실베이니아의 독일인 마을들인 랭커스터, 리딩, 그리고 앨런타운과의 대조를 통해 쉽게 이루어질 수 있었던 데 반해, 헉슬리가 묘사한 런던과 런던 주민들의 세련된 화려함은 도무지 이해가 안 되었기 때문이었다. 나는 그곳 사람들의 삶과 그 삶의 동기가 무엇인지 풀어 보려다 〈대체 이들은 어떤 사람들인가?〉라고 좌절의 한탄을 내지르지 않을 수 없었다. 이해의 가닥을 잡기 위해 헉슬리의 다른 작품들을 파헤쳐 보기도 했었지만 나는 도무지 이해할 수 없는 그 비도덕의 세계에서 그냥 물러설 수밖에 없었다.

내가 도저히 논문을 끝낼 수 없다는 당혹감에서 헤어나지 못하자 나보다 좀 더 세련된 한 학생이 이런 말을 들려주었다. 「헉슬리를 이해하려면 앙드레 지드를 먼저 이해해야 해.」 나는 그 프랑스 작가에 관해 전혀 아는 바가 없었다. 대학 도서관에도 그의 작품이라곤 눈을 씻고 뒤져 봐도 하나도 없었다. 그런데 다행히도 리딩의 공공 도서관에 지드의 책이 두 권 있었다. 하나는 『사전(私錢)꾼들』이라는 작품이었고, 또 하나는 비교적 짧은 『전원 교향악』이라는 작품이었다. 첫 번째 작품은 데카당스에 물들어 있는 한 사회의 묘사로 별로라는 생각이 들었지만, 두 번째 작품은 절제되고 오염되지 않은 이야기 전개로 나를 매료시켰다. 그러나 몇 주가 지나 내가 내 논문의 가장 어려운 부분에 매달릴 때쯤에는 『사전꾼들』이 나에게 더 깊은 의미를 지니는 작품이고, 『전원 교향악』은 워튼의 『그 겨울의 끝(이선 프롬)』을 프랑스어로 각색해 놓은 것에 불과하다는 사실을 알게 되었다.

하셀메이어 교수님은 내 두 번째 논문을 한참 읽어 보시더니 이런 말씀을 던지셨다. 「스트라이버트 군, 자네는 한 작품과 그 작품을 쓴 작가의 마음을 심층적으로 파고드는 뛰어난 능력을 지니고 있군. 그래, 졸업하고 어떻게 할 생각인가?」

「아직 아무런 계획이 없습니다.」

「나한테 한 가지 생각이 있는데……. 자네, 어떤 어떤 외국어를 할 줄 아나?」

「독일어는 원체 집안이 독일계 집안이라 태어날 때부터 했고요, 프랑스어는 대화하는 수준을 조금 넘어선 실력입니다.」

「정말인가? 그렇다면 길이 훤하게 뚫린 거로구만.」

「어느 길을 말씀하시는…….」

「박사 과정 말일세, 문학 박사…….」

「그게 무슨 말씀이시죠?」

「시카고 대학이나 컬럼비아 대학에서 한 3년 공부하는 것일세. 하버드 대학에서 하면 더 좋지.」

「비용이 많이 들지 않을까요?」

「자네 같은 경우는 다르지. 유명 대학들도 자네처럼 능력이 입증된 젊은이들을 찾으려고 혈안이 되어 있다네.」

그래서 나는 마지막 학기가 끝나기 전에 하셀메이어 교수님이 거론한 그 세 대학으로부터 연구비 제의를 받을 수가 있었다. 물론 하셀메이어 교수님이 그 세 대학 영문과 교수들에게 나를 추천한 덕택이었다. 나는 여러 가지 사항을 검토한 끝에 컬럼비아 대학을 택하였다. 「헉슬리는 내가 런던에 대해 아무것도 모른다는 점을 가르쳐 주었어. 지드는 내가 파리에 대해 무지함을 가르쳐 주었지. 대도시가 어떤 곳인지 이제야 눈을 뜨게 되었어.」

그해 여름, 앙드레 지드의 부드러운 손이 나를 무겁게 내

리눌렀다. 나는 프랑스어 원서로『패덕자』를 읽고, 그다음에
는 마르셀 프루스트의『스완네 집 쪽으로』와『잃어버린 시간
을 찾아서』의 후반부를 요약해 놓은 책을 읽었다. 여름 내내
어느 여학생과도 식사 한 번 같이 하지 않고 책에만 파묻혀
있었던 셈이었다. 9월이 되어 뉴욕으로 떠날 때까지 어떤 여
학생과도 입맞춤 한 번 해보지 못했다. 그러나 책, 특히 소설
에 관한 나의 지식은 그 어느 때보다도 깊었다.

컬럼비아 대학 시절은 가히 폭발적인 시기였다. 메클렌버
그 대학에서 내가 알았던 것보다 그 규모에 있어서 훨씬 더
웅대한 학문의 길을 훌륭한 교수님들이 열어 주었기 때문이
다. 더욱이 독일어 실력이 뛰어났던 나는 독일어에서 파생한
고대 영어를 다른 학생들보다도 수월하게 이해할 수가 있었
다. 그래서 그 분야를 전공하신 교수님 두 분은 고대 영어를
전공하는 것이 어떻겠냐고 제의하실 정도였다. 만일 1977년
가을 학기 초, 옥스퍼드 대학에서 6개월 객원교수로 오신 한
교수님, 나의 장래에 등불과도 같은 존재이신 그 교수님이
아니었다면 나는 아마 고대 영어를 전공으로 택했을지도 모
른다. 그분은 더블린에서 태어나 케임브리지와 베를린에서
공부하시고, 옥스퍼드 대학의 교수로 있으면서 영문학에서
나름의 독보적인 위치를 차지하고 계시던 F. X. M. 데블런
교수님이었다.

데블런 교수님은 장난기 잔뜩 섞인 미소에 수도승처럼 눈
언저리만 살짝 덮은 머리숱을 지니신 데다 독특한 아일랜드
방언을 쓰시는 키가 작고 뚱뚱한 분이셨다. 정말 아일랜드
민요에 나오는 레프러콘[7]과 다를 바 없었다. 그분은 컬럼비
아 대학에서의 6개월을 바로 논쟁의 중심부로 뛰어들어 일

7 황금이 숨겨진 곳을 가르쳐 준다는 작은 노인 모습의 요정.

격을 가하는 식의 강연과 더불어 시작하셨다. 한 강연회에서 그분은 3년 전 옥스퍼드 대학의 어느 심포지엄에서 설파한, 그리고 미국 신문에서도 널리 인용된 바 있었던 그 강의를 되풀이하신 것이었다. 나는 그 강연 전에 그분을 만난 적은 없었지만 맨 앞자리에 앉아 그 우상 파괴와도 같은 열변에 입을 딱 벌리고 말았다.

「여러분이 의미 있는 서사의 비밀을 캐내기 원하신다면 단 네 명의 영국 소설가만 살펴보면 됩니다. 연대순, 그러니까 태어난 시간순으로 말하면 제인 오스틴, 조지 엘리엇, 헨리 제임스, 그리고 조지프 콘래드입니다. 여러분도 잘 아시겠지만 둘은 여성이고 또 나머지 둘은 영국인이 아닙니다.」

잠시 청중들 가운데 술렁임이 있었다. 그 술렁임이 진정되자 그분은 자신이 선정한 네 작가를 격찬하면서, 조지 엘리엇의 『미들마치』를 영어로 된 최고의 소설로 간주한다는 자신의 생각을 슬쩍 내보이더니 헨리 제임스와 그의 엄격하게 통제된 서사 역시 칭찬하셨다. 콘래드에 대해선 이렇게 말씀하셨다. 「40대가 될 때까지 영어로 글 한 번 제대로 못 써본 그 폴란드인은 황금의 그물로 아프리카와 태평양 섬들의 영혼을 포착한 작가입니다.」

그분은 자신의 생각을 정당화하고 나자 곧이어 더 대담한 말들을 꺼내기 시작하였다. 통상 사람들이 좋아하는 인기 작가 넷을 거론하시면서 그들은 삶의 겉면만을 다룬 작가들이며, 그래서 훌륭한 작가라고 인정할 수 없다는 것이었다.

「제가 여러분에게, 분명 여러분 중 일부는 높이 평가하고 있을 테지만 면밀히 살펴보면 진정한 관심조차 기울일 필요

없는 네 명의 영국 소설가를 말씀드리면 저의 문학에 대한 태도가 분명히 드러나게 될 겁니다. 그렇다고 제가 지금 거론하는 작가들이 쓰레기 같은 작가들이란 말은 아닙니다. 그건 너무 가혹한 판정입니다. 자, 또다시 태어난 순서대로 말씀드리자면, 윌리엄 새커리, 찰스 디킨스, 토머스 하디, 존 골즈워디, 이렇게 넷입니다. 이들 작가의 작품은 쉽게 읽을 수 있으며, 독자의 마음도 끌고, 또 재미도 있습니다. 그러나 독자들에게 어떤 근본적이고 실질적인 내용을 제공해 주지는 못하는 소설가들입니다. 여름 휴가철 가볍게 읽을 거리로 남겨 둘 작품들뿐입니다.」

신성한 존재처럼 여겨지던 그 네 작가들이 여지없이 격하되자 여기저기서 불만과 반대의 수군거림이 들리기 시작했다. 급기야는 그 네 작가들을 전공한 교수 두 분이 도저히 못 참겠다는 듯 자리를 박차고 강연장을 떠나게 되었다. 그러나 그 두 분 교수가 떠나자 데블런 교수님은 장난기 어린 목소리로 말씀하셨다. 「세상에, 얼마나 소신이 부족한 겁니까. 옥스퍼드 대학에선 제 얘기를 듣고 일곱 사람이 걸어 나갔습니다.」 계속해서 그분은 자신이 폄하한 네 작가들의 작품과 그들에게 주어진 온당치 못한 평가를 모두 파괴해 나갔다. 불평의 소리 또한 계속되었다. 데블런 교수님이 너무 오만하고 선동적인 자기 현시가임을 거침없이 드러냈기 때문이었다. 그러나 그러한 특징들 때문에 바로 그분이 대서양 건너 컬럼비아 대학으로 초청된 것이었다.

그날 저녁의 하이라이트는 컬럼비아 대학의 한 교수가 이렇게 물었을 때였다. 「당신은 오늘 네 소설가는 칭송하고, 네 소설가는 저주했습니다. 미국 소설가 중에서도 그렇게 대조할 만한 작가 여덟 명은 누구누구이겠습니까?」 데블런 교수님이 대답했다. 「정말 핵심을 꿰뚫는 질문이십니다. 그런데, 그것 때문에 제가 여기로 초청된 것이 아닐까요? 공부 좀 하라고요.」 그분은 뉴욕에서의 6개월을 그 문제와 싸우며 보내게 될 것이라 말했다. 「그리고 전 여러분에게 그 여덟 자리를 어느 미국 소설가가 채우게 될지 머리 싸매고 찾아보라고 권하고 싶습니다. 훌륭한 작가 넷, 그렇지 못한 작가 넷. 저도 똑같이 공부해 보겠습니다.」

나에게는 그날이 바로 가장 활발하게 연구 활동을 했던 시기의 시초였다. 왜냐하면 데블런 교수님이 나를 영국 대학에서도 높이 평가할 만한 정도의 날카로운 정신을 가진 미국 젊은이로 즉각 알아보셨기 때문이었다. 여학생 둘을 포함해서 나까지 네 명의 대학원생을 자기와 같이 연구할 학생으로 지목한 그분은 과거의 미국 소설들을 분석하는 세미나를 곧장 시작하셨다. 그분의 뉴욕 체류 막바지에 우리는 구원받을 자격이 있는 여덟 명의 미국 소설가들과 저주받아 마땅한 여덟 명의 미국 소설가들을 추려 내었다. 그리고 마지막 세미나 모임 때 그 불 같은 아일랜드인은 우리에게 다음과 같이 말씀하셨다.

「여러분은 글쓰기의 핵심을 들여다보았습니다. 여러분은, 여러분 나이 때의 나보다도 훨씬 앞서 있는 학생들입니다. 그러나 이제부터가 어렵습니다. 여러분 각자는 냉정하고 비판적인 안목에서 앞으로 여러분이 학생들도 가르치고 또 글을 쓸 때 본보기로 따라야 하는 작가 넷과 아무 득될 것도 없고 진부한 작가 넷, 이렇게 여덟 명을 지명해야 합니다. 그리고 여러분은 그러한 판단을 고수해야 합니다. 왜냐하면 지금이 여러분이 최선의 판단을 할 수 있는 최적기이기 때문입니다. 젊음의 신선함은 세상을 올바르게 들여다보는 놀라운 렌

즈입니다. 여러분은 지금 내 나이의 그 어느 누구보다도 더 똑똑히 세상을 바라볼 수 있는 것입니다. 그리고 기억하십시오. 서른이 넘으면 새로운 진리는 거의 발견하지 못하게 될 겁니다. 지금 해야지, 그렇지 않으면 희망을 버리십시오.」

우리가 〈이젠 교수님이 생각하신 그 여덟 명의 미국 소설가들을 말씀해 주셔야죠〉라고 재촉하자 그분은 짓궂은 미소로 우리의 질문을 피하셨다. 「여러분은 내가 그렇게 어리석다고 생각하십니까? 만일 내가 내 생각을 말한다면 아마 온전하게 비행기를 타고 집에 못 갈 겁니다.」
「그럼, 나중에라도 말씀해 주실 수 있으십니까?」
「여러분에게 말해 달라고요? 천만에요. 하지만 내 첫 논문과 짝을 이룰 또 한 편의 논문은 쓸 작정입니다. 여러분, 이런 철칙을 명심하십시오. 〈말하지 마라. 대신 글로 발표하라.〉 가령 예를 들어, 여태까지 아일랜드인은 선술집 같은 곳에서 경이로운 눈으로 바라보는 친구들에게 천만 가지도 더 되는 훌륭한 이야기들을 늘어놓았을 겁니다. 그러나 그중에서 문학이라 할 수 있는 것은 글로 쓰인 5천 편 정도뿐입니다. 글로 써서 남기지 않으면 존재하지 않는 겁니다.」 그리고 그분은 자신의 그 비밀스러운 미국 소설가 명단을 전혀 개봉도 안 한 채 뉴욕을 떠나셨던 것이다.

1978년의 그 잊지 못할 데블린 교수의 세미나에는 아이오와 주의 그리넬 대학을 졸업한 캐슬린 라이트라는 매력적인 여학생도 참여했었다. 어느 날 내가 도서관 서고에서 책을 찾고 있을 때 두 여학생 가운데 한 명이 어떤 친구와 함께 나에 관한 이야기를 하고 있었다. 그때 나는 나 자신이 마치 책 속의 한 등장인물처럼 묘사되는 것을 듣고는 야릇한 기분이

들었다. 발걸음을 멈추고 몰래 귀 기울였다.

「샌디야, 스트라이버트 어떻게 된 거 아니니? 같이 있으면 편안하고 또 믿어지지 않을 정도로 똑똑한 것 같은데 속은 텅 빈 사람 같아. 책 이외에는 아무것에도 영 반응을 안 보이니 말이야.」

샌드라는 키득거렸다. 「애, 너 꼭 샌프란시스코에서 자란 계집애처럼 말하는구나. 〈폴이라는 애, 어떻게 된 거 아니니? 날 쳐다도 안 보는 거야. 말끔하게 생기면 단가 뭐?〉 우습다, 애.」

「그래, 네 대답은 뭐니?」

「여자애들은 말이야, 남자를 평가할 때 한 대여섯 가지의 기준을 세워. 그 기준들을 작 적용해 보면 해답이 나올 거야.」

「어떤 기준?」

「잘 들어, 캐슬린, 우린 샌프란시스코 여자애들처럼 말하는 거야. 그곳 여자애들은 암호 코드 비슷한 것을 몇 개 가지고 있거든.」

「무슨 뜻이야?」

「내 질문에 한번 답해 봐. 그 사람이 다른 여자랑 함께 있는 걸 본 적이 있니?」

「아아니. 남자들하고만 있지만 그것도 많지 않아. 항상 혼자 다니는 것 같아.」

「그 사람은 아버지 얘기보다 어머니 얘길 많이 하니?」

「그래, 맞아. 그 사람이 얘기하는 것으로 봐선 어머니가 그의 공부 문제로 애쓰시는 것 같아. 그런데 학교에서 그 사람의 어머니를 본 적은 한 번도 없어.」

「너는 쳐다보지도 않는 척하는데 그 사람은 너를 주시하고 있는 것 같은 느낌이 든 적이 있었니?」

「아니.」

「밤에 그 사람은 외출하니? 혼자 나가? 그냥 돌아다니느냐고?」

「글쎄 잘 모르겠어. 하지만 내가 그를 볼 때는 항상 도서관으로 가는 것 같았어. 아니면 브로드웨이에 있는 서점 정도…….」

「그래, 밤에 어슬렁거리는 사람은 아니란 말이지? 여자건 남자건 그냥 아무 상대나 찾아다니는 그런 사람은 아니지?」

「남자?」

「캐슬린, 넌 내가 왜 이런 질문들을 하고 있다고 생각하니? 넌 말이야, 결혼을 하더라도 40대 후반이 되어서야 결혼을 할 그런 사람한테 눈독을 들이고 있는 거라고. 내 말 잘 명심해. 그 사람한테 마음 쓰지 마. 넌 안중에도 없어.」

그런데 캐슬린이 잠시 생각을 하더니 물었다. 「넌 그 사람이 게이라는 거니?」 너무나 충격적인 말에 나는 하마터면 소리를 지를 뻔하였다. 대신 샌드라가 얼른 캐슬린의 말을 가로막고 나섰다. 「제에발, 캐슬린. 그런 모르는 소리 하지도 마. 진짜 훌륭한 샌프란시스코 남자들 가운데 한 반 정도는 20대엔 여자를 거들떠보지도 않아. 40대가 돼도 마찬가지야. 그들은 위대한 사람들이고, 또 내가 아는 여자 친구들 모두 그런 사람을 두세 명씩 친구로 사귀고 있어. 정말 이 세상에서 가장 믿을 만한 사람들이야. 제발 칼을 있는 그대로 똑똑한 사람으로 받아들이고 그 사람이 어떻게 잘되도록 도와줄 생각이나 해. 하지만 그 사람이 너와 결혼하리라는 기대는 절대 금물이다.」

「누가 언제 결혼 얘기 했니?」

「네가 말 안 해도 그런 눈치가 보여.」

「정말 내가 그 사람 좋아하는 게 눈에 확 띄니?」

「뻔하지 뭐.」

「그런데 무슨 건설적인 해답이 나올 수 없다는 거니, 정말?」

「건설적인 해답? 안 돼. 혹 그 사람이 어느 괜찮은 대학의 학과장이 되더라도 너를 기억하고 무슨 일자리 하나라도 줄 것 같아? 연인이라서? 잠자리를 같이 한다고? 남편이라서? 웃기는 소리 하지 마. 절대 그럴 가능성이 없어. 하나도 없어.」

「그럼 난 어떻게 해야 하지?」

「딴 데 가서 알아봐.」

남은 몇 달 동안 캐슬린은 나에게 깍듯하고 또 친절하게 대해 주었다. 그러나 분명한 것은 그녀가 나를 그저 박사 학위를 위해 최선의 노력만을 경주하는 무뚝뚝한 학자로만 보기 시작했다는 사실이었다. 서로 친구가 될 수도 있을 테고 또 각자의 경력을 쌓아 가는 동안 편지도 주고받을 수는 있겠지만, 어느 날 내가 그녀와 결혼하고 싶은 마음이 생기리라 기대하는 것은 숲속에 가서 물고기를 구하는 것과 다를 바 없는 어리석은 행동이었다. 물론 우리 두 사람은 그런 사실을 너무도 잘 알고 있었다.

데블런 교수님이 옥스퍼드로 되돌아가신 지 2년이 흐른 1980년, 그분으로부터 다음과 같이 나를 깜짝 놀라게 하는 편지가 왔다.

내가 자네를 위해 여행 장학금을 하나 마련했네. 자네 공부를 끝내기 위해 꼭 필요한 여행이지. 독일, 프랑스, 이탈리아, 영국……. 자넨 자격이 충분해. 자네 여행이 끝날 때쯤 해서 아마 나도 자네와 함께 합류하여 그리스를 돌아볼 수 있을 걸세. 스케줄을 잘 조정해서 내 제의를 받아들이도록 하게. 자네는 그 위대한 지역을 돌아다니며 문명의 충격을 받을 필요가 있어.

유명한 영국인 교수가 나 같은 존재를 기억하다니, 놀라운 일이었다. 더욱이 그런 장학금까지 주선하는 수고를 아끼지 않았다는 사실에 더욱 놀라웠다. 드디어 나에게 주어진 첫 번째 기회. 나는 그 초청을 어떻게 받아들여야 하는지 부모님과 상의하기로 하고 집으로 달려갔다. 어머니는 아주 상식적인 선에서 이렇게 말씀하셨다. 「칼, 그 제의가 정식으로 이루어진 것도 아닌데, 벌써부터 호들갑을 떠는 게 아니냐?」

나는 얼른 대답했다. 「예, 맞아요. 하지만 데블런 교수님은 뭘 하시겠다고 하면 반드시 하시는 분이에요.」

「벌써 그러겠다고 대답한 건 아니지?」

「아니에요. 아버지와 어머니는 어떻게 생각하실지 물어보고 싶어서 달려온 거예요.」

「너는 그 양반을 얼마나 잘 아냐?」

「반년간 저희 학교에 객원교수로 계셨어요. 어머니도 기억하실 거예요. 최고로 훌륭한 교수님이었어요.」

그러나 어머니는 걱정이 앞서시는 모양이었다. 「텔레비전에서 끔찍한 프로를 본 적이 있다. 터키 감옥이 어떤 곳인지, 내 원 참. 소름이 다 끼쳤다.」

「어머니. 저도 봤는데요, 그 두 대학생 녀석들은 똑똑한 체했지만 멍청한 놈들이라고요. 마약을 밀수했던 거예요.」

아버지는 좀 더 실제적인 문제를 끄집어내셨다. 「내 생각엔 말이다, 네가 올해 해야 할 가장 큰 일은 다음 해에 어느 대학이든 자릴 잡는 일이라 생각한다. 애야, 집에 있으면서 교수 자리나 알아보는 게 어떻겠니?」

나는 다른 말씀부터 드리고 돌아가기 직전에 털어놓으려 했던 비밀을 어쩔 수 없이 말씀드려야겠다고 생각하니 조금은 김이 샌 기분이었다. 「사실은 진작에 말씀드렸어야 하는데……. 메클렌버그의 제 옛날 지도 교수님 기억하시죠? 하셀메이어 교수님 말이에요. 그분이 은퇴하시면서 그분 자리에 저를 지명하셨어요. 학교 측에서도 대환영이라나 봐요. 내년부터 그곳에서 가르치게 됐어요.」

그러자 대뜸 아버지는 말씀하셨다. 「그렇다면 유럽에 가거라. 너의 원 고국인 독일을 구경할 수 있는 좋은 기회다.」

「전 프랑스와 이탈리아에 더 관심이 많은데요.」

「그 나라들도 좋지.」 아버지는 별로 내키지 않으시는 모양이었다.

「그리고 앞으로 영문학을 가르치려면 영국을 특히 잘 알아야 할 것 같아요.」

「좋은 생각이다. 하지만 영국인들은 굉장히 콧대가 센 민족이야.」

그러자 이번엔 어머니가 다시 당신의 궁금증을 열어 놓으셨다. 「그런데 왜 그 데블런이라는 교수가…… 대체 그 양반 나이가 얼마나 됐니?」

「아마 40대 중반일 거예요.」

「그런데 왜 너같이 새파란 젊은이와 여행하려는 거지?」

「어머니, 그분은 학자예요. 문학을 사랑하시고, 또 제가 문학을 사랑한다는 사실을 아시니까 그런 거죠, 뭐.」 나는 말을 잠시 멈췄다가 다시 덧붙였다. 「그리고 어쩌면 그분, 미국 문학에 대한 자신의 판단을 새롭게 하고 싶으신 거겠죠. 전에도 미국 문학에 관한 중요한 논문을 쓰시겠다고 했거든요.」

부모님의 동의 — 사실 아버지는 미적지근하게 수락하셨고, 어머니는 별로 내켜 하지 않으셨다 — 를 얻은 나는 곧장 국제 전보로 데블런 교수님의 제의를 수락한다는 뜻을 전했고, 곧이어 컬럼비아 대학의 내 방을 걸어 잠그고 영국행 팬

암 비행기에 올라탔다. 영국에 머무른 일주일 동안 나는 열심히 버스 관광을 다녔다. 워즈워스가 살았다는 호반 지역, 셰익스피어의 스트랫퍼드, 하디의 웨섹스, 찰스 디킨스에 의해 유명해진 런던의 뒷골목들……. 나는 디킨스의 작품을 별로 좋아하지는 않았지만 언젠가 한 번은 가르쳐야 할 작가임에는 틀림없었다.

그다음 나는 영국 해협을 건너 독일로 갔다. 그곳에서도 역시 한 주일 동안, 그러나 비교적 여유롭게, 내 가족의 고국이 보듬고 있는 문화적 유산들을 음미하며 시간을 보냈다. 다음 행선지는 프랑스였다. 나는 프랑스에서 스탕달과 플로베르, 그리고 발자크의 숨결을 호흡하고 싶었지만 마음먹은 대로 이루질 못하였다. 영국이 자기네의 위대한 작가들을 보여 주는 데 빈틈이 없고 꼼꼼했던 반면 프랑스는 그렇질 못했다. 그래도 우아한 건물들과 웅장한 박물관들이 있는 전반적인 프랑스의 풍취는 정말 존중할 만한 것이었다.

프랑스 여행을 마친 나는 파리에서 버스를 타고 로마로 향했다. 1마일 정도 지날 때마다 나는 지도를 꺼내 내가 나머지 인생 동안 강의해야 할 문학적 지형들의 특징들을 머릿속에 물론 새겨 두었다. 파리, 리옹, 그르노블, 알프스, 제네바, 피렌체, 시에나, 로마. 나는 익히 들어 잘 알고 있던 그 지명들을 그 지역에서 부르는 이름대로 사용하려고 노력했고, 또 내 귓전에 닿는 정보나 지식들은 한 가지도 놓치지 않고 열심히 새겨들었던 덕택에 프랑스와 이탈리아라는 나라는, 적어도 내가 여행한 곳들은, 내 상상 속에 영원히 보존될 수가 있었다. 바로 그 단 한차례의 버스 여행이 나의 모든 경험 가운데 유럽에서 보낸 그해 여름의 가치를 정당화시키고도 남았다.

나는 가톨릭에는 등을 돌린 가정과 지역, 시골 대학에서 자랐고 공부하였다. 우리의 프로테스탄트 조상들이 종교개혁이 박해를 당했다는 사실에 비추어 보면 당연한 일이기도 했다. 그러나 로마에 도착한 나는 그 도시가 바티칸과 밀접한 관계를 유지하고 있다는 사실을 떠나 믿을 수 없을 정도로 숭엄하고 역사적 유산으로 가득한 곳임을 새삼 알게 되었다. 손에 안내 책자를 쥐고 이곳저곳을 돌아다니면서 나는 그 옛날 기독교 이전 시기의 유물들, 중세 암흑기의 교회들, 르네상스 시대의 기념비들, 교황이 통치하던 시기의 기념물들, 그리고 무솔리니가 미쳐 날뛰던 시기의 기고만장했던 흔적들을 죄다 구경할 수 있었다. 어떤 도시가 과연 이렇게 많은 것을 보여 줄 수 있을까? 나는 차례차례 역사적 장소들을 방문하면서 이렇게 자문해 보지 않을 수가 없었다. 여드레 동안의 이탈리아 방문이 끝날 무렵 문득 여행 기간 전부를 버스를 타고 교외 한 번 나가지 않고 로마에만 내내 머물렀다는 사실이 떠올랐다. 그러나 그게 무슨 상관이랴. 로마면 충분해. 이런 생각 끝에 나는 마지막 남은 하루를 바티칸의 박물관을 둘러보며 지내기로 마음먹었다. 그곳에서 나는 수많은 조각품들과 다양한 회화 작품들에 완전히 압도당하고 말았다. 솔직히 말하면, 내가 알고 있었던 것은 웅장한 천장화와 벽화가 곳곳에 그려져 있는 시스티나 대성당은 두 시간 이상 구경할 만한 가치가 있는 곳이라는 사실뿐이었다. 처음에 나는 그 그림들은 모두 미켈란젤로가 그린 것이라고 추측했었다. 그러나 비전문가의 눈으로 보아도 스타일에서의 차이를 감지할 수 있다고 느낀 나는 한 유럽 여행객에게 사실 여부를 물어보지 않을 수 없었다. 그는 독일어로 말했다.「전 영어를 못합니다.」 나는 그에게 관용적인 독일어로 다시 질문을 던졌고, 스위스인인 그는 페루지노의 독특한 벽화가 미켈란젤로의 천장화만큼 훌륭하다고 느끼는 그 방면의 전문가였다.

시간이 흘러 관람 시간이 끝나고 곧 박물관 폐관을 알리는 종소리가 울려 퍼지자 그 스위스인이 나에게 다가와 물었다. 「오늘 오후 매우 즐거웠습니다. 제가 저녁 식사를 대접해도 되겠습니까?」 그렇지 않아도 혼자서 밥 먹는 것이 싫었던 나는 기쁘기 그지없었다. 그런데 근처 레스토랑으로 초대할 것으로 생각했던 나의 예상과는 달리 그는 한 작은 호텔로 발걸음을 옮겼다. 호텔 요리사는 그의 방에 들어선 우리에게 내가 먹어 본 것 중에서 가장 맛있었던 스파게티를 내오더니 곧이어 얇게 자른 송아지 고기와 소금에 절인 햄을 한데 조리한 살팀보카라는 빼어난 요리를 날라다 주었다.

「당신은 치즈를 좋아하시는군요.」 이런 그의 말에 약간 짭짤한 것이면 모두 좋아한다고 내가 답하자 그는 금방 뛸 듯이 기뻐하며 소릴 질렀다. 「그러면 안초비도 좋아하시겠군요!」 그러면서 그는 안초비가 잔뜩 들어간 작은 샐러드를 주문하였다. 안초비는 정말 기가 막히게 맛이 좋았다. 내가 그 이름을 정확히 알고 싶다고 하자 그는 대답했다. 「안쇼비스, 앙슈와, 아추가, 안초비…… 나라마다 그 이름이 다릅니다.」

식사는 기분 좋게 끝마쳤지만, 그 후의 시간을 별로 특별한 일 없이 빈둥거리며 그의 호텔 방에 있자니 나는 조금씩 불안해지기 시작했다. 그런 나의 기색을 알아차렸는지 그 스위스인은 유별나게 다정한 독일어 단어들을 골라 점잖게 물어보는 것이었다. 「여기서 주무시고 가시면 안 되겠습니까? 여분의 칫솔도 있고, 또 면도기는 제 것을 쓰면 됩니다.」 이런 제의 ― 난 이미 그날 밤, 아니 다른 때도 마찬가지였지만, 아무 할 일도 없다는 사실을 밝혔고, 또 내가 묵고 있는 호텔이 멀리 떨어져 있었기 때문에 사실 그의 그런 제의가 어쩌면 당연한 것이었는지도 모른다 ― 를 하면서 그는 얼굴 가득

애교 있는 웃음을 지어 보였다. 그러고는 곧 부드러운 손으로 내 어깨를 쓰다듬어 내리면서 그의 의도가 무엇인지 드러내기 시작했다. 스물여섯 살을 먹도록 여자나 남자, 그 어느 누구와도 그런 느낌이나 감정을 경험해 본 적이 없었던 나는 슬슬 겁이 나기 시작했다. 옷을 벗고 그와 함께 좁은 침대 속에 들어간다는 생각이 번뜩 떠오르자 나는 두려움에 사로잡혀 그를 세차게 밀어 버리고 문으로 달려 나갔다. 그러자 내가 미처 빠져나가기도 전에 얼른 내 손목을 잡은 그는 조용한 목소리로 애원하는 것이었다. 「제발! 별일 아닙니다. 정말 끝내 주는 기분이 들 겁니다.」 그러나 나는 힘차게 그의 팔을 뿌리치고 방 밖으로 뛰어나와서는 계단을 따라 호텔 입구로 달려 나갔다. 얼마나 놀랐는지 그 혐오스러운 상황에서 나를 구해 줄 엘리베이터를 기다릴 여유도 없었던 것이다.

　내 호텔에 도착하여 낯이 익은 데스크의 여직원이 눈에 들어오자 나는 폭풍을 피해 겨우 피난처를 찾았다는 느낌이 들었다. 내가 바티칸 구경을 간 사이에 도착했다는 전보 한 통을 그 여자가 건네주었을 때는 정말로 그 당혹스러운 상황에서 확실히 빠져나왔다는 느낌이 들었다. 전보는 데블런 교수님으로부터 온 것이었다. 〈내일 자네 호텔에 도착할 예정. 그리고 그리스로 출발.〉 그제야 방금 전에 느꼈던 두려움 대신에 따뜻한 감정이 찾아들었다. 데블런 교수님을 스승으로뿐만 아니라 믿을 수 있는 친구로 생각했기 때문이었다.

　첫날 우리는 이탈리아 반도의 등줄기를 따라 천천히 북부 지역으로 올라가 어스름이 깔릴 무렵에 피렌체에 도착하였다. 데블런 교수님이 한 경찰관에게 이탈리아어를 멋지게 구사하며 숙박할 만한 곳을 물어보았다. 그 경찰관은 웃으며 대답했다. 「그런 곳이라면 2백 군데나 넘게 있습니다. 저쪽

구석에 잠자리도 훌륭하고 음식도 괜찮은 곳이 하나 있어요.」 그가 알려 준 곳으로 찾아가자 업소 관리인은 방 두 개가 차리라는 기대에 즐거워하는 기색이 역력했다. 그리고 숙박비를 흥정하던 데블런 교수님도 그의 기대를 저버리지 않았다.「방 두 개요.」 곧이어 저녁 식사를 맛있게 마친 우리는 잠시 담소를 즐기고는 각자의 방으로 들어가 잠을 잤다.

다음 날 우리는 피렌체에서 유명하다는 곳을 모두 돌아다녔다. 데블런 교수님은 세상에서 가장 훌륭한 박물관 세 곳이 있는데 그중 하나가 우피치 박물관이라고 치켜세웠다. 우리는 그곳을 방문하였는데 나는 그곳을 속속들이 잘 알고 있는 그분의 해박한 지식에 또 한 번 놀라지 않을 수 없었다. 「칼, 자네가 자네 대학에서 일급 영문학 교수가 되려면 미술, 음악, 건축 등 이 세상 모든 인간들의 위대한 심미적 노력이 어떤 결실을 맺고 있는지 잘 살펴보아야 하네. 피렌체를 모르면 단테를 알 수 없어. 그곳뿐만이 아닐세. 그가 방황했던 여타의 다른 산악 마을들을 상상하지 못하면 그를 이해할 수가 없다네. 자네는 3~4년 동안 매년 여름 이탈리아를 방문해야 하네. 그게 대학원생들이 갖춰야 할 지혜로움일세.」

메디치 성당을 방문했을 때 데블런 교수님은 더욱 열을 올리셨다. 특히 어느 르네상스 화가가 그렸다는 벽화 — 메디치 공후들이 그들의 하인들과 마부들을 이끌고 행차하는 모습이 그려진 그림 — 에 지대한 관심을 보이시는 것이었다. 「자, 여기 위대한 이탈리아가 자네 품 안으로 들어오고 있네. 자네에게 이야기를 들려주려고 말이야.」 나도 우피치 박물관보다는 메디치 성당이 더 마음에 들었다.

그날 밤, 우리는 아르노 강변의 한 식당에서 식사를 하였다. 식사를 하면서 데블런 교수님은 여전히 배급이 실시되고 전후(戰後) 긴장이 아직 채 가시지 않았던 1951년에 자신이 겪었던 케임브리지 대학의 킹스 칼리지 시절을 회상하셨다. 「불쌍한 케임브리지. 최근에 너무 푸대접을 받고 있지. 앤서니 블런트에 관한 사실들이 폭로되면서 옛 상처들이 다시 째지는 판국이라네.」

「그 사람이 어떤 사람인데요?」 나의 이런 물음에 데블런 교수님은 그 유명한 케임브리지 간첩 사건을 들려주셨다. 그 사건은 1930년대 케임브리지에서 만나 급속히 가까워진 필비, 버제스, 매클린, 그리고 블런트라는 사람들이 곧이어 러시아 공산주의의 주문에 걸려 공산주의로 전향한 뒤 영국과 미국에서 자신들의 위치를 이용하여 전략적으로 중요한 두 나라의 비밀을 적국에 누설한 사건이었다. 데블런 교수님은 말씀하셨다. 「어처구니없는 행동으로 나라를 팔아먹은 반역자들이었지. 영국과 미국에 엄청난 손실을 끼친 사람들이며, 또 많은 연합군 정보원들을 죽음으로 이끈 장본인들이었다네.」

「왜 그 사람들이 그런 짓을 저질렀을까요?」 내가 이런 물음을 던졌을 때는 어둠이 도시 위로 깔리고 있을 때였다. 「시대의 분위기가 그랬지. 만일 내가 그 당시 그 사람들 나이였다면 아마 나도 기꺼이 그들에게 동참했을지도 모른다네. 아일랜드 출신이었던 나는 영국이 우리 조국에 저지른 짓거리에 한창 저항적인 생각을 품고 있었으니 말일세. 러시아를 동경했기 때문이 아니라 영국을 증오했기 때문에 그들의 사상에 참여했을지도 모른다는 것이야.」

그러더니 데블런 교수님은 예술에 대한 나의 태도에 관해 말씀하기 시작하셨다. 「예술가는 항상 어느 정도는 사회에 대항해야 하네. 이미 관습화되어 버린 지식에 대항해서 말일세. 낯선 길을 찾고, 기성의 지혜를 논박하고, 또 새로운 양상들을 받아들이고 도전하여 재구성하는, 그런 마음가짐을 가져야 하지. 천성적으로 예술가는 반(牛)무법자라네. 반 고흐는 우리의 색채 감각을 공격했고, 바그너는 음에 대한 기존의 인식을 뒤흔들어 놓았지. 옛날 케임브리지의 그 젊은 친구들은 삶의 예술가들이었다네. 그 점에선 그들을 능가하는 사람들이 없었어. 삶의 중심 지대를 곧장 가로지른 사람들이라네.」

내가 이 복잡한 철학의 가닥을 풀기도 전에 데블런 교수님은 계속 말을 이었다. 「그리고 그 사람들의 우두머리가 바로 앤서니 블런트였다네. 상상해 보게. 적의 심장부인 런던에서 그가 군 정보부의 고위직에 있었다는 사실을 말일세. 게다가 그 사람은 궁중 미술관의 감정관 노릇을 하며 기사 작위까지 받았으니……. 푸생을 비롯한 프랑스 풍경화가들을 연구한 학자이기도 하니 그리 놀랄 일은 아니지. 그런데, 그러는 가운데서도 줄곧 가장 중요한 정보들을 소련으로 보내고 또 동료 첩자들이 체포되지 않도록 보호했으니…… 친구들에 대한 우정도 거의 흠잡을 데가 없었다네. 친구들을 사랑하니 당연한 일이었겠지만 말이야.」

데블런 교수님은 시저의 머리카락처럼 눈 위에서 깐딱거리는 반백의 머리카락을 앞뒤로 흔드시더니 한참 후에 물으셨다. 「칼, 자네는 E. M. 포스터라는 위대한 소설가가 한 유명한 말을 들어 본 적이 있나? 『인도로 가는 길』을 쓴 작가지. 읽어 봐야 할 걸세. 그 소설가 역시 케임브리지 출신이네. 내가 다녔던 킹스 칼리지에서 공부한 사람이지. 아무튼 포스터가 한 말이 있는데, 여러 글에서 서로 다르게 나타나기는 하지만, 내가 기억하는 바로는 이렇다네. 〈만일 조국을 팔아 먹는 것과 친구를 배신하는 것 중 하나를 선택해야 하는 경우가 있다면 나는 차라리 나라를 배반할 수 있는 용기를 가졌으면 합니다.〉」 그분은 마치 이 복잡한 말들을 공중에 떠 있게 하려는 듯이 밤하늘을 한참 쳐다보시더니 덧붙이셨다.

「아마 그 말이 금세기의 가장 의미심장한 언명일 걸세.」

나는 교수님의 이런 평가가 어떤 뜻에서 내려진 것인지 골똘히 생각하던 끝에 〈데블런 교수님, 교수님은 지금 친구분들에 관한 말씀을 하고 계신 겁니까?〉 하고 묻지 않을 수 없었다. 아일랜드 출신인 그분의 대답은 이러했다. 「나는 어떤 파당에도 가담하지 않았네. 아마 그 사람들도 아일랜드 출신의 촌놈을 원치 않았을 걸세. 그렇지만 나는 내 나름으로, 포스터가 친구들에게 가졌던 감정과 똑같이 나도 내 친구들에게 그런 감정을 지니고 느끼고 있다네.」

「친구분들을 보호하기 위해 나라를…….」

데블런 교수님은 대답하지 않으셨다. 대신 그분은 지금까지와는 전혀 다른 음성으로 이런 말을 들려주셨다. 「칼, 예술가의 삶은 언제나 〈그들에 대항하는 우리〉라는 동아리 의식 속에 이루어지는 삶일세. 일반적으로 사람들은 예술가들을 원하지도 않으며 이해하려 들지도 않는다네. 예술가들이 죽기 전까지는 전혀 받아들일 수가 없는 게지. 자네가 깊이 생각해 온 소설가들 전부가 세태의 흐름에서 벗어났던 사람들일세. 만일 그들이 세태의 흐름에 야합했다면, 바로 그 순간부터 그들은 앞으로 나아갈 힘을 잃고 별 볼 일 없는 이류 작가로 떨어지고 말았을 테니…….」

「교수님은 저에게 숨기시는 게 있으시죠?」 나는 거의 절망감에 빠진 목소리로 물었고, 그분은 이렇게 답하셨다. 「그 유명한 케임브리지의 4인조. 누구와 비교될 수 없을 정도로 총명했고, 누구보다도 대담했으며, 강철 심장을 지닌 요술쟁이들인 그들……. 그들은 서로 사랑했네. 그들은 형제였으며, 또 그들을 비난했던 자들이 사람들의 기억 속에서 사라져 잊힐 때에도 그들은 역사 속에 자신들의 목소리를 울릴 걸세. 이유는 그들은 무언가를 상징하고 대표하는 사람들이기 때문이라네.」이 말과 함께 자리에서 일어나 강가로 발걸음을 옮기시던 데블런 교수님은 나지막이 혼잣말을 하시듯 중얼거리셨다. 「그들은 케임브리지의 내 친구들이고, 동료였으며, 또 나의 교사였지…….」

「교수님도 스파이가 되고 싶다는 말씀은 아니시지요? 나라와 국민을 배신하는 그런…….」

「물론 아니지. 그저 불타는 듯한 강렬함으로 인생을 살고 싶다는 것뿐일세. 어떤 희생이라도 기꺼이 치를 수 있는 그런 용기를 갖고 싶네.」

강 둑을 따라 한참을 걸은 다음 호텔로 돌아온 우리는 접수계에서 각자의 열쇠를 받으며 잠시 머뭇거렸다. 그리곤 잠시 후 우리는 각자의 방으로 돌아갔다.

그날 밤, 나는 잠을 청할 수가 없었다. 이리저리 뒤척이며 나는 조용한 식당에서 데블런 교수님이 하신 말씀을 곱씹으며 지혜의 낟알들을 키질하기 바빴다. 도시의 머리 위로 아침이 열릴 때쯤 나는 장차 교수로서의 나의 삶에 활기를 줄 진리들을 찾아내었다. 〈예술가는 보통의 삶을 살 수도 없고, 살아서도 안 되는 창조적인 인간이다. 그는 자기 자신처럼 믿을 수 있는 자신의 친구들에게서 본질적인 것을 찾아내야 한다. 예술가의 임무란 사회에 신선한 충격과도 같은, 또 때로는 어쩔 수 없이 신랄한 그 사회의 초상을 그려 주어야 한다. 그리고 이 세상의 최고의 선, 즉 한 인간의 척도가 되는 행위란 친구에 대한 충직성이다. 그 결과가 어떻게 되든, 친구들에게 내보일 수 있는 신뢰감이 바로 선이다.〉

아침 햇살이 방 안을 가득 비출 때쯤 해서 나는 연필과 종이를 찾았다. 내가 애써 찾아낸 금싸라기와도 같은 진리를 잊어버리기 전에 기록해 둘 심산이었다. 그러나 종이에 적은 글을 다시 읽어 보았을 때 나는 뭔가 빠졌다는 느낌을 지울

수 없어 몇 자를 더 적어 놓았다. 〈그리고 그 친구는 여성일 수도 있다.〉

그날 저녁, 베네치아를 향해 가던 우리는 자동차들이 주차해 있는 내륙의 정류장들을 보았다. 그곳에는 자동차 운전수들이 운하를 정기적으로 운항하는 수상 택시인 증기선에 짐을 싣고 있었다. 「베니스는 연인들을 위한 도시지.」 이런 데 블런 교수님의 말씀에 나는 ― 지금 생각해 보면 다소 유치했던 것 같다 ― 〈베네치아라고 불러야죠〉라고 대꾸했다. 그러자 교수님은 나를 질책하셨다. 「헨리 제임스는 이 도시 이름을 영어로 불렀네. 그가 규칙을 세운 걸세.」

그날 밤 나는 교수님이 호텔 관리인에게 〈두 사람이 함께 쓸 방으로 주시오〉라고 말씀하셨을 때 그저 잠자코 있었다. 그러고는 그분이 열쇠 하나를 받아 2층으로 오르실 때 아무 말 없이 따라 올라갔다.

베네치아에서의 첫날을 우리는 꿈길을 걷듯 그렇게 보냈다. 이전에 그렇게 열정적인 성적 체험을 해보지 못한 나로서는 더욱 그러했다. 그 강렬함에 다리가 휘청거릴 정도였다. 나는 난생 처음 건초 가리 위로 자신의 연약한 몸을 내맡긴 내 고향의 메노파 작은 소녀와 다를 바 없었다. 나에게 일어났던 그 놀라운 일이 아무리 해도 믿어지지 않았다. 그리고 혹 내가 나 자신의 내면의 감정에 더 솔직했었더라면 그런 일이 이미 수년 전에 일어났을 수도 있었다는 사실이 더욱 믿기 어려웠다. 그러나 다른 무엇보다도, 내가 존경하는 교수님과 관계를 맺음으로써 맛본 황홀감이 얼마 전 스위스 관광객과의 만남에서 경험했던 소름 끼칠 정도의 추잡함을 다 지워 주었다는 사실에 더더욱 놀라웠다.

마흔일곱의 나이에 배까지 나와 허리가 두꺼워진 데블런

교수님으로서는 한창 때의 젊은 청년이 자신을 로마에서 만나기 위해 대서양을 건너왔다는 사실이, 그리고 또 2~3주 여행을 위해 자신이 그 청년과 함께 그리스로 향하고 있다는 사실이 정말 상상도 못 할 일이었을 것이다. 그분은 최근 몇 년 동안 자주 이런 생각이 들었다고 털어놓으셨다. 「정말 끝나 버린 것일까? 내가 경험했던 그 황홀한 밤들이 정말 막을 내린 것일까? 이런 의혹이 자주 찾아들었다네. 그런데 말일세……」 잠시 그분은 여인들이 곤돌라를 타고 운하를 가로지르는 모습을 내려다보셨다. 「그런데 뉴욕에서 3개 국어에 능통하고 문학에 대한 드문 재능을 지닌 훌륭한 젊은 미국 청년을 만난걸세……. 이 젊은 친구는 겉으로는 삶의 구각을 깨고 새로운 삶으로 뛰어들기를 두려워하지만 내면은 그렇지 않다고 생각했지. 또한 그 친구가 여학생들과도 잘 어울리지 않고, 그럴 가능성도 희박하다고 눈치챈 순간 나는 그 젊은이를 유럽으로 데리고 와서 찬란한 문화유산 속에 흠뻑 빠져들게 할 수만 있다면 이 아일랜드인도 아마 마지막이긴 하겠지만 멋진 관계의 은총을 받지나 않을까 하는 생각이 떠올랐다네.」 그분은 또다시 잠시 말을 멈췄다가는 부드러운 음성으로 덧붙이셨다. 「그리고 모든 것이 내가 생각했던 대로 이루어졌다네. 신이여, 정말 내 생각대로 이루어졌습니다.」

내게는 새로운 삶의 시작으로 출발한 베네치아에서의 첫날이 초점 잃은 도취감 속에서 허비된 날이라면, 둘째 날은 심미적 희열로 충만한 날이었다. 왜냐하면 그날은 데블런 교수님이나 나에게가 아니라, 베네치아라는 도시 그 자체와 세계 문학에서 그 도시가 차지하는 역할에 초점이 맞춰져 있었기 때문이었다. 나에게는 특히 그 둘째 날이 의미 있는 날이었다. 나를 컬럼비아 대학에서 연구하도록 이끌고, 또 데블런 교수님과 우정을 쌓도록 길을 열어 준 옛날의 그 논문 「헨리 제임스와 토마스 만: 한 도시에 관한 두 중편」에 빛을 발해 준 바로 그날이었던 것이다.

우리는 운하를 따라 나 있는 좁은 보도 위로 발걸음을 옮기면서, 한 미국 작가가 죽은 시인인 제프리 애스펀과 관련된 편지함을 차지하려는 마음에서 줄리아나 보르드로, 그리고 자신의 못생긴 질녀 미스 티나와 다퉜던 제임스의 그 다 쓰러져 가는 궁전을 찾기로 하였다. 걸어가는 도중 데블런 교수님이 입을 여셨다. 「소설에서 역시 그 편지들을 차지하려 했던, 다소 역겨운 인물로 나오는 존 쿰너라는 영국인 말일세, 어쩌면 그자가 나일 수도 있겠고 젊은 미국인은 자네일 수도 있네.」 곧이어, 제임스의 소설에서 묘사된 것과 똑같은 집을 찾으려는 우리의 노력은 베네치아에 있는 실제 저택이 아니라 실타래처럼 얽혀 있는 허구적인 삶이면서도 좁은 보도에서 우리 곁을 지나쳤던 살아 있는 이탈리아 인들의 실제 삶보다도 더 여실하게 보이는 소설적인 삶의 탐구로 바뀌었다.

「그게 바로 소설이 해야 할 일일세.」 데블런 교수님은 힘있게 말씀하셨다. 「종이 위에 단어들을 연속해서 풀어헤쳐 놓는 것과 누구나 보통의 사전에서 흔히 찾을 수 있는 그런 단어들을 풀어놓는 것은 바로 실제 환경 속에 있는 실제의 사람들에게 생명을 불어넣는 일일세. 자, 우리가 이 쾨쾨한 냄새나는 운하와 마주하고 있는 저 낡은 집을 소설 속에서 묘사한다고 치세. 그렇다면, 가령 잠비아로 휴가를 떠나 그 소설을 읽는 어느 독자로 하여금 그 배경을 실제 육안으로 보는 것처럼 생생하게 상상할 수 있게 하고, 또 그 심리학적 중요성까지 음미할 수 있도록 하려면 우리는 과연 50만 개나 되는 영어 단어들 중에서 어떤 단어들을 골라 써야 할까? 이용 가능한 단어들을 다 쓰면 되네. 마구 뒤섞여 있는 단어들

중에서 그냥 고르기만 하면 되지. 그러나 한 가지 분명히 해 두어야 할 것은 그 단어들을 올바른 질서로 배열해야 한다는 점일세. 그래야 우리가 노리는 효과를 거둘 수 있다네.」

그다음 우리는 만의 소설로 넘어갔다. 콜레라가 만연된 베네치아의 이야기였다.

「하지만 오늘날에는 콜레라가 없지 않습니까?」

「아닐세, 있네. 무서운 콜레라가 모든 서구 사회에 창궐해 있지. 신문과 전파를 통해 토하듯 쏟아지는 대중문화라는 콜레라 말이네. 그것이 모든 것을 죽이고, 또 모든 것을 싸구려로 만들고 있다네. 언젠가는 우리 목까지 그 오물 같은 콜레라가 차 올라 우릴 질식시키고 말 걸세.」

데블런 교수님은 떨쳐 버릴 수 없는 문명의 미래에 대한 두려움을 조심스럽게 설명하시더니 그 불행한 통속성으로의 타락을 방지하기 위해서 창조적 예술가가 해야 할 일을 말씀하셨다. 「가장 큰 적은 대중들의 수용에 있네. 왜냐하면 대중들이 인정해야 어떤 예술가가 대중 욕구의 최소 공통분모 정도는 만족시켰다는 점이 입증되기 때문일세. 하지만 예술가의 임무는 그런 것이 아니네. 예술가는 연구와 통찰을 통해 자신이 성취할 수 있는 최상의 수준으로 올라서야 하는 것이고, 그다음 동료들과 소통하고, 또 그들을 찾아내고, 그들과 사상을 교환해야 하네. 그리고 난 다음 그들이 관심을 쏟고 있는 문제가 무엇인지 밝혀 내기 위해 글을 쓰고, 그림을 그리고, 음악을 만드는 것일세. 진정한 예술이란 고양된 수준에서 동등한 사람들끼리 의사 소통하는 것이지. 그 밖의 다른 것은 일고의 가치도 없는 것이야.」

나는 그 말씀의 깊은 의미를 알 수는 있었지만 한 가지 의문점이 떠올랐다. 「하지만 저는 교수님이 컬럼비아 대학에서 저희들에게 들려주신 말씀을 통해 모든 글쓰기의 최종점은 출판이라는 것을 알게 되었어요. 그런데 이제는 그것도 별게 아니라고 말씀하시니 대체 어떤 의미인지…….」

「자네 아직도 그 폭풍과도 같았던 강의를 기억하나? 그래, 조지 엘리엇은 보물이고, 찰스 디킨스는 엉터리 약장수야. 그리고 조지프 콘래드는 고수하되 존 골즈워디는 버리게.」

「하지만 그 작가들이 책으로 남겨 둔 것은 어떻게 하고요? 교수님이 폄하한 작가들이 무엇인가를 책을 통해 전파시켰다면 그것 나름대로 어떤 건설적인 목적을 이룬 것을 아닐까요?」

「아닐세. 내가 무시하라고 한 작가들은 마취제와도 같은 존재들이지. 해도 없지만 아무런 득도 주지 못하는 작가들일세.」

「그렇다면 출판의 존재 이유는요?」

「진정한 출판의 목적은 동등한 사람들 사이의 대화를 수행하기 위해서라네. 책상에 앉아 자네의 청중이 누구인지, 자네의 독자가 누구인지 한번 상상해 보게. 자넨 분명 훌륭한 학자가 될 테지만, 지식인으로서 자네의 임무란 바로 자네 세대의 최고의 정신들, 즉 베를린, 레닌그라드, 소르본 혹은 버클리에 있는 생각 깊은 남녀들과 교류하는 것일세.」

「그렇지만 출판업이란 교수님이 경멸하는 책들을 팔기 때문에 존재할 수 있는 것 아닙니까?」

「아냐, 그렇지 않아! 자네가 틀렸네, 칼. 출판사는 위대한 작품을 출판하기 위해서 어쩔 수 없이 쓰레기 같은 글들을 파는 것일세. 자, 부에노스아이레스, 도쿄, 마드리드, 모스크바, 더블린, 그리고 두 곳의 케임브리지, 이런 지성의 중심지를 차지하고 있는 뛰어난 정신들의 그물망을 한번 상상해 보게. 그런 곳은 이 세계를 한데 결집시키려는 보기 드문 지식인들이 모이는 곳이라네. 그들과 얘기하고 그들을 격려하게. 그리고 자네의 명석함으로 자네가 끌어 모은 광명을 그들에게도 나누어 주게. 그 밖의 나머지 것들은 다 필요 없어.」

우리는 데블런 교수님 자신이 〈최고의 정신〉이라 말하는 것과 관련된 원칙을 논의하면서 천천히 이탈리아의 꼭대기를 돌아 트리에스테, 그리고 남쪽으로 유고슬라비아의 불운의 도시인 사라예보로 계속 나아갔다. 그다음엔 알렉산드로스 대왕이 수양을 쌓은 마케도니아로 가서 경의의 예를 갖추기도 했다. 서로 교대로 운전하여 여행을 계속하는 동안 늦은 오후가 되면 조용한 여관을 골라 같이 침대로 오르는 순간을 초조히 기다리는 일이 잦아졌던 것도 사실이었다.

마침내 우리는 역사적인 북부 도시 테살로니키를 통해 그리스로 들어섰다. 꿈을 꾸듯 반도를 따라 내려가는 동안 고대의 이름들이 현실의 것으로 불쑥불쑥 떠오르자 하늘까지도 달리 보였다. 데블런 교수님은 그 옛 이름들을 어찌나 많이 아시는지 나는 내 무지에 그저 부끄러울 따름이었다. 「다 고전을 공부한 결과라네. 고전을 배워야 해. 자네도 그렇게 배웠을지 모르겠지만 미국에서처럼 가볍게 지나치는 정도로는 안 되지.」

아테네에 도착하기 전 데블런 교수님은 〈여기가 스파르타로 가는 분기점이네〉라고 하시면서 코린토스의 고대 운하를 가리키셨다. 높은 도로에서 보니 정말 아름다운 광경이었다. 제2의 반도로 들어서기 위해 그 유명한 수로를 가로지를 때는 노예들이 힘차게 노를 젓는 고대 그리스의 전함들이 깃발을 휘날리며 앞다퉈 수면을 가로지르는 모습이 상상되기도 했다.

스파르타는 기대했었던 것보다는 실망스러웠다. 전투가 벌어졌던 평원 위에 여기저기 흩뿌려져 있는 쓸쓸한 잔해에 불과했다. 데블런 교수님이 말씀하셨다. 「자, 보게. 한 사회가 군사 독재에 굴복했을 때 어떤 일이 벌어지는가를 잘 보여 주는 곳일세. 스파르타의 어린아이들은 일곱 살 때부터 군사 훈련을 받았다네. 모든 결정을 군사 평의회에서 내렸지. 모든 것을 정복한 세계 최고의 군대. 그러나 결국엔 독재로 스스로 목숨을 끊은 꼴이 되고 말았지. 왜 그런지 아나? 자유인들은 항상 전제를 이겨 내기 때문일세. 그렇지, 전제를 패퇴시키지는 못하지만 그것보다는 오래 살아남기 때문이지.」

그 지역은 그리스의 웅장함이나 스파르타 군대의 승리를 보여 줄 만한 아무것도 없었다. 단지 초라한 건물 몇 개가 애처로이 모여 있을 뿐이었다. 다시 데블런 교수님이 입을 여셨다. 「미국에 있을 때 나는 슬픈 느낌이었다네. 만일 스파르타 독재 같은 것이 자네 나라의 학교를 개선해 주고, 소수 인종을 통제해 주고, 여성들을 원래의 위치로 되돌려 보내고, 종교적 지상권을 회복시켜 주고, 또 권리선언의 어리석음을 다 끝장내 준다면 자네 국민의 80퍼센트가 그런 독재를 환영하리라는 것을 읽었기 때문일세. 내 눈엔 많은 현대 미국인들이 그런 제의라면 쌍수를 들고 기뻐 날뛸 것으로 보였지. 그래서 자넬 이곳 스파르타로 데려와 구경시키고 싶었던 것일세. 자, 보게. 지금 자네 눈에 보이는 것이 그런 선택의 결과라네.」

아테네에 도착하자 교수님은 전에 아테네를 방문할 때마다 자주 묵었다는 어느 작은 호텔로 향하셨다. 그 호텔의 주인은 교수님을 알아보자마자 달려 나와 미리 예약한 방이 다 준비되었노라며 연신 굽실거렸다. 교수님은 방으로 나를 데리고 가시며 말씀하셨다. 「역사나 어떤 의미를 성취하려는 인간의 오랜 투쟁에 관한 이야기를 읽을 수 있거나 혹은 한 번이라도 들어 본 사람이라면 이곳 그리스에 올 때마다 느끼게 된다네. 난 이제 고향으로 돌아온 거야. 이렇게 말일세. 칼, 우리도 이제 고향에 온 것이라네. 오래전 컬럼비아에서 시작된 여행에서 이제 막 집에 들어선 것이야.」

아테네에서의 열흘은 내 생애에서 가장 강렬하고 집중적인 토론이 이루어졌던 시기였다. 소설의 모든 양상을 주제로 삼은 소크라테스 문답식의 토론은 매일 그리스 요구르트와 검은 빵 조각, 그리고 약간의 히블라 꿀로 차려지는 아침 식사 시간 때부터 시작해서 잠이 우리 몸을 내리누르는 자정이 되어서야 끝나곤 하였다.

우리는 마치 소설을 어느 것과도 비교할 수 없는 귀중한 보물인 양 논의하면서 이미 알려진 어떤 이야기를 어떻게 서술해야 최선인가, 즉 어떤 관점에서 이야기를 서술해야 최선의 효과를 가져올까 하는 문제를 두고 하루 온종일 씨름하였다. 그 주제에 대해서 데블런 교수님은 아주 확고한 생각을 지니고 계셨다. 「가장 나쁜 것은 작가가 이따금씩 자신의 은밀한 논평을 끼워 넣는 형식이지. 작가의 그런 개입이 이야기의 흐름을 깰 땐 얼마나 불쾌한지 모른다네. 게다가 이야기의 끝이 엉성하게 건초 더미를 실은 짐마차처럼 삐걱거리면 정말 얼마나 혐오스러운지……. 자넨 그러지 말게. 자네가 가르칠 어떤 학생이라도 그렇게 하도록 해서는 안 되네. 만일 그런 책을 평할 기회가 있으면 가차없이 혹평하게.」

집중적으로 학문 연구에만 몰두한 때문인지는 몰라도 데블런 교수님은 뛰어난 재능을 지닌 미지의 작가가 서술한 소설에 대해서 나름의 복합적인 견해를 지니고 계셨다. 「어떤 종류의 삶에서건 신 같은 존재는 넌더리가 나. 그리고 모든 인간의 행위를 설명하려고 나서는 무한한 재능이란 아무리 색다르다 하더라도 독자를 지루하게 만드는 법일세. 그런데 그런 틀로 쓰인 것이긴 하지만 나를 매료시킨 책을 우연히 읽게 되었지. 그게 바로 『미들마치』란 작품일세.

난 눈으로 모든 걸 보면서도 아무것도 이해하지 못하는 이름 없는 시골 백치의 관점에서 쓰인 책들을 좋아했지. 그 인물이 대체 어떤 인물인지 확신할 수는 없겠지만 서서히 그 인물이 들려주는 이야기가 대단히 정직하고 여실하다는 느낌을 받게 되거든.」

그분이 분석하신 네댓 개의 서로 대체 가능한 접근 방법을 귀담아듣고 난 뒤 내가 물었다. 「그럼 가장 잘 알려진 관점, 즉 헨리 제임스가 옹호했던 〈나〉의 관점은 어떻습니까? 소설의 사건에 관심을 가지고 있고 또 그 내용을 잘 아는 인물이면서 이야기 전개에 주제넘게 나서지 않는 인물로서의 그 〈나〉의 시점을 사용하면 서사에 휴머니티가 더해지지는 않을까요? 차라리 저에겐 그런 관점이 더 묘한 현실 감각을 제공해 주는 것 같아요. 교수님은 어떻게 생각하세요?」

데블런 교수님은 어떤 단어를 사용해야 자신의 의도를 정확히 전달할 수 있을까를 계산이라도 하듯 잠시 골똘히 생각에 잠기더니 이윽고 말문을 여셨다. 「맞네. 그것이 최선의 관점이긴 하지. 나는 나 자신의 견해를 자네에게 주입시킬 생각이 없다네. 잘못하다간 치명적인 왜곡의 고통을 겪어야 할지도 모르기 때문이지. 물론 자네가 생각하는 그런 매우 동정적인 시각의 관찰자로 하여금 등장인물들의 삶뿐만이 아니라 봇물 터지듯 넘쳐흐르는 실제 삶의 흐름에도 참여하지 못하도록 하고 싶은 유혹이 큰 것은 사실이네. 간단히 말해서, 칼, 자네나 나 같은 사람들은 이야기를 할 때 자기 자신과 비슷한 화자를 선택한다는 것일세. 결혼도 안 하고, 그러니 자식 키워 본 적도 없고, 군대에 가 본 적도 없고, 뭐 딱 부러지게 이것이란 직업을 가진 것도 아니고, 그러나 손톱 속에 때가 낀 사람들처럼 너저분한 사람도 아닐뿐더러 주변 사람들보다는 훌륭한 점이 많은 사람 말이네. 그런 화자의 시각을 따라 소설을 읽는다고 해보세. 얼마나 지루하겠나.

만일 자네가 그런 소설을 쓴다면 등장인물이야 우리들처럼 고급 심미주의자로 그릴 수 있겠지만, 이야기의 관찰자로는 상점이나 운영하면서 자식들을 대학 보내기 위해서 큼직한 것 하나쯤 저당 잡혀야 하는 그런 인물을 써야 할 걸세.」

「저는 상점 주인 같은 사람한테는 관심이 없어요.」 내 입에서 대뜸 튀어나온 이 바보 같은 말에 데블런 교수님은 이렇게 답하셨다. 「그렇다면 자네 소설을 읽을 사람이 아무도 없겠는걸.」

또 다른 대목에서 그분은 불쑥 이런 말을 던지셨다. 「비평가들은 소설을 쓰지 말아야 해.」

「왜요?」

「아는 게 너무 많기 때문이지.」

「하지만 소설가들은 항상 비평가처럼 되려고 애쓰잖습니까?」

「그리곤 망해 버리지.」

그다음 우리는 소설의 주제로 어떤 것이 가장 좋은가에 대해 긴 토론을 하였으며, 데블런 교수님은 두 가지 점을 지적하셨다. 「인간이 할 수 있는 어떤 행위든 다 소설의 질료라네.」

「어떤 것이든 다 될 수 있다는 말씀이신가요?

「그런 셈이지.」

「근친상간도요?」

「그리스 비극을 뒤져 보면 근친상간을 둘러싼 위대한 드라마가 무궁무진하다네. 불과 분노와 복수로 일관된 것들이 많지.」

「전 그리스 비극에 대해 아는 게 별로 없습니다.」

「그렇담 이번 여름이 자네가 못 보고 그냥 넘어간 것들을 바로잡을 수 있는 좋은 기회로군. 그렇지 않으면 나중에 자네가 문학의 내적 의미를 파악하려 할 때 분명 장애가 될 걸세.」

그런 다음 소설 주제에 관한 두 번째 주의 사항을 그분은 아주 단호한 어조로 피력하셨다. 「추상적 개념에 관한 소설은 단연코 좋은 소설이 못되네. 차라리 논문을 쓰는 게 나을 걸세. 소설이 사람들의 이야기를 다루어야지 어떤 원형이나 전형을 추구해서는 안 되는 법이지. 그러나 만일 어떤 추상적인 원칙에 사로잡힌 사람들을 그리는 것이라면 그것은 강한 인상을 주는 소설이 될 수 있다네.」

이런 토론을 하는 가운데, 데블런 교수님이 정말 자신이 알고 있는 모든 것을 다 나에게 가르쳐 주려고 애쓰신다는 느낌이 들었고, 그때마다 나는 혹 그분이 나를 서사의 본질을 파악한 진정한 비평가로 인정하고 자신의 후계자로 삼으려 하시는 것은 아닐까 하는 생각이 들었다. 그런데 이런 나의 생각은, 우리 여행이 시작된 지 열흘째가 되던 날, 그분이 손때가 잔뜩 묻은 페이퍼백 책 한 권을 꺼내셨을 때 더욱 분명하게 자리잡기 시작하였다. 「칼, 이 책을 졸업 선물로 자네에게 주겠네. 영원한 지침서로 생각하고 머릿속에 잘 넣어 두게.」 그 책은 에리히 아우어바흐라는 독일 학자가 그리스도 탄생 훨씬 이전부터 시작해서 버지니아 울프 이후까지의 뛰어난 이야기들을 모아 분석한 역작 『미메시스』였다. 그 책에서 아우어바흐는 자신이 다룬 작가들이 어디에서 성공을 거두었으며 어디에서 실패를 했는지 조목조목 지적하면서 각각의 스타일을 세밀하게 분석해 놓고 있었다. 데블런 교수님은 대뜸 한마디 던지셨다. 「아우어바흐가 자네 대신 일을 다 해놓았네.」 나중에 내가 그 책을 파고들었을 때 나는 그 말의 의미를 알 수 있었다.

아테네에서 열하루째가 되던 날 나는 나의 스승에게 이런 말을 하였다. 「요 며칠은 정말 기적과도 같은 날들이었어요.

여기저기 흩어져 있는 다양한 사상들을 한데 결집시킬 수 있었으니 말이에요. 교수님은 저를 새로운 차원으로 이끄셨습니다. 이제야 학생들을 가르칠 준비가 된 것 같아요.」

「지난 며칠 동안의 자네 모습으로 보아 충분히 그럴 자격이 있네.」

사람은 두 가지 방식으로 지혜를 터득한다. 하나는 이용 가능한 모든 증거를 끈기 있게 축적하고 분석함으로써 지혜를 얻는 것이고, 나머지 하나는 한 순간에 모든 대륙과 전 역사에 빛을 밝혀 주는 에피파니[8]를 통해 지혜를 얻는 것이다. 데블런 교수님과 함께한 로마에서 아테네로의 2주간의 여행이 그 첫 번째 방식의 한 예라면, 열닷새째 날에 일어난 일은 바로 두 번째 방식으로 깨달음을 얻은 한 예였다.

여행자 수표를 현금으로 바꾸러 가셨던 데블런 교수님은 그곳 환전 사무실의 게시판에 붙어 있는 포스터 한 장을 보셨는데 그것은 그리스 문화성의 초청을 받은 한 독일 순회 극단이 기원전 458년에 아테네에서 처음 공연된 아이스킬로스의 『아가멤논』을 아크로폴리스 광장 근처의 헤로데스 아티쿠스라는 극장에서 공연한다는 연극 안내 포스터였다. 그리고 그 포스터엔 연극이 독일어로 공연되지만 코러스 부분에선 그리스 플루트 주자들과 드럼 주자들이 뒤를 받쳐 준다는 설명이 적혀 있었다. 그래서 데블런 교수님은 나하고 상의할 것도 없다는 듯이 즉각 가장 좋은 좌석으로 두 자리를 택해 표를 예매하고는 얼른 호텔로 돌아와 나에게 제대로 된 환경에서 세계 최고의 비극을 구경하는 행운을 잡았다고

8 *epiphany*. 일상의 경험 속에서 어느 한순간 맞이하는 직관적 통찰이나 깨달음을 일컫는다. 흔히 현현(顯現)이라고 말한다.

알려 주셨던 것이다.

나 역시 기쁘기는 이루 말할 수 없었다. 「그런데 그 책을 어디서 구할 순 없을까요? 미리 읽어 보면 좋겠는데 말이에요.」

「내가 말했잖아, 독일어로 공연한다고 말일세. 나야 알아듣지 못하겠지만 자네는…….」 그런데 사실 데블런 교수님은 자신이 애지중지하는 책 한 권을 늘 지니고 다니셨다. 미국에서 멋들어진 활자로 인쇄되어 나온 그 책은 아이스킬로스와 소포클레스, 그리고 에우리피데스가 오늘날의 우리에게 남겨 놓은 모든 비극을 현대 언어로 번역하여 수록한 책이었다. 그 세 작가들이 각각 거의 백 편의 드라마를 쓰고 또 무대에 올렸다는 사실을 감안해 볼 때 출판사 측에서 그 책을 〈그리스 드라마 전집〉이라고 자랑한 것은 이만저만한 허풍이 아니었다. 실제로 각 작가들의 작품 중에서 몇 편 안 되는 비극 작품들만이 살아남았다는 사실을 인식한다면 더더욱 그렇다. 아이스킬로스의 경우 일곱 편, 소포클레스 역시 일곱 편, 에우리피데스는 열아홉 편, 그리고 나머지 백여 편에 이르는 작품들은 여기저기 흩어져 있는 옛날 양피지 조각에 그 이름만이 언급되어 있을 뿐이다.

아무튼 비극, 특히 『아가멤논』이 도입부로 되어 있는 그 위대한 3부작을 잘 알고 있었던 데블런 교수님은 자신이 전에 세 번씩이나 그리스에 오실 때마다 꼭 손에 쥐고 다니셨다는 보물과도 같은 그 책을 기꺼이 나에게 빌려주셨다. 그래서 나는 그날 오후 내내 그 책을 읽으며 극 속에 나오는 인물들을 암기하기 시작했다. 아가멤논 ― 왕 중의 왕, 클리타임네스트라 ― 부정한 그의 아내, 아이기스토스 ― 아가멤논 왕이 트로이 전쟁에 참가하느라 자리를 비운 사이 클리타임네스트라의 정부가 된 왕의 비열한 사촌, 카산드라 ― 패배한

트로이 왕 프리아모스의 딸로 저주받은 예언자이며 아가멤
논의 정부로 끌려 옴…….

극장으로 떠나기 전에 나는 그 책을 데블린 교수님에게 돌
려드렸다. 「이제 됐습니다.」 그리고 우리는 극장으로 향했다.

2천 년도 훨씬 넘는 그 먼 옛날에 비극의 바람이 음산하게
불어닥쳤을 그 언덕 위로 어둠이 내리자, 그리스 극을 보고
자 몰려든 관광객들이 대부분인 관객들은 눈을 말똥말똥 뜨
고 숨을 죽이고 있었다. 막이 오르자 왕궁의 지붕 위로 모습
을 드러낸 보초가 잠시 엎드려 있더니 등을 구부린 채 팔꿈
치로 기어 나왔다. 하늘이 어두워지고, 극장의 조명이 점차
밝아지자 그 보초는 독일어로 웅변을 하기 시작했다. 우렁차
게 밤하늘을 가르는 목소리에 숨을 죽이고 있던 나는 깜짝
놀라고 말았다. 랭커스터의 축제에서도 울려 퍼졌을 그 외
침. 나는 순간적으로 그 독일어를 고대 그리스인들의 말로
받아들이고, 독일 하이델베르크의 어떤 고전학자가 번역했
을 그 보초의 말들을 자동적으로 영어로 옮기면서, 나 자신
도 그리스인이 된 듯한 느낌이 들었다.

나는 이 지붕 위에서 개처럼 1년을 누워 있었소. 팔꿈치
로 몸을 지탱하고 아트레우스 사람들을 감시하며……. 별
이 총총한 이 밤하늘을 나는 너무도 잘 알고 있소. 허나
그런 감상에만 젖어 있을 수는 없는 노릇. 우리에게 트로
이 전쟁의 승전보를 전해 줄 봉홧불을 나는 지켜보고 있어
야 하오.

그러고는 곧 저주받은 아트레우스 가문의 비극을 암시하
는 매우 힘찬 예언의 말들이 들려왔다.

정신을 바짝 차리려고 흥얼대고 노래도 불러 보지만 항상 나의 노래는 이 가문에 대한 한탄으로 바뀌고 마오. 이젠 더 이상 옛날처럼 고귀함이 지배하지 않는 이 가문.

이제 무대는 화염으로 둘러싸이기 시작했다. 언덕 너머로 소식을 전하는 불길들이 하늘로 치솟기 시작했던 것이다. 트로이는 함락됐다! 그리스가 승리했다! 그리고 위대한 아가멤논 왕이 영광의 옷을 입고 개선했다. 그러나 보초는 비극이 기다리고 있음을 알고 있었다.

전쟁은 끝났소. 봉홧불이 비치고, 내가 던진 주사위가 세 번 모두 6을 보여 주었소. 왕의 주사위도 물론 운이 좋게 나왔소. 그는 돌아왔소. 난 더 이상 말하지 않겠소. 내 혀에는 황소 한 마리가 올라앉아 비밀을 털어놓지 못하오. 허나 이 집이 말할 수 있으면 이야기가 줄줄 엮어져 나올 텐데! 나의 말은 이미 모든 것을 알고 있는 사람들을 위한 것이오. 모르는 사람들에겐 난 한마디도 않으려오.

보초가 자신의 역할을 다 끝내고 무대에서 사라지고 난 뒤, 나는 정말 난생처음으로 그리스 무대의 장관을 볼 수가 있었다. 그 지역의 원로와 현자들로 구성된 코러스가 장엄하게 무대 앞으로 나오더니 앉은 채로, 플루트 소리가 들리는 가운데 읊고 노래하고 춤을 추기 시작했던 것이다. 코러스는 아트레우스 가문 사람들이 트로이 전쟁에 참여하기 위해 그리스를 떠난 10년 동안의 길고 긴 이야기들을 들려주었고, 그 코러스를 통해 관객들은 앞으로 전개될 비극의 행위를 이해하는 데 필요한 많은 역사적 사실들을 알 수가 있었다. 많은 것이 설명되었다. 그 가운데서도 특히 클리타임네스트라

여왕이 금과옥조처럼 여기는 딸이자 눈부시도록 아름다운 이피게네이아의 이야기가 가장 슬펐다. 아가멤논 왕이 트로이로 향하는 그리스 전함들이 순풍을 받아 무사히 도착하도록 하기 위해 자신의 딸인 그 아리따운 이피게네이아를 아울리스에서 제물로 바쳤던 것이다.

전쟁에 광분한 선장들은 그녀의 애처로운 간청에 아무런 동정도 보이지 않았습니다. 〈아버지!〉 하는 그녀의 외마디 울부짖음에도 귀를 기울이지 않았습니다. 그녀의 기도가 끝나자 그녀의 아버지는 제물로 바쳐질 어린양처럼 그녀를 들어 올려 제단에 바치라고 부하에게 신호를 보냈습니다……. 그다음에 무슨 일이 일어났는지, 난 보지도 못했고 말할 수도 없습니다.

이 구슬픈 프롤로그가 끝나자 플루트 연주자들이 퇴장하고 춤도 그쳤다. 그리고 곧이어 그리스 드라마에서 가장 강렬한 인물 중의 하나인 클리타임네스트라 여왕이 남자처럼 성큼성큼 걸어 나오더니 무대 위에 화려한 모습을 드러내었다. 남편인 아가멤논 왕이 왕궁을 비운 동안 아이기스토스와 간통한 그녀는 10년 만에 돌아오는 남편을 맞이할 참이었다. 무대 위로 나선 그녀가 트로이는 함락되었다고 선언하자 코러스의 지휘자인 늙은 현자가 말했다.

지휘자 여왕이시여, 어찌하여 당신은 그리 확신합니까? 꿈 속에서 어떤 계시라도 받으셨는지요?
클리타임네스트라 (불쾌하다는 듯이) 난 꿈을 믿을 만큼 어리석지 않아요.

너무나 자신만만하고 힘에 넘친 여왕에게 주눅이 든 지휘자는 경의와 시기심에 사로잡혀 입을 열었다. 「여왕이시여, 당신은 모든 걸 다 이해하는 사람처럼 말하시는군요.」

처음 그리스의 코러스를 들은 나는 사제와도 같은 의상의 열두 노인들이 풍기는 강한 인상에 경외감을 느끼지 않을 수 없었다. 나는 그들의 우레 같은 저주와 경고를 들으면서 현대 소설이 그 코러스의 개념을 포기함으로써 얼마나 많은 중요한 것들을 상실했는지 안타까운 마음이 들기도 했다. 그날 밤 나에게는 그들이 바로 드라마의 주인공들처럼 여겨졌다. 그들이 독일어로 하는 말을 듣는다는 것이 — 랭커스터와 리딩에서도 혹 그 비슷한 비극의 행위가 이루어진다면 그때도 독일어가 사용될 터이고, 또 검은 예복을 입고 그 이야기를 전달할 열다섯 아만파 장로 집단은 그 코러스의 노인들과 다를 바 없을 것이다 — 나에게는 영원한 이미지로 남게 되었다.

그 위대한 드라마의 대단원에서 클리타임네스트라는 역사상의 유명한 정치 지도자들처럼 아트레우스 가문은 이제 옛날 그 어느 때보다도 더 단단한 반석 위에 놓이게 되었으며, 가문의 미래 역시 영광과 번영으로 충만할 것임을 자랑스럽게 선언하였다.

무대의 조명이 꺼지고 극장의 불이 환하게 켜진 뒤에도 나는 그 고대의 걸작이 보여 준 예술적 강렬함에 사로잡혀 한동안 자리에서 일어설 수가 없었다.

다음 날 나는 고전문학에 관한 안내서를 찾아 그 지역의 서점들을 뒤지고 다녔다. 그러고는 데블린 교수님의 충고를 따라 영국 문화원 도서실에서 옥스퍼드와 케임브리지 대학에서 나온 여러 종류의 고전 구비문학 사전을 뒤적이며 시간을 보냈다. 얼마의 시간이 흐른 뒤 나는 종이를 구해 그 위에

다 내가 후에 〈운명의 아트레우스가(家)〉라고 명명한 일종의 계보도를 작성하기 시작했다. 두 장의 종이에 계보도가 완성되고 나자 문학의 근원을 파헤쳐 보았다는 뿌듯함이 느껴졌다. 어느 오후, 햇빛이 쨍쨍 내리쬐는 가운데 아테네 남쪽의 어느 시골을 둘러보던 데블런 교수님은 갑자기 웃음을 터뜨리셨다. 「혹 우리 대화를 엿듣는 사람이 있다면, 그 사람은 아마 무슨 저런 재미없는 이야기를 저리 열심히 나눌까 하고 의아하게 생각할 걸세. 맞아. 우리가 하는 일이란 고작해야 문학이라는 커다란 관목을 흔들어 뭐 떨어지는 것이 없나 땅바닥을 뒤지는 꼴이라네. 문학의 근간인 실제의 삶은 모두 우리 주위에 드러나 있는데 말일세.」 바로 그때 우리는 구불구불한 시골길의 한 모퉁이를 돌던 참이었다. 모퉁이를 돌자 몇 채 안 되는 길가 오두막 근처에서 세 농부들이 맨발로 일하고 있는 모습이 눈에 띄었다. 두 사람은 허리에 치마를 두른 아낙네들이었고, 나머지 한 사람은 바짓가랑이를 무릎 위까지 걷어 올린 남자였다. 무슨 일을 하고 있는지 보기 위해 우리가 천천히 다가가자 그들은 마을 공동 소유의 한 커다란 통 속으로 올라가서는 ― 한 집에서 떡갈나무로 그런 통을 만들려면 부담이 클 것이 분명했다 ― 근처 포도밭에서 딴 포도를 열심히 짓이기기 시작했다. 그런 그들의 활기에 넘친 표정을 보고 데블런 교수님이 소리치셨다. 「보게! 문학의 질료! 3천 년 전이나 지금이나 변한 게 아무것도 없다네. 저렇게 힘차게 포도를 밟는 사람들이 있는데 그리스 왕이 무슨 대수며, 헨리 제임스의 교훈이 무슨 소용이겠나.」

마침내 데블런 교수님은 런던행 비행기를 타야 하고 나는 뉴욕행 비행기를 타야 하는 시간이 다가왔다. 「교수님 덕분에 많은 걸 배우고 갑니다. 고향에 가서 학생들을 가르치는 데 많은 도움이 될 겁니다.」 그러나 교수님은 중요한 말씀을 하셨다. 「자네, 봉급 아껴서 내년 여름에도 여기서 다시 만나세.」 우리는 약속을 하며 악수를 하였다. 그런데 헤어지기 직전, 그 교수님이 이렇게 털어놓으시는 게 아닌가. 「좋은 소설가는 어떻고 나쁜 소설가는 어떻다고 한 내 강연 말일세, 그건 내 생각이 아니라네. 내 선생에게서 빌려 온 생각이지. 한번 공부해 보게, 그럴 가치가 충분한 학자이니까. F. R. 리비스……. 하지만 나는 그 사람의 아이디어를 발전시킨 사람이야. 저급한 네 소설가를 덧붙였으니 말일세. 자, 이젠 자네가 내 생각을 더 진전시킬 차례네. 미국 작가들에게 그 생각을 적용시키는 문제 말일세.」

1980년 가을 학기부터 나는 메클렌버그 대학의 강단에 섰다. 학생들과 매우 친근한 관계를 유지했기에 다른 교수들은 나를 〈분명한 승자, 정력가〉라고까지 부르곤 했다.

메클렌버그 대학에서는 랭커스터, 리딩, 앨런타운 지역의 주민들을 위해 2월이 되면 일련의 강연회를 관례처럼 열어 왔다. 무료 강연회였지만 대학에서 둘째라면 서러워할 노교수 세 분이 나서서 각자의 전공 분야에서 최근 어떤 진전이 이루어지고 있는지 지역 주민들에게 설명하는 형식의 괜찮은 강연회였다. 또한 그 강연회는 새로 강단에 선 젊은 교수둘을 선정하여 ─ 언제나 한 명은 여자, 또 한 명은 남자로 선발했다 ─ 많은 사람들에게 소개시키는 자리이기도 했다. 그런데 강단에 서서 학생들을 가르친 지 한 학기밖에 안 된 내가 그 영광스러운 자리에 서게 된 것이었다. 드디어 내가 강연하기로 된 날이 다가왔다. 강연장은 발 디딜 틈 없이 많은 사람들로 북적댔다. 사람들은 이 지역 출신인 내가 컬럼비아 대학에 가서도 누구에도 뒤지지 않고 열심히 연구한 젊은 학자라는 사실을 잘 알고 있었던 것이다.

많은 고심 끝에 나는 충격적으로 들릴지도 모르는 발언으로부터 시작해서 내 강연을 이끌어 가야겠다고 마음먹었다. 이런 결심을 내리게 된 것은 내가 베네치아와 아테네를 여행한 후에 숫기 없는 촌놈에서 뭔가 말할 것이 있는 떳떳한 학자로 변모했다는 자신감이 들었기 때문이었다. 나는 생각했다. 지금이 바로 내가 미국 소설에 대해 품고 있던 나름의 판단을 밝힐 절호의 기회이다. 네 명의 좋은 소설가와 네 명의 나쁜 소설가……. 그러나 정말 절호의 기회인지 어떤지 나 자신은 알 수가 없었다. 더욱이 강단에 선 지 얼마 안 되는 햇병아리 젊은 교수가 무슨 얘기를 하는지 들어 보기 위해 지방 신문 기자 둘이 참석했다니……. 물론 그들은 나중에 〈귀담아들을 만한〉 강연이었다고 보도하였다.

나는 엄숙한 어조로 서두를 꺼냈다. 「신사 숙녀 여러분, 저는 여러분의 귀중한 시간을 허비하고 싶은 생각도, 또 제 시간을 낭비하고 싶은 생각도 없습니다. 그래서 제가 오래전부터 말하고 싶었던 것의 핵심으로 곧장 들어가 보기로 하겠습니다. 저는, 영국의 케임브리지 대학을 나와 옥스퍼드 대학에 재직하시던 중 컬럼비아 대학에 객원교수로 오셔서 저를 지도해 주신 F. X. M 데블런 교수님이 금세기 최고의 영문학 비평가인 F. R. 리비스의 개념을 빌려 개진시켰던 이론을 토대로, 여러분이 저와 함께 미국 소설이라는 풍요로운 목초지를 둘러보시기를 원합니다. 영원히 피어 있을 꽃들과 해가 지기도 전에 시들어 버릴 꽃들을 따면서 말입니다. 제가 생각하기에는, 물론 저처럼 미국 소설에 관심이 많으신 분들의 경우 마찬가지라고 믿고 있습니다만, 아무튼 제 생각엔 무엇이 서사인가를 이해하고 또 책을 통해 우리에게 무엇이 소중한 것인지를 가르쳐 주는 네 명의 미국 작가가 있는 것 같습니다. 연대순으로 이름을 들면 허먼 멜빌, 스티븐 크레인, 이디스 워튼, 윌리엄 포크너입니다.」

청중들 가운데 잠시 수군거림이 일었다. 다시 조용해지자 나는 내가 선정한 네 작가들을 옹호하기 시작했으며, 주로 크레인과 워튼을 많이 언급하였다. 멜빌과 포크너의 경우는 구태여 내가 설명하지 않아도 많은 사람들이 대단한 작가로 인정하고 있지만 크레인과 워튼을 선정한 이유에 대해서는 좀 더 자세한 설명이 있어야 했기 때문이었다. 그런 설명 가운데 나는 내가 생각하는 기준을 밝혔다. 「목적의 정직성, 서술의 단순성, 예술적인 묘사, 뭐라 정의 내릴 수는 없지만 〈이상적인 소설이란 어떤 소설인가에 대한 감각〉이라고 할 수 있습니다.」 일부 청중들은 수긍하는 듯한 표정이었다. 물론 그 수는 전체의 반도 안 되었다. 그러나 강연의 후반부에 가서는 그나마 내 주장에 동조하는 청중들도 등을 돌리고 말았다.

「이제 이들 네 예술가…… 저는 그들이 예술가라는 사실을 여러분들도 받아들이리라 믿습니다. 어쨌건 그들에 반대되는, 상당한 대중적 인기는 얻었지만 미학적인 관점에서는 거의 형편없는 작품을 내놓은 네 작가를 언급할 차례입니다. 다시 연대순으로 말해 보면, 싱클레어 루이스, 펄 벅, 어니스트 헤밍웨이, 존 스타인벡입니다. 예술적 관점에서 그들의 작품은 전혀 읽을 가치가 없는 작품입니다.」 이 말과 함께 나는 청중들의 표정을 살펴보았다. 마치 악의에 가득 찬 얼굴들이 나를 쳐다보는 것 같았다. 그러나 나는 아랑곳하지 않고 그들 네 작가의 작품을 분석하고 깎아내리기 시작했다. 그들의 작품은 경박하고 저속하며, 그들이 실제 전달할 수 있는 것보다도 더 많은 것을 약속하고 있다는 점에서 거짓으로 가득하다고 설파하였다. 「애석하게도 그들의 가장 큰 약점은 소설에 대한 진지하지 못한 접근 태도였습니다. 그들은 커다란 도전 앞에서는 몸을 움츠렸습니다. 또 너무 쉽사리 만족한 사람들입니다. 물론 그것은 그들이 너무 쉽게 획득한 인기와 상 때문에 비롯된 것입니다. 진정한 학생과 독자라면 그들을 진정으로 대접할 필요가 없는 것입니다. 왜냐하면 그들은 아무것도 가르쳐 주는 것이 없기 때문입니다.」

이윽고 질문 시간이 되자 사람들이 저마다 한마디씩 하겠다는 듯한 태도를 보였다. 나는 요령껏 눈을 돌려 한 사람씩 지명하기 시작했다. 그래도 그렇게 지명한 사람들이 중요한 사항을 질문하고 또 말도 잘하는 사람이었다는 사실이 무척 다행한 일이었다. 첫 질문자가 목소리 높여 질문을 던졌다. 「스트라이버트 교수님, 당신은 어떻게 스티븐 크레인을 최고 작가의 범주에 포함시키게 되었습니까? 그 작가는 의미 있는 책이라곤 단 한 권밖에 쓰지 못한 작가이고, 또 많은 평자들은 그 작품마저 빈약한 작품이라고 평가하지 않습니까.」

나는 고개를 끄덕였다. 그리고 다음 사항을 지적했다. 「궁극적으로 우리는 작품 수를 가지고 작가의 재능을 따져선 안 됩니다. 만일 그런 식으로 따진다면, 월터 스콧 경이 아마 귀스타브 플로베르보다 더 우수한 작가로 평가되었을 것입니다. 하지만 우린 그렇게 생각하진 않잖습니까? 마찬가집니다. 크레인은 영국의 E. M. 포스터와 같은 범주에서 고려되어야 합니다. 잘 아시겠지만 포스터는 작품은 별로 쓴 것이 없지만 그래도 그의 시대를 지배했던 인물입니다. 특히 휴 월폴처럼 허세나 부리는 작가들과 비교해 보면 더욱 분명해질 것입니다. 크레인이 눈부신 불꽃으로 타올랐다면 싱클레어 루이스는 불도 붙지 않은 채 연기만 뿜어 대는 보잘것없는 모닥불에 불과했던 것입니다.」

다음 질문자는 여성이었는데, 나에게는 행운을 가져다준 사람이었다. 왜냐하면 흥분된 목소리로 질문을 던진 그 여자에 대한 나의 답변 태도가 나에 대한 호의적인 반응을 이끌어 내는 데 일조를 했기 때문이었다. 그녀의 질문은 이러했다.「당신이 경멸적인 어조로 폄하한 네 작가는 바로 노벨상을 수상하였고, 우리 미국인들이 자랑스럽게 여기는 작가들입니다. 정말 우리는 그들을 매우 자랑스럽게 여기고 있습니다. 당신의 견해에 정면 배치되는 이러한 사실이 무엇을 의미하는지 좀 말씀해 주십시오.」

나는 매우 부드럽게 답변했다.「제 생각엔 그것이 저보다는 노벨상 위원회에 관해 더 많은 걸 말해 주는 것 같습니다.」청중들은 웃음을 터뜨렸고, 그 웃음소리가 조금은 딱딱했던 분위기를 봄 햇살이 얼음 녹이듯 부드럽게 전환시키는 계기가 되었다. 그 결과 나는 부드러운 분위기에서 토론을 유지시키는 한편, 질문자들에게 공격도 가하고 또 그들의 예봉을 교묘히 받아넘길 수가 있었던 것이다. 몇 번이고 나는 가벼운 기분으로 이런 말을 했다.「예, 당신 말이 맞습니다. 제 판단이 잘못 받아들여졌거나 아니면 틀렸겠지요. 그리고 저는 당신의 견해가 틀렸으니 제 말만 믿으세요, 이렇게 강요하고 싶지도 않습니다.」그러나 나는 데블린 교수님과의 토론에서 얻은 경험과 지혜로 나 자신의 판단을 다부지게 변호했으며, 물론 그것도 시종일관 청중들과 함께 웃을 수 있는 우호적인 분위기 속에서 이루어졌다. 이것은 집요할 정도로 내 의견을 피력하면서도 오만하거나 건방진 태도를 보이지 않았기 때문이었다. 한번은 이렇게 말함으로써 상당한 호의를 얻어 내기도 했다.「저는 오늘 밤, 제가 너무 제 의견과 생각에만 너무 많은 비중을 두었다는 사실을 잘 알고 있습니다. 하지만 저는 여러분들이 제가 〈미국에서는 피자가 결코 인기를 얻을 수 없을 거야. 너무 밀가루 반죽투성이거든〉, 이렇게 말한 사람이라는 사실도 기억해 주셨으면 합니다.」

　그날 저녁의 나의 강연은 우렁찬 박수 소리와 함께 끝났다. 청중들은 내가, 노벨상 수상 작가들에 대한 그들의 사랑을 버리고 대신 내가 최고라고 치켜세웠던 작가들, 즉 그들의 취향에 맞지 않아 책 한 권 읽은 적이 없는 작가들을 택하라고 강요하지 않았다는 사실을 높이 평가하는 것 같았다. 그렇기에 나는 내 나름의 정신을 지닌 똑똑한 젊은 친구로 받아들여질 수 있었다. 그리고 그들은 또한 내가 훌륭한 선생이 될 것이라고 이미 판단을 내린 듯했다. 그렇지만 그날 저녁의 강연에 대한 진짜 보상은 예상치도 못했던 두 곳에서 왔다. 그날, 청중 속에 파묻혀 있던 두 기자 중 한 사람이 내 강연 내용과 그 후의 토론 내용을 재치 있는 글솜씨로 기사화했고, 한 통신사가 〈좋은 작가와 나쁜 작가를 말한다〉라는 제목과 더불어 내가 거론한 작가들의 명단을 도표처럼 만들어 놓은 그 기사를 입수하여 그 속에 여덟 작가들의 사진뿐만 아니라 내 사진까지 곁들여 각지로 전송하였던 것이다. 그 재미있는 기사는 곧 널리 퍼지게 되었고, 그 때문에 메클렌버그 대학과 내가 대서특필되면서 내 견해에 관한 심각한 논쟁까지 촉발시키는 결과를 낳았다.

　얼마의 시간이 흐르자 모든 것이 잠잠해졌다. 그러나 1982년 필라델피아의 한 텔레비전 방송국이 토크쇼에서 나를 초청하였다. 그 쇼에서 나는 문학의 전통적인 가치를 옹호하는 세 비평가로부터 맹공격을 받았지만 컬럼비아 대학에서 배운 재담과 토론에 임하는 수법으로 교묘히 받아넘길 수 있었다. 그 프로그램은 신선한 반응을 불러일으켰고, 여러 공공 텔레비전 방송국에 의해 재방송되는 행운도 누리게 되었다.

　한편, 1983년 겨울 또 한 차례의 방송에 출연하는 기회가 있었는데 이번에는 사정이 달랐다. 능란한 재치나 날카로운 논평 같은 것이 전혀 개입되지 않은 방송이었다. 얘기는 이러하다. 앨런타운의 한 방송국에서 내가 재직하고 있던 메클렌버그 대학이 인기 소설가 루카스 요더 씨의 집과 그리 멀지 않은 곳이라는 사실을 간파하고는 기자들이 30분짜리 쇼를 만들기로 기획을 한 것이었다. 나를 경솔한 젊은 학자로, 그리고 요더 씨를 점잖은 노작가로 부각시키면서 브린마 대학 영문과의 한 여자 교수가 질문을 던지면 우리 두 사람이 대답을 하는 형식이었다.

많은 시청자들이 방송국에 전화를 걸었다. 「굉장한 쇼였어요.」 이런 반응이 나온 이유는 간단했다. 요더 씨를 전혀 만나 본 적이 없었던 나로서는 그분의 작품의 질이 어떻든지 독자들이 보인 반응과 판매 기록에 놀랐기 때문에 괜히 버릇없는 말썽꾸러기처럼 경솔하게 그 존경받는 인물을 공격하고 싶지가 않았다. 쇼의 중간쯤에 나는 〈이 늙은 영감 정말 맘에 드는데. 어떻게 처신해야 하는지 아는 사람이야〉 하는 생각까지도 들었다. 그러나 그 똑똑하게 생긴 교수는 우리 두 사람 사이에 격렬한 논쟁의 불길을 댕기고 싶었던 모양이었다. 「스트라이버트 박사님, 분명한 것은 말이에요, 선생께서 네 명의 우리 노벨상 수상 작가들을 폄하시키는 데 적용한 그 기준들을 생각해 보면 분명 선생의 이웃인 루카스 요더 씨도 똑같은 범주의 작가로 전락하는 것 같은데, 어떻게 생각하세요?」 나는 미소를 지으며 대답했다. 「제가 놀라운 경력의 작가를 저의 이웃으로 두게 된다면 저는 불문곡직하고 언제든지 그분을 존중할 것입니다. 요더 선생님은 정말 훌륭한 작가이십니다.」

「하지만 박사님께서 좋아하는 타입은 아니지요?」

「솔직히 말씀드리면 저는 더 신선한 접근 방법과 더욱 새로운 도전을 선호합니다. 그러나 훌륭한 소설을 다섯 권이나 쓴 놀라운 능력을 지닌 작가에게는 존경의 예를 갖춰야지요. 그런 작가분은 드물거든요.」

「이제 여섯 권이 될 거예요.」 교수가 말했다. 「저희들이 모이기 전에 요더 선생님께서 그 시리즈의 여섯 번째가 될 작품의 작업에 벌써 들어가셨다는 말씀을 하시더군요.」

「그럼 6부작!」 나는 요더 씨의 작품과 관련해서 처음으로 그런 단어를 써가며 소리쳤다. 「그 작품들은 분명 오랫동안 이 지역 사람들에게 잊히지 않는 작품들이 될 겁니다.」

「다른 지역에서는요?」 약삭빠른 교수는 내가 공격적인 발언을 하거나 아니면 요더 씨가 방어적인 발언을 하도록 우리 두 사람 사이를 자꾸 자극하려 했다. 그러나 그녀의 기대는 어긋나고 말았다. 내가 답변하기도 전에 요더 씨가 먼저 입을 열었기 때문이다. 「전 이렇게 믿습니다. 한 권의 책에는 그 자체의 수준과 길이가 있다고 말입니다. 저는 제 책에 무슨 일이 일어날지 예상하는 게 싫고, 스트라이버트 교수는 테스트받는 것이 싫을 겁니다.」 그는 나를 향해 살짝 윙크를 하고는 다시 말을 이었다. 「현재 유행하고 있는 화제나 주제에 대해 어떤 예측을 하는 데는 대학 교수들이라 해서 작가들보다 더 나을 것이 없다는 생각입니다. 하지만 그들에게 50년이란 세월을 줘 보십시오. 그러면 정말 옳은 판단을 내립니다. 그러나 그 50년이란 세월이 지나고 나면 또 다른 비평가들이 나타나 그 모든 평가들을 수정하고 나설 겁니다. 제가 죽기 전에 분명 디킨스 선풍이 불 겁니다. 진정 위대한 작가 중의 하나였다고 사람들이 인정하게 될 겁니다. 스트라이버트 교수는 어떻게 생각하십니까?」

「예, 그럴지도 모르죠.」 나는 요더 씨의 말에 동의를 표했고, 그날의 프로그램은 화기애애한 분위기 속에서 세 대담자들의 진정한 우호를 보여 주는 것으로 끝이 났다. 특히 브린마의 그 교수가 끝맺는 말을 했을 때 더욱 그러했다. 「이 토론을 들어 주신 시청자 여러분, 정말 대단히 만족하셨으리라 믿습니다. 자신이 가야 할 방향을 잘 알고 있는 한 젊은 학자와 자신이 어느 위치에 있는지 잘 알고 있는 유명 노작가 사이의 정말 신사다운 대화였습니다.」 나도 한마디 거들지 않을 수 없었다. 「그리고 오늘 사회를 맡으신 분은 우리 두 사람이 서로의 목을 죄지 않고서도 이야기를 계속할 수 있도록 이끄신 현명한 교수님이셨습니다. 오늘 이 자리에 참석하게 되어서 대단히 영광스럽습니다.」 그리고 요더 씨는 아무 말 없이 그냥 장난기 있는 독일인 특유의 미소로써 우리의 말에 답하였던 것이다.

이렇게 해서 나의 첫 강연은 두 가지 바람직스러운 결과를 가져오게 되었다. 하나는 내가 전국적으로 주목받는 학자가 되었다는 것이고, 또 하나는 우리 지역의 루카스 요더 씨를 알게 된 것이었다. 그러나 정말 예기치 못했던 보상은 뉴욕에서 온 한 통의 편지였다. 그 편지는 전혀 이름도 들어 본 적이 없는, 키네틱 출판사의 이본 마멜이라는 여자에게서 온 편지였다.

스트라이버트 교수님께

교수님, 저도 다른 사람들과 마찬가지로 메클렌버그 대학에서의 교수님 강연이 몰고 온 여러 가지 결과에 예의 주시해 왔습니다. 그리고 저 자신은 소설의 본질에 관한 교수님의 견해를 전적으로 지지하는 입장이랍니다. 혹 뉴욕에 오실 일이 있으면 교수님과 점심 식사라도 같이 하고 싶습니다. 교수님의 견해를 좀 더 자세히 알아보고 싶어서 그래요. 어쩌면 교수님에게도 도움이 될지 모르잖아요. 꼭 연락 주세요.

이 당시만 하더라도 나는 미즈 마멜이 요더 씨의 편집자인 줄은 정말 몰랐었다. 물론 키네틱 출판사가 시류에 영합하는 감성 소설에서부터 루카스 요더 씨의 작품 같은 든든한 베스트셀러, 그리고 신인 작가들의 실험적 소설에 이르기까지 광범위한 종류의 책들을 발간하는 출판사라는 사실은 알고 있었다. 하지만 그 키네틱 출판사가 문학과 사회 정치에 관한 비평서까지 취급하고 있다는 사실은 모르고 있었다. 또한 미즈 마멜이 나에게서 어떤 관심거리를 찾아냈는지, 우리가 어떤 공통의 관심사를 가지고 있는지 전혀 알 길이 없었다. 어쨌건 나는 곧 전화를 걸었고, 강의가 없는 평일을 택해 뉴욕에 가겠노라고 약속을 했다. 내가 평일을 택한 것은 다음과 같은 미즈 마멜의 말 때문이었다. 「토요일이나 일요일은 토마스 만이나 마르셀 프루스트가 온다 해도 만나지 않을 거예요.」

2월의 어느 금요일, 매디슨 거리에 있는 그녀의 사무실을 방문한 나는 〈편집자의 상〉이라는 멋진 나무 패널에서 루카스 요더 씨의 그렌츨러 시리즈의 첫 네 권이 기록한 판매 실적을 보고 어안이 벙벙하지 않을 수 없었다. 「총 4,961권이로군요. 아니, 저런데도 그 양반을 계속 붙들고 있었단 말입니까?」

「예, 그래요. 그리고 다섯 번째에서 어떤 반전이 일어났는지 한번 보세요.」

「몰랐습니다! 간혹 우리 캠퍼스에서 그 흰머리의 조용하게 생긴 사람을 봅니다. 정말 극적인 기록이군요.」

「다섯 번째 책은 우리 출판인들이 꿈꾸는 그런 책이었어요. 10년에 한 번 나올까요?」 그녀는 오른팔을 내저으며 쾌활한 목소리로 말했다. 「요더 선생님은 저 모든 것의 대가를 치르시고, 이 다섯 번째 작품으로 보상받으신 거죠. 그런 작가들이 저희를 살려 주는 거예요. 교수님과 같은 정력적인 비평가들도 이 사실을 잊진 말아야겠지요?」

아무 거리낌없이 행동하고 자기 생각을 자유롭게 내놓는 그녀를 바라보며 나는 이 여자가 30대 후반의 나보다 몇 살 더 많은 여자라는 사실을 감지할 수 있었다. 또 값비싼 옷을 입고 있긴 했지만 그 차림새의 미적 감각이 〈여자 중역〉이라기보다는 〈편집자〉로서의 풍취를 물씬 풍겨 주었다. 앞머리가 이마 중간까지 내려오고, 뒤로는 칼라에 닿을락말락할 정도로 단정하게 다듬은 검은 단발……. 또한 주변의 모든 것이 일에 대한 그녀의 열정적인 태도를 암시해 주고 있었다.

「제게 그분과 같은 작가 둘만 추천해 주세요.」 아주 애교 있는 목소리였다. 「그러면 전 대단히 재능 있는 편집자로 인정을 받겠죠. 사실 전 무슨 일이 일어나고 있는지, 무슨 일이 일어나야 하는지, 그리고 무슨 일이 일어날 것인지, 이 세 가지 사항에 대해서 날카로운 감각을 지닌 여자예요. 스트라이버트 교수님, 교수님에 대한 저의 관심은 그 두 번째 사항에 관련된 것입니다.」

출판사에서의 그녀의 위치를 말해 주는 커다란 전망창을 뒤로 하고 그녀의 어질러진 책상 앞의 의자에 앉으며 나는 물었다. 「두 번째 사항이 뭐였지요? 그리고 제가 어떻게 그것에 어울리는지…….」

「교수님, 제 얘기 안 듣고 계셨군요.」 그녀는 얼굴에 미소를 머금으며 어린아이 나무라듯 하였다. 「당연히 해야 할 일 말이에요. 교수님은 우리에게 절대 필요한 책을 한 권 꼭 쓰셔야 할 분 같아요. 누가 훌륭하고, 누가 그렇지 못한지에서부터 시작해서 미국 소설이 어디로 향하고 있는지, 그리고 교수님 생각이 어디까지 가야 하는지, 이 모든 생각을 집약시키고 구체화시켜야 한다는 뜻이죠.」

「누가 그런 책을 읽겠습니까?」

「많지는 않죠. 그러나 틀림없이 편집자나 교수, 그리고 작가들은 대단한 관심을 보일 것이에요. 그런 문제에 대해서 항상 지속적으로 사유하는 사람들이니 말이에요. 점점 독서가 인기를 회복하고 있거든요. 텔레비전이 구렁텅이 속으로 더 깊이 빠져들어 가는 바람에 이젠 경멸거리조차 못되기 때문이에요. 솔 벨로, 존 치버, 존 업다이크, 조이스 캐럴 오츠 같은 작가들한테는 자연히 독자들이 모이잖습니까. 루카스 요더 씨 같은 정직한 일꾼의 경우도 마찬가지고요. 그분이 끌어 모든 독자들의 수를 한번 보세요.」

「그런 평가가 필요하다 치죠. 그런데 제가 그런 책을 쓸 만한 적당한 사람 같습니까?」

「그런 책이 필요한지 어떤지에 관한 판단은 제가 교수님보다 더 잘 내릴 거예요. 그리고 저는 필요하다고 생각하고 있고요. 또 저는 어떤 특정의 책에 관해 작가를 추천할 때마다 절대 기회를 놓치지 않는 사람이에요. 교수님과 교수님의 견해에 관한 이야기를 모두 다 듣고 난 뒤 전 위험을 감수하고 당장 제 생각대로 실행해야겠다고 결심했습니다. 당장 말이에요. 그러니 교수님께서도 한번 잘 생각해 보시고 결심이 서면 알려 주세요.」

「당신은 항상 이런 식으로 책 쓰는 걸 제안합니까? 모든 작가들에게?」 사실 난 그녀의 말에 질리지 않을 수 없었다. 혐오에 가까운 심정에서 내뱉은 나의 이 말에 미즈 마멜은 웃으며 대답했다. 「소설가들에겐 이렇게까지 하지 않아요. 위험한 짓이고 어쩌면 자기 패배적인 요구죠. 물론 머릿속에 시시껄렁한 생각이나 들어 있고 또 그런 것을 글로 옮기는 작가가 아닌 경우를 두고 하는 말이에요. 저는 시시한 작가들은 몰라요. 혹 안다고 하면 이렇게 이렇게 글을 쓰시오 하고 주저 없이 주문하겠죠. 하지만 진짜 소설가들에겐 안 그래요. 진정한 소설가들에겐 〈당신은 구애(求愛)의 풍습이 현대에 들어와서 어떻게 급격히 변하였는지, 그런 문제에 관한 소설을 혹시 생각해 보신 적은 없습니까?〉, 뭐 이런 종류의 수사적인 질문도 가당치 않잖아요. 만일 제가 그렇게 주문을 했다고 치세요. 그렇게 해서 나온 소설이 어떻겠어요? 맨 거짓말투성이일 겁니다.」

나는 그녀의 힘찬 답변에 움찔하지 않을 수가 없었다. 「데블런 교수님도 그 비슷한 말씀을 하셨습니다. 어떤 개념에 관한 소설은 좋은 소설이 못된다고 말입니다.」

「하지만 스트라이버트 박사님, 소설이 아닌 논픽션의 경우는 달라요. 그런 책들 가운데 성공한 책들의 절반 정도는 다 대중들의 취향을 잘 알고 있는 생각 깊은 편집자들이 제안해서 만들어진 책일 겁니다. 어쩌면 베스트셀러의 4분의 3이 편집자들이 제안한 책일지도 모릅니다. 제가 어떤 책들을 편집해 왔는지 교수님께는 말씀드리지 않겠어요. 하지만 그렇게 하찮은 것은 아니에요. 그리고 저는 제가 마음에 품고 있는 책이, 물론 교수님도 그런 책을 염두에 두고 있으리라 믿고 있지만, 그 책이 크게 성공하리라고 직감적으로 느끼고 있거든요.」

「그러나 많은 독자를 끌어들이지 못한다고 당신도 말씀하시지 않았습니까?」

「정상적으로 볼 땐 그래요. 만족할 만한 숫자는 되겠지만 많지는 않겠죠. 하지만 교수님과 제가 잘만 하면 교수님이 생각하시는 수보다도 열 배는 더 많이 확보할 수 있어요. 제가 생각하는 수의 다섯 배 정도는 말이에요.」 내가 입을 열기도 전에 그녀가 다시 말을 이었다. 「배고파요. 교수님, 점심 같이해요.」 이런 돌연한 태도에 나는 어떻게 손쓸 틈도 없이 이끌려 〈사계〉라는 식당에서 그녀와 마주하게 되었다. 다른 출판사의 중견 간부들이 우리가 앉아 있는 테이블을 지나치다 잠시 멈춰 서서 인사를 하고는, 내가 마치 이본이 새로 발굴해 낸 어떤 유망주라도 되는 양 자세히 탐색하는 눈치였으나 그녀는 구태여 나를 소개시키려 하지 않았다. 그러니 아무도 내가 누구인지 모른 채 그냥 돌아설 수밖에 없는 노릇이었다. 우리의 대화는 자연히 그녀가 원하는 책에 관한 이야기로 이어졌다. 「저는 약 3백 페이지 정도로 생각하고 있어요. 더 길면 안 될 것 같아요. 아주 빈틈없이, 정확하게 써 내려가셔야 할 거예요. 자기 현시적인 일화는 최소로 하시고 중요한 예는 많이 집어넣으세요.」

「어떤 걸 말씀하십니까?」

「중요한 요점을 기술하시고, 그다음엔 그것을 입증할 수 있는 가장 좋은 본보기를 짧게 두 가지 정도 인용하시면 될 거예요.」 곧이어 그녀는 나의 반응을 들어 보지도 않고 포크를 내려놓더니 불쑥 묻는 것이었다. 「스트라이버트 박사님, 뛰어난 문학 비평가가 되실 자신이 있으세요? 진정으로 무언가 말할 것이 있는 학자가 되실 자신이 있으시냔 말이에요.」

「저를 가르치신 교수님들은 다 그렇게 될 거라고 생각하셨습니다.」

「하지만 당신의 재능을 분석하는 데 있어서 그분들은 어떤 근거나 단서를 갖고 계신 것은 아니었잖습니까. 어떻게 생각하세요?」

갑자기 도전을 받은 느낌이었다. 박사 학위 취득시 받았던 구술 시험보다도 더 까다로운 질문처럼 여겨졌다. 순간 나는 이 똑똑한 여자에게 그녀가 내세울 수 있는 모든 면에서 나도 결코 뒤지지 않는다는 것을 보여 주고 싶었다. 「이번 여름 저는 아테네에서 열하루 동안 쉬지 않고 데블런 교수님과 논쟁을 벌였습니다. 그분 역시 모든 지식을 다 총동원했지요.

가장 우수한 학자 중의 한 분이시잖습니까. 그런데 저도 어떤 주제에서건 결코 뒤지지 않았지요. 『미메시스』에서 아우어바흐가 멈춘 그 자리까지는 저도 충분히 갈 수 있습니다.」

이 말을 들은 그녀는 미소를 지어 보였다. 「그렇게까지 말씀하신다면 저도 교수님의 판단을 인정하고 싶은데요.」 그리고 그녀는 내 에세이에서 다루었으면 싶은 주제를 아홉 개 남짓 펼쳐 놓기 시작했다. 그녀는 자신이 논리적인 순서로 각 주제를 언급할 때마다 내 눈이 빛나는 것을 보고는 대단히 만족스러워했다. 「그럼 이제 각 장들의 개요를 아셨죠?」 그녀의 말에 내가 대답했다. 「당신이 아주 분명하게 알고 계시니 직접 책을 한번 써보지 그러십니까?」 그러자 그녀가 대답했다. 「저는 상부 구조를 세우는 일이라면 거의 환상적이죠. 하지만 예들을 인용하려면 지식이 짧아서 안 돼요.」

식당을 나서려 할 때 그녀는 모든 일을 더욱 분명히 해두고 싶었던 모양이었다. 「오늘 아무것도 합의된 것은 없어요. 아시겠지만 제가 모든 권한을 지니고 있는 게 아니에요. 저도 제 생각들을 편집 위원회에서 밝혀 봐야 해요. 하지만 그들을 설득할 자신은 있으니 걱정 마세요. 결정이 나면 10월 말쯤 계약을 맺을 수 있을 겁니다. 아 참, 빠뜨린 게 있어요.」

「뭡니까?」

「교수님 책이 타당성을 지니고, 또 근본적인 관심을 불러일으키려면 교수님이 싫어하고 좋아하는 옛날 소설가들뿐만 아니라 현대 작가들도 다루어야 한다는 점이에요. 대충 제7장 정도에 가서는 이런 식으로 서술하셔야 할 거예요. 〈독자 여러분은 제가 언급하려는 것이 무엇인지 알고 계실 것입니다……〉 일인칭으로 서술해 나가는 게 좋을 듯해요. 하지만 너무 강요한다든지 억압적인 서술 태도를 보여선 물론 안 되죠. 계속 한번 이어 보면, 〈저는 상당히 중요한 문제를 다루고자 합니다. 어떤 언어로 된 소설이든, 어느 시대의 작가든, 모두에게 적용되는 비판적 기준을 사용하여 구체적인 판단 기준을 제시하고자 합니다. 특히 현대의 미국 작가들을 중심으로 해서 서술해 보기로 하겠습니다〉. 그런 다음에는 1장에서 설명된 기준에 맞추어 현대 작가들 가운데 교수님이 훌륭한 작가라고 인정하는 작가 넷과 그렇지 못한 작가 넷을 인용하는 거예요. 물론 각 범주마다 독자들이 금방 알아볼 수 있게 작가들의 이름을 써넣어야 해요. 격렬한 필치로 휘두르세요. 그래야 독자들이 좋아하게 되니까요. 관심을 끌면 그만큼 책이 더 많이 팔리게 되는 건 당연한 일 아니겠어요?」

그녀는 사무실까지 바래다주겠다는 나의 제의를 거절하였다. 「교수님도 시간 낭비고, 저도 시간 낭비예요. 회의가 있어요. 교수님도 일이 있으실 텐데.」

「같이 가서 7장에 들어갈 작가 명단을 한번 검토할 줄 알았는데…….」

「아닙니다!」 그녀는 도망치듯 달아나며 큰 소리로 말했다. 「조용히 혼자 하세요. 그 좋은 머리 뒀다 뭐 하시려고요.」 그러나 내가 실망하는 표정을 짓자 그녀는 걸음을 멈추었다. 「스트라이버트 박사님, 전 박사님 말씀을 듣고 백만 대군을 얻은 듯한 기분이에요. 분명 일급 비평가가 되실 겁니다. 그리고 저도 교수님을 돕겠어요.」 이 말과 함께 그녀는 발걸음을 총총 옮겼다.

월요일, 그녀로부터 다시 한 번 확인하는 연락이 있었다. 〈수요일 편집 위원회에 제 제안을 올릴 생각입니다. 곧 연락 드리겠습니다. 이본 마멜.〉

수요일 오후 5시 30분쯤 그녀로부터 전화가 걸려 왔다. 기쁨에 넘친 목소리였다. 「파란불입니다. 그런데 조건이 있었

어요. 교수님과 제가 가능한 생각이라고 서로 만족할 때에
만, 그리고 교수님이 즉시 일에 착수할 것이라는 약속을 하
는 한에서만, 또 한 가지…… 이건 정말 중요한 건데요, 교수
님이 우리 동시대 작가들에 관해 뭔가 근본적인 것을 언급할
거리가 있는 한에서만……. 그러니 어서 연필심 뾰족하게 깎
으시고 생각의 모자를 쓰세요.」

「그러지요. 또 언제 만나게 됩니까?」

「좋아요. 제가 교수님을 뵈러 가지요, 뭐. 토요일 드레스텐
차이나에서 점심 어떠세요?」

「아니, 토요일이나 일요일엔 아무도 안 만난다고 하시지
않았습니까?」

「제 사무실에선 안 만나죠. 드레스텐 차이나, 좋잖아요?」

「그럼 정오에 뵙기로 하죠. 연필 깎고 가겠습니다.」

「제 것도요.」

나중에 나는 미즈 마멜이 상급 편집자들을 곤란에 빠뜨리
지 않으려는 출판사의 엄격한 관례를 충실히 따랐음을 알게
되었다. 그 관례란 이런 것이었다. 〈아무리 죽음의 고통을 당
하더라도, 당신과 오랜 관계를 맺어 온 중견작가를 방문할
땐, 당신이 전도가 유망한 젊은 작가와도 접촉하고 있음을
그가 알지 못하게 하라.〉

그녀가 드레스텐으로 온 것은 나를 만나러 온 것이기도 했
지만 더 중요한 것은 편집 일 때문이었다. 구체적으로 말하
면, 루카스 요더 씨와 함께 앞으로 나올 소설 원고에서 문제
가 될 만한 부분을 교정하는 일이었다. 제목이 『유제품 제조
판매소』인 그 소설은 펜실베이니아 독일인들이 토지와 농사
와 관련된 여러 재산에 대단한 애착을 갖고 있다는 것을 보
여 주는 작품이었다. 두 사람은 모두 그들의 미래가 이 소설
에 달려 있다고 생각한 듯했다. 왜냐하면, 그렌즐러 소설의

처음 네 권 때문에 당했던 가슴앓이 후 『헥스』로 그동안의 실망과 고통을 싹 씻긴 했으나 보통 작가가 한 작품으로 대성공을 거둔 뒤 그다음 작품에서 참패를 당하는 경우를 그들은 많이 보아 왔기 때문이었다.

내가 보기엔 키네틱 출판사 측에서 요더 씨보다 더 그『유제품 제조 판매소』에 기대를 거는 것 같았다. 사실 출판사로서는 요더 씨의 작품이 또 한 번만 더 성공을 거둔다면 — 여러 가지 상황이 계속 유리하게 돌아간다면 그럴 가능성도 충분히 있었다 — 실패작으로 끝난 처음 네 권의 소설도 다시 살아나게 될 테고, 그러면 그 네 권의 소설을 출판하는 데 들었던 비용이 이미 상환되고 처리된 뒤이기 때문에 그다음 판매의 상당 부분이 순이익으로 될 것이 뻔했다. 재고로 쌓여 있는 책도 많았고 또 조판 비용도 들지 않기 때문이었다. 따지고 보면 키네틱에서 요더 씨의 다음 소설이 성공을 거둘 것이냐 아니냐에 상당한 관심을 기울인 것은 이러한 재정적인 이득을 노리고 있음을 반증하는 것에 불과한 것인지도 모른다.

더욱이 요더 씨의 그렌즐러 소설들처럼 인기 있는 책이라면 수집가들이 전질을, 그것도 초판으로 모으고 싶어 할 테고, 혹 초판이 있다는 사실이 밝혀지면 그 가치가 치솟으리라는 것은 불 보듯 뻔한 일이었다. 그러니 미즈 마멜이 드레스덴 차이나를 방문하는 것은 그저 흔히 있는 방문이 아니었다. 두 가지 중요한 이해관계 — 베스트셀러 작가의 또 한 번의 성공 가능성 그리고 대학에서 상당한 판매 실적을 올릴지도 모르는 최고의 비평서를 위한 만남 — 가 걸려 있었던 것이다. 그녀 역시 그런 대단한 가능성을 안고 주말에 외지로 나선 적이 거의 없었다.

그래서 그녀는 나에게는 알리지도 않은 채, 금요일 오후

드레스덴으로 살짝 들어와서는 요더 씨의 농장에서 그와 함께 열심히 수정 작업을 하였던 것이다. 그리고 토요일 오후, 그녀는 『헥스』에 영광의 옷을 입히기 위해 전에 머무른 적이 있었던 드레스덴 차이나에 모습을 드러내었다. 그녀는 마치 방금 전에 뉴욕에서 도착한 것처럼 행동하였다. 그러나 혹 드레스덴 차이나 호텔의 종업원이나 자기를 아는 이 고장 사람에 의해 자신이 어제 이곳에 온 사실이 들통날까 두려웠는지 그녀는 곧 실토하고 말았다. 「사실은 어젯밤에 왔어요. 그런데 어떠세요, 교수님?」

「좋습니다.」 이 말이 끝나기가 무섭게 우리는 곧장 마이센 입상의 유리 진열장에 둘러싸인 구석의 테이블에 종이를 펼쳐 놓고 작업에 들어갔다. 먼저 그녀가 자신 있게 입을 열었다. 「스트라이버트 박사님, 다 끝났어요. 앞으로 한두 시간 안에 우리가 서로 제대로 된 편집자를 만났고, 능력 있는 저자를 만났다고 확신만 서게 된다면 다음 주중에는 계약을 하게 될 겁니다.」 내 눈에 너무 많은 기대의 빛이 담겼다고 생각했는지 그녀는 얼른 다음 사항을 주지시켰다. 「물론 그때 받으시는 건 의사 타진서예요. 제시된 금액 조건에 따라 키네틱에서 계약을 맺고 싶어 한다는……. 흔히 여러 가지 세부 절차를 다 밟으려면 꽤 시간이 걸리죠. 하지만 교수님과 저 사이에는 그 편지가 일종의 계약서인 셈입니다. 혹 에이전트가 있으세요?」

「없습니다.」

「지금 단계에선 에이전트를 두실 필요가 없겠지만 곧 필요하시게 될 거예요. 하지만 보통 하는 대로 할 거예요.」

「어떻게 합니까?」

「교수님 같은 경우는 어떻게 계산들을 하는지 잘 몰라요. 아마 10퍼센트 정도라고 생각하시면 틀림없을 겁니다. 만약

책값이 12달러라면 교수님은 한 권당 1달러 12센트 받으시
게 되는 거죠.」

「책이 그 값에 팔릴까요?」

「아직 쓰지도 않았고 분량도 확실치 않은데 어떻게 알겠
습니까? 불확실한 재산에 대해선 아직 꿈꾸지 마세요. 교수
님 같은 보통 저자가 처음 서너 권의 책을 발간해서 얼마나
버는지 알고 계실 텐데요. 운이 좋으면 책 한 권에 약 천 6백
달러 정도는 벌죠. 지금 우리에게 중요한 것은…… 이번 점심
식사는 제가 사는 거예요.」

「그래도 이곳까지 오셨는데…….」

「괜찮아요. 그런데 교수님, 어떻게…… 생각해 보셨습니까?」

「우리가 지난번에 대충 결정한 부분들은 아주 수월하겠더
군요.」

「스트라이버트 박사님, 아직 아무것도 결정된 게 없어요.
오늘 우리가 세세히 정할 때까지는요.」

「전 결정할 준비가 다 됐습니다.」 나는 책에 관한 한 솔직
하게 나오는 그녀의 접근 태도가 마음에 들었다. 질문을 던
지면 금방 답변이 나왔다.

「좋아요. 제 생각엔 교수님이 마음에 드는 작가와 마음에
안 드는 작가 각 넷씩을 생각하게 된 것이 바로 저명한 비평
가인 F. R. 리비스에서 따온 것이라는 사실을 처음부터 밝혔
으면 해요.」

「좋습니다. 하지만 당신도 아시겠지만, 그 사람은 단지 인
정할 만한 작가 넷만을 제시했을 뿐이잖습니까. 거기에다 훌
륭하다고 인정할 수 없는 작가를 덧붙이신 분은 바로 저를
가르치셨던 데블런 교수님이었어요.」

「그 데블런 교수님도 돌아가셨나요?」

「아뇨, 아직 살아 계십니다.」

「좋아요. 학자가 처음부터 인정할 것은 인정하고 들어가는 것이 오히려 더 큰 효과를 가져올 수 있으니까요. 〈19XX년, 저명한 영문학자 F. R. 리비스가 그의 유명한 옥스퍼드 강연에서 언급했듯이…….〉 뭐 이런 식으로 시작하면 교수님이 혼자서 모든 영예를 독차지하려는 잘난 척하는 멍청이가 아니라는 것을 독자들이 알게 될 거예요. 그러면서도 교수님의 견해가 어떤 계보학적 위치에 놓여 있음을 보여 주는 것이 될 테니…….」

이런 식으로 우리는 원칙을 세워 놓은 다음, 앞으로 있을 엄밀한 분석의 토대를 쌓으며 첫 여섯 장(章)의 틀을 만들었다. 그녀는 미국 소설을 연구한 모든 훌륭한 학자들을 충분히 참조하기를 원했지만, 내가 그런 전문가들의 견해에 동의하는가 안 하는가 하는 점보다는 그들의 비평적 견해를 내가 잘 알고 있는지의 여부에만 신경을 쓰는 것 같았다. 그러나 모든 것을 나하고 상의해서 결정해야 한다는 것은 잊지 않았다. 「똑똑한 젊은 친구가 대가 영감들에게 달려든다고 뭐라 그럴 사람 하나도 없어요. 예일 대학에서 잘난 체하는 영감태기들을 모조리 싸잡아 후려친 빌 버클리라는 사람이 어디까지 발전해 갔는지 한번 보세요.」

7장에 접어들자 나는 나쁜 본보기가 되는 네 작가들인 루이스, 벅, 헤밍웨이, 스타인벡과 대조적인 네 주인공들, 즉 멜빌, 크레인, 워튼, 그리고 포크너(미즈 마멜은 이들을 각각 나쁜 애들, 좋은 애들이라고 불렀다)를 적어 넣었다. 예상했던 대로 그녀는 곧 스티븐 크레인의 이름을 손가락으로 집으며 한마디했다. 「이 사람도 여기 속하나요?」

나는 긴장했고, 잘 모르겠지만 틀림없이 얼굴이 빨개졌을 것이다. 처음 내가 공개 강연을 할 때도 많은 사람들이 크레인같이 별 볼 일 없는 작가를 훌륭한 작가의 범주에 포함시킨 것을 문제 삼았었고, 그 후 몇 주 동안 계속해서 그 명단에 대해 왈가왈부했었다. 특히 크레인을 주요 작가로 인정한 나의 견해에 대해 신랄한 비판이 쏟아졌었고, 급기야는 그 작가를 계속 옹호하는 나의 태도가 나 자신의 학자로서의 성실성을 시험하는 리트머스 시험지 같은 것이 되고 말았다. 나는 차분히 대답했다. 「만일 크레인을 삭제해야 한다면 내가 설정한 원칙들도 다 포기해야 합니다. 크레인은 데블런 교수님과 제가 의미하는 바를 잘 대표하는 작가입니다.」

「데블런 교수라는 분은 이 일에 상관없어요.」

「아닙니다, 관계 있습니다!」 내 얼굴에 핏발이 섰을 것이 틀림없었고, 그녀는 속으로 〈결국 이런 식인가!〉 하고 생각했을 것이 분명했다. 그녀는 목소리에 힘을 주어 말했다. 「논의를 미국인들의 판단에 제한시키기로 해요.」 나는 일단 수긍한다는 듯이 고개를 끄덕였으나 후퇴하지는 않았다. 「만일 크레인을 뺀다면 남는 게 없습니다.」

「더 좋은 작가가 있어요.」

「누굽니까?」

「너새니얼 호손. 엄청나게 풍부한 내용을 지닌 작가잖아요. 우리 현대인에게 많은 교훈을 주는…….」

「호손은 조금 따분한 작가 아닙니까?」 나는 마치 건방진 태도로 덤비는 학생에게 하듯 딱 잘라 말했다. 다분히 실제적이고 나이도 나보다 더 많은 한 여자의 합리적인 판단을 일거에 무가치한 것으로 몰아세우듯, 내 목소리에는 무게도 실리고 화도 섞여 있었다. 그녀도 내 말에 화가 난 것이 분명했다. 그래도 나는 계속 말을 이었다. 그녀는 화를 꾹 참고, 분위기 쇄신을 위해 잠시 뜸을 들였다가 전혀 다른 새로운 주제를 꺼내는 사람처럼 밝은 목소리로 입을 열었다. 「그럼, 오른쪽 명단에는 별 변동 없나요? 여전히 네 명의 우리 노벨상 수상 작가들을 평가 절하하는 거예요?」
「변동 사항 없습니다.」
「그럼 이 부분이 이 책에서 가장 강렬한 부분이 되겠네요?」
「그렇게 하고 싶습니다.」
「그런데 교수님은 정말 헤밍웨이를 별로라고 생각하세요? 조금은 인상적인 인물이 아닌가요?」
「정말 적절한 단어를 사용하셨군요. 그 사람은 인상적인 인물이긴 하지만 인상적인 작가는 아니죠.」
「한 발자국만 뒤로 물러서 보세요, 젊은 교수님.」 어린애를 다루는 듯한 그녀의 태도에 내가 화를 낼 것이라 그녀는 짐작했겠지만, 나는 그녀가 의도적으로 나를 자극하려고, 나의 성미를 시험하려고 그런 말을 했다는 사실을 간파하였다. 마치 최종적으로 시험을 하듯 그녀는 말을 이었다. 「저는 세계 곳곳을 다니면서 많은 젊은 작가들을 만난 한 유명한 비평가의 말에 깊은 인상을 받았어요. 그 비평가는 이렇게 말했어요. 〈어디를 가든 저는 각국의 많은 작가들과 얘기를 나눴습니다. 그들은 제게 이런 확신을 주더군요. 《나는 헤밍웨이처럼 글을 쓰고 싶지 않습니다.》 그런데 그 사람들은 모두 헤밍웨이처럼 글을 썼습니다. 그들은 카뮈나 포크너처럼 글을 쓰려 하지 않았습니다. 왜냐하면 그 두 작가는 중요한 작가가 아니기 때문입니다. 그들은 헤밍웨이와 사소한 것이라도 비교하려 들지 않았습니다. 왜냐하면 그들은 헤밍웨이를 대단히 존경했기 때문입니다.〉 제 생각도 그래요.」
「절대 안 그렇습니다. 헤밍웨이는 폼은 많이 잡았지만 위대한 작가는 아니에요. 겸손한 척, 이름이 알려지는 것을 원하지 않는 척했지만 수염을 길러 사람들이 다 알아보게끔 했잖습니까? 누구와 상대해도 자신 있는 것처럼 기백 있게 행세했지만 일이 잘 안 풀리자 자살로 인생을 마쳤고요. 그 사람이 이런 식으로 평가받는 것은 당연하고, 젊은 작가들은 제가 그 사람에 관해 무슨 말을 하는지 귀담아들어야 할 겁니다.」

그녀는 두 정신의 소유자였다. 문학을 사랑하는 사람으로서 그녀는 헤밍웨이의 명성을 더럽히고 싶지 않았지만, 책이 팔리기를 원하는 편집자로서 그녀는 내가 우상을 파괴한다면 분명 논쟁을 불러일으킬 터이고, 그러면 책의 판매에 도움이 되리라는 것을 은연중에 기대하는 사람이었다. 그러나 그래도 뭔가 짜증이 나는 모양이었다. 내가 「왜 그러시죠, 미즈 마멜?」 하고 묻자 그녀는 손자 바라보듯 나에게 관대한 미소를 지으며 되묻는 것이었다. 「스트라이버트 교수님, 이런 문제에 대해서 한 번도 제 의견을 묻지 않으셨죠?」

나는 속이 뜨끔하여 물었다. 「그럼, 당신의 의견은 어떻습니까?」 그녀는 차분한 어조로 말했다. 「차를 타고 오는 동안 저는 생각했어요. 〈그릇된 소설가의 범주에서 헤밍웨이를 빼고 대신 진짜 따분한 작가인 제임스 페니모어 쿠퍼를 집어넣자.〉 이렇게 말이에요.」

「왜 말씀하지 않으셨습니까?」

「전 교수님의 견해에 진정으로 맞서려면 저의 생각을 아껴야 한다고 생각했었어요.」

이렇게 둘 다 신경전을 벌이는 가운데서도 우리는 드디어 제8장에 들어서게 되었다. 지우고, 다시 고쳐 쓰고 한 흔적이 역력한 종이 한 장을 조심스럽게 집어 든 나는 네 작가의 이름을 읽어 내려갔다. 내 생각에, 그들은 인식과 지각에 있어서, 주요 문제에 대한 관심도에 있어서, 그리고 서술 기교에 있어서 매우 칭찬할 만한 작가들이라 여겨졌다. 「J. D. 샐린저, 랠프 엘리슨, 솔 벨로, 버나드 맬러머드.」

그 이름들의 여운이 채 가시기도 전에 이본의 말이 반사적으로 튀어나왔다. 「유대 작가 셋에 흑인 작가 하나. 여자는 한 명도 없군요. 교수님은 정말 기존 질서를 내팽개치고 싶으신 것 맞죠?」

「그런 식의 편가름은 생각하지 못했습니다.」

「제겐 그게 제일 먼저 떠오르던데요.」

「그럼 어떻게 바꾸자는……?」

「요모조모 따져 볼 시간도 없이 답을 해야 한다……. 어쩌면 방해를 덜 받아 가장 답하기가 좋은지도 모르죠. 아무튼 전 맬러머드를 버리고 조이스 캐럴 오츠로 대체했으면 좋겠어요.」

「저 역시 순간적인 충동으로 말하겠습니다. 맬러머드는 위대한 전문 작가 중의 한 사람입니다. 하지만 오츠는 아직 평가 내리기가 어려운 작가 아닙니까?」

「전 우리가 단순한 프로 기질을 넘어서는 드문 재능을 찾는 줄 알았는데요? 교수님이 정 그러시면 루이스 오친클로스는 어때요? 훌륭한 책을 많이 쓴 작가잖아요.」

「돈 많은 남성을 위한 이디스 워튼이죠.」 나는 이렇게라도 말을 해서 긴장을 풀고 싶었다.

「교수님, 그럼 그 네 작가에 만족하세요?」

「그렇습니다.」

분명히 불쾌한 기색이었지만 그녀는 애써 부드러운 목소리를 내었다. 「그럼 이제 또다시 충격적인 이름들을 들어 보죠.」 그러면서 그녀는 몸을 앞으로 기울였다. 나는 천천히 무시해야 할 작가들의 이름을 읽어 내려갔다. 「허먼 워욱, 고어 바이덜, 리언 유리스, 루카스 요더.」

내가 마지막 이름을 채 내뱉기도 전에 그녀는 단호하게 그러나 차분한 목소리로 나의 말을 가로막았다. 「요더 씨 이름을 넣어선 안 돼요.」

「하지만 그 사람은 아무것도 아닌, 가장 허풍을 떠는 작간
데요. 좋은 사람이긴 합니다만 작가로선 으으으…… 전 펜실
베이니아 독일인 지역을 잘 알아요. 제가 그 속에 속해 있으
니까요. 그런데 그 사람의 소설이란…….」

「그러나 『헥스』는 요 10년간 큰 선풍을 몰고 왔잖아요.」

「그리고 정말 형편없는 소설이고요. 제가 그 사람의 껍데
기뿐인 허세를 까발리지 못한다면 전 공연히 책을 쓴다고 고
민하고 싶지도 않습니다.」

「이 세상에서 허세 부리지 않는 사람이 한 사람 있다면 그
는 바로 루카스 요더 씨예요. 다른 형용사를 찾아보시지 그
러세요.」 그녀는 더 이상 그 문제를 논하고 싶지 않다는 듯이
한 단어 한 단어 힘주어 말했다.

「그럼 그 〈허세〉 부린다는 말은 철회하겠습니다. 제 말은
그의 문체, 아니 전반적으로 이야기를 다루는 그의 솜씨가
19세기 초엽의 작가들처럼 붕 떠 있다는 겁니다. 부풀려 있
다는 뜻이죠.」

「하지만 19세기 초에도 좋은 책들이 나왔잖아요.」

「오늘날의 요구에 부응하는 것은 아니죠.」

내가 너무 거만하게 군다고 생각해서인지 그녀는 이제야
비로소 출판의 현실과 그 속에서 내가 차지할 위치를 알려
주어야 할 때가 되었다고 느낀 것 같았다. 「루카스 요더 씨는
그저 누군가가 아니에요. 그분은 리언 유리스나 고어 바이
덜, 혹은 좋은 책을 쓰는 어느 젊은 작가들하고도 다른 사람
이에요. 그분은 저의 작가예요. 저는 그분의 편집자고요. 그
리고 키네틱은 그의 출판삽니다. 네 번의 실패 끝에 선풍적
인기를 모은 작가란 말입니다. 또 내년도 저희 출판사의 재
정상의 안정이 그분의 손에 달려 있기도 하죠. 제가 추천한
책에서 그분을 비방한다는 것은 곧 자살 행위나 다름없었어요.

저는 해고될 것이고……. 당연한 일이죠.」

「미즈 마멜, 제가 요더 씨에게 무슨 적의가 있는 것은 아닙니다. 전 그 사람을 좋아해요. 텔레비전 쇼에 함께 출연한 적도 있어요. 즐거운 경험이었죠. 그러나 이 책에서 우리는 진실을 추적하는 거고, 진실은…….」

「진실이라고요? 그만두세요! 제 입에서 꼭 이런 얘기가 나와야 아시겠어요? 만일 루카스 요더 씨가, 교수님 말대로 아무 짝에도 쓸모가 없는 그『헥스』라는 작품을 써서 돈을 끌어모으지 않았더라면 제가 교수님더러 책을 한 권 써주십사고 이렇게 나설 수나 있었는지 아세요? 교수님 같은 아마추어 저자들하고 이렇게 시간 낭비나 할 여유도 없었을 거예요. 어려웠던 시절 저는 그분을 지켜 드렸고, 또 그분이 성공하리란 확신이 있었기에 참아 왔던 거예요. 물론 그분은 성공할 능력도 충분히 있으셨던 분이고요. 그 결과, 회사에서는 지금 이렇게 그 보답으로 교수님이나 그 잘난 젊은이들의 책을 사정이 허락하는 대로 출판할 자유를 저에게 주게 된 겁니다. 그분의 책만큼 좋은 책은 한 권도 못 낼, 앞으로 나올 그분의 책만큼 좋은 책은 내지도 못할 사람들에게 말이에요.」

나는 그녀의 공격적인 언사에 뭐라 대답할 수가 없었다. 곧이어 자리에서 일어난 그녀는 감정을 억제하며 목소리를 가다듬었다. 「식사도 끝났고, 인터뷰도 끝났어요.」 그러고는 큰 소리로 외쳤다. 「웨이터! 웨이터! 여기 계산서 좀 주세요.」 내가 계산하려던 것을 그녀가 해버렸다. 그러나 그녀는 자신이 도움만 주면 훌륭하게 만들어질 수 있는 책을 기분에 따라 아무렇게나 팽개치는 편집자는 아니었다. 그녀는 전문 편집자였다. 내가 그녀 차까지 따라가자 그녀는 나에게 마지막 기회를 주었다. 「정신을 가다듬으신 다음 저에게 연락 주세요.」 그리고 그녀는 자갈 포장길 위로 질주하듯 차를 몰고 떠나갔다. 성질을 참지 못하고 화를 낸 자기 자신에게 화가 나서, 그리고 나와의 대화에서 주도권을 잡지 못한 데 더욱 화가 치밀어서 그렇게 떠나가 버렸다. 처음에 그녀는 자신의 심사숙고한 판단에 내가 반드시 따라야 한다는 것을 고집하지 않으면서 내가 결정을 내리도록 그대로 놔두었다. 그러다가 종국에 가선 내 말에 더 이상 참지 못하고 감정을 폭발한 것이다. 정말 실망스러운 만남이었으며, 서로에게 환멸만을 느낀 대화였다. 나 또한 나 자신의 행동에 적잖이 실망했음은 두말할 필요도 없었다.

기숙사 방으로 돌아온 나는 점잖지 못하게 행동했던 나 자신을 책망했다. 너무 고집스럽게 내 주장을 폈던 것에 화가 난 것이 아니라 — 내 주장은 옳았다 — 대화를 엉망으로 끝내 버린 나의 태도에 화가 났던 것이다. 잠이 오지 않았다. 잠이 오지 않는 밤이면 으레 그랬듯이 나는 밖으로 나가 반제 호숫가를 따라 걸으며 어떻게 해야 할지 생각해 보았다. 키네틱 출판사에서 책을 낼 기회를 놓친 것이 아닌가 걱정이 되었다. 순간 데블런 교수님이 귀에 못이 박이도록 주입시키셨던 말이 떠올랐다. 「어느 작가건 그의 본분은 글을 쓰고, 그것을 인쇄, 출판하는 것일세. 그렇게 해야 명성이 쌓이게 되는 거지.」 맞는 말씀이었다. 그런데 내가 키네틱 출판사와 관계를 유지하고 싶어 하는 또 다른 이유가 있었다. 나 자신의 이익에 관계된 것은 아니다. 그 출판사는 젊은 작가들의 글을 출판해 주는 것으로 명성이 나 있었기에 내가 혹시 그 출판사와 관계만 잘 유지하면 자질이 있는 학생들을 골라 자유로이 추천할 수 있는 길이 열릴 것 같았기 때문이었다. 그리고 이건 비밀이지만 내 개인적인 이유도 하나 있었다. 나는 장차 언젠가는 소설 한 편을 써서 출판하기를 바랐기 때문에 미즈 마멜와의 관계가 소원해지거나 키네틱과의 관계를 끊어서는 안 되었던 것이다.

그래서 나는 미즈 마멜과 만났을 때 용감하게 내세웠던 비평가의 성실성에 관한 나의 주장을 속으로 삭이면서, 새벽녘이 될 무렵 타자기 앞에 앉아 미즈 마멜에게 보내는 짤막한 편지를 한 통 쳤다.

죄송합니다. 훌륭한 고전 작가 범주에서 크레인을 빼고 호손을 넣기로 했습니다. 그 범주의 현대 작가 중에선 맬러머드를 삭제하고 말씀하신 대로 오츠를 끼워 넣죠. 평가 절하시켜야 할 고전 작가 가운데 헤밍웨이를 빼고 싶은 생각은 없습니다. 그리고 평가 절하해야 할 현대 작가 중에선 당신의 요더 씨를 빼는 대신에 치버를 넣기로 했습니다. 계속 함께 일하면서 좋은 책을 만들었으면 합니다.

한마디로 말하면 헤밍웨이의 경우를 제외하고는 그녀의 현명한 판단을 거의 전적으로 따르겠다는 말이었다. 이러한 나의 태도 변화에 대한 답신으로 그녀는 매우 고무적인 답장을 보내 주었다.

교수님이 내리신 네 가지 결정은 합리적일 뿐만 아니라 당연한 결정이에요. 얘기된 대로 계약이 체결될 것이지만 이 편지 역시 구속력이 있습니다. 계약서에 서명하실 때 선지급금으로 아마 천 5백 달러를 받으실 겁니다. 뛰어난 안목으로 좋은 책 써주세요.

그날 나는, 처음 책을 출판하는 햇병아리 작가처럼 이름 있는 출판사인 키네틱에서 책을 한 권 출판하게 되었다는 사실에 마음이 들떠 있었다. 아무리 대학에서 글쓰기를 가르치는 사람이라 하더라도 그런 사실에 기뻐하지 않을 사람이 있겠는가. 오히려 그런 목적을 이루려고 자해 소동이라도 벌일 판이 아닌가? 그러나 사방에 어스름이 내리기 시작할 때쯤에 책 한 권 내보고 싶은 마음에 흔들리지 말아야 할 원칙들을 저버렸다는 사실에 착잡한 기분이 들었다. 요더 씨는 분명 형편없는 작가이며, 또 어떤 진지한 평론에서건 그런 작가로 취급되어야 할 사람이었다. 그러나 내 목소리는 그녀의 목소리에 눌려 찍 소리도 못 내었으며, 그것도 가장 천한 이유에서 비롯된 것이니……. 키네틱 출판사 측에서 볼 때 요더 씨는 바로 돈이었다. 그리고 그 이유 때문에 그를 보호해야 했다. 나는 나 자신의 개인적 이득을 위해 내 자존심마저 팔아 버린 꼴이었다. 비평가가 되려는 사람이라면 취하지 말았어야 할 행동이었다.

물론 내가 나 자신의 만족을 찾을 곳은 있었다. 미즈 마멜과 싸우는 동안에도(매번 그녀에게 굴복하였지만) 나는 열심히 강의했고, 작가 지망생들이 작가가 되는 데 필요한 기술을 배우도록 최선을 다해 도와주었다. 그러다 보니 크리스마스 휴가 동안에는 이런 생각이 들기도 했다. 그 천 5백 달러를 받게 된다면 학생들을 위해 쓰자. 그리고 나는 오래전부터 생각해 왔던 것을 실행에 옮기기로 마음먹었다.

나는, 내가 비용을 부담해서라도 드레스덴의 한 간판쟁이를 고용하여 3년 전 아테네에서 구상하고 작성했던 복잡한 계보도를 내 강의실 벽에 그려 놓기로 작정했다. 간판장이는 옛날에 내가 종이 두 장에 그려 놓은 그 계보도를 보더니 이렇게 말했다. 「구별이 쉽도록 서로 다른 물감을 써서 멋지게 그려 보겠습니다. 허나 아래의 저 글들까지 적는 것은 어렵겠는데요.」

「아, 아닙니다. 도표로 된 부분만 그리시면 됩니다. 나머지 설명 부분은 복사해서 나눠 줄 겁니다.」

계보도가 다 완성되었을 때, 나는 그 사실을 대학 행정당국에 알렸다. 건물 관리자는 벽의 그림을 보지도 않고 말도 안 되는 소리라고 입에 침을 튀기며 역정을 냈지만 직접 그림을 보고 나서는 정말 멋지게 그렸으며, 훌륭한 학습 자료가 되겠다고 칭찬을 아끼지 않았다. 그리고 겨울방학이 끝나고 첫 강의가 시작되던 날 학생들은 벽에 그려진 계보도를 보게 되었고, 그 후 교수로서의 나의 인기는 날로 상승하였다.

1984년 겨울, 나의 저서인 『미국 소설』이 출판되면서 나는 또다시 격렬한 논쟁의 소용돌이에 파묻히게 되었다. 그런데 미즈 마멜이나 나나, 두 사람 모두 놀란 것은 나에게 쏟아지는 비판이 헤밍웨이를 혹평한 것에 초점이 맞추어진 것이 아니라 거의 곁다리 비슷하게 내가 제임스 페니모어 쿠퍼에 관해 쓴 거친 단어들에 대한 것이라는 사실이었다. 많은 독자들이 쿠퍼가 토마스 만처럼 뛰어난 작가는 아니지만 미국 최초의 진정한 소설가이며, 훌륭한 이야기꾼이라는 사실은 아무 저항 없이 받아들이고 있었던 것이다. 〈그 작가가 후대 작가들에게 준 격려가 없었다면 우리가 어떻게 발전했겠습니까?〉 대개가 이런 식이었다. 게다가 몇몇 신랄한 비평가들은 비록 쿠퍼의 작품이 다소 지루한 감은 있지만 어떻게 미국 문학의 거장 중의 하나인 그에게 그런 비방을 퍼부을 수 있냐고 덤벼들었다. 내가 아직 어려서 뭘 모른다는 것이었다.

첫 번째 돌풍이 잠잠해지자 이번엔 현대 작가들에 대한 나의 견해를 놓고 심각한 토론이 벌어지기 시작했다. 어떤 사람들은 엘리슨과 샐린저를 최고의 작가로 인정하기에는 작품이 너무 빈약하다고 주장한 반면, 무언가 정당한 애깃거리를 지닌 작가로 입증된 바이덜과 워욱을 너무 가볍게 폄하하는 것은 자의적인 평가에서 비롯된 우스운 평가라고 빈정거렸다. 치버의 경우도 지지자들이 많은 편이었다. 그러나 그 모든 비난의 돌풍이 완전히 수그러들었을 때 승자로 판명된 것은 나였다. 가령, 한 신문사에서는 나의 솔직한 견해에 독자들이 대단한 관심을 보이고 있다는 사실을 간파하고는 나에게 세계 문학 가운데 독자들의 흥미를 불러일으킬 만한 작품으로 50권의 책을 선정해 목록으로 만들어 달라고 부탁하기도 했다. 물론 상당한 액수의 고료를 주겠다고 제의하였다.

내가 작성한 목록에는 아무도 그 생명력을 부인할 수 없는 작품들 ―『레 미제라블』,『안나 카레니나』,『위대한 유산』,『허클베리 핀』등 ― 이 포함되었고, 또한 덜 알려지기는 했어도 나름대로 훌륭한 장점과 가치를 지닌 작품들 ―『오블로모프』,『페스트』,『캐스터브리지의 시장(市長)』,『소송』,『맥티그』등 ― 도 한자리 차지하고 있었다. 그 목록 뒤에 내가 개인적인 에필로그를 첨가하자 신문 편집자들은 대단히 안도하는 듯한 기색이었다. 〈저는 한가한 때에 즐거운 마음으로 읽을 수 있고, 또 구태여 문학의 세계에서 어느 위치를 차지하고 있는지 자리 매김을 하지 않고서도 재미있게 읽을 수 있는 책 네 권을 감히 독자 여러분께 소개할까 합니다. 그 네 권이란 바로『녹색 장원』,『결혼식의 하객들』,『영원한 요정』, 그리고『몽테크리스토 백작』입니다.〉

좀 너절하긴 하지만 그래도 교훈적인 의미가 담긴 이 에세이가 널리 알려지게 되자 여러 대학에서 나를 강연회의 강사로 초빙하고 싶다는 의사를 보내왔으며, 여러 잡지사와 신문사의 신간 서평 요청이 쇄도하게 되었다. 이렇게 다분히 전통적인 방식으로 나는 다양한 직종의 사람들이 책을 중심으로 형성하고 있는 질서 속의 한 성원으로 인정된 셈이었다. 대학의 동료들은 나를 내 분야에서 중요한 목소리를 내는 사람으로 인식하게 되었고, 이 사실은 대학 당국에서도 인정하는 바였다. 따라서 나는 곧 조교수로 승진하였고, 그다음엔 부교수로 승진하게 되었다. 그리고 서른다섯이 되기 전에 정교수의 자리에 오르리라는 것은 누구도 부인하지 못할 당연지사가 되었다.

그러나 교수로서의 일과 비평가로서의 활동에서 두각을 나타내고 성공을 거두긴 했지만, 그것으로 소설 한두 편을 출판하고픈 나의 여망이 수그러든 것은 아니었다. 나는 좋은 글쓰기란 어떤 것인가에 대한 나의 이론을 분명히 입증할 수 있는 한두 편의 소설을 쓰고 싶었던 것이다. 따라서 점차로 나는 여유가 있을 때 종전처럼 세미나 준비나 다른 사람들의 소설에 대한 평론을 다듬으며 시간을 보내기보다는 나 자신의 소설을 구상하며 지내는 것을 낙으로 삼기 시작했다.

그해 1984년 겨울, 나는 우리 학교 강연회에 몇몇 뛰어난 직업 작가들을 초청하였다. 그들의 강연을 듣고 학생들뿐만 아니라 강연회에 참석한 지역 주민들도 매우 즐거워했다. 바로 그런 강연회가 있던 어느 날 저녁, 나는 메클렌버그 대학과 나의 삶에 지대한 영향을 미치게 된 한 청년을 만나게 되었다. 그날의 강연은 보스턴에서 날아온 두 시인 — 한 사람은 하버드 대학 출신의 남자였고 또 한 사람은 MIT 출신의 여자였는데, 소문에 의하면 그들은 연인 사이였다 — 이 진행하였다. 강연회가 끝나고 우리 모두가 드레스덴 차이나에 모였을 때 먼저 하버드 출신의 남자 시인이 입을 열었다. 「묘한 문화적 현상입니다. 한 세기 전엔 모든 이들의 숭배를 받긴 했지만 아주 저급한 시를 쓴 시인 무리가 있었어요. 롱펠로를 위시한 그들은 청중들도 끌어 모으고 수입도 엄청났지만 별로 말해 주는 것이 없었던 시인들이죠. 그러나 오늘날엔 비록 아무도 인정해 주지 않고, 청중도 없고, 수입도 없지만,

시를 통해 많은 것을 전달해 주는 그런 시인 집단이 있어요.」

MIT 출신의 여자 시인이 끼어들었다. 「저희가 말하는 것을 여러분은 반드시 귀담아들어 두실 필요가 있어요. 많은 청중들을 끌어 모을 자격은 충분한데 청중들이 오질 않아요.」

「우리는 미국 문학에서 순결한 처녀로 남아 있는 셈이죠.」 하버드 남자가 말했다. 「한구석에서 손때 묻지 않은 고결함으로 남아 있다가 누군가가 부르면 자기 존재의 정당함을 보여 주는…….」

이웃 이스턴의 라파예트 대학에서 온 한 교수가 나섰다. 「그러나 당신들은 시를 너무 난해하고 고귀하게 만들어서 일반 독자들이 이해할 수가 없지 않습니까? 당신네들이 멸시하는 19세기 시인들과 당신들과의 차이는 너무 엄청난 것 같습니다. 도저히 메울 수 없는 간극이죠.」

이 말은 MIT 출신의 여자에게 문제의 핵심을 건드리게 하는 방아쇠가 되었다. 「시인의 문화적, 도덕적, 정치적 영향력을 계산할 수 있다면 아마 이 세상 사람들은 오늘날 살아 있는 시인들이 고대 그리스와 로마 시대 이후 그 어느 때보다도 더 큰 영향력을 행사하고 있다는 것을 알게 될 거예요.」

그녀의 말에 동의할 수 없다는 듯이 웅성거리자 그녀는 오른손 손바닥을 내보이며 유화적인 제스처를 취했다. 「아니, 아니, 기다리세요. 러시아, 라틴 제국, 그리고 영국을 제외한 유럽 전역에서 시인들이 어떤 역할을 하고 있는지 한번 보세요. 자, 노벨 문학상을 수상한 작가들을 한번 살펴보세요. 그중 절반은 시인입니다. 정말 세상을 잘 이해하는 심사 위원들이 산문으로 웅얼거리는 사람들보다 본질적으로 시인들이 이 사회에 더 귀중한 존재라는 것을 알고 있었기 때문이 아닐까요?」

이러한 선전포고가 떨어지기가 무섭게 격렬한 토론이 뒤

따랐고, 그런 와중에 그 여자 시인은 잠시 작전상 후퇴를 하였다가는 맹공격이 어느 정도 잠잠해지자 다시 힘차게 반격을 가하기 시작했다. 「저는 가치에 어떤 등급이 있다고 믿고 있어요. 그저 보통의 능력을 지닌 소설가 A가 허풍뿐, 내용은 하나도 없는 그의 최신작을 10만 부 팔았다고 칩시다. 그렇지만 그런 책을 읽는 독자들의 지적, 사회적 가치란 등급으로 매기면 바닥일 거예요. 이 경우 2등급이라고 해두죠. 한편 세계에서 가장 뛰어난 능력의 시인 B는 겨우 천 명의 독자만을 확보했다고 치세요. 그러나 그의 독자들의 등급은 250까지 올라갈지도 모르는 거예요. 이렇게 따져 볼 때 그 A라는 소설가는 엄청난 인기에도 불구하고 사회 전반에 대한 영향력의 지표가 2 곱하기 10만, 즉 20만 정도밖에 안 되지만, 조용한 시인은 같이 어울릴 수 있는 사람들에게 적절한 것을 얘기해 주는 덕택에 25만의 영향력을 지니게 되는 겁니다.」

「아니, 〈어울릴 수 있는 사람들〉이라니, 어떤 사람들을 말하는 겁니까?」

「법을 제정하는 입법자, 의제를 상정하는 정치 지도자, 도덕 규범을 정의하고 수호하는 성직자, 교수, 편집자, 마을의 철학자, 대기업의 우두머리, 군부의 지도자, 그리고 나름으로 이 세상의 긍정적인 가치를 창조하려고 애쓰는 모든 사람들…… 그 사람들이 바로 시인과 같이 어울릴 수 있는 사람들이고, 시인의 독자들이죠.」

「허나 그런 사람들 가운데서도 백 명 중 하나만이 현대시를 좀 뒤적거릴 뿐이죠.」 한 남자가 무뚝뚝한 목소리로 반발하고 나서자 그 여자는 기다렸다는 듯이 대꾸하였다. 「바로 그 한 사람이 중요한 거예요. 인간 정신은 노래로 불려지지 않는 한 고양될 수 없기 때문이죠.」

하버드 남자가 말했다. 「다음 세기는 소설가들이 지금의 우리 위치에 서게 될 겁니다. 그런 시대가 오고 있는 걸 모르십니까? 텔레비전이 소설의 위치를 빼앗을 것이 분명합니다. 어느 누구도 소설에 자신의 정신을 허비하지 않으려 할 겁니다. 상황이 그렇게 될 겁니다. 혹 고상한 정신이 남아 있더라도 말입니다. 지금으로부터 백 년 후, 그러니까 2084년이 되면 소설가들은 이 대학에서 저 대학으로 이 수도원에서 저 수도원으로 떠돌아다닐 게 분명합니다. 대학이 타락해 가는 속도로 보아 나중에는 휘황찬란한 불빛으로 가득한 쇼핑센터보다 나을 것이 없을 겁니다…….」

그는 자신의 비유를 채 끝내지 못하였다. 청중들 가운데 특히 나이 지긋하고 점잖은 모습의 갈런드 부인이라는 여자가 심히 불쾌하다는 어조로 불쑥 끼어들었기 때문이다. 「그럼 댁은, 내가 그때까지 산다면 아무리 좋은 소설책이라도 보지 못할 거란 말씀인가요? 생각도 못 할 일이지!」

그 하버드 남자는 매우 침착하게 대답했다. 「그럼, 한 세기 앞을 내다보지 말고 뒤로 거슬러 올라가 보기로 하죠. 부인께서 매사추세츠 주의 콩코드에 살고 계시다고 가정해 보세요. 그리고 랠프 왈도 에머슨이 강연을 하다가 이렇게 말했다고 생각해 보세요. 〈저는 지금으로부터 한 세기 후가 되면 아무도 시를 읽지 않으리라고 생각합니다. 그때 사람들은 내 친구 호손의 소설처럼 허풍 떠는 소설들만을 읽고 있을 겁니다.〉 그런데 이 말을 들은 부인이 일어서서는 〈생각도 못 할 일이지!〉라고 소리치셨어요……. 하지만 보세요. 바로 에머슨이 예상했던 일이 일어났잖아요. 그리고 여기 앨버트슨 양과 저 같은 불쌍한 시인들은 옛날의 〈스콥〉들처럼 이 지방 저 지방 떠돌아다니고 있고요.」

「스콥이 뭐죠?」

「예에, 질문 정말 잘하셨습니다. 이를테면, 방랑 시인을 말하는 겁니다. 전 좀 색다른 단어를 써서 뽐내기를 좋아하는 사람이죠. 그게 시인 아니겠습니까? 단어 솜씨 자랑하는 것…….」

그 두 시인은 자신들의 예측을 결코 철회하지 않았고, 하버드 남자는 자신들의 생각을 이렇게 요약하였다. 「한 세기도 채 지나지 않아 소설가들이 해야 할 일은 대중을 즐겁게 하는 것이 아니라 더 높은 지적 수준에서 자신의 동료들과 의사소통하는 것이 될 것입니다. 나라의 문화가 더욱 활기를 띠도록 말입니다.」

자극과 각성의 저녁이었다. 저녁이 끝나 갈 때쯤, 이런 모임이면 빠지지 않고 참석하는 요더 씨가 다소 흥분했는지 자기도 모르게 내 팔을 꼭 잡았다. 「정말 잊지 못할 저녁이었습니다! 1분에 여섯 개의 새로운 생각들이 떠오를 정도로 말이죠…….」

「몇 년 전 데블런 교수님한테서도 저런 이야기를 들은 적이 있습니다.」

요더 씨는 보스턴의 두 시인들을 가리키며 미소를 띠었다. 「그래, 나는 내려가고 저 사람들은 올라간단 말이지요…….」

「하지만 이건 기억하셔야지요. 저 사람들 말대로라면 소설이 2084년까진 없어지지 않는다는 얘기 아닙니까? 예컨대 요더 선생님도 백 년은 족히 소설가로서의 길을 계속하실 수 있다는 얘기죠.」

「날 루카스라 불러 주세요. 우리는 동향인*landsmen*이 아닌가요?」 유대 이디시 스타일로 〈란츠믄〉을 발음하는 그의 말을 누가 들었으면 혹 우리가 폴란드의 촌구석에서 자란 두 시골뜨기라 생각했을지도 모른다. 나는 매우 불쾌했다. 그러나 나의 불쾌함을 눈치채지 못했는지 그는 계속 지껄였다. 「지난해 펜실베이니아에서 우리 두 사람은 비평가와 소설가도 함께 일할 수 있다는 것을 증명했지요. 그리고 이건 당신이 가르치는 어느 학생에게서 들은 얘긴데, 조만간에 소설을 내신다면서요? 그러면 우리는 진짜 동향인이 되겠네요.」

이 기분 나쁜 대화를 끝내려면 무슨 말이든 대꾸를 해야 한다고 생각한 나는, 고백건대, 조금은 차가운 어조로 말을 꺼내지 않을 수 없었다. 「제가 쓰려는 소규모 장편으로 선생님이 장편소설로 하시는 일의 반만이라도 쫓아갔으면 좋겠습니다.」 그리고 나는 그의 곁을 떠났다. 차라리 두 시인과 대화를 나눠 그들이 마음에 간직하고 있는 엘리트를 위한 글쓰기의 개념을 더 탐구해 보고 싶었기 때문이었다.

그러나 그들에게 가까이 다가가던 나는 발걸음을 잠시 멈췄다. 그들은 지금까지 내가 알았던 아이들 중에서 가장 총명했던 열여섯 살짜리 한 고등학생과 한구석에서 열심히 얘기를 나누고 있는 중이었다. 그 고등학생은 두 시인들과 동등한 수준에서 이야기하고, 그들이 하는 말을 모두 다 이해하였으며, 또 그들의 발언에 도전적인 질문을 던질 정도의 지적 수준을 지니고 있었다. 그런데 그뿐만이 아니었다. 용모 또한 정말 세상 불공평하다 싶을 정도로 잘생긴 아이였다. 아직 면도를 모르는 뽀송뽀송한 얼굴, 상대방을 끌어들이는 미소, 좋은 옷에 더욱 돋보이는 우아한 태도. 정말 세상 불공평하군! 나는 생각했다. 저 빼어난 모습에 자신의 의견을 거침없이 표현하는 능력까지 있으니……. 나는 꼼짝 않고 서서 열여섯 살의 그 고등학생을 바라보며, 옛날 그 나이 때의 못생기고 말없던 나의 모습을 떠올렸다. 정말 그 아이는 복도 많은 아이였다.

그 학생에 관해 더 많은 것을 알고 싶었던 나는 애기를 나누고 있는 그들 틈으로 비집고 들어섰다. 그러나 누구 하나 거들떠보지도 않았다. 시인들은 그 학생을 그들이 생각하는 엘리트 중 하나로 이미 자리매김한 것이 분명했고, 그래서 그들의 시간을 다른 사람들 때문에 허비하고 싶지가 않았던 모양이었다. 그렇다고 물러설 나도 아니었다. 나는 그 학생에게 더 가까이 다가갔다. 그 학생은 변성기의 목소리로 말했다. 「전 프로스트보다 예이츠와 엘리엇이 더 좋아요.」 그러자 한 시인이 말했다. 「젊은 지식인들은 항상 그래. 그러나 나이가 들면 프로스트에게도 뭔가 좋은 점을 발견하게 되지.」 그리고 그 학생에 관해 아무것도 알아내지 못한 채 모임이 끝나고 말았다. 그러나 그 아이의 분위기가 오랫동안 나와 함께 할 것이란 느낌은 지울 수가 없었다.

그해 겨울, 내가 초청했던 마지막 연사는 내가 많은 빚을 지고 있고 또 점차로 존경스러운 마음으로 대하게 된 여자였다. 항상 재능꾼들을 찾아다니는 뉴욕의 편집자들과 에이전트들은 자기 경비를 들여, 그리고 아무런 강연료도 받지 않고, 문예 창작 학교를 방문하여 강연을 하는 다분히 실속 있는 습관들을 지니고 있었다. 물론 그들의 목적은 나와 같은 창작과 교수들이나 뛰어난 재능을 지닌 학생들을 만나려는 데 있었다. 그들은 출판업계와 그 속에서의 자신들의 역할에 관해 재미있는 이야기들을 많이 들려주었고, 학생들 대부분은 내가 주선한 그런 강연회를 자신들이 나의 강의를 받으면서 얻는 최고의 보람이라고 생각했다.

내가 초청한 여자는 바로 미즈 이본 마멜이었다. 그녀는 요더 씨의 소설을 담당한 편집자로서의 명성이 자자했기 때문에 강연장은 학생들과 작가 지망생들로 만원이었다. 뛰어난 감각을 지닌 그녀 또한 학생들이 알고 싶어 하는 것들을 소상하게 알려 주었다. 그러나 질문과 답변 시간이 되자 지역 주민의 자격으로 강연회에 참석한 사람들이 쓸데없는 질문으로 귀중한 시간을 낭비하기 시작했다. 근처의 레 대학에서 왔다는 한 교수가 물었다. 「키네틱 출판사를 독일의 대형 출판사인 함부르크의 캐슬이 인수한다는 소문이 있는데 사실입니까?」

미즈 마멜은 자신이 키네틱의 성원으로서 그런 질문에 답한다는 것이 부적절하다고 생각했는지 어깨를 으쓱이더니 도리어 또 다른 교수에게 그 질문을 어떻게 생각하느냐고 물었다. 그 교수가 말했다. 「캐슬이라는 독일 출판사나 이름을 듣기만 해도 소름 끼치는 영국의 스파이더 출판사 같은 곳에서 무슨 짓을 하든, 여기 이 자리에서 그런 문제를 논한다는 것은 좀 적절치 못한 것 같습니다. 미국 달러의 가치가 떨어지고 독일 마르크의 가치는 올라가고 있으니 가능한 일이긴 하겠지요. 사실은 저도 두서너 개의 미국 주요 출판사들이, 그중엔 물론 페이퍼백 출판사도 끼여 있습니다만, 독일인들의 소유로 넘어갈지도 모른다는 말을 들은 적은 있습니다…….」

그러나 뭔가를 알고 있는 듯한 인상을 풍기는 그 질문자는 물러서지 않았다. 「미즈 마멜, 키네틱의 중역으로서 자세히 말씀해 주실 순 없습니까?」

「저도 신문에서 읽은 것밖엔 모릅니다.」 청중들의 웃음소리가 터져 나왔다. 「몇 년 전부터 신문에서는 저희 출판사가 곤경에 처해 있다고 언급해 왔습니다. 그러나 누가 우리 회사를 소유하건 편집일만은 독립적으로 수행할 것이며, 또 생각해 보면 우리 편집부가 최고라는 확신도 있습니다.」 박수가 터져 나왔으나 곧 또 다른 교수가 질문을 하자 잠잠해졌다. 「당신은 웃으면서 말씀하시지만 위기에 처한 것은 사실 아닌가요? 잘 아시겠지만 키네틱은 원래 개인 소유의 출판사였습니다. 그러나 대기업인 록랜드 오일에 팔렸어요. 그런데 그 기업이 출판에서 별 재미를 못 보고 경매에 올렸습니다. 인수하기를 원하는 많은 구매자들이 손을 쓰고 있으며, 그중에는 호주의 억만장자와 일본의 다국적 기업도 끼여 있다는 사실을 저는 잘 알고 있습니다. 혹 캐슬이 신속하게 적절한 액수를 제시해서 출판사를 채어 간 것은 아닐까요?」

그러자 논의의 방향이 정말 그런 급격한 변화가 있을지도 모른다는 우려로 바뀌어 갔다. 그때 미즈 마멜이 입을 열었다. 「그래도 집처럼 여겨지는 사무실과 편집실에서의 삶은 어떠한 구속에도 아랑곳없이 계속될 것입니다.」 그러자 또한 사람이 나섰다. 「우리 나라의 지적 삶에 있을지도 모르는 대대적인 변화에 모두가 대비해야 되지 않겠습니까? 우리 대형 출판사들이 독일이나 호주나 일본의 기업에 팔려 나갈 것이 확실하다면 말입니다.」

그리고 나서야 질문의 방향이 출판사의 경영이 아닌 편집에 관한 문제로 바뀌게 되었다. 몇몇 사람들은 맥스웰 퍼킨스[9]가 자기 작가들에게 보여 주었던 것과 같이 작가들에게 세심한 배려를 아끼지 않는 편집자가 지금도 존재하는지 알고 싶어 했다. 그런데 불쾌하게도 루카스 요더 씨가 일어서서 이렇게 말하는 것이 아닌가. 「저는 미즈 마멜이 바로 그러한 편집자의 화신이라는 것을 자신 있게 말씀드릴 수 있습니다. 제가 누렸던 행운의 대부분이 바로 그녀 덕택이었으니까요.」 곧이어 우레와 같은 박수 소리가 울려 퍼졌고, 순간 나는 요더 씨로부터 사람들의 관심을 돌리기 위해서는 나도 그 비슷한 말을 해야 한다고 생각하고 입을 열었다. 「또한 미즈 마멜은 저를 찾아내어 저의 첫 번째 비평서를 출판하는 데 많은 조언을 주신 분입니다. 그래서 어느 정도 베스트셀러의 반열

9 Maxwell Perkins(1884~1947). 미국의 전설적인 편집자.

에 끼이게 된 것 아니겠습니까? 저는 앞으로 나올 저의 소설에 대해서도 똑같은 호의를 보여 주시길 기대합니다.」내가 소설을 쓰고 있다는 사실이 내 입을 통해 공개되자, 또다시 요더 씨가 말을 끝냈을 때와 똑같이 박수가 터져 나왔다.

마침내 그녀의 얘기가 다 끝나자 사람들이 이본 주위로 몰려들며 질문을 퍼붓기 시작했다. 그녀는 손을 들어 애원했다.「제발, 여러분, 여러분이 그렇게 출판에 대해 관심이 많으시다면 이따 드레스덴 차이나의 라운지에서 편안한 마음으로 대화를 나누었으면 합니다.」주변 대학들에서 온 예닐곱 교수들이 자신들도 더 얘기를 나누고 싶다고 하자 그녀는 살짝 미소를 지으며 말을 이었다.「여러분 모두를 초대하겠어요. 저의 두 독일계 작가이신 요더 선생님과 스트라이버트 교수님께 경의를 표하며 펜실베이니아 독일인 식으로 맥주와 비스킷을 내겠어요.」

우리가 마이센 자기 진열장 옆의 테이블을 중심으로 그녀 곁에 모여들자마자 질문이 잇따랐다. 프랭클린 앤드 마샬에서 왔다는 한 교수가 먼저 말문을 열었다.「여기 모인 우리들 대부분은 장차 책을 한 권 냈으면 하고 꿈꾸고 있는 사람들입니다. 그것도 키네틱처럼 큰 출판사에서 말입니다. 그런데 혹 키네틱이 독일 출판사에 팔린다면 우리가 책을 출판할 수 있는 가능성은 어떻게 되는 겁니까?」

그녀는 솔직했다.「이제야 사람들 귀에서 멀어졌으니 말해도 되겠군요. 사실 저희 키네틱은 축구공처럼 이리 차이고 저리 차이고 있어요. 여러분도 잘 아시겠지만, 록랜드 오일에서는 출판사를 운영하는 것이 자신들이 생각했던 것만큼 그리 화려하지 않다는 것을 알게 된 것입니다. 그 기업에서 투자한 대가로 저희 출판사에서 매년 총 매출액의 7퍼센트를 보내는데 어디 그게 성에 차겠어요? 자신들이 소유한 또 다른 석유 회사나 패스트푸드 회사 같은 곳에서는 35퍼센트씩 보내는데 말이에요. 솔직히 말하면 그 기업에서는 저희 출판사를 어떻게 해서든지 매각하려고 안달이에요. 아마 현금으로 인수한다는 조건이면 아무한테나 처분해 버릴 겁니다.」

「만일 일이 그렇게 돼서 독일인 구매자가 매입한다면 그들은 키네틱을 현 상태대로 유지할까요?」

그녀는 웃었다. 「몇 년 전에『뉴욕 타임스』의 금융 문제 기고가가 이런 책을 낸 적이 있어요. 아주 유익한 책인데『대재벌 집단 환영, 당신은 해고』라는 제목이었어요. 새 소유주는 항상 〈절대로 변화는 없다〉라고 약속하지만, 어디 일이 그렇게 되겠어요? 길어야 석 달이죠. 그냥 쫓겨나고 말 거예요.」

「그러면 저희같이 책을 출판하고 싶은 사람은……?」

「여러분들한테는 아무 문제 없을 거예요. 지금처럼 키네틱과 계약할 수 있는 기회는 언제든지 있어요. 적어도 석 달 동안에는요. 그러나 그 후에는 여러분들이 쓰려고 하는 그런 학문적인 저서들은 대폭 줄이려 할 거예요. 분명한 것은 새로 소유주가 오면 여러분들이 책을 낼 수 있는 기회도 그만큼 줄어든다는 사실이에요. 그 사람들은 이익이 얼마나 하는 문제에만 신경을 쓸 테니까요.」

「그렇다면 그들은 대개 친독일적인 경향의 책들을 출판할까요?」

「천만에요! 절대로 안 그럴 겁니다. 그렇게 어리석지는 않을 테니까요. 그들은 분명 영국과 프랑스에도 손을 뻗을 텐데 그랬다가는 큰일 나지 않겠어요?」

그러자 남편을 따라온 요더 씨 부인이 질문하였고, 우리는 그 부인이 출판에 대해 대단히 많은 것을 알고 있다는 사실에 놀라지 않을 수 없었다. 「우리 남편이 받는 인세는 거의 전부가 조건부 증서로 되어 있던데 외국인이 소유해도 안전한 건가요?」

「부인 돈은 안전해요. 하지만 저는 그렇질 못할 거예요.」

「아니, 왜요?」엠마가 묻자 미즈 마멜은 농담 섞인 투로 대답했다. 「새 소유주한테 여자 친구가 있는데 그녀가 편집자가 되고 싶다고 해보세요. 저는 아마 희생양이 될 거예요.」

「난 외국인 회사를 위해 글을 쓰지 않겠어요.」이런 요더 씨의 말에 우리 모두도 동의하였다.

대학 강단에 선 지 꼬박 5년의 세월이 흐르는 동안 나는 두 권의 문학 비평서를 출판했다. 물론 단편소설을 쓰는 작업도 계속하였으며, 매번 여름방학 때에는 학기말 성적을 제출하고 난 뒤 이틀 후 그리스로 향했다. 그리고 아테네의 그 호젓한 호텔에서 데블런 교수님을 만나 아름다운 시골 산악 지대를 자동차로 달리면서 토론을 계속하였다. 어느 여름인가는 코린토스, 스파르타, 그리고 파트라스를 포함하는 험악한 펠레폰네소스 지역을 집중적으로 여행한 적도 있었다. 그곳에는 로마 시대 이전의 유적지가 많이 널려 있었으며, 특히 외국인이라고는 눈을 비비고 찾아봐도 찾을 수가 없는 옛 여인숙들과 고산 마을이 마음에 들었다. 그리스에 있으면 항상 행복한 느낌이 들었다. 왜냐하면 그것은 우리 두 사람 사이의 따뜻한 정이 단순히 찾아왔다가는 곧 사라져 버리는 그런 덧없는 환상이 아니라, 우리가 동일한 언어로 말하고 또 살고 있으며, 그리고 글쓰기의 본질에 관해 동일한 관심을 지니고 있다는 사실을 깨달은 것이 바로 첫 번째 그리스 여행 때였기 때문이었다. 그리스를 찾아온다는 것은 곧 제1원리로의 회귀와 다르지 않았다.

1983년 여름, 아테네에서 우리가 만났을 때 데블런 교수님은 우리가 늘 묵는 호텔이 아닌 도시 외곽 너머에 있는 한

올리브 숲에 먼저 가보자고 제안함으로써 나를 감짝 놀라게
하셨다. 그곳에 도착하자 그분은 페이퍼백으로 된 헨리 제임
스의 중편집을 한 권 꺼내시더니, 화자로 나오는 한 젊은 학
자가 죽은 미국 시인인 제프리 애스펀의 연애 편지를 손에
넣으려고 온갖 야비한 수단을 다 동원하는 대목이 나오는 페
이지를 펼치셨다. 거기에는, 그 연애 편지를 베네치아에 있는
한 늙은 여자가 보관하고 있었기 때문에 잘난 체 잘하는 그
젊은 학자가 못생기고 애처로운 그 여자의 질녀와 결혼하면
자신이 찾고자 하는 그 연애 편지에 쉽게 접근할 수 있으리
라는 생각을 한다. 그런데 그 보잘것없는 질녀가 그에게 청
혼할 때 난처한 일이 발생하게 된다는 내용이 담겨 있었다.
데블런 교수님은 처음 베네치아에서 만났을 때와 똑같은 낮
은 목소리로 말씀하셨다.

「남자에게 어떻게 청혼해야 하는지 몰랐던 티나는 그 젊은
학자더러 그 사람이 자기 가족의 일원이 된다면 그 편지에
접근할 수 있을 것이라고 불쑥 말을 꺼냈다네. 〈그 편지들을
보실 수 있어요. 마음대로 이용하실 수 있단 말이에요.〉 이렇
게 말이네. 그러니 그 젊은 학자가 당황할 수밖에. 게다가 그
티나라는 여자가 눈물을 뭐같이 흘리며 계속 결혼해 달라고
졸라 대니 더욱 당황하지 않을 수 없었지. 〈전 당신에게 모든
걸 드리겠어요. 숙모님도 이해하실 거예요. 저를 용서하실
거예요.〉 이런 식으로 계속 졸랐다네.」

데블런 교수님은 말을 뚝 멈추시더니 나더러 그 이야기를
마저 읽어 보라는 시늉을 하셨다. 나는 책을 받아 그 젊은 학
자가 티나의 청혼을 거절하는 대목을 읽었다.

나는 어찌할 바를 몰랐다. 될 대로 되라는 심정으로 거칠게, 그러나 모호하게 행동을 하였고, 나도 모르는 사이 나는 문까지 다가갔다. 문에 서서 이런 말을 했던 게 기억난다. 「그럴 순 없습니다! 절대 그럴 순 없어요!」 구슬프고, 어색하고, 기이한 표정이 되어……. 그다음 기억나는 것은 내가 아래층으로 내려가 그 집에서 나와 버렸다는 사실이었다.

데블런 교수님은 한 번 더 마음을 가다듬더니 다시 책을 받아 무릎 위에 올려놓고 이따금씩 뒤적이며 말씀하셨다. 「칼, 난 자네와 모든 사람들에게 한 가지 사항을 지적하고 싶네. 우리가 글을 쓸 때 꼭 알아야 하는 것일세.」 그러면서 그분은, 다음 날 그 젊은 미국인 학자가 자신이 원하는 그 귀중한 편지를 얻기 위해서는 마음에도 없는 노처녀와 결혼할 수도 있지 않을까 하는 생각을 하며 돌아간 얘기를 들려주셨다. 긴박한 내용이 아름다운 문장 속에 담겨진 부분을 대충 훑어 가시던 그분은 인상적인 구절을 찾아 한껏 감정을 넣어 떨리는 목소리로 읽어 가셨다.

그녀는 상냥한 얼굴을 하고 방 한가운데 서 있었다. 용서와 관용의 빛이 서린 그녀의 모습은 꼭 천사 같았다. 아름다워 보였고, 더욱 젊어 보였다. 이제는 더 이상 우스꽝스러운 늙은 여자가 아니었다……. 마술과도 같은 정신이 그녀를 바꿔 놓았던 것이다. 그녀의 그런 모습을 보고 서 있자니 내 양심의 깊은 어디선가 속삭임이 들려왔다. 왜 못 해? 왜? 나는 그 대가를 치를 수 있을 것 같았다.

다시 책에서 눈을 뗀 그분은 마치 자신이 책 속의 주인공이라도 된 듯이 말씀하셨다. 「그래서 그는 그녀와 결혼하기로 결심했네. 편지가 그렇게 소중했던 거지. 칼, 이제 제임스가 얼마나 절묘한 기교로 이야기를 끝내는지 한번 보게.」 그분은 책을 다시 읽으셨다.

「오늘 가시나요?」 그녀가 물었다. 「하지만 상관없어요. 당신이 어딜 가시든, 이제 다시는 당신을 안 볼 테니까요. 보고 싶지 않아요.」

「당신은 어떻게 할 겁니까? 어디로 갈 거죠?」 내가 물었다.

「아, 모르겠어요. 전 큰일을 저지르고 말았어요. 편지를 다 없애 버렸어요.」

「없애 버렸다고요?」 나는 울부짖었다.

「그래요. 제가 뭣 땜에 그걸 갖고 있겠어요? 간밤에 태워 버렸어요. 부엌에서 하나씩, 하나씩…….」

「하나씩 하나씩?」 나는 싸늘한 어조로 되뇌었다.

「시간이 오래 걸리더군요. 편지가 많아서…….」 그녀가 이런 말을 할 때 방이 내 주변을 빙빙 도는 것 같았다. 순간적으로 내 눈에는 진짜 어둠이 내렸다. 그 순간이 지나자 티나가…… 티나가 입을 열었다. 「당신과 더 이상 같이 있을 수 없어요. 더 이상.」 그리고…… 그녀는 등을 돌렸다. 내가 스물네 시간 전에 그랬듯이…….

나는 그 그림을 팔았다고 그녀에게 편지를 썼다. 그러나 프레스트 부인에게는 이렇게 털어놓았다. 그 그림이 아직 내 책상 위에 걸려 있다고……. 그 그림을 볼 때면 난 내가 잃어버린 것에 감정을 어떻게 추스를 수가 없었다. 그 귀중한 편지들 말이다.

데블런 교수님은 마치 아주 중요한 결정을 내리기라도 하듯이, 젊은이가 청혼을 받고 도망쳤을 때 마음이 찢어질 듯했던 티나처럼 가슴 저미는 결정을 내리기라도 하듯이, 천천히 그러나 아주 단호하게 책을 덮으셨다. 나는 이렇게 묻지 않을 수 없었다. 「데블런 교수님, 왜 그러시죠?」

「이야기의 결말 때문이지.」

「그렇담 왜 그 부분을 읽으셨어요? 그 부분에 무슨 의미라도?」

「칼, 나는 『애스펀』의 결말 부분이 바로 글을 쓸 때 우리가 추구해야 하는 점을 잘 보여 주고 있다는 사실을 자네에게 상기시키고 싶네. 그 가슴 떨리는 순간을 계시와 의미와 인간의 열정으로 가득 채우는 것이 바로 그것이야.」

「왜 저에게 그런 말씀을 들려주십니까?」

「자네의 두 번째 비평서가 너무 기계적이기 때문일세. 첫번째 책에서 보여 주었던 번득이는 통찰력이 하나도 없단 말이네. 자네는 오직 구성이 뛰어나고 생각만을 벌여 놓는 그런 작품들만을 칭찬할 뿐 예리한 감각이나 정열의 근원을 드러내 보여 주는 작품들은 무시했단 말일세.」 내가 뭐라 말을 하기도 전에 그분은 앞으로 걸어 나가시더니 약 올리는 작은 요정처럼 뒤를 돌아보셨다. 「우리 아일랜드인들이 결점이 많다고 비난할 수도 있겠으나 정열이 부족하다고는 할 수 없네. 저 먼 바다에서 불어오는 한 줄기 바람이 집에만 처박혀 있는 사람을 미치게 할 수도 있다네. 혹은 습지의 가장자리에서 길을 잃은 어느 아름다운 어린아이에 대한 기억이 그렇게 만들기도 하지.」

「데블런 교수님!」 나는 거친 숨을 내쉬며 큰 소리로 불렀다. 「고작 아일랜드인의 감수성에 관한 강의를 하려고 저를 이곳 올리브 숲으로 데려오신 것은 아니죠? 무슨 일이십니까, 대체?」

내 말에 깜짝 놀란 데블런 교수님은 뭐라 대답을 하시려는 것 같았으나 아무런 말씀이 없었다. 그저 어디 기둥이라도 있으면 잡으려는 듯이 오른손을 내뻗으실 뿐이었다. 그러고는 알 수 없는 말을 중얼거리며 애처로운 눈길로 나를 바라만 보셨다. 나는 다시 한 번 소리쳤다. 「마이클! 심장 마비신가요?」

그분은 또다시 무슨 말을 중얼거리며 머리를 흔드셨고, 주변을 두리번거리더니 길 한쪽의 바위에 걸터앉으셨다. 「이 친구야, 난 정말 공격을 받고 있다네. 인간이 당할 수 있는 가장 슬픈 공격 말일세.」

「그게 뭔데요?」 두려움이 잔뜩 서린 나의 이 말은 나의 마음과 가슴을 열어 준 사람에게 내가 내보일 수 있는 강렬한 사랑의 표현이었다.

그해 여름, 쉰하나였던 데블런 교수님은 돌연 고통을 못 이기겠다는 듯이 눈을 하늘로 들어 올리셨다. 「내가 옥스퍼드를 떠나 이곳으로 오기 전에 커다란 고통이 나에게 일격을 가했네. 내 인생에서 가장 존귀한 존재, 나에게 새로운 활력과…… 영감을 불어넣어 준 존재에게 작별을 고하러 그리스로 향하고 있다는 것을 깨달았기 때문이지.」

「마이클!」 전에는 한 번도 불러 본 적이 없는 데블런 교수님의 세 번째 이름을 지금 벌써 1분 안에 두 번씩이나 부른 셈이었다.

잠시 침묵이 흐르고 난 뒤, 데블런 교수님은 손을 뻗어 나를 바위 위 자신의 곁에 앉히셨다. 그러고는 이마로 쓸어 내린 내 머리카락을 뒤로 밀어 올리며 말씀하셨다. 「이보게 칼, 우리는 이제 더 이상, 올리브가 익고 우조 술이 넘쳐 나는 여름, 이곳 그리스에서 만나는 일을 그만두어야 하네. 별이 보이는 극장에 앉아 아이스킬로스의 연극을 보는 일도 이젠 끝일세. 그 끔찍한 사건 때문에…….」

「무슨 말씀이세요?」 나의 목소리는 메말라 있었다.

「한 청년, 그렇지, 자네가 컬럼비아에서 그랬듯이 옥스퍼드에도 뛰어난 재능을 지닌 한 학생이 있었어. 그 학생이 나의 강요 비슷한 권고로 1년간 하버드에 가 있게 되었지. 자네도 알겠지만, 나는 진정한 재능을 지닌 학생이 누군지, 잘 찾아내지 않나. 물론 그 학생은 하버드에서도 뛰어났지. 그런데 어쩌다가 캘리포니아에서 휴가 온 한 조교수와 관계를 맺었다네……. 그의 선생이었어……. 어떻게 그런 일이 일어났는지 자네도 잘 알 걸세.」

「그런데요?」

「그런데 그 캘리포니아인은 신종 병에 걸린 사람이었다네. 에이즈라고 하더군.」

「그래서요?」

「그 사람이 그 병을 내 학생에게 감염시킨 걸세. 옥스퍼드에선 그런 병을 들어 본 적이 없었지. 의사들이 확실하다고 하니……. 각지에서 전문가들이 그의 상태를 연구하려고 몰려들었지.」

「그 학생은 죽었나요?」

「그렇다네.」

「그리고 교수님은 그 학생에게 너무나 애착을 가지고 계셨기에 슬프신 거고요……. 아직도?」

「얼마 전까지만 하더라도 그랬지만 지금은 아닐세. 그 학생은 자신이 감염되었다는 것을 알고 있었으면서도 오랫동안 주말이면 계속 나와 함께 지냈네. 죽기 사흘 전이 되어서야 나에게 말하더군.」

「그럼, 교수님…….」 더 이상 무슨 말을 해야 할지 생각나질 않았다.

「그렇네. 전문가들이 피터가 감염시켰을 모든 사람들을 추적했지. 아마 거의 열두서너 명은 되었을 걸세. 그 친구와 관계를 맺은 것이 확실한 사람들의 숫자가 말일세. 그들은 피터의 하숙집 주인과 피터의 입에서 내 이름이 거론되는 것을 들은 적이 있는 두 청년을 통해서 나를 찾아내었지…….」 그분은 얼굴을 찡그리셨다. 「나에 관한 창피한 농담거리를 지껄여 댔겠지.」 이번엔 어깨를 움찔거리셨다. 「피터 죽음의 원인이 무엇인가를 밝혀 낸 그 전문가들은 조롱과 혐오가 가득한 눈으로 나를 바라보았지. 내 나이, 명성, 그리고 무엇보다도 대학에서 학생들을 가르치는 교수라는 내 직책……. 그 사람들은 내가 감염된 걸 알고 기뻐했을 걸세. 그리고 혐오스러운 눈길로 나를 바라보며 그 세 사람은 이렇게 말하더군. 내가 곧 죽을지도 모르며, 그러니 더 이상 제발 다른 사람들을 감염시켜 데이지 화환 속으로 끌어들이지 말라고 말이야. 그 친구들은 죽음을 데이지 화환이라고 부르더군…….」

우리 두 사람은 그곳 그리스의 시골, 먼 들녘에서 땅을 개간하는 농부들을 바라보며 올리브 나무 가운데 말없이 앉아 있었다. 잠시 후 데블런 교수님이 물으셨다. 「칼, 우리가 만났을 때 내가 좀 주저하는 게 이상하지 않았었나?」

「그랬어요.」

「자넬 보자 내 가슴이 갈가리 찢기는 것 같았다네. 영국에서건 미국에서건 내가 알았던 학생 중에 가장 뛰어난 학생이며, 나의 가장 친한 벗이니……. 나는 자네와 같이 침대에 누워서는 안 되네. 만일 그랬다가는 자네를 죽음으로 몰아넣고 말아.」

「그럼, 교수님은요? 언제라고 사형 선고를 받으셨단 말씀이세요?」

「누가 알겠나? 자넨 내 체중이 준 걸 눈치챘을 걸세. 이렇

게 얘기하더군. 체중이 계속 줄어들어 어느 날 가장 그럴듯
하게 보일 때가 올 것이라고 말이야. 그러나 그때가 바로 위
험한 순간이라는 거야. 자꾸 줄어들다 보면 몸이 너무 약해
져서 혹 심한 감기에만 걸리더라도 죽게 될 수 있다는 거지.
설혹 그렇게까진 안 되더라도…….」
　「오, 이런!」
　「그래서 우린 이번 여름으로 작별을 해야 하네. 여행도 할
수 없는 몸이지만 피터가 나에게 저지른 잔인한 짓을 생각하
면 내가 또다시 그 짓을 다른 사람에게 저지른다는 것은 생
각도 못 할 일이지. 특히 자네한텐 더더욱 안 돼.」
　「마이클, 호텔로 돌아가고 싶어요. 우리가 행복을 누렸던
그곳으로요. 전 교수님과 함께 〈아가멤논〉만큼이나 심오한
연극도 보고 싶고, 은은히 비추는 달빛 아래 다시 한 번 그
은빛 사원들을 구경하고 싶어요. 그리고 무엇보다 교수님과
이야기를 나누고 싶어요. 교수님의 충고는 항상 값진 것들이
었어요. 제가 지금 쓰고 있는 소설에서 무엇이 잘못되었는지,
교수님의 충고를 듣고 싶단 말입니다. 마이클, 당신은 저에
게 매우 귀중한 분이세요. 당신 머릿속에 있는 비밀을 더 캐
내기 전에는 당신을 그냥 떠나시게 할 순 없어요.」
　호텔에 도착하자마자 데블런 교수님은 이틀 동안 잠만 주
무셨다. 그렇게 힘든 여행이 아니었는데도 그놈의 병 때문에
완전히 기진맥진해지시고 몸도 많이 쇠약해지셨던 모양이었
다. 교수님은 보건상의 이유로 그리스에서 추방되실까 봐 의
사에게 검진을 받으시지도 않았다. 그분은 자신이 그리스 관
리라도 추방시켰을 거라고 말씀하셨다. 그러나 휴식을 취하
자 거의 평상시의 기력을 회복하셨고, 내가 제안한 섭생법에
도 열성적이셨다. 그 후 우리는 7일 중 6일을 가까운 교외와
유적지를 여행하면서 소일하였다. 그리스 극단의 「안티고

네」 공연도 관람하였는데, 나에게는 아이스킬로스와 소포클레스를 비교할 좋은 기회였다. 아이스킬로스의 위대함을 이미 경험한 바 있었던 나는 처음에는 소포클레스에게 실망을 하기도 했지만 안티고네의 고통이 더욱 심화되는 과정에서 그리스 무대의 장관을 또 한 번 보게 되었다. 다양성, 압도감, 힘, 그리고 항상 느끼게 되는 언어의 장엄함……. 매우 감동적이었다. 나처럼 상상의 세계를 창조하고자 하는 사람에게는 겸허가 무엇인지 일깨워 주는 경험이었다.

당시 나의 소설은 지지부진한 상태에 놓여 있었다. 죽음에 대한 상념이 어느 정도 씻겼을 때 나는 데블런 교수님과 그 골칫거리에 관해 논의하였다. 「미리 말씀드리고 싶지 않았어요. 교수님을 괴롭혀 드릴까 봐……. 온당치 못한 짓이라고 생각했거든요. 하지만…… 작년 여름에 말씀드렸던 그 소설이 바라는 대로 되질 않아요. 전말 부분에 대한 분명한 비전은 갖고 있는데, 어떻게 결말에 도달해야 할지 생각이 뚜렷하게 떠오르질 않거든요.」 교수님이 답하시기 전에 나는 계속 말을 이었다. 「멋진 인물들도 머릿속에 그리고 있지만 어떻게 그들을 제시하고, 또 어떻게 그들의 목표를 밝힐 것인가, 아무래도 제 능력 밖인 것 같아요. 어떻게 해야 하지요?」

「지난번에 우리가 얘기했을 때 자넨 주제가 무엇인지 아직도 결정 못 하고 있었지. 그래, 그것은 해결되었나?」

「전 마음속으로 『쾌락주의자 마리우스』와 같은 소설을 생각했었어요. 페이터가 마르쿠스 아우렐리우스 시대를 위해 했던 일을 저는 현대의 미국을 위해서 하고 싶었기 때문이죠.」

「페이터가 거친 미국적 취향에서 볼 때는 다소 영묘한 데가 있지 않을까?」

「원래는 그렇습니다. 그리고 배경이 로마 시대라면요. 하지만 전 배경을 뉴욕 시의 규모가 큰 사립대학, 가령 컬럼비아가 아닌 뉴욕 대학 같은 곳으로 잡아 놨어요. 워싱턴 광장이 저에게 좋은 장소를 제공해 준 셈이죠. 그리고 개성이 강한 몇몇 실제 교수들도 나오고요.」

「제목은 정했나?」

「가제이긴 한데 『텅 빈 물탱크』라고 정했어요. 대중 예술이라는 것이 타락해 가면서 남겨 놓은 텅 빈 물탱크에서 사회가 그 생명을 유지할 물을 길어 올리려고 하지만 그게 다 헛된 노력이라고 말씀하신 교수님의 아이디어에서 따온 것이죠. 소설은 소수의 동류 의식이 있는 사람들끼리의 대화라고 생각하시는 교수님의 견해를 전폭적으로 따르고 있는 셈입니다. 제 여주인공은 버지니아 울프일 수도 있고, 소설의 주요한 원동력이 되는 인물은 토머스 핀천일 수도 있어요. 그러나 다분히 미국적이고 현대적 감각을 따른 소설입니다.」

내 말을 곰곰 생각하시던 데블런 교수님이 큰 소리로 말씀하셨다. 「기본적인 이미지는 결코 나쁘지 않군. 독자들에게 꼭 알려 주어야 할 생각들, 좋아, 암 좋고말고. 그러나 어떻게 자네의 추상을 객관화하지? 매우 어려운 문제네. 천 명 중 한 명이나 할 수 있는 그런 일이지. 실패작들은 항상 찰스 모건의 『샘물』처럼 처음에는 보기 드문 점잖음으로 강한 인상을 풍기다가도 끝에 가서는 매우 지루한 감을 주고 마네. 아일랜드인들은 생각이 옳아. 버나드 쇼조차도 그렇다네. 군주나 요조숙녀가 아닌 생존을 위해서 일을 해야 하는 선남선녀들. 칼, 만일 자네의 인물들이 뉴욕 대학의 교수들이 아니라 자네 고향인 그 독일인 지역에서 땀 흘리는 농부나 상인들이었으면 더 좋겠네. 그러면 마음이 놓이지.」

「루카스 요더라는 작가가 저의 독일인 유산을 선취했습니다. 메노파나 찬양하고 그들에 관해 한 단어의 진실도 제공해 주지 못하는 속이 텅 빈 우스꽝스러운 책들을 쓰면서 말이에요. 그 양반이 혐오스럽습니다. 그렇다고 마음대로 그런 기색을 보일 수도 없어요. 질투하냐고 할까 봐요. 그 양반은 그러지 않는데, 저는 자꾸 시기심이 생기는 거예요.」

「자네 정말 샘을 내는가?」

「그의 성공에 대해서는 그렇습니다. 그러나 그가 어떻게 성공을 거두었는가에 대해선 아니에요. 절대 아니에요. 속은 비고 말만 많은 그런 작가죠. 하지만 교수님이나 저는 엘리트에 관해서, 즉 살아 있는 대화를 나눌 수 있는 그런 사람들에 관해서 주로 생각하잖습니까.」

「칼, 내가 자네의 그 말을 고쳐 주어야겠네. 우린 엘리트에 대해서 〈생각하고〉 있네. 그러나 우리는 본디 재능은 없지만 열심히 노력해서 엘리트가 되는 그런 보통 사람들에 관해 〈써야〉 하네. 자네의 말과는 큰 차이가 있다네. 뛰어난 아일랜드 극작가들은 그 사실을 항상 염두에 두었지.」

우리는 여러 날을 내 소설을 해부하며 보냈다. 나는 내 소설이 4분의 3은 완성되었고, 내가 바라던 것하고는 전혀 딴판의 소설이 되었다는 것을 고백하지 않았다. 데블런 교수님은 항상 소설가가 되려는 사람들에 대한 경고와 충고를 아끼지 않았다. 「먼저 인물들을 정렬시켜 보게. 그리고 그들을 복잡한 플롯과 이념 사이로 움직이도록 하게. 위대한 진실 위에 소설을 얹어 놓고 독자들로 하여금 그 아래에 숨어 있는 진실을 찾아내도록 해야 하네. 칼, 지금까지 자네가 하는 얘길 가만히 들어 보면 자네는 그렇게 하고 있질 않는 것 같네. 자넨 자네의 생각, 자네의 교훈을 먼저 제시하고 있는 셈일세.」

내가 옛날 학생 시절처럼 그분의 말씀에 귀 기울이자 데블런 교수님도 나를 학생 다루듯 하셨다. 「매우 훌륭한 비평가인 자네가 소설을 쓴다고 하니 마음이 안 놓이네. 두 분야는 서로 다르지. 자네도 알겠지만 어쩌면 서로 양립하기가 거의 불가능할 걸세.」

나는 박사 학위 심사 위원들 앞에서 내 논문의 정당성을 주장하듯 반박하고 나섰다. 「그러면 교수님이 그렇게 자주 인용하시는 두 사람은 어떻습니까? 포스터와 제임스 말입니다. 뛰어난 소설가이면서 인정받는 비평가들 아닌가요?」

「그러나 얼마나 커다란 차이가 있는지 자네는 아나? 그들은 자신이 훌륭한 소설가라는 점을 먼저 증명하고 나서 나중에 인생의 후반기에 가서 무엇이 자신을 훌륭하게 한 것인지 생각한 사람들일세. 다분히 개인적인 동기에서 비평의 길로 접어든 사람들이지. 물론 내가 전문적으로 따져 보고 싶은 그런 종류의 비평은 아닐세. 형식도 없고 규율도 없는 비평이지, 정말일세. 한밤중에 맥주 한 잔 옆에 놓고 생각한 명상 이상은 아니라네.」

데블런 교수님은 자신이 정도를 벗어났다고 생각하시는 나의 페이터식 소설을 인정받을 만한 소설로 고치기 위해선 이런저런 기교가 필요하다고 말씀하셨다. 그러나 그분이 말씀하신 것 대부분은 소설에서보다는 비평에 더 어울리는 것들이었다. 바꿔 말하면, 비평가인 데블런 교수님은 비평가인 나에게는 직접적으로 말씀하실 수 있어도 소설가인 나와는 아무런 의사 소통도 할 수 없는 무력한 분이셨다. 아마 내가 단지 소설가일 뿐이라면 그분이 무슨 말씀을 하시는지 알아들을 수도 없었을 것이다. 우리의 마지막 긴 대화가 끝난 뒤 나는 그분의 혼잣말을 들을 수 있었다. 「이 친구가 해낼 수 없을 것 같아 걱정이야. 내가 한 말을 한마디도 받아들이는 것 같지가 않군.」

데블런 교수님은 에이즈에 관해 털어놓으시고 난 뒤 어느 날, 호텔 방으로 올라가던 중 불쑥 이런 말을 던지셨다. 「자네가 두렵다면 난 다른 방을 쓰도록 하겠네.」

「아니 마이클! 전 당신을 보살펴 드리라고 하늘에서 명령 받고 내려온 사람이에요. 올해는 그리스에 가지 말까 하는 생각이 없었던 것은 아니죠. 집에 남아서 소설이나 다듬을까 하고요. 하지만 그 무언가가 저를 끌어당겼습니다. 알 수 없는 어떤 불가사의한 힘, 뭐 그런 것이었죠. 그런데 지금은 저를 끌어당긴 그 힘이 무엇인지 알 것 같아요.」방에 도착했을 때 나는 울컥 가슴 저미는 그 무엇에 가만히 있을 수가 없었다. 「마이클, 당신은 뉴욕의 애송이로 있던 저를 당신의 인격과 지혜로 지금 아테네의 한 남자로 키워 주신 분입니다. 그런 의미에서 저의 그『미국 소설』이란 비평서는 바로 이 의무감 깊은 서기가 쓴 당신의 책이에요.」앞으로는 함께 다시 쓸 수 없는 여행 도구들을 끄르면서 나는 말했다. 「당신이 만일 오늘 밤 이 방을 떠나신다면 제 가슴은 고통으로 찢어지고 말 겁니다.」그리고 그 문제는 다시 거론되지 않았다.

그러나 잔인한 고통의 순간들이 없었던 것은 아니었다. 데블런 교수님이 욕실에서 발가벗은 채로 나와, 의도적인 것은 아니었겠지만, 얼마나 체중이 줄었는가를 보여 주셨을 때, 그리고 타월로 몸을 가리기 전 그분의 체중이 키에 알맞은 정도로 줄어들었을 뿐 아니라 계속 줄어들고 있다는 것이 잔인스러울 정도로 분명하게 드러났을 때였다. 계속 그런 식으로 감소하다가는 별것 아닌 열이나 감염에도 돌아가실 가능성이 많은 것도 사실이었다. 우리는 점점 더 서로에게 따뜻한 애정을 느끼게 되었고, 내 소설과 같이 신경을 많이 써야 하는 주제는 되도록 피하게 되었다. 대신 그분의 근본 주제, 즉 소설가들은 역사상 어느 때고 항상 소수의 사람들 사이에서 유지되었던 고양된 담화를 지키고 유지해야 한다는 일종의 명제와도 같은 견해를 자주 언급하며 가벼운 이야기를 나누었다. 「우리는 점점 타락해 가는 세계 속에 살고 있는 고고

한 사제들이라네. 지성의 불꽃이 꺼지지 않도록 노력해야 한
단 말일세. 피렌체에 있던 사람들 가운데 과연 얼마나 많은
사람들이 단테가 하는 일을 이해했겠나? 얼마나 많은 사람
들이 코페르니쿠스를 이해했겠는가? 그리고 대중들이 다윈
에게 한 짓거리를 보게!」

　마지막 주에 우리는 아테네의 거리와 기념물들을 천천히
둘러보았다. 전에 자주 보아 눈에 익숙한 풍광들을 음미하
며, 이번이 이 광휘로 빛나는 도시를 함께 둘러보는 마지막
시간이라는 사실에 서로 안타까워할 뿐이었다. 그분 없이는
이곳 아테네로 다시는 오지 못할 것 같았다. 이따금씩 여행
객들이 걸음을 멈추고 우릴 쳐다보기도 했다. 키 큰 붉은 머
리의 미국인과 시저처럼 머리를 자른 허약한 아일랜드인. 그
들이 우릴 보고 대체 뭐 하는 사람들일까 생각할 수는 있었
겠지만 우리 두 사람 사이의 그 끈끈한 유대 관계는 아마 추
측조차 못 했을 것이다.

　우리가 함께 지낼 수 있는 마지막 밤, 우리는 공원에 앉아
희미한 가로등 불빛을 받으며 「아가멤논」의 구절들을 읽었
다. 중간에 내가 입을 열었다. 「제가 제 강의실 벽에 무얼 그
려 놓았는지 말씀드렸던가요?」 곧이어 나는 아트레우스 가
문의 갱들이(나는 그 비극의 인물들을 갱이라 불렀다) 어떤
저주스러운 행위로 얼마나 엄청난 비극을 초래했는지를 보
여 주는 그 계보도에 관해 설명했다. 이런 식으로 허허로운
대화를 나누던 중 데블런 교수님이 갑자기 손으로 얼굴을
감싸며 중얼거리셨다. 「오, 칼! 내게는 피터가 아무런 의미
도 없는 존재였다네. 믿어 주게. 가능성이 있는 학생이었을
뿐이지. 그게 다야. 그저 별 의미 없는 사건이 있었을 뿐이라
네……. 자넨 너무 오랫동안 멀리 있었네. 그래서 지금 이 끔
찍한 징벌이…….」

그분을 위로하고 또 나의 깊은 사랑을 내보이려는 마음에서 나는 이렇게 말했다. 「마이클, 당신은 언제나 저와 함께 계실 거예요. 당신의 얼굴이 떠오를 때면 저는 항상 셰익스피어와 예이츠를 생각할 것입니다. 우리는 영원히 함께할 겁니다.」

아침이 되어 데블린 교수님은 잘못해서 상처가 나면 혹 나에게 감염시키지나 않을까 아주 조심스럽게 면도를 하시고는 공항으로 향하셨다. 전에는 항상 내가 먼저 비행기를 타고 떠났었다. 아테네와 교수님은 도저히 따로 떨어질 수 없는 존재들이라 생각했기에 내가 먼저 훌쩍 떠나는 것이 도리라는 생각이 들었기 때문이었다. 그러나 이제는 그런 모든 귀속감이 다 사라져 버린 뒤였기에 그분은 어서 귀국하여 죽음을 준비하시려는 것 같았다. 죽음이 가까이 다가오고 있다는 느낌이 들 때면 자기네 동굴로 되돌아간다는 커다란 코끼리처럼…….

1985년 가을 학기, 루카스 요더 씨와 나 사이의 정중한 관계를 완전히 끝장나게 만든 한 불행한 사건이 터졌다. 나는 대학의 가을 시(詩) 축제에 시카고 대학 출신의 한 젊은 시인을 초청하였다. 그 시인은 여러 작은 잡지에 몇몇 힘찬 시들을 발표하기도 했었고, 또 명성이 점차 커지면서 만일 그가 양장본으로 자신의 시집 한 권을 출판하기만 하면 틀림없이 다음번 퓰리처상을 수상하게 될 것이란 평가를 받기도 하였다. 이따금씩 그때 그때의 감흥에 따라 우후죽순 격으로 간행되는 잡지에 시를 발표하는 한, 주요 잡지에서는 거들떠보지도 않겠지만, 만약 시집을 한 권 출판하면 사정은 달라지는 법이었다. 많은 편집자들이 이런 말을 했었다. 「시를 한데 추슬러 모으지 않으면 그 사람이 과연 시인들 사이에서 명성을 그대로 유지할지, 확신할 수 없습니다.」이 말은 곧 그 시인이 양장본으로 시집을 한 권 발간해 내야 한다는 의미였다.

그의 이름은 하인츠 보굴로프였다. 그는 시만 잘 쓰는 것이 아니라 기발한 유머 감각을 지니고 있었다. 질문 석상에서 한 여자에게 그를 위시한 오늘의 젊은 시인들은 롱펠로 같은 시인을 어떻게 생각하는가 하는 질문을 받자, 그는 그녀의 말을 받아 널리 알려진 롱펠로의 시구를 심하다 싶을 정도로 우스꽝스럽게 인용했다. 「〈비탄으로 잠에 빠진 내게 말하지 마라〉, 〈은행가들의 삶은 범죄와 외설로 돈을 벌었음을 상기시키고〉, 〈그리고 수사관이 우리를 찾아 형무소에 보내려 하면〉, 〈그땐 일어나 마음을 다해 친구를 위해 몸을 비트세〉.」

장내가 웃음바다가 되었다. 이 첫 번째 웃음이 가라앉자 보굴로프는 무대 앞으로 바싹 나아가 웅변가의 자세를 취하고는 즉석에서 혀를 비비꼬이게 하는 롱펠로 시 특유의 운율과 리듬에 맞춰 『히아와사의 장갑』을 점점 더 빨리, 발음도 엉망으로 하면서 조롱하듯이 낭송했다. 관중들이 참지 못하고 또 웃어 댔다. 「〈바깥으로 안을 만들고, 가죽으로 밖을 만들었지, 가죽으로 안을 만들지 않고, 털로 밖을 만들지 않고, 언제나 털로 그녀의 살에 닿는 쪽을 만들었지.〉」 안, 바깥을 몇 번씩 말하느라 입이 뒤틀린 채로 우스꽝스러운 뒤범벅을 만들다가 그는 갑자기 멈춰 서서 그 여자에게 말했다. 「이게 바로 오늘날의 시인들이 당신의 그 롱펠로를 생각하는 내용입니다.」

방 뒤쪽에서 60대의 작은 신사가 일어나 분명한 목소리로 자신의 감정을 억제하면서 말하기 시작했다. 루카스 요더 씨였다. 그의 최근 작 『유제품 제조 판매소』가 베스트셀러 목록에서 1위에 올랐기 때문인지 사람들은 그가 그 익살에 어떻게 대응할지 듣고 싶어 했다. 「몇 분 동안 우리는 지난 세기에 화려한 명성을 누린 한 시인을 즐겁게 비아냥거렸습니다. 나는 오늘의 기준으로 볼 때 그가 구식이라는 사실에 동의합니다. 왜냐하면 그는 많은 사람들이 즐기고 낭송하고 공유할 수 있는 시들을 썼으니까요. 이건 우리의 현대 시인들이 명백히 따라 할 수 없는 것이지요.」 현대 시인에 대한, 아니 그들의 시에 대한 이 모욕에 여기저기서 항의의 웅성거림이 일어났다. 요더 씨는 계속 말을 이었다. 「전 여러분에게 또한 롱펠로야말로 모든 시들 중에서 가장 아름다운 시를 썼다는 사실을 상기시켜 주고 싶습니다. 〈밤에 지나치는 배들, 지나치며 서로 말을 건넨다.〉 이제 우리같이 그 롱펠로를 모르는 사람들에게는 다음의 세 행이 그가 비판받는 흔한 감상주의의 무게에 눌려 형편없이 들릴 거라는 사실을 나는 인정합니다.

신호만이 보이고 어둠 속에는 멀리 목소리
그래서 삶의 바다에서 우리는 지나치며 서로 말을 건넨다
그저 모습과 목소리, 그리곤 다시 어둠과 침묵이

흔히 이야기하듯 〈잘 나가고 있을 때 그만두어야〉지요. 그러나 그는 그러지 않았습니다. 그는 언제 그만두어야 하는지 알지 못했습니다. 항상 그의 감상적인 도덕에 매달려야 했습니다. 그러나 첫째 행에서 이미 그는 영원히 살게 될 시를 썼고, 나는 오늘 밤 이 자리에 모인 분들 중 그와 같은 일을 해낼 사람이 과연 있을지 의심이 갑니다. 그래서 이 어리석은 늙은 노인을 조롱하는 것이 썩 좋지 않다고 느껴지는군요. 그는 항상 어리석지는 않았습니다.」
말을 마친 요더 씨는 의자 사이를 헤치면서 천천히 홀 밖

으로 걸어 나갔다. 비교적 나이 먹은 사람들이 그의 행동에 박수를 보냈다. 나는 사회자로서 우리가 초청한 시인을 보호해야 한다고 느끼며 당혹감을 감추지 못한 채로 자리에서 벌떡 일어났는데, 마침 보굴로프가 무대 앞으로 나서지 않았더라면 무슨 일을 저질렀을지 모를 일이었다. 그는 물러나는 요더 씨의 등에 인사를 하듯이 프랑스어로 부드럽게 말했다. 「*Chacun a son goût*(사람마다 취미는 각각이죠).」 프랑스어를 알고 있는 청중들이 키득거렸다. 다른 청중들은 무슨 말인지는 몰라도 이 시인이 빈틈없는 예의로 장내의 긴장감을 풀어냈으리라 생각하며 박수를 보냈다. 나는 박수를 치지 않고 요더 씨와 그의 조그만 아내가 사라진 곳을 노려보고 있었다. 내가 조심스럽게 계획한 시 강좌를 망쳐 놓은 그의 행위는 낙타의 등을 부러뜨려 놓는 짓과 다름이 없었다. 이후로 요더 씨와 나는 적이 되었다. 나는 그에게서 데블런 교수가 통렬히 비판했던 모든 저속한 속임수를 보았다.

나는 항상 문학적인 판단을 그대로 숨김없이 드러내고자 했다. 나는 시 강좌에서 있었던 일을 짤막하게 요약한 보고서를 대학 신문인 『마르틴 루터』 다음 호에 싣기로 했다.

지난 금요일 동창 회관에서 있었던 우리의 연속 시 낭송회 모임에서 나는 사회자가 되는 영광을 누렸다. 기쁘게도 우리 나라의 걸출한 젊은 시인 중 하나인 시카고 대학의 하인츠 보굴로프가 참석했는데, 그는 대부분의 현대 시인들과 마찬가지로 지난 세기까지 미국에서 존경받아 왔지만 이렇다 할 결과가 없었던 시인들을 별로 좋게 보고 있지 않았다. 내 판단으로는 그가 롱펠로의 주제넘고, 값싸고, 번드르르한 설교를 유머스럽게 비꼰 일은 정당하다고 생각한다.

꽤 명성이 있고 우리 대학의 졸업생이면서 이 지역 소설가 한 분은 보굴로프를 꾸짖고 롱펠로의 불멸성을 주장하면서, 그에 대한 증거로 롱펠로의 전체 시 작품 중에서 단 한 행만을 인용했다.

〈밤에 지나치는 배들, 지나치며 서로 말을 건넨다……〉

그의 주장으로는 이 가치 있는 한 행 때문에 롱펠로를 진정한 시인으로 보는 것이 정당하다는 것인데 그야말로 핑계에 불과하다.

그날 저녁은 너무 갑작스럽게 끝나는 바람에 소설가의 어리석은 주장을 비판할 수 없었는데, 많은 학생들이 그의 주장을 심각하게 받아들였을지도 모르므로 나는 이 나라의 사고력 있는 사람 치고 롱펠로를 진지하게 생각하는 사람은 거의 없다고 단언하고 싶다. 그는 엉터리 시인이었지 진정한 시인은 아니었다.

영문학 교수
칼 스트라이버트

나의 선전포고는 공식적으로 활자화되어 나왔다. 나는 계속해서 공적으로 싸울 예정이었다.

그러나 요더 씨에 대한 나의 적의는 더 이상 앞으로 나아가지 못했다. 예기치 못한 전화 한 통으로 인해 교수로서의 가장 보람 있는 일에 관심이 쏠렸기 때문이다. 나는 뛰어난 재주를 인정받은 학생을 맡아 그의 재능에 비상한 주의를 기울이게 되었던 것이다. 전화 호출은 로시터 총장에게서 온 것이었다. 「평위원회실에서 만납시다. 우린 매우 똑똑한 젊은이를 주목하고 있소이다.」

내가 대학을 운영하고 재정을 확보하는 노장 정치가들을 위한 설비가 잘된 방에 도착했을 때, 50대 초반의 로시터 총장이 옷을 말끔히 빼입고는 흥분으로 입에 거품을 물며 이야기했다. 「우리 위원회에서도 강렬한 영향력을 행사하는 제인 갈런드 여사가 당신을 개인적으로 만나고 싶어 해요.」

나는 정말 놀랐다. 한 철강 회사의 최고 중역의 부유한 미망인인 갈런드 부인이 대학 일에 관계하고 있고, 또 서쪽으로 몇 마일 떨어진 거리에 저택이 있는 건 알았지만 그녀가 내 이름을 들어 보았으리라고는 생각도 못 한 일이었다. 「스트라이버트 교수, 그 부인은 우리에게 매우 중요한 사람이오. 가능한 한 그녀의 말을 들어주었으면 좋겠소. 그녀에게는 상당한 재산이 있지요. 지금까지도 많은 지원을 해왔지만 아직도 많은 재산이 남아 있소. 물론 그녀와 함께 대화를 나누면 틀림없이 당신도 좋아할 거요. 아주 현명한 분이오.」

내가 답하기도 전에 마치 기다렸다는 듯이 딸깍 하고 문이 열리고 품위가 있어 보이는 60대 후반의 여성이 활기 있는 걸음걸이로 들어왔다. 푸른 은빛이 도는 머리에는 단정하게 두건을 두르고, 반쯤은 업무용같이 보이는 옷차림은 말쑥하니 티 하나 없었다. 미소는 따스하고 관대했으며 억지로 지어 보이는 그런 웃음은 아니었다. 그녀는 총장을 향해 고개를 끄덕이고는 내게 바로 와서 손을 내밀며 말했다. 「제인 갈런드예요. 제가 제2의 집이라 부르는 이 방에 오신 걸 환영합니다. 노먼, 뭐 좀 가볍게 마실 수 있을까요? 이건 형식적 사무가 아니거든요.」

나는 이 인상적인 여자에게 신경을 쏟느라 무엇인가가 내 다리를 비비는 것도 모르고 있었다. 내려다보니 황갈색의 래브라도 종 개였는데, 그 큰 눈이 내 눈을 보고 있었다. 「제렉스예요.」 갈런드 부인이 말했다. 「나비처럼 온순하답니다. 아, 이 애 때문에 제가 방문하였습니다. 제 손자 티모시를 소개합니다. 이 개는 손자가 기르는 놈인데 데려오지 말라고 했는데도 기어코 데리고 왔답니다.」

나는 개가 방으로 들어오는 걸 보지 못했다. 물론 개의 주인이 오는 것도. 학생을 보자마자 나는 그 애가 보스턴에서 온 시인들의 주의를 독차지했던 바로 그 매혹적인 학생임을 기억해 냈다. 그러고 보니 지금도 그에게서 지난번과 똑같은 전류가 흐르고 있었다. 나는 생각했다. 근사하군. 이 애를 다시 보게 되다니. 게다가 이번에는 대화까지 나눌 수 있고. 「난 학생이 생각나는데. 자넨 프로스트보다 엘리엇을 좋아한다고 했지, 아마?」 그는 나를 기억하지 못하는 게 분명했지만 예의 바르게 고개를 끄덕였다. 한 가닥 검은 머리가 이마를 가로질러 있었고, 날카로운 파란 눈은 방과 그 안의 사람들을 판단하려는 듯이 반짝이고 있었다. 그는 너무 수줍어하지도 않고 안절부절못하지도 않았다. 그를 대한 나의 첫 느낌은 날카로운 아이라는 것이었고 이는 앞으로 만나는 시간이 길어지면서 확실히 알게 될 것이었다. 콜라가 나오자 갈런드 부인이 말했다. 「편안한 자릴 찾아 앉으렴.」 그 학생이 제렉스를 옆에 두고 자리에 앉자 그녀가 말했다. 「로시터 총장님, 우리끼리 내버려 두셔도 됩니다. 교수님과 전 서로 시험해 보고 싶으니까요.」 그녀가 밝게 미소를 짓자 로시터 총장은 선선히 자리를 비켜 주었다.

그가 나가자 그녀는 서두르는 듯이 빠르게 이야기하기 시작했다. 그녀는 손자의 미래를 내 손에 맡기기로 결정하기 전에 알아보고 싶은 생각들이 많았다. 좀 더 정확히 말하자면, 그녀는 나에게 갈런드 가문을 이해시키길 원했다. 「제 남편 래리모어는 이 지역에서 제일 큰 철강 회사의 최고 중역이었어요. 그는 또한 평위원회의 의장이었고 대학 축구팀의 주요 후원자이기도 했답니다. 저 초상화가 제가 얘기할 수 있는 어떤 것보다도 더 잘 그에 대해서 알려 줄 겁니다.」

406

그녀가 가리킨 초상화는 60줄에 들어선 자족하는 대부분의 사업가들과는 달라 보였다. 그 나이쯤 되는 성공한 사업가들은 마치 한 형제처럼 닮은 면이 있게 마련이다. 그런데 초상화 속의 래리모어 갈런드는 강철 모자를 쓴 채로 세 사람의 동료 노동자들과 함께 서 있는 모습이었다. 「평소의 모습이 저랬답니다.」 갈런드 부인이 초상화에 미소를 보내며 말했다. 「그가 죽자 평위원회 의장 자리를 그 대신 맡으라는 요청이 있었지만 거절했지요. 의원직은 좋지만 의장은 안 돼요.」 그녀는 남편을 기리기 위해 자신이 메클렌버그에 4백만 달러를 기부한 사실은 이야기하지 않았다. 사실 그 정도 돈은 래리모어가 자신의 유산과 봉급을 사려 깊게 꾸려 나가 모은 전 재산에 비하면 그리 많은 액수는 아니었다.

대화 도중, 그녀는 손자에게 잠깐 나가 있으라고 말했다. 그러자 그는 정중히 고개를 숙이고 나서 〈이리 와, 제렉스〉 하며 개를 데리고 물러났다. 「정말 예의 바른 젊은이군요.」 내가 말하자 그녀가 웃었다. 「2년 전 그 애 모습을 봤어야 해요. 교화 학교에 보내야 될 정도였죠.」

그녀의 특징인 놀라운 솔직함을 드러내며 갈런드 부인이 설명했다. 「내 하나밖에 없는 딸 클래라는 끔찍이도 실망을 안겨 주었답니다. 그 애의 반항적인 영혼에 은총이 깃들기를. 내가 나온 바사를 다녔는데 졸업도 하기 전에 공장에서 일하던 형편없는 사내 녀석과 도망쳐 결혼을 했지요. 토머스 툴이라는 사내였는데 제 어머니한테서도 구박을 받던 그런 친구였답니다. 남편과 나는 이 서글픈 결혼을 그저 운명이려니 하고 체념했었지요. 그런데 우리가 살던 곳 바로 남쪽의 레니시 로드에서 있었던 교통사고로 모든 게 끝이 났죠. 양쪽 운전사가 술에 취해 있었고 타고 있던 여섯 모두 죽었답니다. 우리 부부는 큰 충격에서 헤어나질 못했지요.」

「그래서 부인이 티모시를 맡겠다고 했군요.」

「만족스러운 것은 아니었지만 그랬죠. 매우 똑똑한 아이지만 그 애 엄마처럼 고집이 세요. 리딩의 공립학교에선 2년 동안 어렵게 보냈지만 하느님의 은총으로 바로 길 아래 포츠타운에 있는 힐 고등학교로 전학 갔지요. 거친 훈육과 훌륭한 가르침은 티모시에게 절묘한 배합이었답니다.」 그녀는 입술에 손을 대고 크게 휘파람을 불었다. 학생과 제렉스가 들어왔다.

「지금 스트라이버트 교수님께 네가 힐에서 잘 지내던 이야기를 해드리고 있단다.」 티모시는 어른들이 자신의 이야기를 할 때 그 나이 또래의 아이들이 보이는 불안을 드러내지 않았다. 갈런드 부인이 온화한 목소리로 말했다.「새로운 학교에서 티모시가 금방 두각을 나타내는 바람에 우리는, 맞아요, 이 아이의 선생 그리고 나, 이렇게 세 사람은 이 아이가 비상한 능력을, 그것도 특히 언어 사용에서 특별한 능력을 갖고 있다는 사실을 알게 되었답니다. 이 앤 이미 대학 입학 자격 시험에 합격하고 3대 대학 아니면 하버포드나 하트포트의 트리니티처럼 훌륭한 명성이 있는 작은 대학에 가려는 학생들을 위한 반으로 곧 옮겼죠.」

「공부를 잘했나요?」

「티모시, 갖고 온 기말 논문들을 스트라이버트 교수님께 보여 드려라.」 그것들을 보자 난 눈이 튀어나왔다.「〈귄터 그라스의 『양철북』의 서사 기교〉와 〈추신구라, 현대 일본 기업의 원형〉.

「어떻게 이런 주제들을 생각해 냈지?」

「많이 읽고, 많이 들은 덕분이죠. 『포춘』지에 실린 한 기사가 제게 암시를 주어서 파 들어가 보았습니다.」

「그럼 독일 소설은?」

「잡지들이 그게 일류래요. 『타임』지나 『뉴스위크』 같은 잡지에서 그 작품이 뛰어나다는 기사를 보았습니다.」

나는 깨끗하게 타자로 친 두 논문을 톡톡 치면서 갈런드 부인에게 이렇게 말했다.

「이 논문들의 내용도 제목만큼 뛰어나다면 그건 대학 졸업반 학생들 사이에서도 드문 경우가 될 겁니다.」

「제가 다 읽어 보았는데 아주 훌륭하답니다.」 티모시는 아무 말도 하지 않았다. 그리고 나서 그녀는 나를 만나고 싶어한 이유를 이야기했다. 「가을이 되면 티모시는 열일곱이 된답니다. 그리고 학점도 대학에 갈 수 있는 자격이 되고요.」

「정서적인 성숙도는 어떻습니까? 그리고 사회적인 성숙은요?」

「리딩의 고등학교에서는 추악하다고 할 수 있는 사건들이 좀 있었답니다. 그렇지, 티모시?」

그는 어깨를 으쓱했다. 「별로 중요한 건 아니에요.」

「그래서 힐 같은 학교가 유명한 것 같아요. 다루기 힘든 애들을 정신차리게 만들어 준답니다.」

「난 그렇게 말썽 부리진 않았어요. 그저 호기심이 많았을 뿐이죠.」 그들의 말을 들으며 나는 생각했다. 이런 면접은 처음이야. 이들은 둘 다 바보든가 아니면 천재인 것 같군. 갈런드 부인은 보통의 십대 소년 소녀라면 틀림없이 싫어할 손자의 치부들을 천천히 밝혀 나갔다. 「영어과 주임 선생은 아주 명석한 두뇌의 소유자였지요. 아무튼 그분이 제게 이렇게 말씀하시더군요. 〈만약에 부인이 저 앨 혼자서 캠퍼스 근처의 하숙집에서 있게 해야 하는 시카고 대학같이 넓은 곳에 보내신다면 찬성하지 않겠습니다. 그런데 부인이 마침 메클렌버그의 평위원회에 계시고 집도 겨우 몇 마일 거리니 제가 양보하죠. 당신의 손자는 대학에 가도 됩니다.〉

〈저는 메클렌버그에 너무 깊이 관계하고 있어서 잘 모르 겠군요.〉 이렇게 말하며 저는 그에게 다시 물었답니다. 메클 렌버그를 어떻게 생각하냐고요.

그 선생의 대답은 이랬습니다. 〈물론 그 대학은 하버드도 애머스트도 아닙니다. 그러나 훌륭한 학교임엔 틀림없습니 다. 그리고 그 학교엔 뛰어난 창작 선생이 있답니다. 우리 학 교에서도 몇 분이 그의 강의를 들었는데 아주 좋은 사람입니 다.〉

그래서 제가 선생님의 특별한 추천을 바란다고 했더니 직 접 가보라고 하시더군요. 그래서 이렇게 찾아온 겁니다. 스 트라이버트 교수님, 저 앨 당신의 고급반에 학생으로 받아 주시겠습니까?」

〈아, 물론이죠!〉 하는 소리가 터져 나올 뻔했다. 나는 주 먹을 꽉 쥐고 아주 차분한 목소리로 말했다. 「이런 논문을 쓴 1학년 학생을 지도하게 되다니 영광이군요.」

1985년 가을, 티모시 툴이 학교에 입학하자, 나는 그를 바 로 고급 창작 과정에 넣지 않고 대신 보통의 대학 과정에 맞 춰 가게 하는 편이 더 좋겠다고 결정했다. 나는 그 소년을 주 의 깊게 지켜보았는데, 그가 다른 학생들과 거의 구별할 수 없을 정도로 잘 적응하는 것을 보고 놀랐다. 약간 큰 키에 남 보다 좀 비싼 옷을 입고 다니며, 뒷머리는 힐에서 허용되던 것 보다는 훨씬 길었지만 장발까지는 가지 않았고, 그의 조용한 몸가짐은 고등학교에서 축구부 주장은 안 해보았어도, 좋은 테니스 팀에서 큰 활약을 했다고 말해 주는 것처럼 보였다.

다른 학생들 앞에서 특별히 수줍음을 타는 편은 아니었지 만 그는 첫 학기 동안 친구를 사귀려 하지 않았다. 그가 한 일은 자기보다 나이가 더 많은 학생들 틈에서 이들을 따라잡

410

을 수 있을지 알아보려는 듯이 정열적으로 공부하는 것이 전부였다. 그리고 이내 자신이 따라잡는 정도가 아니라 능가할 수 있다는 사실을 깨닫자 서서히 활동을 하기 시작했다.

나는 그의 행동에 또 한 번 놀랐다. 그는 먼저 테니스 팀을 찾아가 실내 팀을 조직했다. 또한 축구와 같이 격렬한 운동도 곧잘 했으며, 학교의 무도회란 무도회에는 빠짐없이 참석했는데, 나도 가끔 보호자로서 따라가곤 했다. 그는 내가 보지도 못한 새로운 스텝을 선보이기도 했다. 그는 전형적인 대학 1학년생의 모습을 하고 있었는데, 그것은 자신의 나이를 훨씬 넘어서는 뛰어난 성취에 대한 그의 갈망을 감추어 주었다. 1986년 겨울방학 중에 그는 나의 고급 창작반에 등록을 신청한 여느 학생들처럼 뛰어난 작품 성적을 가지고 나를 찾아왔다. 나는 그를 처음 대하듯이 면접했는데, 그는 20분에 걸친 토론에서 놀라울 정도의 유창한 언어 실력과 글쓰기에 대한 홍미를 보여 나는 마침내 이렇게 요구했다. 「난 물론 자네와 자네 할머니를 만났을 때 보았던 두 편의 기말 논문을 기억하고 있네. 그러나 여기서 자네 같은 신청자들은 모두 지난 학기 중에 작성한 글을 가지고 와야 한다네. 그러니 무슨 글이든 타자를 쳐서 갖고 오면 좋겠군.」

「전 타자기를 사용치 않아요, 교수님. 전 워드프로세서를 사용합니다.」

「교정은 많이 보는 편인가? 출력 용지에 펜과 잉크로 보는 교정 말일세.」

「전 한두 번 교정 본 원고는 제출하지 않습니다. 엉망일 때가 너무 많아서요.」

「그걸 좀 볼 수 있을까?」

「그러죠. 전부 모아 두었습니다.」 그는 나갔다가 잠시 후 자신이 최근에 작업한 원고 뭉치를 들고 들어왔다. 나는 그가 빽빽하게 손으로 교정했다가 다시 워드프로세서로 쳐놓은 원고를 보았다. 「이미 전문가로군. 이야깃거리만 있다면 1년 안에 출판할 수 있겠어.」 나는 혼자 중얼거렸다.

나는 티모시에게 말했다. 「내 겨울 학기 강의는 화요일 10시에 내 강의실에서 시작하지. 자넬 환영하네. 강의실에서는 자네가 남보다 몇 년 후배라는 사실을 명심하게. 그리고 다른 사람들이 쓰고 있는 주제들이 자네 범위를 벗어난 것일 수도 있는데, 그래도 자네가 원한다면…….」

「공부하면 되지요, 뭐. 스트라이버트 교수님, 무엇이든지 진정으로 관심이 있으면 공부할 각오는 되어 있습니다.」

「작가가 되고 싶은가?」

「네.」

갑자기 나는 티모시의 특별한 재주들을 알고 싶은 격렬한 충동을 느꼈다. 「자네 아버지, 어머니는 책을 많이 읽으신 분이었나?」

「두 분 다 원래 책이란 손에도 잡지 않으셨지요. 제가 여섯 살 때 두 분이 다 돌아가시고 할머니께서 저를 키우시면서 매일 밤 책을 읽어 주셨죠. 어린이용 책이 아니었어요. 그리고 할머닌 언제나 제 이야길 써보라고 격려하셨죠.」

「어떤 글을 썼는데?」

「모든 종류죠. 할머니에게 들은 종류의 글은 모두 다 썼습니다. 물론 마음이 내키는 경우에만 그랬지만…….」

「아직도 그 글들을 가지고 있나?」

「전 아무것도 버리지 않아요.」

그 애가 말한 것이 아마도 사실이리라 받아들이며 나는 물었다. 「다음에 혹시 집에 갔다 올 기회가 생기면 내게 좀 가져다 주지 않겠나?」

「기숙사에도 한 상자나 있습니다.」

「옛날 것까지?」

「네.」

「초기, 중기, 그리고 최근의 글들도 다 보여 줄 수 있나?」

「선생님께서 그런 시간을 내주신다면 영광이겠습니다.」

「자네 어디서 그 〈선생님〉이란 말을 배웠지?」

「힐에서요. 할머니는 제가 공립학교에서 문제 학생이 될까 봐 걱정하셨어요. 사실은 그렇지 않았는데 말입니다. 그저 모터사이클이나 워드프로세서 같은 여러 가지를 시험해 보았을 뿐이에요. 공부는 많이 안 했죠. 그래서 할머닌 절 힐로 보냈고 그 학교 선생님들은 매우 엄격했답니다.」

「학교 신문도 만들어 보았나?」

「제가 거의 다 만들었어요. 지금 곧 몇 부를 가져다 드리죠.」 그러고는 몇 분 후 그가 세 편의 소설과 세 부의 신문을 가지고 왔다. 나는 그것을 정중하게 받았다. 「어디, 아주 꼼꼼히 한번 읽어 보겠네. 만약 자네의 생각과 글이 겉보기만큼 뛰어나다면(나는 툴을 똑바로 쳐다보았다) 자네는 내 강의에서 혁명적인 시간을 갖게 될 테니까.」 나는 일어나 악수를 하고 사무실 문에서 말했다. 「매사에 순서를 정해서 하길 바라네, 팀.」

「전 그 이름을 좋아하지 않아요. 생각해 주신다면 티모시라고 그냥 불러 주세요.」

「자네 글들을 잘 정리해 두게. 자네가 진짜 작가가 될 수 있을지 알아보는 중요한 면접이 곧 있을 테니.」

아이러니한 일이었다. 나는 루카스 요더 씨에게 이미 선전 포고를 한 상태였는데, 1986년 가을 학기에 나는 그의 어리석은 글쓰기 스타일에는 매우 반대를 하면서도 개인적으로는 그에게 점점 관대함을 느끼게 하는 극적인 상황 속에 빠져들게 되었기 때문이다. 어느 날 아침, 난 아직 면도도 하지 못했는데, 로시터 총장이 방으로 전화를 했다. 「지금 평위원 회실로 와주어야겠습니다. 그들은 특히 당신이 동석을 해야 한다고 주장하는데 그 이유를 모르겠군요.」

「누굽니까?」

「루카스 요더와 그의 아내. 그들은 일찍 일어나죠.」

나는 신경이 예민한 상태에서 급히 면도를 하느라 하마터면 턱을 벨 뻔했다. 내가 『마르틴 루터』에서 그에게 그렇게 공격을 했는데도 그들이 왜 날 보고 싶어 하는지 이유를 알 길이 없었다. 아마 로시터 총장에게 항의라도 하러 온 걸까? 그렇다면 그가 나까지도 단호히 부른 것으로 판단하건대, 심각한 곤경에 빠진 것일까? 「빌어먹을 요더 가족.」 나는 으르렁댔다. 그렇게 공적인 자리에서 적들을 만나는 것이 기분 좋을 리 없지 않은가. 나는 활자를 사용해서 그들과 펜싱을 벌이는 게 더 좋았다. 이런 만남은 결코 깨끗하게 끝날 리가 없다는 생각이 들었다. 루카스 자신은 온순하지만 그의 작은 아내는 남편의 명성을 지키는 일에는 호랑이처럼 사납다는 이야기를 여러 번 들었다. 난 분명히 그의 명예를 공격했다. 그런데 어떻게 편안한 마음으로 이 이른 아침의 모임에 갈 수가 있을까?

15분 후 로시터 총장과 내가 평위원회실의 창밖을 내다보고 있을 때, 드레스덴 지역에서는 흔한 광경이 눈에 들어왔다. 벽돌 보도 위로 작고 생기 있는 요더 부인이 강한 공격 성향을 과시하며, 뒤에 남편이 따라오는 게 확실한가 가끔씩 뒤돌아보면서 성큼성큼 걸어오고 있었다. 요더 씨는 뒤쳐져서 핏기 없는 모습으로 터덜터덜 걸으면서 가끔 새와 꽃들을 보기 위해 멈추곤 했다. 로시터 총장이나 나나 그들이 오는 이유를 짐작할 수 없었다.

그들이 패널을 두른 방 안으로 들어섰을 때, 나는 적어도 냉정함, 아니 즉각적인 공격을 예상하고 있었다. 그러나 그들은 따뜻하게 인사를 했다. 일단은 안심이 되었다. 「안녕하시오, 스트라이버트 교수. 이렇게 일찍 깨워서 미안하오.」 나는 더 편히 숨을 쉬었다.

요더 부인이 토론을 이끌었다. 「루카스는『헥스』이후로 소설들이 현저한 성공을 하고 있고 키네틱 출판사의 간부들은, 특히 그의 담당 편집자인 미즈 마멜은…….」

「나 말고도 50명을 더 담당하고 있지.」 루카스가 끼어들었다.

「그들은 루카스가 그렌즐러 연작을 계속한다면 두세 권을 더 낼 수 있을 거라고 믿고 있어요. 그리고 처음 네 권도 부활하고 있고요. 그들이 우리에게 전하는 얘기로는 선풍적이랍니다.」

「가장 즐거운 소식이군요.」 로시터 총장이 말했으나 브린마에서 경제학을 전공했던 엠마는 그의 말을 수정했다. 「가장 즐거운 건『유제품 제조 판매소』가 거의 50만 부 정도 팔렸다는 거랍니다. 미즈 마멜은 다음 책이 그 기록을 깰 게 분명하다고 하더군요.」

「다음 책이 나옵니까?」

그녀는 손을 뻗어서 나무 책상을 가볍게 두드렸다. 「체력이 허락하는 한은요.」 요더 씨가 덧붙였다. 「우리 둘 다 건강하다면.」

로시터가 말했다. 「그래요, 그렇겠군요. 펜실베이니아의 독일인들은 영생한다지요?」 그는 더 이상 대화를 이어 가지 못했다.

엠마가 대화를 이끌었다. 그녀는 대담한 어투로 말했다. 「우리는 쭉 생각해 왔답니다. 요더는 자신의 모든 것이 이 대학 덕분이라고 생각해요. 물론 저도 동감이고요. 그래서 우리의 행운을 여러분과 나누고 싶어요. 말하자면 그가 이전의 책들로 번 돈의 일부를 기부하고 싶습니다. 그리고 그의 다음 책들이 잘된다면 더 많은 액수를 약속하죠.」로시터가 답하기 전에 그녀가 단호하게 덧붙였다. 「물론 어느 정도는 브린마로 가게 될 거라는 걸 이해하시겠죠? 저도 돈 버는 걸 도왔거든요.」

「전 당신이 소더턴 학교들에서 보낸 시절 이야길 들었죠.」로시터가 웃으면서 말했고 루카스가 얘기했다. 「내가 집에서 작업한다는 사실을 기억해 주시면 고맙겠습니다. 그건 안사람의 노력이 필요한 거죠. 아내는 절반을 벌었어요.」

「전 반까지는 원치 않아요. 그렇지만 여자 대학들 역시 기금이 필요하죠. 그래서 전 제가 다닌 대학도 얼마만큼은 얻을 수 있도록 하겠어요.」

「훌륭한 생각입니다.」로시터 총장은 그들이 마음에 두고 있는 액수가 얼마인지 알고 싶었으나 예의상 차마 물어보지 못하는 눈치였다.

이때까지도 나는 아직 내가 왜 이 시간에 불려 왔는지 감을 잡지 못하고 있었다. 그리고 로시터 총장이나 나나, 요더 부부가 얼마의 기부금을 제안할지 몰랐으므로 우리는 어색하게 침묵을 지키며 기다렸다. 그때 엠마가 말했다. 「우린 여기 수표를 갖고 왔어요, 로시터 총장님. 그리고 상황을 보아서 내년에 또 기부할 것을 약속드리죠.」그녀는 수표를 꺼냈다.

그녀가 드디어 그걸 전해 주고, 백만 달러라는 액수를 보자 총장은 입을 벌리고 혼란에 빠진 듯 소리쳤다. 「오, 이런! 루카스, 난 당신이 학교에 애정을 갖고 있는 건 알지만 이건 어마어마하군요.」그리고 그는 흥분해서 웃었다. 「아무도 내게 책이 그렇게나 팔리는지 얘기 안 했어요.」

「대부분은 그렇게 많이 팔리진 않지요. 운이 좋았어요.」 엠마가 말했다.

요더 부부는 30분간을 사후 기부금 관리의 시행 규칙에 대해 자세히 설명했다. 엠마가 대부분 얘길 했다.「공식적으로 알려서는 안 돼요. 평위원회 위원들만 알아야 해요. 우린, 우리 이름이 어디에도 올라가는 걸 원치 않아요. 그리고 무엇보다 중요한 건 어떤 종류든 건물을 짓는 데 쓰여선 안 됩니다. 다른 사람들은 건물을 위해 기부할 겁니다. 그들의 이름을 현관에 보이게 한다는 조건으로요.」 드디어 그녀가 나를 향했다.「우리 돈은 책과 그와 관련된 모든 것들을 위한 겁니다. 이후에 책을 쓰려는 학생들, 책이 보관되는 도서관, 이 모든 목적들을 생각해 볼 때 우리는 이 수입의 사용에 대해 스트라이버트 교수가 주요한 발언권을 가져야 한다고 믿고 있습니다.」

「물론이죠.」 로시터 총장이 말했다.「그는 우리 전속 전문가예요.」 그리고 그는 재빨리 덧붙였다.「루카스가 바로 우리의 동창 전문가인 것처럼요.」 그러고는 총장의 얼굴에서 미소가 사라졌다. 그에게는 대학의 책임자로서 반드시 확인해야 할 곤란한 질문이 하나 있었다.「당신들 사이에 악감정은 없는 거죠? 학교에 해가 되는 상황이 생긴다면 정말 곤란한 일입니다.」

「오, 그렇지요.」 요더 씨가 밝게 말했다.

「당신들 사이의 롱펠로에 대한 공공연한 의견 차이 말입니다.」

「학문적인 논쟁입니다.」 요더 씨가 말했다.「대학의 좋은 활력소죠.」

「그러면 스트라이버트 교수가 우리 대학 신문에 썼던 조금은 격한 보고서는요?」

「난 그건 못 보았어요.」요더 씨가 독일인 특유의 순진한 표정을 지으며 말했다. 요더 부인이 설명했다. 「제가 그걸 보았답니다. 그 기사를 읽고 기분이 좋지 않았지만 루카스는 자신에 대해 쓰인 걸 읽으려 하지 않아요. 그래서 그에게 보여 주지 못했어요.」

나는 휘청했다. 나는 지금까지 거대한 적과 시(詩)의 본질이라는 중요한 논점을 두고 결투하고 있었다고 생각했는데, 그는 내가 발표한 것조차 모르고 있었다. 더욱 믿을 수 없는 것은 나의 지적인 적인 그가 나에게, 마치 우리 사이에 아무 일도 일어나지 않았던 것처럼 백만 달러의 관리를 맡긴 것이었다. 나는 현기증이 났고, 그때서야 나는 이 조용한 사람이 자신을 감동시키지 못하는 것에는 전혀 신경을 쓰지 않은 채 혼자만의 세계 속에서 살고 있다는 것을 깨달았다. 그는 완전히 스스로 방향을 정해서 사는, 주위의 비평엔 무감각한 원시적 예술가였다. 나는 겁이 났다.

이때 그가 말했다. 「우린 방금 내 아내가 설명한 규정을 망라한 각서를 작성했어요. 규정 모두를 말입니다. 우린 그게 엄밀히 지켜져야 한다고 생각해요. 공증인을 불러 지금 이걸 공증합시다.」보조 기록원이 잉크대와 봉인을 가져오자 요더 씨는 그의 서류 위에 흰 종이를 놓아 중요한 정보가 안 보이게 했고 형식적 절차는 끝났다.

나는 도덕적인 혼란 속에서 그 모든 것을 지켜보았다. 나는 요더 씨가 내가 경멸하는 문학적 기준을 대표했기 때문에 그를 거부했다. 대중문화, 중요한 내용이 없는 지루한 글쓰기 스타일. 그러나 여기서 그는 나의 과에서의 작업을 촉진하도록 백만 달러를 기부하고 있는 것이다. 나는 너무 당황하고 수치스러워 그에게 감사하다는 인사도 제대로 하지 못했다. 로시터 총장이 그 부분을 챙겼다.

로시터 총장과 내가 요더 부부를 그들의 오래된 뷰익까지 바래다줄 때, 로시터가 말했다. 「모든 대학이 기부금을 받지만 이렇게 액수 면에서나 정신 면에서 관대한 경우는 더 이상 없을 겁니다.」

「더 있을 수도 있지요.」엠마가 말했다. 「제가 이 양반을 타자기에 잡아 둘 수만 있다면요.」그들이 차를 타고 가버리자 총장이 내게 말했다. 「스트라이버트 교수, 우린 당신에게 새로운 책임을 맡깁니다. 아주 큰 책임이지요. 그러니 자기 집안 욕은 이제 그만하도록 하세요.」

1987년 추수감사절과 성탄절 사이의 이렇다 할 중요한 일도 없는 듯한 모호한 몇 주일 동안, 미즈 마멜이 특별한 이유도 없이 드레스덴 차이나에 머물렀다. 그녀는 휴가 중이었는데, 처음으로 나는 무엇이 이 특이한 여성을 이곳으로 몰고 왔는지 어렴풋이나마 알 수 있었다. 뉴욕에서의 그녀의 생활은 판에 박은 듯이 규칙적이었다. 부모님은 돌아가시고 개인적인 친구도 거의 없이 오직 사업상의 동료뿐이었다. 정말 중요한 것은 도시라는 곳이 여자 혼자 살기에는 점점 위험한 곳이 되어 간다는 사실이었다. 그 결과 그녀에게는 우리의 조용한 시골 도시가, 특히 사람들이 친구를 찾게 되는 명절 기간이 되면 비교적 훌륭한 피난처로 보이게 되었다. 게다가 그녀는 이 근처에 자신의 두 작가를 갖고 있었고 나의 추천으로 둘을 더 얻게 되어 있었다. 이런저런 이유로 그녀가 드레스덴을 마음의 고향으로 생각하고 있음이 분명했다.

방문의 첫째 목적은 요더 씨가 그의 그렌즐러 시리즈 제7권인 『들녘』이란 지루한 소설의 원고를 끝냈기에 1988년의 출판을 염두에 두고 그녀에게 사전에 한번 보라고 제의했기 때문이었다. 그녀는 호텔에서 나를 잠깐 만나자고 전화를 한 다음 부랴부랴 요더의 농장으로 달려가 원고를 집어 들고는 호텔로 돌아와 그 소설을 탐욕스럽게 훑어보고 있었다.

내가 들어서자 그녀가 말했다. 「요더의 표준적인 작품이군요.」 그리고 재빨리 덧붙였다. 「그리고 매우 훌륭해요.」

그러고는 내가 그녀의 일정에서 중요한 부분을 차지하고 있다는 사실을 확신시켜 주려는 듯이 말했다. 「당신 강의를 듣는 유망한 젊은이에 대한 편지는 정말 흥미 있었어요. 뉴욕의 편집자들이면 누구나 꿈꾸는 상황이지요. 좋은 대학의 믿을 수 있는 창작과 교수가 진짜 훌륭한 작가를 발견했으니 한번 봐 달라고 열광적인 전언을 보내는 것을 어디 생각이나 하겠어요?」 그 전언을 보낸 것이 바로 나였다. 〈이 친구는 이제 열아홉이지만 제2의 트루먼 커포티랍니다. 이쪽으로 오실 일이 있으면 꼭 전화 주십시오.〉

내 편지가 꼭 그랬다. 새로운 고어 바이덜이나 프랑수아즈 사강을 찾는 꿈을 가진 편집자에게는 유혹이 아닐 수 없었다. 이본이 언젠가 그걸 표현했듯이, 〈인재, 그것도 새로운 인재를 발굴해 내는 건 예나 지금이나 독창적인 얘깃거리라곤 하나도 없는 50대의 늙은 말이 뱉어 내는 뻔한 싸구려들과 씨름하고 난 후에는 더할 수 없는 위안〉인 것이다.

나는 그녀에게 말했다. 「그의 이름은 티모시 툴이랍니다. 그의 할머니는 매우 부유한 이 지역의 귀부인이지요. 그녀의 딸, 즉 그 학생의 어머니는 툴이라는 이름의 날건달과 터무니없는 결혼을 했는데 이 작자가 아들을 하나 내지르고는 자신과 아내를 음주 운전으로 죽이고 말았지요. 그 학생, 아참 그와 할머니가 곧 이리로 올 겁니다. 그 학생은 조숙한 편인데, 고등학교 시절에 학교에서 거의 쫓겨나다시피 한 모양입니다. 그런데 더 좋은 학교에 들어가서 두각을 나타내기 시작했고 2년 전쯤에 제 손에 떨어졌지요. 저는 사실 그 애를 만드는 데 별로 한 일이 없어요. 스스로 알아서 글을 쓰는데,

놀랍게도 완전한 원고를 갖고 나타났지 뭡니까. 그 원고가 당신을 놀라게 할 겁니다. 혹시 모르겠어요. 전 그의 작품이면 지금 당장 출판 가능하다고 생각하지만 당신은 그걸 다 읽고 죽은 듯 정신을 잃고 쓰러졌다가 마루에서 일어나면서 〈아직은 안 돼〉라고 말할지 알 수 없는 일이죠.」 나는 열렬한 칭찬의 말을 멈추고 더 자세하게 말했다. 「그렇지만 곧 이 소년은…….」

「당신은 그가 몇 살인지 이야기했지만 전 그 밖에 편지에서 무슨 얘길 하셨는지 전혀 기억이 없어요.」

「스무 살이 다 되었을 겁니다.」

「물론 그는 자격이 있어요. 그러나 이런 경우엔 언제나 퍼트넘셔의 소년이 생각나는군요. 10대에 굉장한 출발을 했지만 용두사미였죠. 사우스 시즈사의 작가의 어린 딸의 경우도 똑같았어요. 신중하지 않을 수 없답니다.」

나의 어린 장학생의 이러한 전망에 대해 추가로 설명하려는데, 티모시 툴과 그의 할머니가 로비로 들어와 곧장 미즈 마멜과 내가 기다리는 곳으로 걸어왔다. 티모시는 자신과 할머니를 소개한 다음, 주저하거나 서두르지 않고 말했다. 「할머니를 모시고 오는 건 조금 바보 같지 않아요? 그러나 할머닌 저까지 포함해 모든 걸 관리하시거든요.」 나는 미즈 마멜이 금방 그에게 호감을 갖는 것을 알 수 있었다.

티모시의 원고는 256페이지의 값비싼 빠삭빠삭한 흰 종이에 말끔하게 타자로 쳐져 있었지만, 알아보기 쉽게 페이지가 매겨져 있는 것도 아니었고, 글자도 네 종류로 이리저리 제각각 적혀 있었다. 뒤집어지거나 한쪽 옆으로 가거나, 뒤집혀서 한쪽으로 몰리거나, 좌우 위아래가 제대로 되어 있는 것도 있었다. 원고는 여섯 개의 글자체로 쳐져 있었고, 여섯 가지 행간이 있었으며, 한 페이지가 전부 이탤릭체로 된 부분도 보이고, 고딕체도 보였다. 그것은 장중한 뒤범벅을 이루어 각 페이지가 자체로 완전한 항목으로, 완결되지 않은 문장 중간에서 시작해 그렇게 끝났다. 가장 중요한 건 그것들이 어떤 종류의 순서에 따라서 배열된 것이 아니라는 점이었다. 아무 페이지나 어디에든 들어맞았다. 그건 충격이었는데, 그가 붙인 제목은 그야말로 적절했다.

「전 〈만화경〉이라고 제목을 붙였습니다.」 그는 마치 사랑스러운 아기의 이름을 짓듯이 말했다. 「유리와 금속 조각들이 튜브의 한쪽 끝에 흩어져 있는데, 튜브를 돌리며 확대경으로 그쪽을 보면 아름다운 형태가 나타나는 장난감이죠.」

「그런 설명을 적어 놓았나요?」 이본이 묻자 그는 손을 저으며 대답했다. 「거기 어딘가에 있을 겁니다.」

「작가가 되기를 원해요?」 이본이 다시 물었을 때 내가 끼어들었다. 「그는 이미 작가랍니다.」

「전 툴 군에게 물었어요.」

티모시가 대답했다. 「전 작가가 되기로 결심했어요.」

「미즈 마멜이 너를 도와주실 분이다.」 내가 덧붙였다.

의례적인 대화를 조금 더 나눈 후에 티모시는 할머니와 방을 떠나면서 우리를 향해 미소 지었다.

나는 유감스럽게도 함께 떠나지 못하고 더 머물러야 했다. 그녀가 내가 최근에 완성한 소설에 대해 아주 안 좋은 소식을 보냈었는데 나는 그 이유를 알아야 했다. 「칼, 우리 출판사에서는 당신의 원고를 자세히 보았어요. 그런데 아무리 포장을 그럴듯하게 해도 잘 나갈지 회의가 든다고 이야기하더군요.」 내가 그녀를 똑바로 쳐다보자 그녀는 서두르듯이 말을 이었다. 「아무도 〈텅 빈 물탱크〉라는 제목을 좋아하지 않아요. 그리고 진이 편집 회의에서 지적했듯이 그럴 만한 이유가 있어요. 〈잘난 척하는 비평가들은 비어 있는 건 물탱크

만이 아니야라고 지적하고 싶은 유혹을 받을 겁니다.〉 그리
고 우린 그런 건 피해야 하거든요.」 내가 나중에 들어서 알게
된 사실인데 그녀가 인용한 말은 사실 진이라는 어떤 동료
편집자의 말이 아니라 그녀 자신의 주장이었다.

「제가 어떻게 해야 하지요?」 나는 후들거리는 목소리로 말
했다. 배가 실타래처럼 죄어서 거의 숨을 쉴 수가 없었다. 박
식한 편집자로부터 내가 그렇게 희망을 걸었던 소설이 당연
한 듯 가차없이 버림받는 것을 그대로 받아들이기에는 너무
고통스러웠다. 그녀는 나의 비참한 심경을 알아차렸다. 그녀
는 얼굴이 더 창백해지는 걸 보고 싶지 않았던지 나의 호소
에 아무런 대꾸도 하지 않았다. 그녀는 포도주 잔을 가볍게
흔들었다. 「브리스톨 크림 모양이 참 멋지군요.」

「어떻게 하면 좋겠습니까?」 나는 처음보다 더 매달리듯이
물었다. 그녀는 대답 대신 밝은 목소리로 화제를 바꾸었다.
「칼, 당신과 저는 많은 일들을 함께 작업할 운명인가 봐요. 이
제는 절 이본이라고 부를 때가 된 것 같군요. 전 그게 좋아요.」

내가 왜 그런 식으로 말을 했는지 모르겠는데 그때 나는
퉁명스럽게 불쑥 말을 꺼냈다. 「그래, 나쁜 소식이 더 있으면
말해 보십시오.」 그녀는 당황하지 않고 이야기했다. 「입방아
꾼들이 등 뒤에서 〈보라고, 그는 시작도 못 하고 계속 허탕이
군〉 하고 나불거릴 정도가 되면 비평가로서의 당신 경력은
위태로운 지경에 놓이는 겁니다.」 그녀는 내가 다른 사람들
에게 쏘아붙이던 그런 종류의 비판을 어떻게 받아들이나 보
려는 눈으로 나를 응시했다.

「분명, 당신은 그걸 믿지 않겠지요?」 나는 거의 호소하듯
이 물었다.

「그 판단요? 안 믿어요. 그러나 그런 판단은 악의적으로
돌아다닐 거예요. 전 교수님에게 소설에서 물러나라고 충고

하겠어요. 키네틱이 그 원고를 못 보았다고 치죠.」

나는 절망해서 지푸라기라도 잡으려고 했다. 「데블런 교수님은 이 소설에 큰 믿음을 가졌어요.」 이건 거짓말이었다. 데블런 교수님은 나의 이야기를 듣고 심각하게 평을 유보했었다. 「그리고 전 그의 명예를 위해서도…….」

「그 사람을 매우 그리워하는군요.」

「그래요. 당신도 아마 보았겠지만 전 그 소설을 그에게 헌정했습니다.」 난 그녀에게 데블런 교수님이 죽어 가고 있으며, 나는 그가 영감을 준 『텅 빈 물탱크』를 그에 대한 마지막 선물로 생각하고 있다는 걸 말하지는 않았다.

「저도 알아요. 하지만 그 교수님의 이름을 그런 불완전한 작품에 붙이는 건 그분의 명예를 위한 일이 아니라는 생각이 드는데요.」

자신의 판단을 지지하기 위해 데블런 교수님의 이름을 이용한 그녀의 방법은 너무나 온당치 못해 나는 베르사유 궁전 목장의 소녀를 나타내는 드레스덴 입상에 시선을 집중하여 냉정을 찾으려고 했다. 그녀는 자신의 말이 내게 얼마나 충격적이었나를 깨닫고 부드럽게 물었다. 「칼, 어떻게 했으면 좋겠어요?」

나는 단호한 목소리로 말했다. 「그걸 지금 그대로 출판합시다.」 그러나 그 말들을 내뱉자마자 나는 이게 내가 하려던 말이 아닌 것을 깨달았다. 「단, 키네틱이 허락한다면요.」

「당신의 경력으론, 칼, 당신은 출판을 요구할 권리가 있고, 우리는 당신 결정을 수용하기로 했어요.」

나는 소스라치게 놀랐다. 「키네틱에서는 어디까지 얘기가 진행된 거죠?」

「투표는 3대 2로 거부였지요. 그런데 내 표는 3으로 계산되거든요. 결국 반대 3 찬성 4, 그래서 당신 결정만 남아 있어요.」

「전 지금 결심했어요. 데블런 교수님을 위해 이 정도는 해야 합니다. 그분이 이 책을 낳았어요.」

이본은 끈질긴 편집자로 뉴욕에서 가장 단호한 편집자였는데, 그 명성을 얻은 것은 아무리 그들이 유명해도 자신의 작가들을 무서워하지 않는 데서 얻은 것이었다. 그녀의 모토는 〈내가 이야기 안 한다면 누가 하랴〉였다. 그런 관례에 따라 그녀는 가장 위험한 문제를 물고 늘어졌다. 「전 다시 물어봐야겠어요. 당신은 정말 데블런 같은 유명한 비평가가 자신의 이름을 당신의 책같이 아무 특징도 없는 데다가 붙이길 원하리라고 믿으세요?」

나는 그녀의 느닷없는 질문에 얼굴이 화끈 달아올랐다. 그녀는 손을 뻗어서 위로를 필요로 하는 어린아이에게 하듯이 내 손을 잡았다. 「화제를 바꾸죠. 전 당신의 수제자 툴이 무얼 해놓았는지 보고 싶어요. 그가 만일 당신이 말하는 것의 반만큼이라도 훌륭하다면…….」

「화제를 바꾸지 맙시다. 전 요 몇 분 사이에 출판하겠다고 분명하게 결심했어요.」 그녀는 재빨리 말했다. 「그러면 제가 돕죠. 당신에게 많은 행운이 깃들기를 원합니다.」 그녀는 원래 〈요행〉이란 말로 끝내려다가 멈칫했는데, 그 단어는 마치 내 원고를 살리는 길은 요행밖에 없다는 뜻으로 너무 지나치게 들렸을 것이다. 그녀는 자신의 바람을 〈행운〉으로 표현하는 예의는 있었는데 그게 훨씬 세련되게 들렸다.

그러나 그녀는 툴의 원고를 파고들어 가길 원했다. 상자를 앞에 두고 그녀는 뚜껑을 열어 번호가 없는, 어떤 페이지는 뒤집혀 있고, 또 어떤 것들은 옆으로 누운 256페이지의 글모음을 대면했다. 그중 네 개를 꺼내며 그것들을 섞고 있을 때 내가 말했다. 「그건 진짜 뒤범벅이죠. 그러나 혼란스러운 건 아닙니다. 정말 만화경이에요. 당신의 정신이 그 만화경을 의미 있게 정렬해야 할 겁니다.」
「당신이 그 계획을 고안하도록 도와주었나요?」
「절대 아닙니다. 그건 그가 스스로 고안해 냈어요.」

대학에 있는 내 전화가 울린 건 다음 날 이른 아침이었다. 「당신 학생은 진짜로 만화경을 만들어 냈고, 전 그걸 완전히 좋아하게 되었답니다. 똑똑한 학생을 두셨어요. 고유명사가 자의적으로 정의도 없이 나타나는 것하며, 풍부하게 배열된 주제들이 왔다 갔다 하는 것이 흥미를 자아냅니다. 성공적인 작품이에요. 제가 그걸 제대로 제시하고 뒷받침해 주면 우린 대성공을 거둘 거예요.」
「키네틱이 그걸 원할 것 같습니까?」
「원하도록 만드는 게 제 일이죠. 그렌즐러 소설이나 하나씩 출판하면서 한가하게 걸어서는 안 될 일이지요.」 그녀는 자신이 말을 잘못했다고 느꼈는지 바로 정정했다. 「제가 그런 애길 하다니 무섭군요. 지금 제가 한 말 잊어버리세요.」
「전 당신이 내 소설을 출판하겠다는 말만 기억하죠.」
「좋아요, 키네틱은 그들의 의사와 상관없이 『텅 빈 물탱크』와 『만화경』을 출판할 겁니다.」

키네틱 출판사의 1988년 시즌은 흥분의 소용돌이가 휘몰아친 시기였다. 예상했던 대로, 랭커스터 지방의 광활한 농장의 풍경을 황갈색 표지에 담은 루카스 요더 씨의 일곱 번째 그렌즐러 소설인 『들녘』은 선풍적인 인기를 누렸다. 이 소설의 초판은 75만 부나 발행되었고, 25만 부가 즉시 재판으로 나왔다. 또한 4개국에서 해외 문학상을 수상하는 영예를 누렸으며, 출판되자마자 11개 국어로 번역되면서 인기가 최

정상에 올랐다.

물론 그 시즌 세인의 관심은 티모시 툴의 『만화경』의 출판에도 쏠렸었다. 그 작품은 특정한 줄거리도 없고, 실제적인 배경도 없으며, 명백한 등장인물도, 그리고 이념적인 색채도 없이 산만하게 되는 대로 모은 책이었다. 작가가 옛날 어린이들의 장난감에 대한 생각을 반영한 듯한 색채와 형태가 꺼칠한 모직으로 테를 두른 표지의 윗부분을 호화롭게 장식하고 있어서 서점가에서는 호기심을 끄는 품목이었으며, 집에 가져가 커피 테이블 위에 진열하여도 손색이 없는 멋진 장식품이었다.

독자들은 그 책에 대해 욕설을 퍼붓고 풍자적으로 비웃었으며, 심지어 책을 반환하기 위해 서점으로 다시 가져오기도 했지만, 그 책을 둘러싼 논쟁은 그치질 않았다. 젊은이들은 그들의 동시대인들이 말하려고 시도했던 것이 그 책에 담겨 있다는 사실을 간파하고는 작가의 노고와 대담성에 찬사를 보냈다. 텔레비전 프로에서 조지 월은 툴의 『만화경』을 미국 사회가 전면적인 타락으로 치닫고 있다는 증거로 인용했으며, 빌 버클리는 시아파 회교 지도자가 그 책은 잘못되었다고 비난한 내용을 소개했다. 더욱이 주요 일간지의 만화가들이 이 작품을 놓고 야외 시연회를 가졌었는데, 가장 잘 표현된 것은 농민 복장과 털모자를 쓴 레프 톨스토이가 두 여성 독자를 〈전쟁과 평화〉라고 표시된 무질서하게 엮은 원고 뭉치가 있는 데로 데려가 여인들에게 〈한 움큼씩 잡으시오〉라고 말하는 모습을 보여 주는 만화였다.

책을 다루는 데 초심자가 아닌 이본은 어떻게 하면 그 책에 관한 논쟁이 지속될 것인가 하는 방법을 알고 있었다. 배후에서 그녀는 키네틱 출판사가 그 책을 지지하는 글들을 준비하게끔 일을 처리해 나갔다. 그녀는 또한 루카스 요더 씨가 했던 말, 〈미국은 지금 대담한 젊은 작가의 목소리가 필요한데 나의 이웃 중에 한 사람인 티모시 툴이란 작가가 동시대에 대한 나름대로의 안목을 가진 것을 보니 기쁘다〉는 말을 툴에 대한 비평의 글로 채택했으면 하는 의사를 피력했다. 출판사의 활기 넘치는 북적거림을 좋아했던 요더 씨는 툴의 작품에 대한 확고한 지지 성명을 내면서, 다음과 같은 결론을 내렸다. 〈만약 내가 오늘날의 젊은이였다면 내가 지금 쓰고 있는 방식으로 글을 쓰지 않았을 것이다. 물론 재능 있는 툴의 글도 모방하지는 않았겠지만 내 작품인 『들녘』보다는 더 현대적인 무엇을 썼을 것이다.〉 이본이 요더 씨의 편지를 받았을 때, 그녀는 나에게 전화해서 다음과 같이 말했다. 「드레스덴 삼총사인 당신과 나와 요더는 툴의 책에 강력한 추진력을 주기 위해 전심전력을 다하고 있는 거예요.」 그러고는 나에게 요더의 편지를 읽어 주더니 이렇게 말했다. 「이래서 그 노인을 좋아하는 거예요. 옛날 이야기를 쓰고 있긴 하지만 개성 있는 작가지요.」

요더 씨의 툴에 대한 지지의 글은 국내뿐만 아니라 유럽에까지 활자화되었으며, 툴에게 발언할 기회를 많이 주는 데 기여했다. 그리하여 시즌이 끝날 무렵에는 툴의 책이 2만 7천 부나 팔렸다. 그리고 드레스덴 삼총사는 미국 문학에서 새로운 힘, 즉 성취하고자 원하는 것을 정확히 알고 있는 총명하고, 고도로 훈련되고, 절제의 정신을 지닌 젊은 혁신적인 작가를 배출시켰다는 영예를 누릴 수 있었다. 이러한 성공의 결과로 메클렌버그 대학의 교수진은 점점 규모가 커가는 창작과의 조교로 툴을 초청해야 한다는 나의 주장을 승인하게 되었다. 그러한 승인은 내가 작가인 그의 성장에 대한 조력자로서 곁에서 계속 지켜볼 수 있다는 점 때문에 나를 기쁘게 했다.

　키네틱 출판사의 1988년 목록에서 눈에 띄는 가장 큰 실패는 『텅 빈 물탱크』라는 나의 소설이었다. 내 책에 대한 논평은 너무나 가혹해서 이본의 강력한 지지와 노력조차도 허사로 돌아갔다. 그러나 이본이 예의 수완을 발휘하여 몇몇 군소 잡지사들에 의해 주목을 받도록 만들었다. 〈지식인 사이의 대화〉라는 데블런 교수님의 이론에 감명받은 몇몇 군소 잡지사의 일부 편집자는 그 책에서 내가 의도한 바가 무엇인지 인식했으며, 강한 관심을 표명했다. 일반 독자층에 대단한 영향력을 행사하는 중요한 두 비평지인 『뉴욕 타임스』와 『타임』은 상상의 인물인 진의 적절한 표현인 〈이 책은 정말 비어 있다〉를 빌려 그 책에는 어떠한 살인도, 큰 절도 사건도, 에로틱한 연애도 없으며, 단지 예술의 본질과 책임에 대한 끊임없는 대화만이 있다고 혹평했다.

　그러나 출판계의 현실에 대해 예리한 안목을 지닌 이본은 나에게 편지를 보내왔다. 〈일반 독서계에서는 당신의 작품 『텅 빈 물탱크』가 실패했다는 사실을 저는 인정합니다. 그리고 당신이 예상했던 대로 서점에서 많은 양이 반송되고 있습니다. 그러나 당신이 정복하기를 원하던, 그리고 데블런 교수가 아주 명확히 정의한 당신의 활동 무대인 지식인들 사이에서는 그렇지 않으리라는 것을 저는 확신합니다. 성취하고 싶어 했던 것을 당신은 매우 효과적으로 성취한 것입니다. 비록 당장은 하찮게 보일지라도 당신은 이러한 상승 분위기에 편승할 수 있도록 계속 매진하셔야 합니다. 어느 누구보다도, 심지어 툴보다도 더 잘할 수 있는 작업을 즉시 착수하세요. 『우리 시대의 대담하고 새로운 목소리들』이라는 제목의 짧은 비평서를 집필하세요. 그러면 제가 그 책을 즉시 출판할 수 있도록 최선을 다하겠습니다. 모든 것이 실패하는 것은 결코 아닙니다. 칼, 당신은 대담한 목소리를 가진 분이

고, 사람들은 그 목소리를 들어야 할 필요가 있어요.〉

이본의 현명한 충고 덕분에 나는 비평가로서의 생명을 끝나게 했을지도 모를 과오를 범하지 않을 수 있었다. 왜냐하면 나의 책이 흥행에 완전히 실패했을 때, 나는 비장한 맹세를 했기 때문이었다. 「만약 그들이 나의 소설을 혹평한다면, 나는 그들이 인정하는 기준들을 무참히 밟아 버릴 것이다. 게으름뱅이들, 조심해!」 그리고 나는 그들을 깎아내리기 위해 칼을 갈았다. 그때 그녀의 편지는 나에게 비평에 있어서의 근본 원리를 다시금 생각게 해주었다. 즉, 비평에 있어서 개인적 복수는 무모하다는 것을 깨우쳐 주었던 것이다.

나는 반제 호숫가를 거닐면서, 내 삶의 남은 부분을 위해 길잡이가 되어 줄 철학을 총체적으로 생각해 보았다. 나는 내가 훌륭하다고 생각하는 내용을 소설로 썼다. 그런데 그 소설의 실패로 나의 삶은 우울하게 되어 버렸다. 그렇다고 독자들이 베스트셀러의 목록에 든 평이한 소설에 길들여져 있기 때문에 나의 진지한 소설에 찬사를 보내지 못했다고 주장하는 것은 부질없는 짓이었다. 잘못은 나에게 있었던 것이다. 왜냐하면, 나는 데블런 교수님이 나에게 쏟아부었던 말들을 이해할 수 있었기 때문이었다. 〈소설을 쓴다는 것은 실제 상황에 있는 실제 인물들에게 생명을 불어넣는 작업이네.〉 그의 현명한 충고는 계속되었다. 〈추상적 개념에 관한 소설은 실패할 수밖에 없네. 유형적 인물에 대해서가 아니라 살아 있는 인물에 대해 써야만 하네.〉 이러한 충고를 나는 강의 시간에 학생들에게 반복해서 강조했지만, 정작 나 자신은 그러한 충고에 주의를 기울이지 않았던 것이다.

나는 이제 소설이란 실제의 삶 속에서 잉태되어야 한다는 것을 깨달았다. 작가는 등장인물들의 열정이나 고통을 마치 작가 자신의 것인 양 강렬하게 느낄 수 있어야 한다. 그런데 나는 뚜렷한 동기 없이 움직이는 잘못 묘사된 인물들이 계몽적인 사상을 전하는 말들로 내 소설을 가득 채웠던 것이다. 나는 요더 씨의 충고가 옳았다는 것을 인정하게 되었다. 「당신의 소설은 공감을 주지 못합니다.」

나 자신에 대한 환상이 산산이 부서지는 고통 속에서 나는 스스로에 대해 정확한 평가를 내려야 할 의무를 느꼈다. 나는 소설가가 아니었다. 나는 소설가에게 요구되는 통찰력을 가지지 못했다. 내가 가진 것은, 어떤 글이 옳은 글인가에 대한 식별력뿐이었다. 나는 틀림없이 좋지 못한 글을 밝혀 내는 안목은 지니고 있었다. 그래서 내가 할 수 없었던 것을 남들이 할 수 있도록 가르칠 수는 있었다. 『우리 시대의 대담하고 새로운 목소리들』을 쓸 사람이 〈나〉라는 이본의 지적은 옳았다. 왜냐하면 나는 그 목소리들이 공감은 줄 수 있다고 믿었기 때문이었다.

키네틱 출판사의 사정이 좋지 않다는 소문이 나돌기 시작했다. 록랜드 오일은 이득도 없는 골칫거리인 키네틱 출판사를 처분하기 위해 이전보다 더 단호한 입장을 보이면서, 출판사를 구입하려는 데 진지한 관심을 표명한 다섯 회사와 긴급 협상에 들어갔다. 그런데 그 계획의 최종 협상 상대가 독일 대기업인 캐슬사가 될 것이라는 사실이 명백해졌다. 캐슬이라는 회사명은 독일어에서 따온 것이 아니었다. 그 회사는 그들의 상표로 멋진 중세의 성을 택했는데, 이는 그 회사의 소유주가 그들의 미래의 사업이 대부분 미국이나 영국에서 운영될 것을 예상했기 때문이었다. 그래서 그들은 캐슬이라는 눈에 두드러지는 심벌을 계속 사용하였으며, 상상력이 담긴 철자 케이를 덧붙였다. 사업에 종사하는 사람들은 그 이름에 대해 이런 말을 했다. 「그 이름은 잘못 지어진 것이지

만, 그들 런던 지사의 경쟁사 이름인 스파이더보다는 훨씬
좋단 말이야.」

　이본의 성공에 대한 키네틱사의 찬사가 절정에 달해 있었
을 때, 사람들은 그녀가 영광 속에서 행복하게 지내리라 추
측했을 것이다. 그러나 그녀는 전혀 그렇지가 않았다. 어느
날 밤에 그녀는 나에게 상당히 흥분한 상태에서 전화를 했는
데, 다음 주말에 드레스덴에서 나와 요더 씨와 함께 중요한
회합을 가질 수 있겠느냐는 것이었다. 나는 그 당시 요더 씨
에게 상당한 적개심을 품고 있었기 때문에 요더 씨와 만나는
것이 적잖이 불편했지만 그러한 요청을 받아들이지 않을 수
없었다. 「오십시오.」

　우리들이 만났을 때, 그녀는 만나자고 한 자초지종을 바
로 꺼냈다. 「지난번 우리 사장인 맥베인 씨가 저를 부르시더
니 사무실 문을 닫더군요.」

　요더 씨와 내가 어떤 일이 있었는가를 알기 위해 걱정스레
상체를 바싹 기울였을 때, 그녀는 미국의 큰 기업들이 때때
로 어떻게 운영되는가에 대한 어마어마한 내막을 그녀의 독
특한 뉴욕식 말투로 이야기해 주었다. 「제가 앉자마자 그는
이렇게 말했어요. 〈미즈 마멜, 이 회사에서 요즘 떠도는 소문
을 들었을 거요. 내가 굳이 이 소문의 대부분이 단지 소문에
불과하다는 것을 말하지 않아도 되겠지?〉」

　그녀는 계속 말을 이었다. 「제가 말했어요. 〈제가 그런 소
문에 관심이 없다고 하면 거짓말이 되겠지요. 하지만 저는
그것들을 믿지 않아요〉라고요. 그러자 그는 눈살을 찌푸리
고 머리를 애처롭게 흔들며 거의 속삭이듯 말했어요. 〈그런
데 그 소문들은 사실이오. 캐슬사가 우리 출판사를 매입하게
되는가 보오.〉 그래서 제가 물었죠. 〈동의하셨습니까?〉 그는
저를 바보 쳐다보듯 바라보았어요. 〈동의했냐고? 미즈 마멜,

432

당신은 내가 생각했던 것만큼 똑똑하지 않군.〉」

　그녀는 여기에서 잠시 이야기를 머뭇거렸는데, 잊으려고 애썼던 고통스러운 장면이 떠올랐기 때문인 듯했다. 「〈미국의 회사가 당신을 고용하면서 당신에게 동의하느냐고 결코 묻지 않았다는 사실을 잊으셨소? 그들은 단지 당신에게 지시만 하고 당신은 그것에 따랐을 뿐이지요. 그래서 그들이 당신을 해고하고 싶어질 때면 묻지도 않고 해고해 버리지.〉 그러고는 자신의 손가락 마디를 꺾더니 계속 말했어요. 〈그들은 당신이 원하는 것을 제공하지 않아요. 왜냐하면 그들이 당신을 고용했고, 당신은 그들의 장단에 춤을 추었으니까요.〉 그의 얼굴이 창백해진 것을 보고 저는 갑자기 그가 큰 고통을 느끼고 있다는 사실을 깨달았어요. 그 고통은 육체적인 고통이 아니라 영혼을 파고드는 그런 고통일 거예요. 저는 키네틱이 불황이었을 때도 그가 이 출판사의 경영권을 쥐고 있어야 하는 훌륭한 사람이라고 생각했었어요. 경영에 있어서 통찰력과, 편집자와 작가들에 대한 인간적인 대접으로 해서 그는 우리 회사를 다시 상승세로 바꾸어 놓았어요. 거대한 기업에서 볼 때 키네틱이 미미한 존재이긴 하지만, 출판업계에서는 크고 영예로운 위치에 있잖아요.」

　그녀는 그녀의 오랜 지지자였던 사장 편을 들어야만 한다는 것을 깨닫고는 계속 질문을 퍼부은 모양이었다.

　「그렇다면 록랜드 사는 우리들의 동의도 없이 회사를 판다는 건가요?」

　「그렇소.」

　「나쁜 사람들. 그것도 독일놈 기업에게 말이죠?」

　「그렇소. 그들만이 살 만한 능력이 있는 모양이오.」

　「사장님은 그대로 계시게 한대요?」

　「처음에는 항상 그렇게 하겠다고 했지. 그러다가 해고해 버린다고.」

「사장님이 저를 데리고 있도록 허락할까요? 제가 유대인이란 것을 알면서요?」

「모든 유대인을 해고한다면 이 회사를 매입할 가치가 없어진다는 것을 그들은 잘 알고 있소.」

「그러나 사장님도 아시다시피, 사장님 덕분에 저는 지금 상당히 중요한 직책에 있습니다.」

「그들은 그들이 잘 사용하는 단어로 탐정꾼을 늘 원하오. 그런 역할을 당신은 재치 있게 잘하고 있소.」

「진실을 말씀드리자면, 사장님이 이 회사를 떠나신다면 저도 여기서 일하고 싶지 않아요. 확신하건대 대부분의 다른 사람들도 아마…….」

「미즈 마멜, 어떤 일이 있어도 이것은 비밀에 부치시오. 캐슬사도 내가 당신에게 말하는 것을 아주 싫어하오.」

「캐슬사가 싫어한다니! 사장님에게 명령을 하다니 도대체 캐슬사가 뭔데 그러죠?」

「지금부터는 그들이 우리에게 모든 지시를 할 거요.」

그녀는 그때 자신의 눈에서 눈물이 나오더라고 우리에게 말했다. 그녀는 결코 눈물이나 흘리는 그런 여자가 아니었다. 「이것은 수치예요.」 그녀는 엉엉 울었던 모양이었고, 맥베인 씨는 불황 때에도 볼 수 없었던 태도로 단호하게 이런 말을 했다고 한다. 「수치지요. 이 나라의 수많은 중요한 책을 출판한 거대한 미국 출판사가 감자 자루처럼 시장 바닥에 내동댕이쳐지다니 말이오. 대단한 치욕이오. 하지만 나는 이 거래를 막을 힘이 없어요. 록랜드사는 우리를 해고하라고 주장한다더군요. 그러나 나는 이미 새 주인이 될 사람과 만났어요.」

우리의 장래가 키네틱사의 운명에 달려 있었기 때문에 요더 씨와 나는 누가 새 주인이 될 것인가에 지대한 관심을 가지고 있었다. 내가 물었다. 「어쩌면 새 주인이 독일인이 아닐 수도 있잖습니까?」 그녀는 천천히 고개를 저었다. 「맥베인 사장이 말했어요. 우리의 새 주인이 될 루트비히 루덴베르크는 함부르크 출신이긴 하지만 옥스퍼드 대학에서 수학했대요. 〈우리들보다 영어가 더 유창하오. 루덴베르크 씨는 나와 나의 고위 측근들은 남게 될 거라는 확신을 주었소. 왜냐하면 그는 우리의 전문 지식이 필요하다는 것을 알기 때문이지.〉 이렇게 말씀하시더군요.」

그때 이본은 말을 멈추고 차를 주문해 달라고 나에게 부탁했다. 차가 도착하자 그녀는 영국 여주인처럼 차를 부었다. 마음을 단단히 먹고, 그녀는 추한 이야기를 꺼내기 시작했다. 「맥베인 사장은 저에게 만약 키네틱사가 독일인 회사로 넘어간다면 우리 출판사의 중요한 작가들이 그들의 계약을 취소할 것인지의 여부를 캐슬사가 알았으면 한다고 하더군요. 물론 이 문제는 미묘한 사안이니 신중히 다루어져야 한다면서요. 그리고 중요한 작가의 명단에 두 분과 툴이 들어 있다고 하더군요.」

「당신은 뭐라고 했습니까?」 요더 씨가 묻자 그녀가 대답했다. 「저는 의자를 박차고 일어나, 맥베인 사장 사무실에서 펄펄 날뛰면서 말했어요. 〈외국인 구매자를 돕기 위해 제가 제 작가들을 염탐할 순 없어요. 신이여, 그들 모두에게 자비를 베푸소서. 작가는 신성한 상품이에요. 제가 그런 사실을 성심성의를 다해 믿고 있기 때문에 그들이 제 곁에 머무는 거예요, 존.〉 그때 저는 처음으로 그의 이름을 불렀어요. 〈저에게 더 이상 묻지 마세요. 만약 제가 그런 질문에 대답한다면 제 얼굴에 침 뱉는 꼴이죠.〉」

그때 내가 이본에게 물었다. 「맥베인 사장이 그 말에 뭐라

하던가요?」 그녀는 말했다. 「그는 제가 분노를 쏟아 내는 동안 묵묵히 듣고 있더니 다음과 같이 말했어요. 〈알아 두어야 할 것은 아직 거래가 공식적으로 체결된 것이 아니라는 사실이오. 그러나 그 거래가 분명 성사될 테고, 그렇다면 조용히 진행되었으면 하오. 몇 년 전 어느 큰 출판사에서 마음에 맞지 않는 거래가 이루어졌다고 많은 훌륭한 작가들이 그 출판사를 떠나겠다고 했던 그런 불행한 사건이 재발되지 않기를 모두가 바라고 있소. 결국 그 거래는 중단되었지. 그래서 그 독일인들은 누가 회사에 남고 누가 떠날 것인가를 아는 것이 중요하다고 생각하오. 만약 당신이 내게 대답해 주지 않는다면, 나는 추측할 수밖에 없소. 그러나 그 추측이 빗나가면 책임은 내가 져야 하는 거요.〉」

이본은 말을 중단하더니 코를 풀고 나서 실토하였다. 「정말 참을 수 없는 순간이었어요. 원칙적으로 제가 누가 그만둘 것인가에 대해 답변하는 것을 거절했을 때, 사장은 저의 모든 작가들의 명단을 내놓으며, 한 명씩 남을 것인지 떠날 것인지를 물어보기 시작했어요. 배신자의 역할을 하는 것에 두려운 생각이 들어 저는 일절 말을 하지 않았어요. 그저 남을 것 같은 사람에 대해서는 고개를 끄덕이고, 그만둘 것 같은 사람들에 대해서는 고개를 가로저었을 뿐이에요.」

요더 씨가 물었다. 「우리의 이름이 나왔을 때는요?」 그녀는 솔직히 대답했다. 「젊은 이상가인 툴은 아마 나갈 것이라고 말했지요. 그리고 독일인이고 좀 더 연장자인 루카스는 아마 남을 것이라고 말했어요. 당신, 스트라이버트 씨는 어떻게 행동할지 몰랐을 뿐만 아니라, 당신이 지금 제게 묻는다면 어떻게 충고해야 할지 잘 모르겠어요.」

내가 물었다. 「왜 그렇게 생각하셨지요?」 이본은 대답했다. 「당신은 작가로서의 경력이 어중간하잖아요. 당신이 하

436

는 다음번 일이 매우 중요해요.」 그녀는 말을 멈추고 나를 보더니 미소를 지었다. 「저의 경우도 마찬가지예요. 저도 앞으로 무엇을 해야 할지 모르겠어요.」

놀랍게도 요더 씨가 나섰다. 「미즈 마멜, 당신이 키네틱사를 그만두는 날 나도 당신과 함께 떠나겠습니다. 만약 내가 당신을 잃는다면 나는 폭풍우 속에 내버려진 어린양과 같은 신세일 겁니다.」 그리고 그녀가 대답하기 전에 나도 한마디 덧붙였다. 「저도 요더 씨와 함께 문을 나설 겁니다.」

그녀는 우리에게 키스를 한 후 말했다. 「저는 자기 현시적인 제스처는 하지 말아야 한다는 교훈을 얻었어요. 아직 우리에겐 일주일의 시간이 남아 있어요. 그러나 최악의 상태가 발생한다면, 우리는 새로운 주인의 이름을 똑똑히 알아야 해요. 첫 글자가 케이로 시작하는 캐슬이라는 걸 말이에요.」

1989년의 가을 학기에 나는 뉴욕에 있는 키네틱 출판사의 경영권 이전 문제에 대해 더 이상 관심을 기울일 수가 없었다. 왜냐면 나의 창작 수업을 수강하는 두 학생들에게 관심을 쏟아야 했기 때문이다. 물론 여타 유명 대학들과 마찬가지로 메클렌버그 대학도 매 학기 말에 학생들에게 교수들을 평가하는 질의서를 배부해 주었다. 티모시 툴에 대한 첫해 학기 말에 조사된 질의서의 결과는 너무 훌륭했다. 학장은 나를 불러서 말했다. 「스트라이버트 교수, 당신은 아주 유망한 젊은이를 뽑은 것 같소.」 그리고 학장은 나에게 질의서의 결과를 보여 주었다. 아주 우수하다는 평가가 나와 있었다. 툴을 조교로 선택한 나의 판단이 인정된 셈이다. 그러나 학장은 내가 툴이 이 대학을 떠나지 않았으면 하고 바라고 있기 때문에 간과하고 있는 사실에 대해 주의를 환기시키는 말을 했다. 「만약 그가 이 대학에 남기를 원한다면 더 나이가

들기 전에, 그리고 전문적인 창작의 부담이 덜할 때, 박사 학위를 취득해야 한다고 당신은 툴에게 충고하셔야 합니다. 당신의 경우도 박사 학위를 받기 위해 이 대학을 떠나지 않았다면 당신의 인생은 아주 달라졌을 것이라는 사실을 새삼 말할 필요는 없겠지요. 툴이 학위 취득을 하도록 자극을 주세요.」 그러나 내가 툴에 대한 학생들의 평가가 얼마나 자랑스러웠던가를 알리러 툴에게 갔을 때, 툴의 연구실에 있던 한 학생이 말했다. 「툴 선생님은 프린스턴 대학에서 개최하는 세미나에 참석하러 가서서 안 계신데요.」 나는 그 말에 희비가 엇갈리는 씁쓸한 미소를 지어 보였다. 나는 툴에 대해 매우 자랑스럽게 생각했다. 그러나 작년까지 그러한 세미나에 초청을 받았던 것은 나였다. 그런데 올해는 여러 대학에서 나에게는 세미나 초청장들을 보내지 않았던 것이다.

나를 사로잡았던 두 번째 문제는 제니 소어킨이라는 폭발성 어뢰와도 같은 문제의 여학생이 나의 창작 수업을 수강하기 시작하면서부터 비롯되었다.

9월 중순경 어느 날 나는 연구실에 앉아 있었다. 그때 20대 초반의 한 여자가 무례하게 꽝 소리를 내며 연구실로 들어서는 것이 아닌가. 그녀는 티셔츠를 입고 있었는데 거기에는 다음과 같이 진홍색으로 새겨진 문구가 있었다. 〈그냥 거기에 서 있지 말고 무언가 해주세요.〉 그녀는 황갈색의 머리를 뒤로 묶어 아래로 늘어뜨린 모양을 하고 있었고, 다 해진 청바지를 입고 있었다. 그리고 해군들이 신는 전투화를 신고 있었다. 내가 묻기도 전에 그녀는 자신의 이름을 밝혔다. 스무 살에 브랜다이스 대학을 졸업했고, 버클리에서 대학원을 마쳤으며, 오클라호마에 있는 한 대중식당에서 여급으로 얼마 동안 일한 적이 있고, 작년에는 아이오와 대학의 작가 워크숍에 참여했다고 자신을 소개했다.

그녀의 외모와 대담성에 놀라 나는 물었다. 「어떻게 이 대학을 알게 되었어요?」 그녀는 아부하듯 나에게 말했다. 「어떤 지역에서는 교수님을 상당히 높이 평가합니다. 교수님의 소설 『텅 빈 물탱크』는 캘리포니아와 아이오와 지역의 일부 독자들에게는 대단한 호소력을 지니고 있어요. 그래서 저는 교수님께 보여 드리려고 저의 완성된 소설을 가져왔어요. 저는 선생님을 요즘의 문학 스승으로 생각합니다.」 이렇게 말하고 난 후 그녀는 상자에 담긴 원고 뭉치를 책상에 꺼내 놓았다. 원고 뭉치는 그것을 쓴 저자보다는 훨씬 단정해 보였다.

처음 본 젊은 여성의 진지함과 능력을 짧은 시간에 평가할 수 없어서 나는 말했다. 「좋아요. 오늘 밤에 읽어 보겠소. 내일 이맘때에 다시 와서 이야기하도록 합시다.」

그날 밤은 잘 지나갔다. 〈빅 식스〉라는 제목의 그녀의 소설은 제목처럼 여섯 장으로 구성되어 있었으며, 각 장은 그녀 자신일 수도 있는 오클라호마 출신의 한 시골 처녀가 겪는 모험담을 담고 있었다. 그 소설의 여주인공은 〈빅 식스〉라고 명명되는, 이제는 〈빅 에이트〉가 된 서부 지역 대학들의 축구 영웅들이 던지는 온갖 유혹을 뿌리치는 인물로 그려져 있었다. 〈빅 에이트〉는 오클라호마 대학, 네브래스카 대학, 캔자스 대학, 콜로라도 대학, 미주리 대학, 오클라호마 주립 대학, 캔자스 주립 대학, 아이오와 주립 대학을 지칭했다.

나는 세 에피소드를 읽었는데, 첫 번째는 오클라호마 주립 대 출신의 전례 없는 흉한에 대한 내용이었고, 두 번째는 네브래스카 대 출신의 전미 보이스카우트 대원에 대한 것이고, 세 번째는 축구 영웅이 될지 시인이 될지, 아직 마음의 결정을 못 하고 있는 쾌활한 인물에 대한 이야기였다. 에피소드가 진행됨에 따라 여주인공은 그녀의 애인들에게서 지속적으로 괴롭힘을 당하지만 끝내 그들을 이겨 내는, 최근의 소설에 자주 등장하는 그런 매우 사랑스러우면서도 당찬 아가 씨로 변화하였다. 제니 소어킨은 글을 쓸 줄 아는 여자였다. 잠자리에 들 때 나는 오클라호마, 캔자스, 그리고 콜로라도 대학 출신의 인물들은 어떻게 묘사하고 있는가를 조사할 시간이 없음을 아쉬워하였다.

다음 날 오후, 그녀가 내 연구실로 거침없이 들어왔을 때, 그녀의 여주인공이 서부 대학들에 너무 편중되어 있는 반면, 그녀는 자신이 창조한 여주인공의 역할을 이곳 동부 대학에서 자기 자신이 직접 해보려고 한다는 느낌을 받았다. 왜냐면 그녀가 새로 입고 온 티셔츠에는 이렇게 씌어 있었기 때문이다. 〈내가 추구하는 것은 의미 있는 하룻밤의 관계예요.〉 나는 당황하여 말했다. 「자네의 걸어다니는 게시판을 보니 겁탈당하기를 원하는 젊은 여자 같군.」 그러자 그녀는 웃으면서 말했다. 「잘 이해하시는군요.」 순간 나는 나의 신분이 교수라는 사실을 상기하며 그녀에게 상자에 든 소설을 건네주었다. 「소어킨 양, 진짜 훌륭한 소설이네.」 그러자 그녀의 장난기 어린 얼굴에는 떠오르는 만월처럼 환한 미소가 피어났다. 「저는 교수님께서 제 소설이 너무 오클라호마라는 지역성이 강하다고 하실까 봐 겁이 났었어요.」

「특정 지역을 다뤘다 해서 문제될 것은 없어. 스타인벡도 오클라호마를 아주 잘 다루었잖아.」

「물론 그렇지만 그는 등장인물들을 거기에서 재빨리 캘리포니아라는 현실 세계로 옮겼잖아요.」

「자네도 역시 서부 평원을 소재로 글을 잘 썼더구먼.」

「그러면 저를 지도 학생으로 받아 주시는 거예요?」

「만약 자네가 다른 대학으로 가겠다면 이곳의 문을 다 닫아 버리겠네.」 나는 그렇게 말하며 그녀의 원고를 되돌려 받았다.

「오늘 밤에 다 읽어 보지. 그리고 내일은 자네를 위한 계획도 한번 세워 보겠네.」

「제가 등록해도 된다는 말씀이신가요?」

「그러면 자네는 입학 허가도 받지 않고 내게 왔단 말인가?」

「돈을 낭비하기 싫어서요. 만약 교수님께서 안 된다고 하시면 저는 밤차로 아이오와로 돌아갈 작정이었어요.」

그 후 두 주일 동안은 그녀를 거의 볼 수 없었지만 그녀의 대담한 행동에 관한 재미있는 이야기들이 나돌기 시작했다. 그녀는 착실한 메클렌버그 대학의 학생들에게 유대인 방언으로 터무니없는 이야기를 하는 데 재미를 느끼고 있었다. 그리고 독실한 루터파 학생들에게도 종교적인 풍자로 충격을 던지는 데 즐거움을 느끼고 있었다. 「성모 마리아가 예수를 무엇이라고 불렀을까?」「내 아들입니다. 라비 님. 아주 착한 아이죠.」「성모 마리아가 예수에게 무엇을 말했을까?」「닭죽 먹어라. 맛있을 거다.」

학기 초 몇 주일 동안 그녀를 거의 볼 수 없었다. 그러나 나는 새로 수강하는 학생들이 지원서와 함께 제출해야 하는 세 편의 소설들 중에서 그녀의 것을 찾아 읽어 보았다. 그 세 편의 소설이 쾌활하고 엉뚱한 이 젊은 여학생에 대한 나의 첫인상을 다시 한 번 확인시켜 주었다. 그녀는 글을 쓸 줄 아는 재능이 있었다. 며칠 후 내가 글쓰는 일로 미즈 마멜에게 전화를 해야 했을 때 그녀에게 말했다. 「이본, 또 한 편의 소설을 쓸 수 있게 용기를 주셔서 감사합니다. 당신이 제시해 주셨던 총명한 젊은 작가들에 관한 비평적 에세이는 지금 착착 진행 중입니다. 이번엔 잘 되겠지요. 성공해야 합니다.」

「칼, 그렇게 말씀하시다니 참 기뻐요.」

「그런데 그것보다 더 좋은 일은 제가 당신에게 진짜 훌륭한 젊은 작가를 추천하고 싶습니다. 이번에는 여성 작가입니다. 이름은 제니 소어킨이라고 하는데 브랜다이스 대학을 우등으로 졸업하고, 아이오와 대학에서 장학생으로 공부를 하다가 우리 계획에 호감을 느껴 최근에 메클렌버그 대학으로 옮겨왔다고 합니다.」

「훌륭한 것 같으세요?」

「대단히 훌륭합니다.」

「어떻게 그렇게 단언할 수 있어요? 최근에 알게 된 학생이라고 하셨잖아요.」

「맞습니다. 그러나 완성된 원고를 가져왔어요. 이본, 놀랄 만해요.」

「어떤 거예요?」

「책 제목을 서부에 있는 미식 축구 연맹의 이름을 따서 『빅식스』라고 붙였어요.」

「몇 살이죠?」

「스물셋입니다.」

「그런 풋내기가 당신이 묘사한 것과 같은 소설을 어떻게 쓸 수 있지요?」

「어떻게요? 물론 그러시겠죠. 당신이 그녀를 만나게 되면, 누군가가 그녀를 위해 대신 쓴 것이라고 생각하실 겁니다. 큰 키에, 갈대처럼 마르고, 뒤에서 묶어 늘어뜨린 머리, 무례한 태도……. 어떤 남자라도 눈길을 주지 않을 여자라고 당신은 믿어 의심치 않을 겁니다. 그러나 저에게 제출한 그녀의 단편소설은 너무 훌륭해요. 이미 저는 작은 잡지사에 그녀의 소설을 게재하라고 설득도 했습니다. 그녀는 특유의 떠들썩한 언어로 제2의 티모시 툴이 될 수 있을 겁니다.」

「그럼, 그녀를 만나 보는 것이 좋겠군요.」 그래서 이본은 그렌즐러 8부작의 마지막 소설로 펜실베이니아에 거주하는 독일인들이 어떻게 그들의 땅을 남용했는가에 대한 소름끼치는 이야기를 담고 있는 새로 출판될 책의 개요에 대해 루카스 요더 씨와 상의하러 오는 김에 엠마에게 부탁을 해서 토요일 오후 요더 씨의 농장에서 있을 티파티에 제니를 초대하겠다고 했다.

내가 그녀에게 그녀의 확고한 원칙인 〈같은 장소에서 두 작가와 함께 대화를 나누지 말 것〉을 상기시켜 주었을 때 그녀는 웃으며 말했다. 「당신의 기억력은 훌륭해요, 칼. 하지만 이번은 경우가 다르다고 생각되는데요. 왜냐면 당신이 그녀의 선생이니까요. 당신도 꼭 참석하여야 합니다.」

「미안합니다. 저는 그날 오후에 필라델피아 템플 대학에서 개최되는 모임에 초대를 받았습니다.」 그리고 전화를 끊으면서 생각했다. 야한 문구가 있는 티셔츠를 걸친 자유분방한 제니 소어킨과 학교 선생님 같은 자그마한 엠마 요더의 만남은 정말 대단한 일이 될 것 같았다. 그 순간을 못 보게 되다니, 몹시 아쉬울 뿐이었다.

금요일 저녁 이본이 드레스덴 차이나에 도착했을 때, 그녀는 티파티를 취소시켜야겠다는 예감이 들어 엠마 요더와 제니 소어킨에게 전화를 걸려고 했다. 제니에게는 만나고 싶으면 호텔로 오든지 아니면 캠퍼스 어느 곳을 정하라고 할 참이었다. 그러나 그 생각도 여의치 않았다. 왜냐하면 그녀는 제니가 어디에 살고 있는지 모르기 때문이었다. 나는 그때 필라델피아에 있었는데, 최근 미국 소설에 관한 세미나를 그곳에서 주관하여야 했으며, 나를 혹평하기 위해 칼을 갈고 있는 고어 바이덜, 허만 워욱, 리언 유리스, 그리고 존 치버의 열렬한 지지자들과 맞서야 했다.

내가 메클렌버그 대학으로 돌아왔을 때 나는 숨도 쉬지 않고 낄낄거리며 이야기하는 네 교수 부인들로부터 교수들의 파티 석상에서 제니 소어킨이 벌인 한바탕 소동에 대한 자세한 이야기를 듣게 되었다. 그 순간 나는 템플 대에 가 있었던 것이 다행이라고 생각했다. 이본은 요더 씨의 농장에 도착해서 엠마가 소어킨 양을 수소문해서 티파티에 초대했다는 사실을 알았다.

초대된 교수 부인들은 일찍 도착해서 대학 구내를 휘젓고 다니는 경망한 유대인 여학생에 대해 이야기를 주고받고 있었다. 한 부인이 말했다. 「그녀는 우리 동부가 무능하다고 경멸하는 서부의 선동자예요.」 그러자 다른 부인이 말했다. 「그녀는 서부 출신이 아니라 브루클린 출신으로 브랜다이스 대학에서 공부했고, 안목을 더 넓히기 위해 아이오와로 갔던 거예요.」 엠마가 물었다. 「그런데 왜 이런 외진 학교로 오게 되었지요?」 어느 교수 부인이 설명했다. 「제가 그 질문을 그녀에게 했더니 글쎄, 버클리 대에서 급진주의자들을 조사하기 위해 한 학기를 보냈고, 이제는 보수주의자들을 연구하기 위해 여기에 왔다고 대답하더군요.」

어느 작가든 작가들을 옹호해야겠다고 느낀 이본이 물었다. 「누가 그녀를 만나 보았나요?」 엠마가 대답했다. 「내가 만났었어요. 브린마 대학에서 알고 지내던 어떤 여학생을 떠올리게 했어요. 그녀는 목욕을 거의 하지 않는 타입 같았어요.」 그때 이본은 등골을 타고 내리는 전율을 느꼈다.

약 4시쯤 요더 씨의 농장에 모인 교수 부인들은 팔다리가 껑충하고, 키가 큰 여자가 길을 따라 걸어오는 것을 보았다. 이본은 더 자세히 볼 수가 있었다. 단정치 못한 머리, 끝이 고르지 않은 헐렁한 치마, 짙은 검은색 글자가 새겨진 티셔츠를 입은 여자였다. 루카스는 문을 열고 그 젊은 여자에게 짤막하게, 그리고 엄숙히 말했다. 「그런 복장을 하고는 이곳에 들어올 수 없습니다.」 그러고는 문을 꽝 닫아 버렸다. 그러나 다행히도 그녀가 타고 온 차의 운전사가 이곳이 바로 요더 씨의 농장이구나 하고 여기저기 살펴보느라고 잠시 머뭇거렸기 때문에 그녀는 다시 그 차를 탈 수가 있었다. 그녀가 막 차에 오르려고 했을 때 거칠게 문전 박대한 사실이 너무 야박했다고 느꼈는지 요더 씨가 문을 열고 소리쳤다. 「옷을 점잖게 입고 오면 환영받을 겁니다.」

부인들이 물었다. 「그녀의 복장에 무슨 잘못된 거라도 있었나요?」 요더 씨는 얼굴을 붉히며 말했다. 「그녀의 가슴 위에 굵은 글씨체로 〈저를 능욕해 줘요〉라고 씌어 있었습니다. 그것보다 더 추한 것도 있었습니다.」

이본이 달래면서 말했다. 「루카스, 선생님이 아시다시피 우리들은 성인이에요.」 루카스가 말했다. 「분위기를 깨뜨려서 죄송합니다. 미즈 마멜, 하지만 나는 우리가 그녀를 다시 만나지 않기를 바랄 뿐이오. 아마 그것이 좋을 듯합니다. 그녀는 이곳 분위기에는 어울리지 않는 여자 같습니다.」

그러나 요더 씨의 그러한 희망은 빗나갔다. 왜냐하면 요더 씨가 그런 말을 하고 있을 동안에, 차는 시속 70마일로 달려 반제 호수의 북단 끝을 지나 요더 씨의 현관 앞에 다시 돌아와 있었다. 소어킨은 정중히 현관문을 두드리고는 그녀를 태워 준 기사에게 소리쳤다. 「다시 쫓겨나게 될지 모르니 기다리세요.」

그녀는 이번에는 집 안으로 들어갈 수 있었다. 루카스보다 엠마가 먼저 문을 열기 위해 현관으로 갔기 때문이다. 젊은 숙녀에게 들어오라고 하던 엠마는 갑자기 웃음을 터뜨렸다. 왜냐하면 이번에는 그녀의 가슴 위에 〈겁탈할 경우 이쪽을 올려 주세요〉라고 적혀 있었기 때문이었다. 이본은 후에 나에게 말했다. 「저는 그 글귀를 보고 처음에는 낄낄거리다가 나중에는 깔깔 웃었는데, 루카스는 화가 나서 그녀와 악수도 하지 않았어요.」

엠마가 제니와 교수 부인들에게 루카스와 그녀의 연애 시절 애기를 들려주자 루카스는 더욱 당혹해했다. 「먼 거리는 아니었지만 남편은 나를 만나기 위해 브린마 대학에 왔었어요. 그런데 남편은 어쩌다 자신이 펜실베이니아와 바사 대학, 그리고 마운트 홀요크 대학에서 온 여학생들 사이에 있다는 것을 알게 되었지요. 아마 그곳에는 스미스 대학 여학생들도 있었을 거예요. 내가 기억하기로 그 모임은 여성들의 권리를 위한 집회였어요. 그리고 루카스와 내가 캠퍼스 내에 있는 작은 숲을 거닐고 있을 때, 우리는 우리도 모르게 많은 방문객들이 있는 곳으로 다가가게 되었어요. 그때 그들은 바사 대학의 교가를 부르고 있었는데 반복적인 운율의 가사가 아직도 생각이 나는군요.

〈오월의 첫째 날, 오월의 첫째 날!
밖에서는 성교가 시작되고 있네.
후레이, 후레이, 후레이, 후레이!〉」

다른 사람들이 킬킬거리며 웃자 엠마는 제니 소어킨에게 말했다. 「물론 그때 그들은 더 저속한 말로 노래를 했었어요. 아까 루카스가 말해 주던데 당신이 첫 번째 입고 온 티셔츠에 적혀 있던 그런 말들이었죠.」

이본이 물었다. 「그래서요? 무슨 일 있었어요?」 엠마는 대답했다. 「여러분이 추측하신 대로 그때 루카스는 상당히 모욕감을 느꼈어요. 그는 타 대학에서 온 여학생들이 자기를 주시하고 있다는 사실을 알고는 나를 그 자리에 내버려 둔 채 줄행랑을 쳐버렸지요.」 그리고 잠시 생각을 하더니 다시 말을 이었다. 「루카스, 만약 당신이 섹스에 대해 그렇게 수줍어하지 않았다면, 당신의 소설은 보다 더 현대적인 활력을 가질 수 있었을 거라고 전 항상 생각했어요.」 그때 여전히 수줍음을 타는 요더 씨는 쿡쿡대는 부인들을 피해 자리를 옮겨 버렸다.

차 마실 시간이 되었을 때 엠마가 말했다. 「루카스를 다시 불러올게요.」 어색한 표정으로 다시 들어선 요더 씨는 제니 소어킨의 가슴을 슬쩍 보고는 갑자기 웃음을 터뜨렸다. 「저 글귀는 내가 본 것 중에 가장 역겹네요. 왜 그런 옷을 입고 다니는지 물어도 될까요?」

「아이들은 이 글귀를 〈장벽을 깨는 것〉이라고 부르죠. 계집애들의 유일한 관심사는 남자들의 시선을 끌어 같이 대화를 나누는 거예요. 이런 옷을 입어 그렇게만 된다면 무슨 상관이냐는 거죠.」

루카스가 말했다. 「그러나 당신은 이제 계집애가 아니잖소?」

「여자들은 남자를 유혹하기 전까지는 습관과 사고에서 계집애에 불과해요.」

요더 씨는 작가가 되려는 이 이상한 젊은 여자에게 갑자기 관심을 가지면서 물었다. 「당신은 그것이 그렇게 중요하다고 생각합니까?」

「제가 뭐라 설명을 드릴 수 없을 만큼 아주 중요하죠. 남자를 유혹하는 것이 아니라 남자가 유혹하도록 하는 거죠.」

「당신이 쓰려는 책도 미식축구 선수들이 여자를 유혹하는 이야기로 되어 있나요?」

「요더 선생님, 저의 소설의 가장 훌륭한 부분은 당신과는 전혀 다른 인물을 다룬다는 점인 것 같아요. 저의 아버지일 수도 있고, 축구광일 수도 있고, 완전히 얼빠진 남자일 수도 있는 인물 말이에요.」

이본 쪽으로 몸을 돌리며 요더 씨가 물었다. 「당신은 이 말

괄량이 처녀를 작가로 만들 수 있겠습니까?」그녀가 대답했다.「발휘될 수 있는 잠재적인 가능성만 존재한다면 저는 어떤 작가와도 관계를 유지할 수 있어요. 완전히 정체되어 발전 가능성이 없다면 모르겠지만요.」이본은 소어킨을 인정하듯이 바라보면서 말했다.「만약 그녀가 협조만 해준다면, 저는 그녀를 작가로 만들 수 있다고 생각해요.」

「협조라니요? 만약 당신이 저에게 한마디라도 해주기만 한다면, 전 모든 걸 다시 쓸 수도 있어요.」제니는 잠시 호흡을 가다듬더니 계속 말했다.「그렇지만 당신은 아직 아무 말도 하지 않으셨잖아요, 안 그래요?」이본이 고개를 가로 저으며 수긍을 하자 소어킨이 나직한 목소리로 물었다.「저의 원고를 봐 주시겠습니까?」그러자 이본은 고개를 끄덕였다.

엠마 요더 집에서 있었던 떠들썩한 티파티에 내가 참석하지 못하겠다고 내세운 이유는 사실이었다. 템플 대학에서 세미나가 있긴 있었다. 그러나 모두가 진실은 아니었다. 내가 거기에 간 주목적은 세 학장으로 구성된 위원회와의 면담을 하기 위해서였다. 그러나 그들과 나는 이런 사실이 알려지기를 원하지 않았었다.

거기서 있었던 일은 이러했다. 나는 사회 커뮤니케이션 대학원인가 하는 곳의 멘델 아이스코비치 학장으로부터 놀랄 만한 내용이 담긴 편지를 받았었다.

귀하의 여러 강좌를 수강하고, 귀하의 대학원 실적과 학문적 재능을 신봉하는 우리 대학교수들이 나에게 이런 건의를 했습니다. 우리 템플 대학에서 개발 중인 프로그램에 귀하께서 참여하여 주신다면 커다란 도움이 되겠다는 내용이었습니다.

우리 대학의 아래쪽 브로드 가에 있는 『필라델피아 인

콰이어러』지에 근무하는 월터 애넌버그 씨의 예기치 않은 큰 규모의 보조금과 타 도시 실업가들로부터 두 번에 걸쳐 기금을 받은 덕택으로 우리는 활발한 교육적 모험에 기존의 평판 있는 세 명의 새로운 교수진을 확보할 수 있게 되었습니다. 상호간의 이득이 될 수 있는 가능성을 타진하기 위해 우리 학장들과 면담할 용의가 없으신지요?

나는 메클렌버그 대학을 떠나고 싶지 않았다. 그리고 복잡하고 떠들썩한 도시의 한가운데에 위치한 템플 대학에서 강의를 한다는 것은 상상할 수도 없는 일이었다. 그러나 나는 아이스코비치 학장에게 정중하게 답장을 해야 했다. 나는 편지로 나의 현 지위에 만족하고 있다는 것을 분명히 했지만, 템플 대학의 세 학장들이 앨런타운 호텔에서 나를 만나기 위해 북쪽으로 40마일 남짓 차를 몰고 왔다. 지극히 대학 사회에서나 있을 법한 일이었다. 나는 그들의 정중한 태도와 내 전문 분야에 대한 해박한 지식에 놀랐다. 사실 그들은 템플 대학으로 옮김으로써 얻게 될 여러 가지 지적, 사회적 성취감을 너무나 매력적으로 설명했고, 또 내가 관심을 갖는 학교의 기금도 너무 확실한 것이어서, 자신들의 프로그램에 나를 합류시키려는 그들의 정중한 제안을 일언지하에 거절하기가 어려웠다. 내가 예의상 제안한 것은 주말에 세미나를 개최한다는 핑계로 템플 대학을 한번 방문해 보겠다는 것뿐이었다. 그들이 내게 약속했던 것이 확실한 지위이기는 했지만, 큰 도시에 있는 종합대학이 너무 낯설어서 헤어질 때 나는 이런 말밖에 못 하였다. 「저는 이런 굉장한 초청에 대해 숙고할 시간적 여유가 필요합니다.」 사실 초청에 응하지 않겠다는 대답을 하는 데는 몇 분 정도면 족하다는 것을 나는 알고 있었다. 우리가 헤어질 때, 노스 캘리포니아, 위스콘신, 그리고 하버드 대학에서 학위를 받은 젊은 학장인 아이스코비치는 다음과 같이 말했다. 「스트라이버트 교수, 우리의 초청을 가볍게 생각하지 마시오. 당신은 남은 학문적 경력 동안에 당신과 함께 성장할 수 있는 큰일과 씨름해야 할 나이입니다. 당신은 이제 마흔입니다. 당신에게는 정년 퇴직까지 25년이란 시간이 있습니다. 그 기간을 중요하게 생각하셔야 합니다.」

1989년의 나머지 기간은 우리 모두에게 떠들썩하고 슬픈 일도 있었지만 보람 있는 일도 있었다. 제니 소어킨은 두 곳에서 문학 수업을 받았다. 이곳 대학에서 그녀는 나와 함께 그녀의 구문을 더 명확하고 간결하게 수정하려고 노력하였고, 뉴욕에서는 이본으로부터 냉혹할 정도로 예술적 깊이를 요구받았다.

나는 제니와 이본이 정기적으로 만나는 곳에 한 번 참석한 적이 있었다. 이본은 맹인이라도 알아볼 정도로 제니의 소설에 등장하는 여섯 명의 인물을 모든 점에서 개별화시키길 원했다. 그러나 이본은 그녀의 작가들 각각에 관심 갖는 시간을 제한하였다. 「맥스웰 퍼킨스처럼 편집을 할 수 있는 시대는 지났어요. 제가 잘못된 부분을 지적할 테니 그것을 수정하세요.」

「명확히 지적해 주세요, 이본. 무엇이 잘못되었나요?」

제니를 조용하게 쳐다보며 이본이 말했다. 「두 번째 베스트셀러가 나오기 전까지는 나를 미즈 마멜이라고 불러 줬으면 더 좋겠군요.」 그러고 나서 그녀는 미소를 지었다.

「죄송해요. 제가 동부에 다시 온 것도 그런 것을 배우기 위해서였어요.」

「우리는……」 이본이 우리라는 대명사를 사용한 것은, 이미 그녀가 제니의 원고를 그녀 자신의 것으로 채택했음을 의미하는 것이며, 그 원고가 출판될 때까지 성심성의를 다하겠다는 표시였다. 「우리는 여섯 명에 대한 훌륭한 인물 묘사가 필요해요. 재미있고, 인간적이고, 화가 나고, 거만하고, 그리고 힘찬 묘사. 아버지와 그의 기괴한 짓들에 대한 묘사는 완벽해요. 왜 그런지 알겠죠? 당신이 그분을 잘 알기 때문이죠. 하지만 다섯 미식축구 선수들에 대해서는 잘 알고 있다는 느낌을 받을 수가 없어요. 미주리 출신의 시인? 그 사람은 괜찮은 것 같아요.」

어느 날 점심 식사 때 이본은 제니에게 물었다. 「제니 양, 빅 식스 중의 하나와 잠자리를 같이 해본 적이 있나요?」

「저는 축구 선수들은 피했어요.」

「작품 속에서 그들을 모호하게 묘사하는 것이 문제점이에요. 그들을 영웅들로 만들려고 하지만, 그 속에 마음을 담지 못하고 있어요. 영웅이라는 허상을 벗겨 버리고, 생물 시간에 다루던 곤충들인 양 그들을 공책에 핀으로 꽂으세요. 그리고 그들을 또렷하게 묘사해야 합니다.」

제니는 수정받는 데 싫증이 나거나 두 선생에게 명확한 지시가 없을 때마다 내가 대학원 학생들과의 일상적인 모임에서 말했던 것을 기억했다. 〈수강생이 많은 큰 강의실의 대부분 학생들이 작가가 되지 못한다는 것은 슬픈 일이다.〉 그녀는 그런 부류 중의 하나가 되지 않으리라고 결심한 듯했다. 어느 날 아침, 오클라호마 주립대 출신의 한 인물에 대한 묘사에 골몰한 후, 마침내 밤 2시에 그 인물에 대한 성격 묘사를 완성하고는 이본에게 전화로 환성을 지르며 말했다. 「선생님과 제가 원하는 방식으로 묘사하기 위해 일곱 장을 다시 고쳐 썼어요. 참 기분이 좋아요. 어색한 게 모두 사라졌고, 단지 근육과 음악과 의미만 남게 됐어요.」

이본이 말했다. 「이제 프로 작가가 되기 시작한 거예요.」

한편 티모시에 관해 말하자면, 그는 너무 화려하게 작가로서 출발했으며, 내가 창작 강의에 나의 조교가 되도록 추천까지 해주었다. 그러나 만약 내가 템플 대학으로 자리를 옮긴다면 과연 그가 창작과를 이끌어 나갈 수 있는지에 대해서는 의심이 갔다. 그는 지속적인 행정 업무에 요구되는 인내력이 부족한 듯 보였으며, 이러한 점이 내가 판단 내리기에 어려운 점이었다. 비록 그를 현재의 위치로 추천한 것도 나였고, 노교수들이 스물한 살이면 너무 어리다고 불만을 터뜨려도 그를 옹호한 것도 나였지만, 그를 나의 후임자로 생각하기에는 부족함이 많아 보였다. 그러나 어느 날 내가 서류를 가지러 가면서 무심결에 그가 강의하는 것을 보게 되었다. 그 순간 나는 깜짝 놀라지 않을 수 없었다. 젊긴 했지만 그가 학생들과 아주 쉽게, 그리고 정확히 호흡을 맞추는 것을 보고 나는 그러한 그의 재능이 천부적이란 느낌을 받으며 발걸음을 옮겼다. 그는 나에게서 배운 모든 것을 흡수해서 그의 천부적인 재능으로 자기의 것으로 완전히 변형시킨 것 같았다.

어느 날 오후 캠퍼스를 가로질러 걸어가고 있을 때, 나는 그가 거친 터치 풋볼을 하는 것을 볼 수 있었다. 갑자기 그는 패스를 가로채기 위해 젊은 이카로스처럼 높이 뛰어올랐다. 그 순간 나는 나의 소설에 결여된 활력을 그의 소설이 지닌 이유를 알게 되었다. 그는 혈기왕성한 젊은이였고 반면에 그보다 두 배의 나이인 나는 단지 연약한 중년 남자에 불과했던 것이다. 테니스 클럽에서 다섯 손가락 안에 드는 그의 플레이는 너무 우아했다. 그는 아폴론이고 나는 포도나 짓밟는 시골뜨기라는 생각이 들자 본의 아니게 시기심이 발동하기 시작했다. 나는 그의 선생으로서 그와의 관계를 시작했지만, 이제는 그가 나에게서 벗어나기 위해 날갯짓하는 모습을 발견하게 되었던 것이다. 그를 보내 줘야 한다는 것을 깨달았다. 하지만 그를 잃는다고 생각하니 가슴이 쓰려 왔다.

　며칠 후 나는 엄청난 상실을 경험했다. 옥스퍼드 대학의 F. M. X. 데블런 교수님의 동료 하나가 늦은 1988년에 나에게 서신을 보냈기 때문이었다. 〈데블런은 당신에게 이렇게 전하라더군요. 자신은 이제 너무 늙어 글을 쓸 수도 없고 죽을 때가 다 된 것 같다고요. 나는 당신에게 알리는 것이 좋겠다고 생각했어요. 그의 몸무게는 120파운드밖에 나가질 않고, 기력이 점점 쇠퇴된다고 합니다. 하지만 그의 정신은 아직 멀쩡하며 평범한 것에 대한 그의 비평은 줄지 않고 계속되고 있습니다. 그리고 그가 당신에게 안부를 전하라고 하더군요.〉
　나는 죽는 순간까지도 담담한 태도로 세상의 우매함에 대해 냉소적 비판을 가하는 데블런 교수님을 생생하게 그려 볼 수 있었다. 그래서 나는 사흘에 걸쳐 세 통의 편지를 보냈다. 그 편지에는 우리가 그리스에서 만났던 즐거웠던 추억과 그가 나의 생에 끼친 지대한 영향력에 대한 내용이 들어 있었다. 나는 그를 만나 보기 위해 당장 옥스퍼드로 날아가고 싶었다. 그러나 그러한 여행에 대한 적당한 구실을 찾을 수가 없었다. 단순히 휴강을 하고 싶지는 않았다. 만일 허락을 얻는다 해도 가기가 힘든 상황이었다. 왜냐하면 학생 단체와 졸업생들 사이에 내가 〈나의 신사 친구〉, 더 나쁘게 표현하면 〈나의 은밀한 남자 동료〉를 위로하기 위해 휴강한다는 소문이 퍼진다면 나는 해고될지도 모를 일이었다. 그렇다고 여기 그냥 머물러 있자니, 그것은 너무 처참하게 느껴졌다. 대학 내의 작은 숲길과 반제 호수를 따라 거닐며 나는 나의 친구 데블런 교수님이 묻혀 있는 옥스퍼드의 18세기풍 돌담 묘지 옆을 말없이 걷고 있는 나의 모습을 환상으로 그려 보았다. 위로하러 가지 못하는 그 고통은 견딜 수가 없을 정도였다.

마침내 나는 로시터 총장실로 예고도 없이, 단정치 못한 모습으로 쳐들어가 불쑥 말을 꺼냈다. 「총장님, 지금 즉시 옥스퍼드로 가야겠습니다.」

그런데 놀랍게도 그는 조용히 이렇게 말하는 것이 아닌가. 「물론이지요. 내가 당신 친구의 병에 대한 소식을 들었을 때, 당신이 꼭 가봐야 한다고 생각했어요. 그리고 툴 선생이, 당신이 자리를 비우는 동안에 당신의 대학원 강의를 맡아 자신의 능력을 시험할 기회를 준다면 영광스러울 거라고 말하더군요.」

「그렇지만 제가 문병을 간다면 대학 사회에서 말들이 없을까요?」

「스트라이버트 교수, 만약 위독하신 분이 당신 아버님이라면 우리는 당신을 당연히 보내 드려야죠. 혹 앤더슨 교수의 부인이 암으로 사경을 헤맨다면 그 사람은 어디에 있어야 하겠소?」

나는 총장이 이런 정도까지 이해하고 허락해 주리라고는 전혀 예상을 못 했기 때문에 의자로 다가가며 물었다. 「앉아도 되겠습니까?」 그는 고개를 끄덕였다. 학교 사정이 복잡한 시기에 나를 보내 준다니 눈물이 나올 지경이었다. 잠시 후 총장은 나를 문까지 배웅하며 팔을 내 어깨 위에 얹고는 말했다. 「스트라이버트 교수, 오래전에 원로 교수들과 평위원회 교수들은 당신과 데블런 교수가 이 대학에 어떤 폐도 끼치지 않았다며 만족해했습니다. 그 문제는 오래전에 해결되었습니다.」

문간에서 나는 총장에게 말했다. 「저는 여기 올 때 교수직을 그만둘 작정을 하고 왔었습니다.」 그러자 그는 말했다. 「그 심정, 잘 알겠습니다.」 총장은 내가 학교 차를 타고 케네디 공항까지 갈 수 있도록 배려해 주었다.

신의 가호가 있었기에 내가 옥스퍼드에 도착했을 때 데블런 교수님은 아직 살아 있었다. 비록 몸무게가 120파운드밖에 안 되는 쪼그라든 작은 인간이었지만 놀랄 만큼 생기가 있었다. 그는 남은 힘을 다해 나와 대화하고 싶어 했다. 그가 말하는 것들은 모두 나를 몹시 슬프게 했다. 「남은 시간 동안에 무엇을 하면 좋을까? 우피치에 다시 가볼까? 〈로엔그린〉을 들을까? 마지막으로 세미나를 같이 했던 사람들을 만날까?」 그의 목소리가 희미해졌을 때, 나는 그의 목소리를 자세히 들으려고 몸을 앞으로 굽혔다. 그는 말을 이었다. 「그리스의 옛 사원에서 〈아가멤논〉이 낭송되는 것을 들을까?」 그리고 긴 침묵……. 그는 나의 손을 꼭 잡고 있었다. 「그리스에 있는 올리브 숲을 거닐까? 우리 한 번 함께 거닐었었지?」

그는 옥스퍼드 대학 묘지에 안장되었다. 그리고 그의 묘지에 있는 작은 돌로 된 비석에는 그의 동료들에 의해 〈비평가 데블런〉이라고 새겨졌다. 그 비석의 문구는 그가 나에게 새겨 달라고 한 마지막 유언이었다.

메클렌버그 대학으로 다시 돌아왔을 때, 나는 부모님의 임종시에 겪었던 것보다 더 심한 고갈병에 시달렸다. 데블런 교수님은 멀리서 나의 『텅 빈 물탱크』에 나타난 결점들을 정확히 지적해 주셨었다. 『텅 빈 물탱크』에 대한 나의 뼈아픈 고통은 나 자신으로 하여금 앞으로 나아갈 방향에 대해 다시 한 번 생각게 하는 계기를 마련해 주었다. 〈티모시 툴과 제니 소어킨처럼 나 역시 유능한 길잡이가 필요하다. 왜냐하면 어떤 작가도 자기 자신의 언어, 인물, 그리고 기교에 대해서 충분히 객관적으로 알 수 없기 때문이다. 아! 마이클, 나는 그때 당신을 필요로 했었고, 지금도 역시 필요합니다.〉

데블런 교수님이 돌아가시고 나서 나는 아마도 툴이 리비스-데블런-스트라이버트로 이어지는 통찰력을 계승할 수 있다고 생각했다. 그리고 지식인 사이의 대화를 주도할 수 있을 것이라고 믿었다. 분명히 총명했다. 그리고 메클렌버그에서 6~7년 가르치면서 그동안에 예일과 옥스퍼드와 같은 일류 대학에서 박사 학위를 취득한다면 정교수가 될 것도 틀림없었다.

옥스퍼드라는 이름이 나에게 희망 있는 생각을 가져다주었다. 툴의 성적 정도면 로즈 장학금을 받을 수 있을 텐데! 그러나 그 장학 제도를 조사해 보니 대학 졸업 후 일정한 기한 내에 신청해야 자격이 생긴다는 사실을 알게 되었다. 툴은 그 기한이 지나 버렸던 것이다.

그때 나는 흥분해서 내 이마를 손으로 쳤다. 지금 내가 무슨 생각을 하는 거야? 툴의 조모가 수백만 달러의 거부인데 장학금은 무슨 장학금. 그는 쉽게 옥스퍼드의 등록금을 낼수 있을 것이다. 사실 『필라델피아 인콰이어러』지에 실린 최근의 글에는 툴의 『만화경』이 베스트셀러의 목록에 있었고, 그러니 그의 조모의 수백만 달러 상속인으로 결정된 젊은 작가로서 돈도 많이 벌고 있는 셈이었다. 반면에 그 도시의 똑같은 재능을 가진 두 중견작가는 그들의 글로 생계도 유지하기 힘들다는 불평의 기사가 실린 적이 있었다. 나는 그 엉터리 같은 기사를 읽고 소리쳤다. 「두 작가의 재능이 똑같다고? 요더는 내 재능의 10분의 1 정도밖에 되질 않아!」

그러나 내가 툴에 대해 확고한 지지를 표명했을 때조차 우려의 소리가 들렸다. 〈티모시를 너무 과대 평가하지 마시오. 그는 약간의 재능이 있는 당신 학생들 중의 하나일 뿐이오. 그는 완벽하지 못해요. 그에 맞는 평가를 해주시오.〉

이러한 의미 있는 충고에도 불구하고 나는 그의 인생의 한 부분에 대해 관심을 가지지 않을 수 없었다. 왜냐하면 나는 그가 너무 젊은, 그것도 돼먹지 못한 여성과 결혼함으로써 초래할 엄청난 실수를 원치 않았기 때문이었다. 그 젊은 여성이란 바로 그가 매력을 느끼고 있던 제니 소어킨이었다. 이러한 나의 염려는 더 이상 숨길 수 없는 사실에 의해 더욱 커져 갔다. 나를 항상 당혹게 하는 제니 소어킨을 나는 몹시 싫어했다. 그녀가 예의 바른 사람이 되었다고 생각이 들면 어김없이 그녀는 나에게 무례한 행동을 보였다. 그러나 그녀에게 이젠 가망성이 없다고 단정했을 때는, 그녀는 나를 깜짝 놀라게 하는 새로운 재능을 보이곤 했다.

그녀의 무례한 태도와 상식에 어긋나는 티셔츠의 글귀는 나의 대학에 대한 모독이었다. 그런 글귀 가운데는 자동차의 사이드 미러에 나타나는 경고문을 상상력으로 재생산한 듯한 글귀도 있었다. 〈이 셔츠에 의해 가려진 물체는 지금 보이는 것보다 더 클지도 모른다.〉 그리고 나는 지적, 예술적 스승으로서 나보다 이본 마멜과 티모시 툴에게 더 의존하는 그녀의 태도로 화가 났다. 그래서 어느 날 저녁 티모시를 제니로부터 보호해야겠다는 생각에 나는 그의 방문을 두드렸다. 「티모시, 간섭인 줄은 알지만 내가 지금부터 하는 말은 친구로서가 아니라 이 대학의 창작과 주임교수로서 하는 충고일세.」

「앉으십시오.」

「만일 자네가 계속해서 제니 소어킨을 가깝게 대한다면, 그것은 위험한 폭포 벼랑 끝으로 가는 격일세. 이곳은 보수적인 학교이기 때문에 약간의 염문만 있어도 파멸이야! 미풍양속이라는 수류탄은 가차없이 터지네.」

「스트라이버트 교수님, 제가 여기에 온 이유를 기억하시죠?」

「그러나 젊은 여학생을 가르치는 젊은 교수로서 온 것은 아니야.」 대화가 끊긴 사이 그는 나를 노려보았고 나는 물러서지 않았다. 「대학원이 있는 미국 대학에서는 최근에 남자 교수들이 여학생과의 염문으로 고소당한 일로 들끓고 있네. 가끔 법정에서 여학생들에게 모욕을 당하기도 하지.」

툴은 갑자기 웃음을 터뜨렸다. 「스트라이버트 교수님, 저는 그런 사람이 아닙니다. 교수님이 잘 아시지 않습니까. 저는 그녀의 작품에 대해 토론을 하기 위해 가끔 그녀와 데이트를 합니다. 저는 스물두 살입니다. 제가 무엇을 하는지를 잘 아는 나이죠.」

「그녀는 스물네 살이야. 여자가 남자보다 연상일 때는 이상한 일이 일어나기 쉽지. 연상의 여자들은 남자를 젊은 여자에게 빼앗기는 것을 두려워해. 만약 그렇게 되면 복수하려고 소송하게 마련이지.」

「저는 그러한 위험을 감수할 겁니다.」

「그러나 우리는 그녀가 누구인지, 그녀의 문제점이 무엇인지 전혀 몰라. 나는 그녀가 자네에게 적합한 여성이라고 생각하지 않네. 티모시, 그녀와의 교제는 단지 문제만 만들 뿐이야. 자네도 알다시피 나는 자네가 어떻게 해야 잘되는지에만 관심이 있네.」

갑자기 그는 눈에서 불꽃이 튀며 벌떡 일어났다. 「대체 무슨 소릴 하시는 겁니까? 젠장. 스트라이버트 교수님, 이건 교수님이 관여할 문제가 아니에요.」 나는 그를 진정시키기 위해 최선을 다했지만 그의 분노는 가라앉을 줄을 몰랐다. 「저는 좋은 연구 실적과 저서를 가진 대학 선생입니다. 제가 연상인 여성과 교제를 한다고 해서 당신이 나를 해고하길 원한다 하더라도, 많은 사람들이 나를 원할 겁니다.」

「티모시…….」 나는 거의 호소하듯 그의 이름을 불렀다. 「잘 들어 보게. 나는 지금 자네에게 최근에 많은 대학에서 염문으로…….」

「아까 그 말은 하셨습니다.」 그는 말을 가로채며 말했다. 「그리고 대부분의 경우에 여학생들이 승리하고 교수들은 파면당한다고 말씀하셨어요.」

나는 그를 달래듯 말했다. 「선생과 학생의 결합은 위험해. 그리고 자네의 경우는 자네 조모 때문에라도 혹 염문이 생기면 최고의 표적이 될 수 있어.」

「교수님은 마치 카프카의 소설에 나오는 것을 이야기하시는 것 같군요. 고소한 자도, 증거도, 배심원도 없는 재판 같습니다. 저는 지금까지의 대화를 없던 것으로 간주하겠어요.」 내가 계속해서 그에게 제니와의 관계에 대해 경고하려고 했을 때, 그는 너무 흥분해서 나중에 크게 후회할 말을 했다. 「스트라이버트 씨…….」 거침없이 나의 이름이 그의 입에서 튀어나왔다. 「제가 정확히 알고 있다면 당신은 컬럼비아 대학 재학 시절에 당신이 자라난 작은 도시의 도덕성에 그렇게 연연하지 않으셨더군요. 당신의 지도 교수는 당신보다 거의 20년 연상이었고, 그것도 남자였다면서요.」

나와 데블런 교수님과의 신성한 관계를 조롱하다니 그는 잔인할 정도였다. 물론 그의 그러한 언급은 우리 둘 사이의 대화를 더 이상 할 수 없게 만들었다. 그의 방을 뛰쳐나오기 전에 나는 눈에 뿌연 안개 같은 것이 보였다. 금방 쓰러질 것만 같았다. 나가면서 문설주에 부딪혔을 때 나는 나지막이 중얼거렸다. 「데블런 교수님은 지난주에 돌아가셨어. 에이즈로.」 그러고는 그의 방을 나왔다. 그 일이 있은 후 2주일 동안 우리는 아무런 대화도 없었다.

나는 우리의 관계를 이런 추한 방법으로 끝내고 싶진 않았지만, 서로 체면을 손상하지 않고 관계를 재확립할 수 있는 방법도 강구할 수 없었다. 그러던 어느 날 우리가 강당을 지

나갈 때 나는 그의 앞에 멈춰 서서 아트레우스 가에 대한 나의 계보도를 잘 활용한 데 대해 축하의 말을 건네며 물었다. 「새 소설은 어떻게 되어 가나?」 그러자 그는 「죽을 지경입니다. 그 소설은 긴 대화체로 되어 있습니다. 교수님 맘에는 들 겁니다」 하자 나는 「한번 보고 싶군」이라고 했고 그는 「제일 먼저 보시게 될 겁니다」라고 말했다.

어느 날 학생들과 모임을 갖고 난 후 저녁 9시쯤에 나는 티모시의 방에 들렀다. 문은 잠겨 있었지만 나는 문틈으로 풍부한 음악을 연주하는 오케스트라의 반주에 맞춰 여자 가수의 멋진 목소리가 흘러나오는 것을 들었다. 그 목소리는 믿을 수 없을 정도로 음폭이 컸다. 그 목소리는 저음의 메조와 경쾌한 소프라노 사이를 오가며 서정적 고음까지 올라갔다가 다시 떨어지는 금빛 낙엽과 은빛 폭포 같은 소리를 내고 있었다. 여가수가 어느 나라 말로 노래하는지는 알 수는 없었지만, 티모시가 훌륭한 음질을 가진 콤팩트디스크를 가지고 있다는 것만은 명백했다. 더 자세히 알고 싶어 그의 방문을 열었을 때, 나는 깍지 낀 손으로 턱을 괸 채로 그의 침대에 엎드려 있는 제니 소어킨을 발견했다. 티모시는 침대 반대편 구석에 있는 독서용 램프 옆 의자에 앉아 있었다. 디스크 플레이어는 그의 팔꿈치 높이에 있었는데, 두 개의 큰 스피커가 반대 벽을 향해 배치되어 있었다. 그와 제니는 분명히 노래를 감상하고 있었고, 내가 들어왔는데도 전혀 당황하는 기색이 없었다.

나는 문간에 선 채로 물었다. 「무슨 음악이지?」

티모시가 대답했다. 「오베르뉴의 노래입니다. 남부 프랑스의 민요 모음이죠.」

제니는 침대에서 올려 보고 있었다. 「남자 없이 늙어 가는 것을 두려워하는 한 시골 처녀가 강의 한쪽 편에 서서 반대

편에 있는 양치기에게 하는 노래예요.」여자 가수의 풍부한 성량의 목소리가 믿을 수 없을 정도로 아름답게 고음이 되었다가 저음이 되는 것을 듣고 있을 때, 나는 등뼈를 타고 내리는 전율을 느꼈다. 그때 제니가 입을 열었다. 「이 여자 가수의 목소리는 근처를 지나가는 뱃사람을 유혹하여 돼지로 바꾼다는 요정들의 노랫소리에 끌려가지 않기 위해서 율리시즈가 돛에 자신의 몸을 묶고 항해할 때 들은 요정의 목소리 같아요.」

「저 멋진 저음은 남자를 유혹해서 바위 위에서 떨어뜨린 라인 지방의 처녀들 목소리 같지 않은가?」내가 암시하듯 말했다.

그러자 티모시가 말했다. 「이 노래를 너무 심오하게 해석하지 마십시오. 이 노래는 추상적 개념에 사로잡힌 한 여인이 바닷가 반대편 기슭에서 그녀가 본 실제 남자를 동경하는 노래예요.」

「자네가 바다가 아니라 강이라고 말했던 것 같은데」라고 내가 지적하자 제니는 아주 선정적인 미소를 나에게 지어 보냈다. 「교수님께서 애인과 헤어지실 땐 실개천이 강이 되고, 강이 바다가 되겠지요.」

그 음악은 나를 너무 사로잡아서 다음 날 나는 오베르뉴의 민요의 배경을 찾아보았다. 그 노래는 바일레로라는 이상한 제목의 노래와 함께 프랑스 최고의 민요였다. 왜냐하면 가수들이 이 노래를 선호했고 많은 나라에서 음반으로 나왔기 때문이었다. 그런데 나는 왜 이 노래를 몰랐을까 하는 의구심이 났다. 그러나 내 방에서 프랑스의 최저 여성음을 가진 가수에 의해 취입된 노래를 듣고 있을 때, 나는 이 노래가 나의 경험과는 동떨어진 감정을 표현하고 있음을 인식했다. 그 노래는 젊은 여성이 남성에 대한 갈망을 표현한 곡이었다. 며칠 밤이 지난 후 티모시와 대화를 나누려고 그의 방에 갔다. 그러나 내가 그의 방에 다가가서 매혹적인 음악과 전번과 같은 속삭이는 목소리를 들었을 때, 나는 그 방에 다시 들어갈 수 없다는 고통스러운 사실을 받아들여야만 했다.

이러한 우울한 기간 동안에 저녁 강의 후 나는 내 방에 남아 레코드에서 흘러나오는 오베르뉴 민요를 들으면서, 인간의 심장 박동과 같이 높아졌다가 낮아졌다 하는 매력적인 노래를 부르는 제니 소어킨과 강의 반대편에서 양떼를 돌보는 티모시의 모습을 상상하면서 쓸데없는 상념에 사로잡혔다. 엄청난 열망이 나를 엄습해 왔다. 자정이 가까워지고, 나는 전에 결코 느껴 보지 못한 외로움을 경험했다.

내가 메클렌버그 대학에 나의 존재가 필요한가라는 의문을 품게 된 것이 바로 그 우울했던 시기였다. 그리고 루카스 요더 씨가 한 번 더 나에게 충격을 준 것도 바로 그 시기였다. 그러나 생각해 보면 그는 자신이 나에게 어떻게 했는지 모르고 있었고, 또 당연히 모를 수밖에 없었다. 나는 우연히 그 사실에 대해 알게 되었다.

어느 날 아침 제니 소어킨이 나의 강의를 듣고 나가다가 가쁜 숨을 몰아쉬며 말했다. 「교수님, 마침내 저는 작가가 된 듯한 기분이 들기 시작했어요.」

「그러한 느낌을 갖도록 한 것이 내 강의에서였나?」 그러자 그녀는 말했다. 「교수님의 강의가 아니에요. 루카스 요더 씨가 사업 수완이 뛰어난 그의 에이전트 미스 크레인을 만나게 해주겠다고 저와 티모시를 뉴욕으로 데리고 간다고 하셨어요. 안 믿으셔도 상관은 없지만, 그녀는 제가 그녀의 고객으로 서명하기를 원하나 봐요. 티모시는 확실하고, 요더 씨가 저도 추천하셨거든요.」 이렇게 말한 후 그녀는 티모시를 찾기 위해 달려 나갔다.

나는 요더 씨가 그의 낡은 뷰익을 몰고 와서 내 학생 둘을 태우고 뉴욕을 향해 떠나는 것을 지켜보고 있었다. 심한 굴욕감이 느껴졌다. 나는 항상 두 가지 중요한 일에 관심을 가져왔었다. 하나는 학생들에게 좋은 글쓰기란 어떤 것인가를 가르치는 일이고, 또 하나는 그들이 능력 있는 편집자를 만날 수 있도록 해주는 것이었다. 나는 이제 티모시와 제니에게는 이 두 가지를 다 성취한 셈이었다. 그러나 그들이 내가 도와주었어야 할 문제를 해결하기 위해서 요더 씨와 함께 급히 가는 광경을 보고 나니 화가 치밀어 올랐다.

학생들이 떠난 봄방학 동안에 나는 성적표를 우송하기 위해 남아 있는 직원들을 제외하고는 혼자서 캠퍼스를 독차지하게 되었다. 그동안 나는 나의 난처한 상황을 평가해 볼 자유로운 시간을 누릴 수 있었다. 나는 침체기에 빠졌던 것이다. 사적인 생활에서나 공적인 생활에서나 아무것도 제대로 되는 것이 없었다. 데블런 교수님의 죽음으로 해서 정박할 곳 없는 떠돌이 배와 같은 신세가 된 셈이었다. 소설『텅 빈 물탱크』의 실패로 내가 훌륭한 소설가가 될 수 있다는 환상도 사라져 버렸다. 나는 다른 작가의 작품은 비평할 수 있어도, 나의 것은 할 수 없다는 두려움에 휩싸이게 되었다. 이러한 상황 속에 급기야 내가 두려워 회피했던 의문 하나가 슬슬 고개를 내밀기 시작했다. 과연 나는 나 자신의 삶을 정확하게 평가할 수 있을까?

황혼이 깃든 반제 호숫가를 걸으며 나는 다시 그 의문을 떠올렸다. 그러고는 충격을 받아 정신이 멍해진 사람처럼 호숫가 나무 아래 줄지어 놓여 있는 벤치 하나를 찾아 머리를 숙이고 두 손을 무릎 위에 올려놓은 채 꼼짝없이 앉아 있었다. 곧이어 나는 냉정하게 나 자신을 분석하고, 마침내 지금까지 두려운 결과가 생길까 봐 명확히 규정짓기를 꺼려 했던 한 결론에 도달하였다. 맞아, 바로 그거다. 나는 가르치는 데 이력이 나 있었고, 여기 메클렌버그 대학에서 발전 없이 제자리걸음을 하고 있었던 것이다. 나는 이 결론의 의미가 무엇인가를 알고는 겁이 났다. 왜냐하면 이 대학은 나의 안식처였기 때문이었다. 다른 독신 교수들과는 달리 나는 드레스덴이나 베들레헴에 따로 집이 없었다. 기숙사에서, 그것도 잇달아 붙은 작은 방에서 살아왔다. 자기 자신이 짠 고치 속에 스스로 갇힌 몸이었다. 홀연히 이곳을 떠날 수 있을까?

그러한 선택이 싫어서 나는 머리를 흔들었다. 그러고는 생각의 방향을 내가 여태 찬찬히 생각해 본 적이 없는 또 다른 치명적인 약점으로 돌렸다. 나는 나 자신을 힐책했다. 스트라이버트, 너는 비평가다. 그리고 훌륭한 비평가가 될 가능성도 있다. 그러나 너는 비평가가 지녀야 할 확고한 방향 감각을 상실했어. 그것은 네가 키네틱 출판사로부터 출판 계약을 따내려고 혈안이 되어 요더 씨에 대한 너의 비평의 글을 삭제하는 것을 허용했을 때부터 시작된 거야. 그것이 비평가로서 타락의 시작이었어. 그리고 더욱더 나빴던 것은 요더 씨가 너의 창작 프로그램에 많은 기부금을 제공했기 때문에 너는 요더 씨에 대한 정당한 비판을 할 수가 없었던 것이야. 너는 비평가와 작가의 의무란 사회와 반대 입장을 견지하는 것이고, 모든 사람이 정직하게 세상을 살도록 도와주는 것이라고 강의 중에 학생들에게 설명했어. 그러나 너 자신은 사회의 압력에 직면했을 때 쉽게 붕괴되어 버렸던 거야.

나는 벤치에서 일어나 머리에 두 손을 올리고 큰 소리로 외쳤다. 「도미노는 무너지기 시작했다. 나는 그것을 막을 수가 없어!」

그때 화학과의 하크니스 교수가 내 옆을 지나갔다. 비록 그가 나의 말을 정확하게 듣지는 못했겠지만 내가 괴로워하고 있다는 것을 눈치는 챈 모양이었다. 「괜찮으시오? 스트라이버트 선생, 안색이 창백하군요.」

「추상적인 것들과 씨름 중이었습니다.」 나는 거짓말을 했다. 그리고 그가 나에게 숙소까지 바래다주겠다고 했을 때 나는 또 거짓말을 했다. 「그러실 필요 없습니다. 무리를 했어요. 허나 지금은 괜찮습니다.」 그리고 나는 그와 함께 얼마를 걸으며 그것을 입증해 보였다. 그가 나를 숙소까지 데려다주겠다고 계속 고집했지만, 나는 그를 돌려보내고는 다른 벤치에 털썩 주저앉았다. 그리고 고통스럽게 나 자신의 실체에 대해 규명하기 시작했다.

다 내 잘못이야. 데블런 교수님이 에이즈에 감염되신 것도 그의 잘못이 아니야. 티모시가 작가로서 성장하여 떠나간 것도 그의 잘못이 아니야. 그리고 요더 씨가 나보다 먼저 그렌즐러 소설을 쓴 것도 그의 잘못이 아니야. 또 나에게 좀 더 의욕적인 학생들을 제공하지 못한 것도 대학 당국의 책임이 아니야. 모든 것이 나 자신에게 책임이 있는 거라고. 나에게는 훌륭한 비평가나 다른 이들의 지도자가 되는 데 있어 치명적인 약점이 있어서 그래. 발전이 없었던 거야. 나는 이제까지 무를 위해 싸워 왔던 거야. 나는 나를 침식하는 끔찍하고 뿌리 깊은 일상의 늪에 빠져 있었던 거야.

나는 용감한 사람이 아니었다. 그러나 내가 불가피하게 대면해야 할 것에는 그리 두려워하지 않았다. 그래서 나는 이러한 운명의 침체기에 벤치에 앉아 호수를 응시하고는 어금니를 꽉 깨물고 내가 헤어나지 못하고 있는 일상의 늪에서 나 자신을 끌어올려야겠다고 결심했다. 다행히도 전에 나누었던 한 대화가 나를 위로하고 길잡이가 되어 주었다. 그 말을 했던 주인공은 바로 템플 대학의 아이스코비치 학장이었다. 〈당신에겐 정년 퇴직 때까지 25년이란 시간이 남아 있어요. 그 기간을 중요하게 생각하셔야 합니다.〉 내가 아주 당당하게 무시했던 그의 제안은, 고통받는 이 저녁 나에게 희망과 함께 떠올랐던 것이다. 그 제안은 내가 빠져 있는 일상의 만족감에서 벗어나 중대한 성취를 향해 나 자신을 펼칠 절호의 기회였다.

새로이 정신을 가다듬은 나는 벤치에서 벌떡 일어나 아이스코비치 학장에게 나의 결심을 알리기 위해 서둘러 내 방으로 달려갔다. 그러나 이러한 자유를 주장하기 전에 나는 넘어야 할 또 하나의 장애물이 있다는 것을 알았다. 내 방으로 달려가던 나는 도서관 앞에서 걸음을 멈췄다. 그리고는 봄방학으로 학생들이 거의 다 빠져나간 텅 빈 열람실로 들어갔다. 한쪽 구석에서 공부하고 있는 제니 소어킨에게 눈인사를 하고는 도서관 직원에게 템플 대학의 요람을 요청했다. 그 요람을 팔 밑에 끼고 숙소로 돌아온 나는 템플 대의 건물들이 북부 필라델피아 지역에 어떻게 분포되어 있는지 지도를 펼쳐 보았다. 나는 템플 대의 구역 내에 반제 호수 같은 것도, 정원 길도, 그리고 넓은 공간의 하숙집도 없다는 것을 발견하고는 실망을 금치 못했다. 어찌 이곳 메클렌버그 대학을 떠나 그런 곳으로 가겠는가. 맙소사, 스트라이버트, 너는 제정신이 아닌 모양이구나. 얼마나 불공평한 교환이냐? 그러나 바로 내 발꿈치 뒤에서 말하는 것 같은 생생한 목소리가 들려왔다. 〈전진을 향한 첫발을 내디뎌라. 그렇지 않으면, 영원히 낙오할 것이다.〉 또다시 내 결심이 흔들리기 전에 결판을 내자고 생각한 나는 템플 대로 전화를 걸어 학장에게 말했다. 「집에서 전화드려 죄송합니다. 저는 템플 대의 프로그램에 참가하기를 원합니다. 그 계획은 아주 훌륭하다고 하더군요.」 학장은 어렵게 그런 결정을 내려 준 데 대해 찬사를 보내고 조용히 말하였다. 「결코 후회하지는 않을 겁니다.」

그러나 내가 전화를 끊고 찬란한 반제 호수를 바라보았을 때, 내 마음 한구석에는 후회의 불꽃이 좀처럼 꺼지지 않고 계속 그 혀를 넘실대고 있었다. 그러나 현실의 세계가 나를 부르고 있었고, 템플 대학의 벽에 그 운명의 아트레우스 가를 그리는 데 나는 결코 지체할 수가 없었다.

자유인으로서 내가 첫 번째로 해야 할 일은 그리 순탄하게 진행되지 않았다. 나는 캠퍼스를 가로질러 로시터 총장의 집으로 기운차게 걸어가서 문을 꽝꽝 두드렸다. 「무례함을 용서하십시오. 용기를 잃기 전에 말씀드릴 것이 있습니다. 총장님, 저는 지금이 자리를 옮겨야 할 때라고 결심했습니다. 학기말에 이 학교를 떠나겠습니다.」

이런 면담을 많이 경험해서 그런지 — 물론 그 자신이 주도해서 교수를 해고하는 경우도 많았다 — 총장은 전혀 놀라는 기색을 보이지 않았다. 대신에 그는 안으로 들어오라고 했으며, 그러한 상황에 요구되는 상투적인 대화가 시작되었다. 「당신과 같은 인재를 영원히 붙잡아 둘 수 있을 거라고는 생각하지 않았습니다. 당신의 발전에 많은 행운이 깃들기를 바랄 뿐이에요. 그래, 가려는 곳이 어느 대학인가요?」

「새로운 계획과 건실한 재정을 갖춘 템플 대학입니다.」 명문 프린스턴이나 스탠퍼드가 아닌 템플 대학에 인재를 빼앗긴다는 사실에 화가 나는지 그의 눈썹이 치켜 올라갔지만 그는 애써 침착함을 유지하려고 하였다. 그는 곧 표정을 바로잡으며 말했다. 「그래요. 우리가 듣기로 그 대학은 대도시 출신의 젊은 학자들이 훌륭한 연구를 하는 규모가 크고 안정된 학교라고 하더군요. 당신도 훌륭한 기회를 가지실 겁니다. 하시고자 하는 일이 잘되길 빕니다.」 그리고 4분쯤 후 그는 나를 밖으로 안내했다. 그러나 내가 현관을 나서려고 하자 그는 뒤에서 내 이름을 불렀다. 「칼, 언론에 알리지 않는 것이 좋겠지요? 인기 있는 선생을 빼앗겼다는 사실을 알게 되면 학생들이 가만 있지 않을 테니까 말이오.」 나는 총장 의견에 동의했다. 왜냐하면 어떻게 되든 떠날 수 있다는 사실에 기뻤기 때문이었다.

새로운 삶을 시작할 즈음 나는 맹세하였다. 템플 대학으로 자리를 옮기게 되면 미국의 문학이 올바른 방향으로 나아가는 데 방해가 되는 어떠한 것도 용납하지 않을 것이다. 아이스코비치 학장이 나로 하여금 주관하도록 한두 개의 세미나, 〈해체주의, 의미에 이르는 길〉은 문학 동료와의 토론의 장이 될 것이다. 나는 희망에 부풀어 숙소로 돌아왔다.

나는 수년 전부터 『타임스』의 매주 월요일 판에 실린 언론 매체란을 읽는 습관이 있었다. 그 기사에서 나는 출판업계에서 진행되는 큼직큼직한 사건에 마치 나 자신이 참여자가 된 것 같은 느낌을 갖도록 해주는 생생한 정보와 그 내막의 은밀한 지식을 얻곤 했다. 그런데 어느 날 아침 나는 생각지도 못할 정보를 발견하였다.

정통한 소식통에 의하면, 뉴욕 키네틱 출판사와 함부르크 캐슬사와의 계획된 합병이 성사되지 못할 것 같다고 한다. 그 이유는 양쪽 모두에게 있다고 한다. 키네틱사는 독일인들이 주기로 한 것보다 더 많은 경영의 일관성을 요구했고, 캐슬사는 미국인들이 생각하는 것보다 더 많은 사업의 양도를 주장했기 때문이다. 전문가들은 양사가 그 합병을 무효로 할 것이며, 다음과 같은 가능성이 있을 것으로 전망했다. 〈어느 미국인 백기사가 나타나 과거에 많은 유명한 작가들의 작품을 출판했으며, 오늘날 중견 베스트셀러 작가인 루카스 요더와 젊은 우상 파괴주의자 티모시 툴 등 너무나 다양한 목록을 자랑하는 키네틱사를 인수할 것이다.〉 그리고 한 경쟁사는 〈키네틱사의 소유권이 미국 인에게 있는 것이 바람직하다〉고 했다.

그 기사를 다 읽기도 전에 나는 이본에게 전화를 했다. 그러나 나의 염려를 미처 전달할 사이가 없었다. 왜냐하면 그녀가 상당히 흥분된 목소리로 말했기 때문이다. 「칼, 전화 주셔서 정말 고마워요. 우리 곧 만나서 이야기할 수 있겠어요?」

「드레스덴 차이나에 언제 한번 안 들르시겠습니까?」 그녀는 약속을 11시쯤 했으면 좋겠다고 했다. 「좋습니다. 요더 씨와 툴, 그리고 소어킨에게도 연락을 할까요?」 그러자 그녀는 딱 끊어지는 목소리로 말했다. 「당신만 있으면 돼요. 마음의 준비 단단히 하고 오세요. 신속히 말이에요.」

그녀가 도착했을 때 그녀는 매우 흥분한 상태였다. 자신을 진정시키려고 그녀는 통례를 깨고 술을 주문했다. 「얼음을 넣은 잭 다니엘 부탁해요.」 술이 도착했을 때 그녀는 단숨에 들이켜고는 놀랍게도 내 손을 잡으려는 듯 손을 내밀며 말했다. 「당신 만나서 너무 기뻐요.」 그리고 흥분이 가라앉자 그녀는 말했다. 「칼, 큰 부탁이 있어요. 당신은 이 도시를 잘 아시죠. 혹시 팔려고 내놓은 집이 있으면 알려 주세요.」

「무슨 일이 있나요? 회사를 그만뒀나요? 아니면 해고됐어요?」

큰 소리로 웃으며 그녀는 나의 손을 꽉 쥐었다. 「아니에요. 나는 괜찮아요. 사실은 뭔가를 깨달아서 그래요. 요 며칠 동안 나 자신을 되돌아볼 기회를 가졌었어요. 그래서 부모님도 돌아가시고 형제자매도 없는 나 자신이 이 세상에서 진정 혼자임을 깨닫게 되었어요. 저에게는 진정한 가정이 없었던 거예요. 그리고 지금 살고 있는 뉴욕은 제 적성에 맞지 않아요. 요즘 저의 관심은 온통 이 마을에 집중되어 있어요. 바로 여기가 내 집 같아요. 들판이 있고 마을 경찰이 있는, 그리고 나를 알아보는 구멍가게가 있는, 이런 곳에서 살고 싶어요.」 그녀는 뭔가 가슴이 뭉클함을 느꼈는지 시선을 딴 데로 돌리고, 코를 세게 풀었다. 「나는 당신이 전화 주셨을 때 무척 기뻤어요. 나는 지금 신중하게 함께 의논할 사람이 필요해요. 뉴욕에는 그런 사람이 없는 것 같아요.」 그녀의 마음은 너무 산란한 것 같았다. 그래서 나는 지금이 메클렌버그를 떠날 나의 결심을 말할 때가 아니라고 생각했다.

그녀는 예정된 키네틱사와 캐슬사의 합병이 무위로 돌아가게 된 복잡한 회사 내의 사정을 소상히 이야기하기 시작했다. 그러나 이야기를 시작하자마자 그녀는 갑자기 말했다. 「내 차 트렁크에 녹음기가 있어요. 좀 갖다 주실래요? 여기 열쇠가 있어요. 나는 당신이 이번 일의 전모를 알았으면 해요, 그것도 정확하게.」

나는 녹음기를 우리 가까이에 설치했다. 녹음기를 틀고 얼마 되지 않아 그녀가 입을 열었다. 「잠시만 꺼주세요. 이것 다음 내용은 상당히 은밀한 내용이에요.」 그래서 나는 녹음기의 스위치를 껐다. 「젊은 작가들에 대해 쓴 짧은 비평서는 거의 완성되었지요?」

「예, 좋은 책이 될 것 같아요.」

「나도 그럴 거라 확신해요.」 그리고 그녀는 걱정스레 본론으로 들어갔다. 「칼, 훌륭한 미국 출판사가 지금 와해되고 있어요. 그것은 어느 한 사람의 잘못이 아니에요. 우리 모두의 책임이지요. 나는 당신이 모든 다른 일을 제쳐 놓고 지금 당장 그 원인을 조사해서 상당히 설득력 있는 글을 써야 한다고 생각해요. 내가 알고 있는 모든 것을 말씀드리지요. 그리고 당신과 면담할 동료들도 주선하겠어요. 그들과의 면담을 녹음하고, 그래서 알게 되는 새로운 사실에 다른 어떤 작가보다 출판계에 관심이 있는 당신이 지금까지 알고 있는 내용을 더한다면 강력한 글의 근간이 될 수 있어요. 나는 그 글의 제목을 〈어느 출판업자의 살인〉이라고 해주었으면 해요. 나는 『뉴욕 타임스 북 리뷰』의 편집자를 알고 있는데 그도 이 책을 좋아할 거예요. 책에 관련된 모든 사람들처럼 그도 이러한 이야기가 공개되길 원해요. 자, 이제 녹음기를 틀어 보세요.」

그녀는 캐슬사와 록랜드 오일과의 거래가 언제 결렬됐는지를 내게 말해 주었다. 「키네틱사에 근무하는 우리 편집자들은 그 결렬과는 아무 관련이 없어요. 단지 경영주들의 문제였지요.」 결렬의 근본적 원인이 무엇인가는 출판계에 악영향을 미치기 때문인지 공표되지 않았다. 「이상하게도 나의 작가들은 한 명도 가담하지 않는 우리 출판사의 우수 작가 그룹이 출판사가 캐슬사로 넘어간다면 캐슬사를 위해서는 글을 쓸 수 없다, 그리고 그들의 계약서를 찢어 버리고 그들의 권리를 보호하기 위해 고소하겠다고 발표했어요. 내 생각에는 이러한 성명이 거래 여건을 너무 급작스럽게 바꾸어 놓아서 캐슬사가 손을 뗀 것 같아요.」

「『타임스』는 작가들의 반발에 대해서는 일체 언급이 없었고, 사업 양여 문제에 대해서만 기사를 썼어요.」 이런 나의 말에 그녀는 퉁명스럽게 말을 덧붙였다. 「『타임스』는 추한 내막을 감추기 위해 연막을 친 거예요.」

키네틱사의 미국 소유권을 지속시키기 위한 강력한 운동이 전개되었다. 그러나 가능성 있는 구매 청원자들마다 키네틱사의 서적들을 조사해 보고는 매입하려는 의사를 철회해 버렸다. 캔자스 시에서 온 세 명으로 구성된 상당한 재력가들은 그들의 아내들이 문인들인 관계로 이 출판사를 인수하면 훌륭한 사업이 될 것이라 생각했다. 그들은 특히 루카스 요더 같은 훌륭한 작가들을 잘 대우하면 베스트셀러는 시간 문제일 거라고 생각했던 모양이었다. 그러나 마지막 순간에 출판사의 실제 수지 타산을 예측해 보고는 그중에 제일 나이든 재력가가 불만을 터뜨렸다. 「이러한 소규모 사업을 인수해서 무엇을 하자는 거요?」 그들은 정신을 차리고는 구매 제의를 철회해 버렸다.

록랜드 오일로서는 그것이 마지막 희망이었던 모양이었다. 그날 오후 록랜드 사의 고위층 한 사람이 함부르크에 있는 캐슬사 사람들에게 전화를 걸어, 만약 유명한 작가들이 여섯 명 이상 떠나지 않는다면 입찰 가격을 4천 6백만 달러로 올릴 의향이 있는지를 물어보았다. 그러나 캐슬사는 한 가지 확신을 원했다. 「요더 씨와 그의 편집자인 미즈 마멜은 남게 되는 거지요?」 그녀는 나에게 캐슬사의 최초의 입찰 가격에 대한 소문이 편집부에 퍼지기 10분 전에 다음과 같이 다짐했었다고 말해 주었다. 「만약 캐슬사가 우리 출판사를 인수한다면 나는 드레스덴 작가 넷과 함께 출판사를 떠날 것이라고 결심했었어요. 그러나 이러한 행동이 이번 거래를 위태롭게 만들 가능성이 있다는 것을 깨달았을 때, 그리고 그 당시 키네틱사가 근거지를 절실히 필요로 하고 있다는 것을 알았을 때, 재빨리 다음과 같은 결심을 했지요. 〈내가 남아서 거래가 가능해진다면 남아야지. 아직 거래가 진행 중이니까 말이야.〉」

다음 몇 주일 동안 나는 수십 명과 면담하느라 분주한 나날들을 보냈다. 그러는 가운데 키네틱 출판사의 임박한 와해에 대해서 나 자신이 제일 많은 정보를 가지고 있다는 사실을 알게 되었다. 나는 우리 국가 생활의 많은 부분을 좌지우지하는 백발의 변호사들보다도 키네틱 출판사에 대한 음모와 필사적인 조치들을 더 많이 알게 되었던 것이다.

첫 번째의 캐슬사와의 거래가 왜 실패로 돌아갔는지에 대해 이본이 내린 평가는 정확했다. 그녀에 따르면, 작가 단체들이 〈독일인 소유 결사 반대〉라는 최후통첩을 전달했다. 그래서 판매에 대한 경제적 토대가 없어진 것이라고 했다. 열두 명 이상의 구매 능력이 있는 미국인들은 빈 통에 코를 들이대긴 했지만 입은 대지 않았다는 그녀의 추측도 옳았다. 그러나 그녀는 상당수의 가능성 있는 구매자들이 록랜드 오일의 안하무인적인 자세 때문에 구매를 포기했다는 사실은 모르고 있었다. 록랜드 오일의 사람들은 키네틱 출판사를 정리되어야 할, 다 쓰러져 가는 주유소 정도로 생각하고 있었던 것이다.

곧 독일인이 키네틱사를 공식적으로 소유하게 될 것이라는 소문이 공개적으로 나돌자 직원들은 그들의 사장인 존 맥베인 씨의 행동을 자신들이 취해야 할 행동의 준거로 주시하게 되었다. 그러나 이본의 지적은 옳았다. 「우리는 사장이 우리들보다 아는 게 별로 없다는 것을 알게 되었지요. 록랜드사나 캐슬사는 그에게 협상의 진전 상황을 하나도 알려 주지 않았어요. 사장은 그들에 의해 치욕적인 취급을 받은 거예요.」

많은 법률사무소에서의 광범위한 면담을 통해 나는 다음의 사실을 알게 되었다. 맥베인 사장과 그의 고위 참모들이 그들의 (그리고 나의) 회사에 무슨 일이 일어나고 있는지를 알려고 노력하고 있을 때, 이미 록랜드와 캐슬 양사는 서로 기대했던 것을 대체로 만족스럽게 얻어 냄으로써 거래가 합리적으로 이루어져 가고 있었다. 그러나 서류가 서명되는 사흘 동안 어느 누구도 무슨 일이 일어나고 있는지를 키네틱사람들에게 말하지 않았던 것이다.

이본은 그녀가 나에게 은밀하게 당부하였던 임무를 맥베인 씨에게 알려 주었다. 그러자 그는 말했다.「좋소. 미국 출판사의 이번 재난이 공정하게 기록되어야 하오. 스트라이버트 교수라면 그 일에 적임자일 것 같군.」 그러고는 놀랍게도 이번 사건이 사실적으로 기록되도록 하기 위해 그의 사무실에서 진행되는 정기 회의에 나를 초대하였다. 나의 비평서들에 대해 찬사를 보낸 후 그는 말했다.「우리들은 교수님과 오랜 관계를 맺기를 원합니다. 당신은 분별 있는 안목을 지니셨으니까요.」

「저의 귀도 그랬으면 합니다. 왜냐하면 미즈 마멜이 말했겠지만 저는 지금 키네틱사를 주의 깊게 조사를 하고 있으니까요.」

「그런데 뭐 좀 알아내셨습니까?」

「록랜드 사가 다른 모든 사람이 알고 있는 협상의 진척 상황을 당신에게만은 통보하지 않았다는 나쁜 소문이 나돌고 있었습니다. 그런데 그런 소문이 사실일까요?」

「사실이지요.」 그는 혐오와 경멸이 가득한 어투로 힘주어 말했다. 나는 다시 다소 무뚝뚝하게 물었다.「록랜드 사가 사장인 당신에게 알리지 않고 거래를 종결하는 것이 가능하겠습니까?」 그는 비통하게 말했다.「그들은 과거에도 나에게 아무것도 알리지 않았는데 이번 경우라고 달라질 이유가 있겠습니까?」

자신이 당하고 있다는 굴욕감으로 화가 난 사장은 비서에게 전화해서 말했다.「편집자들을 소집하여 주게. 그들에게 스트라이버트 교수가 맡고 있는 일에 아낌없는 협력을 부탁하겠네.」 오랫동안 키네틱사가 원활히 유지되도록 하는 데 많은 기여를 한 나이 든 남녀 간부들이 들어왔다. 그 순간 나는 그들의 얼굴에서 그들 스스로가 창업을 도왔던 회사에서 확고한 입지를 갖지 못한 요즈음에 그들을 위협하는 비밀스러운 공포를 읽을 수 있었다.

그 순간 전화벨이 울렸다. 그 방에 있었던 우리 모두는 거래가 어떻게 되었나를 알려 주려고 록랜드 사의 회장이 건 전화라고 추측했다. 그러나 우리 모두가 들을 수 있을 정도로 큰 목소리로 전화한 사람은 회장방에 있던 아첨꾼이었다. 「맥베인 사장님, 저는 콘월 회장실에 있는 랠프 콘시딘입니다. 회장님께서 저에게 오늘 양사 모두에게 득이 되는 거래로 키네틱사가 캐슬사로 팔렸다는 사실을 알려 드리라고 했습니다. 그리고 캐슬사는 사장님을 앞으로 2년 동안 키네틱 사장직에 유임시킬 것에 동의했습니다. 퇴임 후 충분한 연금을 받을 수 있는 자격도 당신에게 주어졌습니다. 그리고 대량 해고는 없을 예정이라고 했습니다만 무능한 자들은 조용히 제거할 거랍니다.」 더 많은 내용이 있었는데 나는 자세한 것을 잊어버렸다.

맥베인 씨가 전화를 내려놓았을 때, 나는 그의 핏기 없는 얼굴을 볼 수 있었다. 그는 우리들에게 이번 거래가 사흘 전에 끝이 났지만 아무도 자신에게 알려 주지 않았다고 말했다. 그는 간부들의 얼굴을 하나하나 바라보고는 말했다. 「매매 조건으로 간부 여러분들은 유임될 겁니다. 하위직은 그렇지 않을 수도 있을 겁니다.」 잠시 침묵이 계속되는 동안 그는 손가락으로 책상을 두드리고 있었다. 그러더니 전화기를 집어 들었다. 「하코트 양, 록랜드 사의 콘시딘 씨를 부탁해요.」 전화가 연결되자 맥베인 씨는 말했다. 「나, 존 맥베인이오. 콘월 회장이 키네틱사가 처분된 사실을 내게 직접 알려 줄 만한 예의가 없는 위인이니, 나도 회사를 떠난다는 사실을 그에게 직접 알려 줄 의무가 없다고 생각하네. 그를 만나거든

1989년 2월 14일로 키네틱사와 체결한 모든 계약을 취소한 다고 알려 주게. 그리고 이 메시지는 나의 밸런타인 선물이라고 전해 주게.」

전화를 끊고 난 후 한동안 고통스러운 정적이 흘렀다. 나는 이 큰 미국 출판사의 적어도 외양상의 와해로 말미암아 충격을 받은 편집자들과 재정 관리자들의 표정을 나는 곰곰이 살펴보았다. 여러 여자와 한 남자가 눈물을 흘렸다. 다른 이들은 공연히 코를 풀었고 모두가 넋이 나간 모습이었다. 턱의 모양으로 보아 이본은 이를 꽉 깨물고 있음에 틀림없었다. 그녀가 모든 사람들이 느낀 감정을 처음으로 표현하였다. 「우리 모두 사임해야 합니다. 저는 기꺼이 그만두겠습니다. 지난달 저는 남겠다고 결심했습니다. 그러나 그들이 우리를 이런 식으로 대접한다면, 빌어먹을……. 저는 저의 작가들과 함께 여기를 떠나겠습니다.」

다른 사람들이 모두 이본과 같은 맹세를 했을 때, 맥베인씨는 자신의 분노를 감추며, 항상 그래 왔던 것처럼, 성명을 발표하는 정치인 같은 덤덤함으로 다음과 같이 말해 우리를 놀라게 했다. 「여러분 여러분, 제가 그만둔다고 해서 그런 성급한 결정을 내리지 마십시오. 저는 예전의 편집자들이 〈모든 나의 작가들은 그만둘 것입니다〉라고 위협하는 말을 들은 적이 있어요. 그러나 그 뒤 그들은 그렇게 하지 않았어요. 열이면 아홉은 그들의 이익이 어디에 있는지 깨닫고는 그대로 남아 있었지요. 게다가 캐슬사는 여러분이 서명한 계약서라는 금고를 그대로 물려받았습니다. 저를 믿으세요. 여러분의 새 주인은 여러분의 협력을 얻어 내기 위해서라면 고소도 불사하는 고집 센 경영자들입니다. 우리 회사는 위대하고 자랑스러운 회사였습니다. 저는 이 회사가 새로운 환경에서도 훌륭하게 유지될 것임을 확신합니다. 회사를 지켜 주세요.

여러분께 부탁드립니다.」

수군거림이 계속되자, 그는 편집자나 작가들과 일을 할 때 그들을 성공적으로 구슬리게 했던 특유의 유머 섞인 어조로 말했다.「불가피한 것과의 싸움은 피해야 합니다. 금세기 초 저의 조부께서는 마구간을 경영하셨는데 그때 자동차가 도입되었지요. 그러나 그분은 헨리 포드를 욕하지 않으셨습니다. 대신에 그는 말들을 팔아 포드 한 대를 구입하셨고, 마구간을 수익이 좋은 포드 자동차 판매 대리점으로 개조하셨습니다.」

그때 한 편집자가 지적했다.「하지만 포드 씨는 미국의 애국자이지 않습니까?」그러자 포드의 행동을 조합 파괴자의 그것이라고 강력히 비난하는 무산 노동자 가정에서 성장한 이본이 투덜댔다.「그가 애국자라는 데는 이의가 많아요.」

그런 침울한 분위기 속에서 한 젊은 여성 편집자가 밝은 목소리로 말했다.「아일랜드의 장례식에는 항상 음식이 있어요. 이번 거래가 우리에겐 장례식과 같은 것이니 가서 술과 먹을 것을 사 오겠어요.」나는 맥베인 씨가 그녀에게 10달러짜리 지폐 두 장을 몰래 건네주는 것을 보았다.

밤을 새우다시피 하며 모임이 진행되는 동안에 한 여성 편집자가 말했다.「저는 이번 거래를 처음부터 지켜보았는데 저를 섬뜩하게 하는 것들이 있었어요. 책에 대한 경멸과 위대한 미국 회사를 구매할 미국인 매입자가 없다는 사실, 그리고 경영주들이 맥베인 사장님을 무시하고 심지어 비웃기까지 한다는 사실에 저는 놀랐어요. 마치 제가 모욕당하는 것과 같은 굴욕감을 느꼈어요.」그리고 그녀는 솔직하게 말했다.「맥베인 사장님, 만약 사장님이 다른 출판사로 옮기기를 원하시고, 그곳에서 우리를 원한다면 확신하건대 우리 편집자들이 모두 사장님을 따라갈 거예요.」

맥베인 씨는 그렇게 할 사람이 아니었다. 그는 웃으면서 간부들에게 말했다. 「여러분 중 일부는 저를 따를 것입니다. 그것에 대해서는 감사하게 생각해야죠. 그러나 작가들처럼 여러분의 대부분은 결국 머물러야 한다는 것을 알게 될 겁니다. 왜냐하면 직장이란 게 그리 흔한 건 아니기 때문이죠.」

서부 개척사와 카우보이 전문인 과묵한 편집자가 그때 나를 놀라게 했다. 「여러분들이 외국인 소유권을 비난한다면 우를 범하는 꼴이지요. 미시시피 강 서역 개발의 대부분은 외국인 투자자들에 의해 재정이 마련되었어요. 우리의 철도, 관개 시설 그리고 최초의 공장들도 외국인 투자자들에 의해 설립된 것이잖습니까.」

재정 담당의 한 사람이 말했다. 「그 사실을 몰랐었소.」 그러자 과묵한 편집자는 야릇한 미소를 지어 보였다. 「대부분의 미국인들도 모르지요. 존 웨인이 몽고메리 클리프트와 함께 닷지 시 북쪽에 인접한 대초원을 활보하는 것을 영화에서 보면서도 대부분의 미국인들은 스코틀랜드 던디 시의 자본가의 소유지인 목장에서 이 두 미국 배우가 촬영하고 있다는 사실을 결코 생각해 보지 못했을 테니까요. 서부에 있는 큰 목장들은 대부분 정직한 미국인이 아니라 앵거스 맥타비시 같은 이름의 사람들에 의해 운영되고 있어요. 만일 독일인들이 좋은 경영을 해준다면 우리 출판사는 살아나게 되겠죠.」 그러한 일말의 희망을 뒤로하고 그 모임은 끝났다.

한바탕의 소요가 진정되자 이본은 출판사의 대체적인 분위기를 말해 주는 한 에피소드를 나에게 설명해 주었다. 「모든 간부 편집자들이 옥스퍼드 대학에서 공부한 새로운 주인인 루트비히 루덴베르크와의 상견례를 위해 소집되었어요. 우리는 그의 등 뒤에서 그 사람을 루덴도르프 장군이라고 불렀어요. 우습지 않으세요? 아무튼 그 모임이 끝났을 때 그는 저에게 잠깐 남아 달라고 하더니 이렇게 말했어요. 〈사람들이 당신은 키네틱사를 떠날 것이라고 말하더군요.〉 그래서 저는 대답했어요. 〈당신은 모든 사람들이 모인 곳에서 그런 말씀을 하실 수 있었을 텐데요〉 하고 말이에요.」

그녀의 말이 계속되었다. 「그랬더니 그가 매우 진지한 표정으로 말하더군요. 〈맥베인 씨가 떠났기 때문에 우리는 당신이 더욱 필요합니다. 당신의 승진을 보장합니다.〉

저는 당분간 머물 거라고 대답했어요. 〈당신의 작가들은요?〉 진지함과 염려가 섞인 말투로 보아 그는 저보다는 작가들에 더 많은 관심을 가지고 있었던 것이 틀림없었어요. 그래서 저는 말했어요. 〈대부분의 작가들은 남을 것이지만 두 유대인 작가는 떠날 겁니다.〉

〈미즈 마멜, 캐슬사에는 유대인이니 이방인이니, 흑인이니 황인이니 백인이니 하는 구별이 없습니다. 당신은 개인 보조 편집자로 흑인 여성을 고용하고 있습니까?〉

〈그렇지 않습니다.〉

〈한 명을 고용하세요. 흑인 여성으로, 임금은 시세대로 지불하겠습니다.〉 우리는 악수를 교환했고 면담은 그것으로 끝이 났지요.」

키네틱사의 와해는 새로운 지적 삶을 시작하려는 나의 결의를 다시 한 번 굳게 다지게 하였다. 그리고 『뉴욕 타임스 북 리뷰』에 기고한 3부로 된 글로 나는 명성을 떨치며 비평가로서 새 출발을 하였다. 그 글은 너무나 명료해서 지각 있는 독자라면 내가 구어체로 표현된 초기의 문체로 되돌아왔다는 것을 알아보았을 것이다. 나는 인생의 행로에서 뒤졌다고 느꼈다. 그렇지만 다시 세상을 정직한 눈으로 바라봄으로써 나의 삶에 세 가지 변화가 찾아들게 되었다. 나는 그 학기 말에 템플 대로 옮길 것이라는 것을 이본에게 알리면서 침묵의 봉인을 깨뜨렸다. 그녀는 나의 대담함을 축하해 주었다. 「메클렌버그의 안락한 둥지를 떠나 도시 중앙에 있는 큰 대학의 소용돌이 속으로 뛰어드는 데는 큰 용기가 필요했을 거예요. 칼, 저는 당신이 자랑스러워요.」 그러나 곧 그녀는 구슬픈 생각에 잠기는 듯했다. 「물론 당신이 글쓰는 삶에 있어서 큰 변화를 가져왔을 때 다른 모든 것에서도 상당한 변화가 있을 것이라는 사실은 다른 작가들과의 경험을 통해서 잘 알고 있어요. 당신도 아마 어느 날 키네틱사를 떠날 겁니다. 그것은 바로 나의 곁을 떠날 거라는 것을 의미하겠죠. 그것이 바로 나를 슬프게 하는 거예요.」

나는 떠날 의향이 없음을 그녀에게 확신시켰다. 「당신과 키네틱사는 저를 저자로 키워 준 은인들입니다. 그렇지 않았더라면 템플 대는 결코 저를 몰랐을 겁니다. 저는 언제나 당신 곁에 남아 있을 겁니다.」

그렇지만 나는 티모시 툴과 제니 소어킨과의 관계는 완전히 청산해야만 했다. 마침내 나는 그들을 위해 할 수 있는 모든 것을 했다. 그들은 나의 간섭을 더 이상 받지 않고 그들 자신의 길들을 가야 한다는 사실을 나는 인정했다. 내가 〈길들〉이라고 복수로 사용한 것은 티모시가 제니와 어울리지 않는 결혼을 해서 그의 성인으로서의 출발을 망치지는 않을 것이라고 나는 아직도 어렴풋이 기대하고 있었기 때문이다. 그러나 그것조차도 나는 운에 맡겼다. 나는 더 이상 그들의 일에 관여하지 않기로 마음먹었던 것이다.

키네틱사에 관해 쓴 나의 글의 세 번째 결과는 대단히 중요한 의미를 지니고 있었다. 사정은 이러하다. 마치 신들이 나의 새로운 용기를 시험이라도 하듯이, 『뉴욕 타임스 북 리뷰』 편집자들이 나에게 전화를 걸어 왔다. 루카스 요더 씨의

8부작 마지막 소설의 출판에 즈음하여 그들은 그 책과 요더 씨의 업적에 대해 경의를 표하기로 했다고 한다. 그래서 내가 펜실베이니아 독일인 거주 지역에 대해 잘 알고 있다는 이유로 그들은 나에게 첫 페이지의 서평과 뒷면에 요더와 그의 작품 세계에 대한 별지 요약판에 들어갈 평론을 써달라고 부탁하였다.

그러한 글은 진지한 비평가로서 나의 새로운 탄생을 확고하게 해줄 수 있는 발표였기 때문에 나는 전화를 건 사람에게 말했다. 「대단히 영광스럽습니다. 자료를 보내 주세요. 당신들의 스케줄에 맞춰 글을 쓰겠습니다.」

그러나 내가 요더 씨의 책에 대한 서평과 에세이를 구상하기 위해 반제 호숫가를 마지막으로 산책하고 있을 때, 나는 점차 그 제안을 거절했었어야 했다는 많은 이유를 알게 되었다. 나는 너무도 요더 씨와 밀접한 관계에 있었기에 그의 작품이나 그를 정당하게 평가할 수 없었다. 더군다나 요즘 그와 그의 작품을 혐오하는 개인적인 앙금도 채 가시지 않은 상태였다. 게다가 메클렌버그 대학에서 내가 맡고 있는 창작 강좌를 더욱 빛나게 한 그의 관대한 기부금을 나는 결코 무시할 수도 없었다. 그렇지만 롱펠로 좌담이 있었던 그날 밤 〈밤에 지나치는 배들처럼〉이란 한 비참한 시인의 훌륭한 시행에 대해 재잘거리던 요더 씨의 금언적인 표현을 나는 여전히 경멸하고 있었음은 두말할 필요도 없었다. 또한 그는 나의 소설 『텅 빈 물탱크』의 비평가들에 의해 혹평을 받고 있을 때에 나에게 깊은 상처를 주었다. 그는 〈칼의 소설은 공감을 주지 못해요〉라고 말해서 나에게 충격을 더해 준 장본인이었다. 그가 내 소설에 대해서 한 말은 내 가슴에 증오심을 심어 주었던 것이다. 물론 후에 나는 그가 진정으로 말하려고 했던 것을 알게 되었다. 〈칼의 소설은 모든 면에서 훌륭한 작품이다. 단, 한 가지 결점이 있다면 공감을 주지 못한다는 것이다.〉 한편, 나는 아직도 마음속 깊이 나의 학생들이었던 툴과 소어킨의 학문적 삶에 그가 간여했다는 사실에 분개하고 있었다. 그리고 나는 그가 썼던 것보다 나 자신이 더 나은 소설을 쓸 수 있다고 굳게 믿기 시작한 때부터 그에 대한 쓰라린 악감정이 있었음을 고백한다. 더욱이 그가 펜실베이니아 독일인 거주 지역에 관한 이야기를 나에게서 빼앗아 갔다는 사실은 어떻게 말로 형언할 수 없을 정도로 나를 분노케 하였던 것이다.

만약 내가 그러한 전후 사정들에 대해 좀 더 세심하게 숙고했더라면, 나는 요더 씨의 소설에 대한 평론을 쓰지 않아야 할 많은 이유가 있다는 사실을 깨달았을 것이다. 그러나 그 당시에 나는 그러한 심오하게 도덕적인 단어의 의미를 깨닫지 못했었다. 자기 앞에 선 원고와의 개인적 친분 관계가 아주 돈독하기 때문에 그 사람에 대해 부당할 정도로 유리하게 판결을 내리거나 혹은 너무 가혹하게 판결할 위험이 있다는 사실을 아는 판사는 이 원고와의 친분 사실을 법원에 고지할 도덕적 의무가 있다. 〈개인적인 사정으로 나는 이 사건을 담당하지 못하겠습니다.〉 같은 논리로 책임 있는 비평가는 친구가 저자인 책에 대한 평론을 부탁받았을 때 거절해야 마땅하다. 그러나 나는 그렇게 하지 못했던 것이다.

요더 씨의 소설에 관한 원고 청탁을 받을 당시 나는 다음과 같은 논거가 타당하다고 생각했다. 나는 요더 씨의 생기 없고 평범한 소설을 문단에서 더 이상 허용할 수 없고, 진지한 비평가로서의 축적된 지식으로 판단컨대, 반박하여야 하는 그런 종류의 소설의 전형으로 삼기를 원했다. 가장 냉혹하게 나 자신을 분석한 후, 나는 요더 씨와 그의 작품에 대한 요약을 하기 위해 타자기 앞에 앉았다. 그때 나는 그에 대한 나의 어떠한 적의도 말끔히 씻어 내야 한다고 스스로를 설득했다. 만약 내가 가혹한 비판을 그에게 가한다면, 그 이유는 그를 싫어해서가 아니라 그의 나약한 소설만을 싫어했기 때문이다. 나는 이번보다 더 순수한 의도로 글을 써본 적이 없으며, 이번보다 더 통렬한 결과를 가져온 글도 없었다.

나의 서평과 에세이가 『타임스』사에 도착했을 때 무슨 일이 발생했는가를 나는 추측할 수 있었다. 그리고 나는 신문사의 누군가가 은밀히 이본 마멜에게 전화를 해서 다음과 같이 말했다는 사실을 알고 있다. 「일요일에 당신의 사람인 칼 스트라이버트가 쓴 두 편의 글…….」

나는 이본이 잘 알고 있는 한 방법으로 나의 서평 복사본이나 그렇지 않으면 완전한 요약판을 입수했을 것이라고 생각했다. 왜냐하면 내가 그것을 우송한 지 이틀 후에 내 전화벨 소리가 요란하게 울렸기 때문이었다. 많은 문인 친구들과 출판계 친구들이 내게 전화를 했다. 그들은 이본이 요더 씨와 그의 작품을 미국의 지적 삶에 있어서 기념비적인 것으로 만들려고 노력하면서 그들에게 달콤한 말을 건네는 반면 나를 어리석고 배은망덕한 자로 못 박아 버렸다고 알려 주었던 것이다. 그녀는 지난번 대통령 선거에서 정치인들이 스핀 컨트롤이라 불렀던 수법, 즉 어떤 일이 일어나기 전이나 그 직후에 여론을 조장하는 수법을 꾀하고 있음이 명백해졌다.

그녀는 전화를 걸 인물들을 취사선택했으며, 요더 씨에 대한 나의 비판 평론을 무효화하기 위한 그녀의 의지는 단호했다. 내 친구들의 정보로 판단해 보건대, 그녀는 과거 요더 씨의 경력에 대한 나의 긴 분석 기사를 『타임스』사가 삭제해 주기를 설득하고 있음이 분명했다. 나는 이러한 그녀의 모습에서 지치고 그을린 채 텔레비전에 나와서 큰 불길을 잡기 위해 어떻게 맞불을 놓았는지를 설명하는 서부 주의 소방관들 중 하나를 연상했다.

나는 그녀가 『타임스』사에 전화를 했다는 데는 의구심이 들었다. 왜냐하면 전에 한 번 이렇게 말한 적이 있었다. 「이 직업을 갖고 난 후 얼마 안 있어 저는 하나의 근본적인 규칙을 터득하게 되었어요. 〈평론의 내용을 변경시키기 위해서 신문사에 압력을 절대 가하지 말 것. 그리고 그들이 서평을 쓰지 않으려는 책에 서평을 쓰게 하려고 애쓰지 말 것.〉 저는 일고의 가치도 없는 책과 자신을 끔찍스러울 정도로 자랑하고 다니는 한 젊은이를 알고 있었어요. 저는 키네틱사가 압력을 넣기에 그 책을 편집했어요. 그 책이 너무 수준 이하여서 『타임스』가 그 소설을 무시했을 때 나는 크게 안도감을 느꼈어요. 그러나 기고만장한 젊은이가 나더러 그의 책에 대한 서평이 나오게 하라고 강요하는 게 아니겠어요? 그것만은 그만두라고 충고하며 제가 거절했을 때 그는 모욕적인 말투로 매일 평론 기자에게 자신의 책을 읽었는지 안 읽었는지를 묻는 심술궂은 편지를 보냈어요.」

머칠 후 일간지 논평에 실린 글은 다음과 같이 시작되었다. 〈지난 주 해리 잭먼이란 자로부터 자신의 책 『사막의 밤들』을 읽었는지 그리고 언제 내가 자신의 글에 대한 서평을 실을 것인지를 묻는 애처로운 편지를 받았습니다. 예, 나는 그것을 읽었습니다. 이것이 나의 서평입니다.〉 그 기사가 얼마나 통렬했는지 이본은 다시는 그 젊은 사람의 소식을 들을 수 없었다고 했다. 그래서 그녀는 신문사에 압력을 가하여 그들의 책을 인기 있게 하려는 젊은 작가들에게 그 기사의 내용을 보여 주기 위해 복사해 두었다고 한다.

그녀가 『타임스』사에 무례한 청탁을 넣을 수 없는 또 다른 중요한 이유가 있었다. 그녀는 보통 1년에 적어도 여덟 권의 책들을 편집하고 출판하는 일을 감독한다. 그래서 그녀는 감히 요더 씨의 책에 대한 나쁜 평가에 대해 불평을 할 수 없었다. 만약 그녀가 불만을 표시한다면 그녀의 다른 일곱 권의 책들에 나쁜 영향이 미치기 때문이다. 나쁜 평가에 대한 그녀의 반응은 대체로 다음과 같았다. 「다음번에 더 좋은 행운이 있겠지.」

그러나 『타임스』사 자체에서 나의 두 편의 글에 대해서 심각한 의문을 품었음에 틀림없었다. 왜냐하면 서평부의 여직원이 대학으로 나에게 전화를 했기 때문이었다. 그녀는 이런 대답을 들었다. 「스트라이버트 교수는 강의 중이므로 지금은 전화 연결이 안 됩니다.」

「전화를 꼭 받으셔야 해요. 매우 중요한 일이에요.」 내가 전화를 받았을 때 그녀는 말했다. 「교수님의 서평과 에세이는 잘 받았습니다. 그런데 저희가 예상했던 것보다 내용이 훨씬 부정적이었습니다. 그래서 저희는 에세이는 삭제해야겠다고 결심했습니다. 물론 삭제료는 지불하겠습니다.」

「그쪽에서 적당한 길이의 두 편의 글을 부탁했죠. 그래서 내가 썼던 것 아닌가요?」

「저희는 교수님께서 쓰신 대로 정확히 서평을 실을 것입니다. 교수님에겐 그럴 자격이 있으며 삭제해야 할 몇몇 단어들을 제외하고는 저희는 분명 그대로 실을 예정이에요.」

「하지만 몇몇 단어들을 삭제한다니, 그건 사전 검열이 아닌가요?」

부드럽게 그녀가 말했다. 「스트라이버트 교수님, 교수님은 한 가지를 고려하셔야 합니다. 교수님께서 필라델피아에 있는 템플 대학으로 자리를 옮기신다는 소문을 들었습니다. 교수들 사이에 스캔들이 될 만한 일이 교수님께 생긴다면 템플 대학에서의 새로운 출발에 해가 되겠지요.」

너무나 뼈아픈 충고였다. 나는 그녀의 말을 진지하게 받아들였다. 나의 개인적인 악의가 요더 씨에 대한 평론을 쓰는 데 작용한 것은 결코 아니었다. 나는 그의 매우 애처로운 소설들이 획득한, 혹은 획득하려고 열망하는 것보다 훨씬 높은 수준으로 미국 소설을 끌어올리기 위한 욕망에서 그 글을 쓰게 된 것이다. 그러나 독자들이 나의 글을 요더 씨에 대한 사소한 복수의 글로서 해석한다면, 그 글은 상승 일로에 있는 나의 경력에 해가 될 것임은 자명한 사실이다. 겸허한 목소리로 나는 말했다. 「에세이는 삭제하도록 하세요. 그러나 서평은 제가 쓴 대로 게재된다고 약속해 주세요.」

「그 약속은 이행될 겁니다.」

나는 내 서평에 대한 『타임스』사의 계획에 대해 할 수 있는 방법을 다 동원해서 알아내려는 이본의 행동을 당연하다고 생각했다. 그리고 후에 나는 신문사에 있는 그녀 친구 중의 하나가 그녀에게 그들은 나의 글을 보고 소름 끼치도록 놀랐으며, 서평은 11면이나 12면에 게재될 것이라고 말한 사실을 알게 되었다. 그 발설자는 이본에게 〈그 사람의 파괴적인 글은 지면의 4분의 1도 차지하지 못할 거야〉라고 말하면서도 이런 경고를 잊지 않았다 한다. 「그 에세이가 완전히 죽은 게 아니야. 왜냐면 그 교수가 군소 잡지사의 발행인을 찾아 어떻게든 글을 실으려 할걸.」

나는 이본이 그녀의 가치 있는 재산을 보호하기 위해 다음 번에 무엇을 할 것인가를 추측할 필요가 없었다. 왜냐하면 베들레헴에 있는 한 서적상 친구가 나에게 전화해서 웃으며 다음과 같은 사실을 알려 주었기 때문이다. 「여보게 친구, 칼. 자네는 요더 씨에게 폭탄을 투하했음에 틀림없어. 이본이 방금 헐떡거리며 나에게 전화를 했네. 그녀가 『타임스』의 일요판 서평은 약간 부정적이긴 하지만 무시해도 좋다고 하

더군. 그러면서 다른 여섯 개의 중요한 언론 매체에서 격찬
한 글을 나에게 지급으로 보냈다는 거야. 그리고 그녀는 키
네틱사가 『돌담』을 그들의 중요한 가을 시즌의 책으로 계획
하고 있다고 말했어. 그리고 그 장대한 계획은 순조롭게 출
발되고 있다는 거야. 그녀에게 물었지. 〈북 클럽에서 하는 빈
정대는 말과 연쇄적으로 주문이 취소되고 있다는데 그게 웬
일입니까?〉 그러자 그녀는 다음과 같이 대답을 했어. 〈그런
것들에 전혀 신경을 쓰지 마세요. 당신과 같은 소매 서적상
들께서 요더 씨 책 판매를 위해 노력만 해주신다면 우리는
이 작품이 판매 목록 제1위로 단숨에 오르리라 확신해요.〉」

다른 감춰진 이야기는 그녀가 키네틱사의 고위 실무 대표
들이 요더 씨 책에 대한 나쁜 평에 영향받지 않도록 그들에
게 개인적으로 일일이 전화를 했다는 것이다. 또한 나는 캐
슬사를 조사할 때 면담했었던 사람들 중 하나로부터 그녀가
그를 어떻게 주무르고 있는지를 들었다. 「그녀는 침착하고
상냥했어요. 그녀는 『타임스』사에 의해 우리 캐슬사가 난도
질당했다는 사실을 고백했어요. 그러나 다른 평론들은 우호
적인 것이며 또 격찬하는 것들도 많다며 그녀는 나를 안심시
켰어요. 그녀는 수백만 달러가 이 책의 운명에 걸려 있으며,
키네틱사는 모든 방법을 동원해서라도 이 책을 위해 싸울 것
이라고 하더군요. 적어도 반년 동안은 요더 씨의 책이 판매
목록 상위에 머무를 것이라고 예상했어요. 그리고 전형적인
미즈 마멜 식의 급소를 찌르는 말로 그녀는 말을 맺었어요.
〈폴, 만약 당신이 견본함에서 스트라이버트 소설의 복사본
을 보게 되면 태워 버리세요.〉」

캐슬사를 조사할 때 친하게 알게 되었던 키네틱사의 한 광
고 담당원은 내가 이본에게 얼마나 가까이에서 모욕을 받았
는지에 대해 나에게 설명해 주었다. 「그녀의 분노가 가라앉

았을 때 그녀는 나에게 세 가지 일을 주었어요. 첫째, 랭커스터 지방의 농장, 헛간, 그리고 목초지가 가장 선명하게 찍힌 그렌즐러 지역의 사진들을 구해 오라고 했으며, 둘째 가장 우호적인 예비 서평들과 이전의 그렌즐러 소설들에 대한 여섯 개의 격찬의 글들을 찾아오고, 셋째로 칼 스트라이버트의 잘생긴 사진을 원한다는 것이었어요.」

「그녀의 계획이 뭡니까?」

「그녀와 나는 독자들의 시선을 끄는 광고를 만드는 것이었어요. 그 광고는 〈그렌즐러 지역에 사는 이 유명한 비평가는 루카스 요더의 대표적 소설인『돌담』을 좋아하지 않았습니다. 그를 제외한 전국의 모든 독자들이 애독하는 소설을〉이라는 제목으로 당신의 큰 실물 사진을 붙인 광고를 만들 계획이었어요.」

「그러한 광고는 보지 못했는데.」

「그 광고는 게재되지 않았습니다. 제가 당신의 사진이 두드러지게 나타날 그 광고를 제작하고 있을 때 이본이 나의 작업대로 왔어요. 몇 분 동안 서서 뒷굽을 바닥에 똑똑 치다가 손을 당신의 사진 위에 올려놓고는 다음과 같이 말했어요. 〈이 사진 빼버리세요. 그는 새로운 삶을 시작하려고 노력 중이에요. 값싼 빈정거림으로 그의 앞길을 방해할 순 없어요.〉」

『돌담』에 대한 나의 평론은 어디에서보다도 메클렌버그 대학에서 엄청난 파문을 몰고 왔다. 그곳에서는 나의 서평이 한 메클렌버그 졸업생이 다른 동문을 무차별 난타한 것으로 여겨졌기 때문이었다. 로시터 총장이 나를 질타하기 위해 소환했다. 그때 나는 거부할 가능성이 있는 사람들에게 아첨하던 관리의 모습과는 완전히 다른 모습의 총장을 보았다. 잔디밭을 보호하려는 불독처럼 총장은 으르렁거렸다. 「너무 유치하지 않소, 칼 선생? 당신의 사생활을 엉망으로 만들었기 때문에 당신은 우리를 난처하게 만들었소. 열여섯 살짜리 소년처럼 당신은 당신의 떠남을 폭죽으로 축하할 셈이었소? 해를 끼친 거요. 분별력 있는 대학교수라면 자신이 속해 있는 과를 위해 백만 달러를 기증한 사람의 책에 대해 어떻게 그런 비방의 글을 쓸 수가 있겠소. 개탄할 만한 일이오.」

내가 변명을 하려고 했을 때 그는 내가 그 글로 내 스스로에게 상처를 주리라고 나중에서야 깨달았던 부분을 다시 한 번 건드렸다. 「전문 비평가로서 요더 씨의 책을 비난하는 것은 고사하더라도 그의 책에 대해 평론을 쓴다는 것이 얼마나 부당한가를 고려하지 않으셨나요? 만약 당신이 그 소설을 칭찬했더라도 당신은 학문적으로 의심을 받게 될 거요. 왜냐하면 당신은 저자와 너무나 밀접한 연관이 있고 또 개인적으로 상당히 친분이 있는 사람이기 때문이오. 나는 당신을 위해 바라건대 최근 이곳에서 보여 준 일련의 행동보다는 좀 더 성숙된·모습을 템플 대에서 보여 주기를 바랍니다. 당신이 여기를 떠난다는 결심은 현명한 일이었습니다만 당신은 환영받을 일을 너무 탕진해 버린 것 같소이다.」

갈런드 부인도 나를 꾸짖기 위해 전화를 했다. 「무례한 사람 같으니! 당신은 돌았어요. 아니면 허튼소리를 했든지.」

나의 글에 대해 요더 씨가 어떻게 생각했는지를 알게 된 것은 한 학생을 통해서였다. 그런데 나의 글에 대한 그의 반응이 나를 매우 놀라게 했다. 「저의 숙모는 목요일마다 요더 부인이 청소하는 것을 돕고 있어요. 숙모는 저에게 다음과 같은 사실을 말씀해 주셨어요. 일요일에 요더 씨가 『타임스』지 한 부를 펼쳐 처음에는 주간 평론란을 그러고는 서평란을 우연히 펼쳤는데 12페이지 상단에 굵은 글씨로 〈그렌즐러 8부작이 쾅 하고 무너진 것이 아니라 애처롭게 흐느끼며 무너지다〉라고 쓰인 표제를 보았다고 했어요. 그는 그 서평이 칼 스트라이버트 교수에 의해 씌었다는 것을 보고는 시선을 잠시 멈췄으나 이내 평소 습관대로 그 기사를 읽지 않았다고 했어요. 그리고 뉴스란의 앞면을 대충 훑어보고는 두툼한 일요판을 내려놓고 그의 화실로 걸어갔대요.」

엠마가 일요판에 나의 서평이 실렸을 거라고 생각하며 서평란을 찾아 그녀의 남편과 그의 소설을 꼬챙이로 찌르듯 혹평한 아홉 단락으로 된 나의 글을 읽었을 때 그녀의 입에서 짐승의 포효 소리 같은 것이 흘러나왔다고 그 학생이 나에게 말해 주었다. 비록 그녀가 루카스는 그러한 순간을 피하려 한다는 사실을 알고 있었지만 그녀는 그림 그리는 그의 작업실로 가서 소리쳤다고 한다. 「여보, 당신은 어떤 끔찍한 일이 일어났는지 알아야 해…….」 떨리는 목소리로 그녀는 나의 서평의 마지막 두 단락을 큰 소리로 읽었으니…….

일련의 지루한 연작소설 끝에 나온 『돌담』은 전 작품이 세워져 있는 불안정한 기초를 애처로울 정도로 세밀하게 잘 나타내 준다. 이 소설은 지루하며 감상적이고 아무렇게나 씌었다. 이 소설의 등장인물들은 생기가 없고 그들의 대사는 결점투성이이다. 액션은 축 늘어지며, 플롯은 응집력이 떨어진다. 요더 씨는 자신의 묘사 기법을 너무 반복적으로 사용하는 우를 저질렀다. 이 소설의 가장 큰 결점은 그의 동료들인 펜실베이니아 거주 독일인들을 익살꾼 광대로 만들었다는 것과 그들이 신뢰할 수 없는 현대 사회에 대한 그들의 완고한 저항의 장엄미가 전적으로 결여되어 있다는 것이다.

진지한 작가가 이런 달콤한 이야기를 만드는 데 시간을

허비했다는 사실은 납득이 안 된다. 어떤 관심 있는 독자가 이렇게 지루한 이야기를 끝까지 읽을 것인지, 그것도 상상할 수 없다. 잘나의 시리즈에서 열여섯 개의 사소한 이야기들이 캐나다인의 경험과 아무런 관련이 없는 것처럼 요더의 그렌즐러 8부작은 미국의 과거나 현재에 전혀 관련이 없다. 그리고 이 두 가지 유감스러운 시리즈 중에서 소위 독일인들을 소재로 한 이번 마지막 작품은 가장 형편없는 작품이다. 어떤 시인이 예언했듯이 『돌담』은 소설이 아니다.

그 학생의 숙모가 이렇게 말했다 한다. 「엠마가 서평을 바닥에 내팽개치며 소리쳤어. 〈자, 루카스, 당신 이제 어떻게 할 작정이야?〉 그러자 그는 만지작거리던 헥스 널빤지 하나를 닦으며 의자에 앉은 채 이렇게 말했지. 〈뭘 어떻게 하라고? 여기에 페인트 칠하는 것을 끝낼 작정이오.〉」

독자 제인 갈런드

10월 6일 일요일

나는 아침 일찍 일어나서 오늘은 독일인들에게는 특별한 날이라는 생각이 들었다. 나는 책들을 무척 소중하게 여긴다. 내 손자도 벌써 책을 한 권이나 펴냈고, 조만간 또 한 권이 더 나올 예정이다. 정말 자랑스러운 일이다. 그래서인지는 몰라도 이웃 사람들이 쓴 책에 각별한 관심을 쏟는 편이다. 스트라이버트 교수가 문예 비평 책을 냈을 때에도 나는 내 일처럼 기뻐했고 또 그의 소설이 별 호응을 받지 못했을 때에는 실망을 나누어 가지기도 했다. 그러나 무엇보다도 지난 15년간 나의 가장 큰 기쁨은 내 친구 루카스 요더의 소설이 전국적인 아니 전세계적인 호응을 얻었다는 데 있었다.

루카스 요더에 관한 일이라면 뜨르르 꿰고 있기 때문에 나는 그의 그렌즐러 시리즈의 마지막 소설 『돌담』이 내일이면 출간된다는 사실과 오늘 자 『뉴욕 타임스』에 서평이 실리게 되어 있다는 것쯤은 이미 알고 있었다. 물론 부끄럽게도 그의 초기 소설 세 편이 나왔을 때까지는 우리 동네 일이었지만 나는 전혀 관심이 없었고 그런 소식조차 듣지 못했다. 하지만 그때는 나뿐만 아니라 수백만의 미국인들도 몰랐고 책도 아마 거의 팔리지 않았지.

드레스덴의 공공 도서관에는 예쁘장하고 차분하게 생긴 여직원이 하나 있는데, 주위의 만류에도 불구하고 끝끝내 고집을 피워서 기생오라비 같은 놈하고 결혼을 한 것이 꼭 내 망나니 딸년을 닮았다. 그러나 내 딸 클래라하고는 다르게 그녀는 신랑이 입이 거칠고 주정뱅이에다가 계집질까지 하고 다니는 것을 알고는 곧바로 차 버리는 현명함을 갖추고 있었다. 그녀는 휴가 때마다 유부남인 펜실베이니아의 영문학과 교수와 함께 지낸다는 소문이 돌아서 가끔 말썽을 빚곤 하는데, 자기 나름대로 만족한 생활을 누린다면 뭐 내가 상관할 바가 아니지.

아무튼 그녀는 도서관 사서로서는 나무랄 데 없는 여자다. 15년 전 나를 일깨워 준 것도 바로 그녀였다. 「갈런드 부인, 이 책은 한 번 꼭 읽어 보세요. 루카스 요더의 최신작『파문』이라는 소설인데 고전적인 간결성에다가 비극적인 감동이 심금을 울리는 게 제가 찾던 바로 그런 책이에요. 사실적이고 거역할 수 없는 어떤 힘이 배어 있는 것 같아요.『보바리 부인』이나『안나 카레니나』에 비견될 만하답니다. 인물들도 20세기 초의 랭커스터 시장 거리에서 직접 대하는 것처럼 생생해요. 곧 영화로도 나온다는데 벌써부터 흥분이 되는군요.」

그러나 그 책은 팔리지 않았다. 적어도 출판됐을 당시에는 그랬다. 하긴 지금은 유럽인들의 집집마다 한 권씩은 다 있다는 말이 들리기는 한다만……. 나는『돌담』이 어떤 반응을 일으킬지 초조했다. 제발 요더가 찬란한 영광 속에서 작품 생활을 끝내야 할 텐데.

나는 침실에서 나와 계단을 내려가다가 언제나 그랬던 것처럼 층계참에 멈춰 서서는 화려한 거실을 돌아보았다. 그 방은 나의 훌륭한 남편 래리모어의 상징이자 그의 정력적인 인생과 철강업의 경력을 말해 주고 있었다. 남편은 그 방을 직접 설계했으며 공사 감독에다가 펜실베이니아의 독일계 이주민의 취향이 가미된 실내 장식의 대부분을 손수 꾸몄다. 창문 벽이 남쪽으로 완만하게 경사진 잔디밭을 향하도록 강력하게 주장한 것도 바로 남편이었다. 덕분에 〈거대한 방〉이라 불리는 이 방 안에 앉아 있으면 아래 계곡의 날씨가 아무리 험해도 항상 장관이 펼쳐지는 것을 감상할 수 있다.

손님들이 이 방에 들어오면 곧 양쪽으로 난 작은 방들로 안내되는데, 왼쪽에는 열두 개의 좌석이 마련된 식당이 있고, 오른쪽으로는 벽돌로 장식된 안락한 서재가 있다. 서재의 벽은 몇 번씩 읽고 또 읽어서 결코 장식용이 아님을 말해 주는 책들로 뒤덮여 있다. 나는 이 세 개의 방을 내 고유의 영역으로 간직해 왔다. 래리모어는 우리의 보금자리를 계곡에서 울려 나오는 바람소리를 따서 〈바람의 노래〉라고 이름지었는데, 이 지역 사람들은 예전부터 〈저택〉이라고 부르고 있다. 내 생각에는 그냥 〈집〉이라고 불렀으면 좋겠다.

나는 종을 급하게 울려 오스카를 찾았다. 이윽고 그가 나타났다. 「자네 아직도 『타임스』지를 가지러 가지 않았나?」 그가 참을성 있게 대답했다. 「마님, 알고 계시겠지만 일요일 최종판은 약간 늦게 도착한답니다. 주중에 일어났던 일들을 종합해야 하니까요.」

「아, 그랬지, 깜박했어. 빨리 보고 싶군.」

그가 웃었다. 「하지만 지금 가면 빈둥빈둥 기다려야 합니다.」

「나도 알아. 그러나 가능한 한 빨리 가져다주게.」

얼마 후, 그가 두툼한 일요판을 가져오자 나는 신문을 뒤적거려서 서평란을 찾았다. 중요성에 비추어 요더의 소설이 당연히 첫 페이지를 장식하리라 기대했지만 실망스럽게도 거기에는 없었다. 한참을 지나 12페이지에 가서야 그에 관한 평론이 실렸는데, 아니 이게 웬일이람! 내 친구 칼 스트라이버트 교수가 혹독한 평을 해놓은 게 아닌가.

그렌즐러 소설의 최고라는 평을 받을 거라는 믿음이 무참히 박살난 채로 숨을 헐떡이다가 나는 그만 신문을 탁자에 내던졌다. 빈 컵이 엎어졌다. 나는 그 공격적인 페이지를 노려보면서 중얼거렸다. 「이건 모욕이야! 그들은 서로 이웃이 아닌가! 거의 동료가 아닌가!」

나는 신문을 다시 집어들고는 바사에서 공부할 때 과제물을 읽듯이 문장 하나하나를 꼼꼼히 읽었다. 읽으면 읽을수록 점점 더 화가 났다. 나는 지금껏 책들을 사랑해 왔다. 〈바람의 노래〉의 모든 방마다 한쪽에는 어김없이 책꽂이를 두지 않았던가. 나는 마음속으로라도 작가에게 이 같은 모욕을 준 적이 한 번도 없었다. 생각할 수조차 없었다.

나는 분노에 떨리는 손으로 그날 걸었던 수많은 전화의 첫 다이얼을 돌렸다. 바로 스트라이버트에게. 그러나 그는 사무실에 없었다. 나는 초조하게 손자의 번호를 돌렸다. 손자는 아직 잠자리에서 일어나지 않고 있었다. 「티모시! 너 스트라이버트 교수의 글 읽었지? 루카스 요더의 소설 서평 말이야.」

「예, 빠짐없이요. 그런데요?」

「세상에 그런 모욕이 어딨담.」

「할머니…….」

「하지만 그들은 친구가 아니냐? 일도 거의 함께 하고, 대학에서 훌륭한 계획서도 같이 만드는 처지에.」

「아니, 할머니! 교수님의 비평은 모든 작가들에게 중요한 기준을 다루고 있는 겁니다.」

「그래도 그렇지. 이건 너무한 거야. 더구나 친구에게…….」

「교수님은 모욕을 가한 게 아니에요. 지성적인 문제를 제기하고 아주 적절하게 해결하신 거예요. 정말이에요.」

「아니 너는 벌써 네가 『만화경』을 출판했을 때 요더 씨가 너를 후원해 준 사실을 잊었단 말이냐? 너도 스트라이버트 교수하고 똑같이 나쁜 놈이다. 아니 더 나빠. 은혜도 모르다니. 신사에게는 그것이 얼마나 무서운 죄악인지 아니?」

「교수님과 저는 금수가 아니에요. 제가 얼마나 요더 씨를 좋아하고 감사하는지는 할머니가 더 잘 아시잖아요? 하지만 미국에서 진짜 문학을 가르치는 선생들이라면 요더 씨가 시대에 뒤떨어졌다는 것은 다 알고 있어요.」 그는 잠시 말을 멈추고 낄낄거렸다. 「제가 쓴 논문의 제목은 〈퇴물 요더〉인데요 뭘. 어때요, 근사하지요?」

「감히 그렇게 쓰다니. 너는 내 손자가 아니야, 나쁜 녀석. 네 놈에겐 한 푼도 물려줄 수 없어!」

「아이고 왜 그러세요, 우리 꼬부랑 할머니.」

내가 손자의 유일한 후견인으로 남게 되었을 때, 나는 손자에게 나를 그림 동화집에나 나오는 구닥다리 할머니처럼 대하지 말고 친구처럼 지내자고 당부했고 이 점에서 우리는 그런대로 성공한 편이다. 그런데 이제 이런 식으로 말하다니. 「요더는 우리한테 맡기시고 가셔서 『쌍둥이 봅시』나 읽으세요.」

「이렇게 무례할 수가 있단 말이냐?」

「미국 같은 나라에서 요더 씨와 같은 작가는 해가 될 뿐이기 때문에 그래요. 물론 그도 책을 쓰지요. 심지어 다발로 펴내기까지 하니까요. 그리고 그것이 옛날에는 괜찮았을 수도 있어요. 하지만 아무 의미도 없는 것들이에요. 정작 중요한 문제에 가서는 쓸모 있는 게 하나도 없거든요. 그저 원고지만 메우는 식이죠. 하긴 그런 책들이 출판사를 먹여 살리긴 하니까 그럭저럭 봐줄 수도 있겠네요.」

「뭐가 그리도 나쁘다는 거냐? 그래도 그는 키네틱 출판사가 서도록 도와줬어.」

「경하할 만한 일이지요. 그러나 중요하다고요? 천만에요.」

「그럼 뭐가 문제니?」

「요더 씨 같은 사람들 때문에 진짜 작가들이 설 자리를 빼앗겼어요. 그들이 독서 시장을 쓰레기로 가득 채워 놓는 바람에 문학에서도 그레셤의 법칙이 판을 치게 되었어요. 요더의 나쁜 소설이 스트라이버트의 훌륭한 소설을 밀어낸단 말입니다.」

「스트라이버트의 소설은 잘 안 읽혀. 그건 너도 잘 알걸.」

「속물들에게나 그렇지요. 문학에 종사하는 사람들은 그의 작품을 중요하게 여긴답니다. 미래를 이야기해 주고 있거든요.」

「맙소사, 『텅 빈 물탱크』가 미래라면 미국이 불쌍하구나. 너는 안경을 쓰는 게 좋겠다. 읽을 게 하나도 없는 책을 두고서…….」

「알아요, 할머니. 무슨 책이 가치가 있는지 할머니와 저는 생각이 이렇게 다르군요.」

「이것 하나는 알아 둬라. 요더 씨가 키네틱 출판사에 돈을 벌어 주어서 네 책도 출판할 수 있는 거란 사실을.」

「하하, 그만하지요, 할머니. 〈퇴물 요더〉를 한 부 보내 드릴게요.」

나는 다시 대학의 로시터 총장에게 전화를 걸었다. 「총장님, 당신 학교의 스트라이버트 교수가 루카스 요더의 최신작을 혹평한 글을 읽어 보셨지요?」

「아, 예. 저는 굉장한 충격을 받았습니다.」 우리는 그 비평의 내용 하나하나에 대한 불쾌감을 털어놓았다. 「그런데 말입니다, 제인, 이건 당신이 생각하는 것보다 훨씬 심각합니다. 자세한 내막을 알면……. 아무튼 제 말은요, 아주 안 좋아요.」

그가 워낙 안절부절못했기 때문에 내가 물었다.「노먼, 그렇게 우물우물하지 말고 빨리 자세한 내용을 말해 보세요. 나도 대학 평위원회의 일원입니다.」

「당신에게만 말씀드리지요. 얼마 전에 루카스와 엠마가 학교 발전을 위해 알아서 써달라고 백만 달러를 내놓은 것은 아실 겁니다. 그것도 사람들에게 알리지 말라는 조건을 붙여서 말입니다.」

「요더는 충분히 그럴 수 있지요.」

「그런데 당신이 모르는 게 있습니다. 그때 그들이 수표를 제게 건네주면서 〈이번 책 출판이 잘되기만 하면〉 하고 은근히 미래에 대한 여운을 남겼답니다.」

「그들이 기부를 더 하겠대요? 그걸 암시했단 말이에요?」

「암시보다는 더 강했죠.」

「하지만 문서로 약속한 건 아니지요?」

「물론 그렇죠. 당신도 문서를 쓰진 않잖아요? 그게 보통입니다. 아무튼 어떻게 해야 할지 모르겠습니다. 스트라이버트의 평론 때문에(문제는 그것이 대학의 이름을 걸고 쓴 거란 말입니다) 요더 부부가 우리에게 까다롭게 나오지 않을까요?」

나는 이 문제를 잠깐 생각해 보고 나서 대답했다.「엠마는 굉장히 화났을 거예요. 그녀는 아마 스트라이버트의 강의실을 불태우려고 할걸요. 루카스는 대범하게 넘길 거고요.」

「하긴 서평 따윈 무시해 버리면 그만이지요. 그러나 오늘 일 때문에 그들이 약속한 많은 기부금이 날아가 버리지는 않을까요?」

나는 좀 더 생각해야 했다.「요더 부부가 그렇게까지야 할라고요.」

「제가 어떻게 해야 하지요?」

「어떻게 해야 하냐고요? 내가 이곳 〈바람의 노래〉에서 간단한 칵테일 파티를 열 테니, 당신은 요더 부부와 그들의 친구인 졸리코퍼 부부를 초대하세요. 그러고는 아무 일도 없었던 것처럼 행동하는 겁니다. 진짜 중요한 건, 엠마가 오면 당신이 그녀의 남편을 무척 소중히 여기고 있다는 사실을 알도록 해야 한다는 겁니다. 재정적인 결정은 그녀가 하니까요.」

「그게 무슨 뜻이죠?」

「생각해 보세요. 요더 부부도 나하고 거의 비슷한 처지예요. 우리는 모두 자식이 없답니다. 그래도 나에게는 손자 티모시라도 있지만 그들 부부는 정말 아무도 없거든요. 그러니 우리가 죽으면 우리의 재산은 어떻게 되겠어요? 엠마도 이 사실을 잘 알고 있어요. 그래서 그녀는 자기 남편을 존경하는 사람에게는 아낌없이 줄 거란 말입니다.」

「아, 그렇겠군요. 그러면 당신이 칵테일 파티를 열어 주시는 겁니까?」

「그럼요. 나는 지역 도서관 사서 한 명을 더 초대할게요. 이름이 베넬리라고 하는데 총명한 여자지요. 이번 파티는 요더의 소설을 축하하는 훌륭한 문학 모임으로 만들어 보지요. 당신이 식은땀을 흘리는 일은 없을 겁니다.」

「동의합니다. 하지만 벌써부터 식은땀이 흐르는군요.」

나는 다시 졸리코퍼 부부에게 전화를 걸었다. 그들과 평소 잘 알고 지내는 편은 아니지만 요더의 작품 활동을 도와주는 농부들로서 평소 존경하고 있던 터였다. 그리고 나서 베넬리 양에게도 전화를 했다. 그들 모두 수요일의 〈바람의 노래〉에의 방문을 고대하겠노라고 하면서 기뻐했다.

자질구레하면서도 즐거운 일이 기다리고 있었다. 나는 오랫동안 보고 싶었던 손님을 맞을 준비를 정성껏 했다. 아직한 번도 만난 적은 없지만 티모시로부터 귀가 따갑도록 말을 들어왔던 제니 소어킨 양을 소개받는다. 티모시가 부쩍 그녀와 가깝게 지내는 것 같기에 나는 그녀가 어떤 처녀인지 알아야 한다고 느꼈다. 그녀는 내가 처음 접하는 유형의 처녀였다. 큰 키가 가는 몸매를 더욱 호리호리하게 만들어 주었고, 결코 단정하다고는 말할 수 없는 용모와 다소 거친 듯한 인상을 풍기면서도 두 눈은 빛나고 입가에는 미소가 떠나지 않았으며 〈내가 파트너를 구할 때 당신은 어디에 있는가?〉라는 문구가 찍힌 티셔츠를 입고 있었다. 나는 웃음을 참을 수 없었다. 나도 스무 살 때에는 저런 고민이 있었지. 그 열병에 들떠 있던 시절, 바사에서의 생활은 두렵기까지 했었다. 제2차 세계 대전으로 인해 남자들이 대부분 징병되었던 터라 뛰어난 미모가 아니고서는 남자를 어디 가까이 할 수나 있었던가. 나같이 별 볼 일 없는 얼굴은 더욱 그랬었지.

두 젊은 남녀가 자동차의 불빛이 비치는 커다란 창문을 바라보며 앉아 있는 동안, 나는 샌드위치와 바삭바삭한 감자튀김을 내왔다. 「자, 이제 너희 젊은 친구들이 왜 루카스 요더와 싸워야 한다고 생각하는지 말해 주지 않겠니?」

「잠깐만요!」 소어킨 양이 말했다. 「저는 아니에요. 저는 그와 그가 쓴 책 모두를 무척 좋아하는데요. 보세요. 우리들은 아주 비슷해요. 우리는 보통 사람들이 읽기 쉽고 이해하기 쉽게 책을 쓴답니다.」

나는 그녀에게 미소를 보냈다. 「내가 아가씨의 티셔츠를 보는 순간 아가씨를 좋아하게 될 거라고 믿었다오.」 그러고는 티모시를 쳐다보며 말했다. 「보렴, 아무도 읽을 수 없는 책을 옹호하는 너나 스트라이버트와는 달리, 읽기 쉬운 책을 더 좋아하는 여성이 이 자리에도 두 명이나 있구나.」

「그런 야만스러운 말이 어딨어요!」 티모시가 기겁하며 외쳤다. 「할머니, 내가 요더 씨에 대해 했던 말은 할머니가 스트라이버트 씨를 두고 한 말에 비하면 아무것도 아니에요. 아무도 그의 소설을 읽지 않는다니!」

「일반적으로 그렇다는 얘기야. 대부분의 독자들은 그의 소설인 『텅 빈 물탱크』나 네 모험소설 『만화경』에는 빠져들 수 없어. 더 친절하게 설명해 주랴?」 손자 녀석이 콧방귀를 뀌었다. 「점점 더 보호막을 치시는군요. 스트라이버트 교수와 나는 끝까지 요더 씨를 비판할 거예요.」

「안 돼!」 내가 소리쳤다. 「만약 그가 필라델피아로 도망가지 않고 지금 이 자리에 있다면 그의 눈에 침을 뱉어 주겠다. 자, 감자튀김 좀 더 들어라. 이것도 요더 씨의 소설만큼 그렌즐러의 영혼에 가깝지.」

「그리고 그만큼 소화에는 치명적이고요.」 티모시가 말했다. 「스트라이버트와 같은 사람들은 (다른 대학에서도 마찬가지예요) 요즘처럼 심해져 가는 문화의 암흑기에는 우리 사회에 생명을 불어넣는 극소수 엘리트들의 숭고한 의미의 대화를 유지하기 위해서 진지한 소설 작업이 필요하다고 믿기 시작했어요.」

「나같이 제인 오스틴이나 윌라 캐더를 즐겨 읽는 사람들은 다 제거하고 말이냐?」

「아니에요! 할머니는 엘리트입니다.」 그는 우리가 앉아 있는 넓은 방 한구석에 놓여 있는 두 개의 작은 책꽂이를 가리켰다. 사실 그 책꽂이에는 진지한 소설과 여성 문제 논문들, 그리고 급변하는 외교정책에 관한 보고서와 분석집들이 꽂혀 있다. 나는 여기서 그 책들이 정치 사회 문제를 생각하는 70대 초반에 들어선 여성들의 관심사들을 담고 있는 것에 기뻤다는 사실을 인정하지 않을 수 없다. 내가 너무 기고만장했던지 티모시는 한 작가의 이름을 끄집어냈는데, 앞으로 몇 주일은 이 사람의 작품을 읽는 데 바쳐질 것이다. 「위대한 미국 시인 에즈라 파운드가 성 엘리자베스 정신 병원에 감금되어 있을 때 한 말이 생각납니다. 그는 여론의 비난을 무릅쓰고 감옥과 다를 바 없는 병원을 찾아온 충실한 미국 시인들에게 이렇게 설교했었죠. 〈당신들과 비슷한 수준의 사람들을 위해서 글을 쓰시오. 대중은 무시해 버리시오. 그들은 언제나 잘못된 신들만을 쫓아다니니까.〉」

남편과 나는 티모시가 열변을 토하고 있는 사상에 대해서는 회의적인 태도를 유지해 왔었다. 그런 사상이 파시즘으로 흐를까 두려웠던 것이다. 나는 무어라고 항변해야 했다. 「난 네가 추종하는 파운드의 생각에는 동의 안 해.」

티모시는 계속해서 설명했다. 「스트라이버트 교수는 파운드의 사상을 받아들인 다음, 그것을 자신이 〈오늘의 규범〉이라고 부르는 것에서 더욱 정교하게 다듬었어요.」

「그래, 도대체 어떤 건지 말해 보렴.」

「예술가는 사회 문제들에 맞서 싸워야 한다는 겁니다. 자기가 살고 있는 구체적인 시대에 대한 이해를 가지고 말입니다.」

내가 그런 말은 편법에 지나지 않는 것 같다고 말하려는 순간 소어킨 양이 끼어들었다. 「갈런드 부인, 티모시가 이야기하는 내용을 자세히 알고 싶으시면 그의 신작 소설 원고를 한번 읽어 보세요.」 그녀는 계속해서 설명했다. 「스트라이버트의 새로운 비평이 강조하고자 하는 단어를 그대로 따서 제목도 『대화』라고 지었어요. 160페이지 분량인데, 대화 내용을 꾸준히 따라가지 않으면 이름도 신원도 구분할 수 없는 남녀의 이야기가 이어져 있답니다. 그들 사이의 논쟁, 의견 일치, 생각들이 문장 중간에서 시작하여 처음부터 끝까지 끊기지 않고 흘러가는데 한 10페이지 정도를 읽어야 누가 남자고 누가 여잔지 알 수 있을 정도지요.」

「결국 신원은 확인되는 건가?」

「그럼요, 그것도 아주 분명하게요. 할머니가 끝까지 붙들고 늘어지면 흥미 있는 인물들이지요.」

「먼젓번 소설보다 더 어려워진 것 같구나, 티모시.」

그는 어깨를 으쓱했다. 아직 출판되지 않은 자기의 작품에 대해 이야기하는 것을 듣기 싫어하는 표정이 역력했다. 제니는 아랑곳하지 않고 계속했다. 「마무리 부분의 교묘함(제 말을 믿으세요)은 앞으로 10년 동안 소설의 모범이 될 정도예요. 아주 뛰어난 책입니다, 갈런드 부인. 긍지를 느끼실 거예요.」

「내가 그것을 이해할 수 있을까?」

「50페이지만 참고 꾸준히 읽어 내려가시면 충분히 이해하실 거예요.」

「내가 원체 돌머리라. 나는 첫 문장부터 어떤 액션이 있길 바라지. 가령 〈어둡고 폭풍우가 내리치는 밤이었다〉 이런 식으로 말이야.」 나는 농담을 했다. 「내 머릿속의 소설 시작은 바로 그런 거거든.」

제니는 티모시의 대담한 작업을 입에 침이 마르도록 칭찬했다. 「굉장한 작품이니 읽어 보세요. 제 할머니 말씀을 인용하면, 〈일단 한번 보세요. 마음에 들 겁니다.〉」

「내가 한번 읽어 볼 수 있겠니, 티모시?」 나는 진실로 그의 발전에 관심이 있었다.

「예, 마지막 부분만 빼고 여기 다 가지고 왔어요. 저 판지 상자 좀 건네주세요. 아시겠지만 할머니, 저는 항상 할머니의 조언에 감사하고 또 실제로 따르려고 합니다. 단, 19세기로 돌아가서 표류하시지만 않는다면요.」

「네가 『조지프 앤드루스』를 읽어 보았는지 모르겠다. 18세기에 벌어졌던 굉장한 사건들이 너를 충격으로 몰고 갈 게다.」

나는 대화를 멈추고 제니에게 물었다. 「소어킨 양은 무엇을 쓰고 있지? 지난번에 축구 소설을 썼었지 아마?」

「저는 특히 할머니를 위해서 글을 쓰려고 해요. 강렬하게 시작해서 깜짝 놀랄 만한 결론으로 끝나는 소설을 구상하고 있지요.」

「기다리기 힘들겠는걸. 그래 주제는?」

「글쎄요. 아! 지금까지는 축구 선수들의 문제를 파헤쳤는데, 이번에는 오하이오 같은 유명 대학의 잘난 척하는 교수나 평위원들을 다루어 볼까요? 거기에도 문제가 꽤 많을 거예요. 아니 동부 펜실베이니아도 괜찮겠군요.」

「여기 위험한 여성이 한 분 계시군!」 내가 짐짓 비명을 지르자 그녀는 후 하고 가볍게 키스를 했다.

나의 재능 있는 젊은 친구들을 현관으로 배웅하러 나가다가 나는 잠시 책꽂이 앞에 멈춰 서서 마거릿 드래블의 소설을 한 권 꺼내 들었다. 우리는 가을의 달빛 아래 길게 펼쳐진 잔디 언덕을 바라보며 서 있었다. 나는 양손을 치켜들었다. 「왼손에는 암호문 같은 티모시의 새 소설이, 그리고 오른손엔 재미있는 드래블의 소설이.」 그들은 우우 하고 야유를 보낸 다음 차를 몰고 떠나갔다.

10월 9일 수요일

오후가 되자 우리와 가장 배짱이 맞는 네 명의 그렌즐러 시민이 〈바람의 노래〉를 방문했다. 어느덧 60줄에 들어선 졸리코퍼 부부와 요더 내외는 전형적인 독일계 펜실베이니아 주민의 모습을 띠고 있었다.

루카스 요더는 작달막한 키에 네모진 얼굴을 가지고 있었다. 그의 머리카락은 마음만 먹는다면 언제라도 근사한 독일식 턱수염을 만들 수 있을 것 같은 은빛이었으며 독일인이 낯선 사람을 만날 때 종종 보여 주는 망연히 생각에 잠기는 듯한 태도를 지니고 있었다. 그의 부인인 엠마는 농장의 일꾼들에게 밥을 해주는 아줌마 같은 인상이었는데, 작고 야위었지만 대단히 활동적인 여성이었다.

이들 부부의 가장 친한 이웃은 허먼 졸리코퍼 씨다. 그는 주위의 모든 이에게 호감을 사고 있었는데, 헝클어진 머리에 몸집은 비대했으며 늙은 황소처럼 느릿느릿 움직였다. 그에게는 상표처럼 따라다니는 두 가지 특징이 있는데, 하나는 멜빵 바지를 즐겨 입는 것이고, 또 하나는 낯선 사람과 대화를 나눌 때에는 입을 꾹 다물고 있다가 자신 있게 말할 수 있는 대목이 나오면 갑자기 목소리가 커지고 장황하게 일장 연설을 늘어놓는 것이다. 결코 조용한 사람은 아니지만 굉장히 신중한 사람이었다.

졸리코퍼 씨의 부인인 프리다는 오늘 처음 만났다. 그녀야말로 가장 이상적인 독일 부인의 모습이었다. 쾌활하면서도 수줍은 듯한 태도, 크고 둥근 얼굴과 둥근 몸집, 그리고 왕성한 식욕을 말해 주는 통통한 다리. 나도 조만간 그렇게 되겠지. 그녀를 싫어하기란 어려울 것이다. 특히 독일 억양이 짙게 풍기는 발음이 들릴 때면 더욱 정감이 갔다. 그녀는 거실에 들어와서 라인 거리로 통하는 계곡을 내려다보고는 첫마디를 던졌다. 「근사하군요.」 그리고는 엄지손가락을 쳐들어 어깨 뒤로 계곡을 가리켰다.

나는 스트라이버트 교수가 『돌담』에 가한 혹평을 두고 요더가 보일 반응에 대한 나의 예측이 맞았음을 알았다. 베넬리 양과 다른 손님들이 다 모였을 때 한 사람이 질문을 했다. 「요더 씨, 당신 이웃의 그 끔찍한 서평을 읽고 나서 어떤 느낌이 드셨어요?」 그러자 엠마가 끼어들었다. 「제 남편과 같은 프로는 서평 따위에 연연하지는 않지요. 나오기도 전에 이미

50만 부 이상 팔릴 정도로 반응이 좋은걸요.」루카스는 몸을 한번 움츠려 보였다. 그의 표정은 마치 〈내 아내가 저런 식으로 말하는 것을 막으려고 무던히도 노력했지만, 남편이란 존재가 무엇을 할 수 있겠소?〉 하고 말하는 듯했다.

「하지만 당신은 개인적으로 무엇을 추구하셨나요?」누군가가 재차 묻자 그는 대답했다. 「저는 헥스를 만들어 왔습니다.」그러자 수많은 질문이 쏟아졌고 그는 다시 설명을 해야 했다. 그는 자기가 어떻게 해서 낡은 헛간들을 뒤져 헥스 표시를 찾았으며 또 어떻게 해서 그것들을 몇몇 비평가가 극찬하는 신선한 사고와 우아한 솜씨의 결합으로 빚어내었는지를 설명했다. 정작 그 자신은 그러한 칭찬을 무시하고 있었다. 「제가 한 일이라고는 우리 민족의 섬세한 전통들을 되살리려고 노력한 것밖에는 없답니다. 물론 거기에 내 특유의 필체로 약간 수정을 가하긴 했지요.」

몇 가지 질문이 또 나왔다. 그러나 그의 설명이 다 끝났을 때, 전혀 예기치 못한 쪽에서 가벼운 비판이 가해졌다. 졸리코퍼 씨가 가세했다. 「루카스, 나는 자네가 헥스들을 가지고 천박한 트릭을 쓴 것은 용서할 수가 없네. 내가 수십 번도 더 경고했지만 자넨 들은 척도 하지 않았지. 펜실베이니아의 독일인들은 헥스로 악을 쫓고 적에게 주문을 거는 따위의 집시들의 수법은 믿지 않는단 말일세. 그런데도 자넨 계속했단 말씀이야. 헥스는 그런 게 아냐. 그런데도 자넨 감히『헥스』라고 불렀단 말일세.」

「아니 그러면…….」베넬리 양이 물었다. 「책들이 말하는 것처럼 불운을 쫓아내는 그 무엇이 아니라면 헥스란 게 도대체 어떤 거죠?」

「단순한 디자인이죠. 독일에서 들어온 건데, 창고를 근사하게 보이도록 만드는 거랍니다. 그것들은 장식을 위한 것이지 마귀를 위한 것이 아닙니다.」그러고 나서 졸리코퍼 씨는 그가 요더에 대해 언제나 품어 왔던 따듯한 애정과 독일인의 생활 방식에 전 세계가 관심을 기울이도록 만든 이웃(요더)에 대한 자부심을 가지고 이야기했다. 「초기 네 작품 속에서 자네는 내 말에 귀를 기울여 주었지. 즉, 우리의 전통들을 그대로 존중했단 말일세. 그게 바로 그 작품들이 훌륭했던 이유일세. 그런데 『헥스』에서 자네는 허황한 이야기들을 하고 있어. 그건 좋지 않아.」

요더 내외는 웃음을 터뜨렸다. 엠마가 말했다. 「당신이 잘못 생각하신 거예요, 허먼. 남편이 당신의 충고를 충실히 따랐을 때에는 그의 책들을 거들떠보는 사람이 없었어요. 그런데 그가 자기 나름의 상상력을 발휘하자 커츠타운 장터의 돼지고기 샌드위치처럼 순식간에 팔려 버렸답니다.」

그녀로 인해 예술가가 소재를 어떻게 사용해야 하는가란 주제로 토론이 옮겨갔다. 한 사람은 허먼 워욱이 전 세계적인 논쟁을 자신의 목적에 맞추기 위해 감히 트릭을 끌어들였다고 주장을 했고, 다른 사람은 이렇게 말했다. 「내가 능력이 있다면 나는 톰 울프의 『허영의 불꽃』 같은 글을 쓰겠습니다. 한 주제를 잡아서 깊게 파들어 가는 겁니다. 작은 화폭에 담듯이 초점을 뚫고 들어가는 거죠.」

엠마가 말했다. 「또는 사회의 특정 지역을 잡아도 되고요, 그렌즐러처럼 말입니다.」 자기 남편을 옹호하려는 그녀의 열성에 모든 사람이 웃었다.

졸리코퍼 씨가 말했다. 「좀 전의 내 말이 지나쳤어요. 사과하지요. 사실 본뜻은 루카스가 내가 우리 독일인에 대해 한 말들에 귀를 기울였다면 더 좋았을 거라는 겁니다.」

베넬리 양이 물었다. 「사람들은 『파문』이 그가 쓴 소설 중에서 가장 뛰어나다고들 하는데 어떠세요?」

「아.」 졸리코퍼 부인이 독일 악센트가 물씬 풍기는 탄성을 발했다. 「제 남편이 그 책을 두 번이나 읽고 나서 한 말이 바로 그겁니다. 〈이 젊은 친구가 제대로 해냈어.〉 저도 그렇게 생각합니다.」

「내가 말하려고 했던 것도 바로 그겁니다.」 졸리코퍼 씨가 흥분에 떨면서 외쳤다. 「정말 멋진 결합이었죠. 내가 말한 진실과 그의 머릿속에서 나온 상상력이 제대로 본 거죠.」

요더가 『돌담』에 대한 스트라이버트의 악의에 찬 서평 때문에 화가 나 있다는 유일한 낌새는 그가 막 자리를 뜨려고 할 때 보였다. 그는 엠마가 작별 인사를 하는 동안 문간에 서서 기다리고 있었는데, 우연히 구석에 세워 둔 책장에서 잘나의 소설 중 한 권을 집어 들었다. 그 소설은 스트라이버트가 요더의 그렌즐러 시리즈에 비유하면서 함께 싸잡아 비난했던 소설이었다. 「이 책들 괜찮아요?」 그가 물었다. 「여섯 권이나 가지고 계신데요.」

「그저 그렇죠, 뭐. 하지만 그녀의 시대에는 마조 드라로슈가 센세이션을 일으켰었지요.」

「캐나다 사람이던가요, 아마?」

「예. 캐나다인들은 그녀의 책들에 비웃음을 던졌지요. 동화 같은 소설이라고 말이에요. 그런데 영국과 미국에서는 여성 독자들의 사랑을 받았답니다. 저도 고등학교 다닐 때 『잘나의 참나무』를 읽었는데 여주인공이 겪는 고통 때문에 눈물깨나 흘렸답니다.」 나는 웃으면서 손가락으로 그를 겨누었다. 「아니, 서평을 읽지 않았다고 하셨잖아요. 그런데 어디서 잘나를 들어서 이렇게 관심을 보이실까?」

「엠마가 끝 부분을 읽어 주었지요. 내가 듣기 싫다고 하는데도…….」 그는 더 이상 말을 하지 않았다. 그러나 이 유명한 캐나다 소설에 대한 대화가 그의 마음을 언짢게 했음을 충분히 알 수 있었다.

6시경, 손님들이 모두 떠나려고 할 때 나는 베넬리에게 좀 더 있다가 저녁이나 같이 하자고 붙잡았다. 「문학에 관해 물어볼 말이 있어요.」 우리는 안락의자에 등을 기대고 커다란 창문 너머로 땅거미가 계곡을 감싸는 풍경을 바라보았다. 그녀가 먼저 말을 꺼냈다. 「졸리코퍼 씨가 요더 씨의 작품들에 대해 그렇게 많은 도움을 준다면 인세도 나누어 가질까요?」

「내가 그 답을 알고 있어. 내 먼 친척이 골짜기 메노 교회에 다니는데, 졸리코퍼 씨도 거기에 다닌대요. 그런데 요더 씨가 졸리코퍼에게 귀중한 도움의 대가로 돈을 지불하려고 하자 그가 이렇게 말하더래요. 〈옛날에는 우리 모두 이웃이 창고 짓는 일을 당연히 도왔었지. 이제는 그가 책을 짓는 일을 돕는 것뿐이야.〉 결국 그는 아무것도 받지 않았대요.」

베넬리 양이 그 관대함에 놀라는 것 같아 나는 실소를 했다. 「우리 펜실베이니아의 독일인들을 과소 평가하지 말아요. 졸리코퍼 씨가 요더에게 말했지요. 〈나를 위해서 돈을 내놓지 말게. 꼭 돈을 내겠다면 우리 교회가 건물을 증축하려고 하는데 거기에나 내게.〉」

「그래서 그가 그랬어요? 요더 씨가 말이에요?」

「물론이지. 그도 그걸 원했고. 하지만 졸리코퍼 씨가 약속을 받고 나서 교회에 요더 씨가 돈을 낼 거라고 슬쩍 귀뜸을 해주었더니 건축가가 밤새 설계를 수정해서 더 크게 만들어 놓았지. 그 건물이 지금 집회실로 사용되고 있다오. 아무튼 다음 날 오후에 요더 씨가 와서 설계를 보고는 〈좋군요, 그대로 하세요〉라고 했다는군요. 이제 졸리코퍼 씨의 교회가 일요 학교로 쓸 건물을 지으려고 하는데, 두고 봐요. 틀림없이 요더 씨가 돈을 댈 수 있을지 알아보기 위해 베스트셀러 목록을 부지런히 뒤질 테니.」

우리는 박장대소를 했다. 나는 웃음을 멈추고 한동안 나를 혼란스럽게 했던 심각한 문제를 꺼냈다. 「베넬리 양, 에즈라 파운드라고 내 손자놈에게 나쁜 영향을 주는 미국 시인이 있는가 본데, 그에 대해서 아는 게 좀 있어요?」

그녀는 숨을 들이쉬고는 골몰히 눈을 찌푸린 채로 앉아 있었다. 「어디서부터 시작을 해야 하죠? 너무 길어서.」

「처음부터 다 이야기해 보지.」

그녀는 단어 하나하나를 신중히 골라 가면서 말했다. 「1930년대에 영국 케임브리지 대학에 작은 그룹이 있었어요. 아주 작지는 않았을 거예요. 그들은 지적인 교만 때문에 소련을 지지하였고 영국에 반역을 기도했어요. 파운드도 그 당시의 추악한 정신에 감염되어 무솔리니와 히틀러를 지지해서 미국을 배반했지요. 그러나 전적으로 그를 비난할 수만은 없어요. 시대가 워낙 혼란스러웠던 때라 작가들도 정신을 차리기가 힘들었죠. T. S. 엘리엇을 비롯해서 많은 작가들이 반유대 사상에 물들어 있던 데다가 친구를 배반하느니 차라리 조국을 배반하겠다는 포스터의 유명한 말이 유행되었으니까요.」

「놀라운 말이군.」

「몇몇 전문가는 포스터가 꼭 〈친구〉를 지칭한 것은 아니라고 주장들을 하지만 우리는 그 말의 의미를 알고 있답니다.」

「그러면 스트라이버트도 이런 자들의 사상을 받아들인 건가요?」

「어느 정도는요. 그는 확실히 반유대주의자는 아닙니다. 그의 편집자도 유대인이고 그가 강력히 출간을 권유하는 여학생 제니 소어킨도 유대계랍니다. 그가 결코 반역을 꾀하지 않는다는 사실은 분명해요. 그러나 그는 매우 수상한 이론을 발전시켰어요. 가령 작가란…….」

내가 말을 끊었다.「티모시가 설명하려고 했던 내용 말인가? 현 시대의 계명인가 하는.」

「그래요. 스트라이버트의 주장은 바로 예술가는 그 시대의 주요 문제들을 어떻게 다루느냐에 따라서 평가를 받아야 한다는 거지요. 그 문제들에 대해서 글로 직접 표현할 필요는 없어요. 단지 문제들을 정확히 숙지하고 일관성 있게 암시하면 된다고 말하고 있어요. 오늘을 이해하기 위해서 과거와의 관계를 단호히 끊는 게 필수적이라는 겁니다. 그래도 과거의 잘못을 알고 또 적절한 해결책을 찾기 위해서는 과거를 공부할 수는 있지요. 아니 사실은 반드시 그래야지요.」

「일개 작가의 어깨 위에 너무 무거운 짐을 지우는 것 같은데.」

「그래도 스트라이버트는 그것만이 유일하게 합당한 임무라고 설교하고 있습니다. 단어와 문장을 다듬는 것은 지난 세기의 일이라는 겁니다. 리얼리티를 붙드는 것이 오늘날의 의무라는 말이지요.」

「리얼리티라고? 당신은 파운드의 반역 같은 걸 이야기하는 건가요?」

「예. 그들이 파운드를 격찬하는 것은 섬세한 시 때문이기도 하지만 그건 많은 이유 중의 일부에 지나지 않고 정작 중요한 것은 다른 시인들을 가르쳐서 그들이 좀 더 생생한 시를 쓸 수 있도록 하는 데 막대한 공헌을 했다는 거지요. 그는 자기 시대의 훌륭한 시인들 대부분에게 영향을 끼친 것 같아요. 내가 뭘 이야기하고 있었지?」

「파운드를 격찬하는 교수들…….」

「지식인들은 파운드를 영웅으로 받들지 않을 수 없게 되었어요. 마치 리트머스 시험지 같은 거지요. 〈파운드를 지지

하라. 그러지 않으면 우리와 함께 설 수 없을지니.〉」

「하긴 내가 동료 시인이나 교수라 하더라도 똑같은 감정을 가졌을 거야. 마치 파업에 참가한 조종사들이 나중에라도 참여하지 않은 조종사들과 조종석에 같이 앉아서 이야기하기를 거부하듯이. 하지만 파운드의 반역에 대해 더 이야기해 줘요. 나는 사실 단편적인 지식밖에는 아는 게 없다오. 티모시가 그러던데 중요한 병원이 있었다는 것 같은데.」

「아, 그 사실은 분명하지요. 전쟁 중에 파운드가 이탈리아에서 내보낸 방송은 영국과 미국의 항복을 요구한 것이었어요. 직접적으로 그런 건 아니었겠지만 아무튼 그는 적에게 격려와 도움이 되는 행동을 했답니다. 또 유대인 말살 정책에 지지를 보내기도 했지요. 최소한 유대인들을 억압하는 일에 찬성을 표한 것은 사실입니다. 전쟁이 끝나고 그는 이탈리아에서 연합군에게 체포되었는데 아주 짧은 기간 우리 속에 갇힌 것으로 알고 있어요. 그가 미국으로 송환되어서 반역죄로 기소되었을 때, 그의 열렬한 지지자들은 그가 전쟁 중에 본심과 다르게 한 말 때문에 재판을 받아서는 안 된다고 항의했답니다. 더 정확히 말하면 이 친구들은 뻔뻔했어요. 파운드가 구금 상태에서 재판을 기다리고 있는 동안 그들은 그에게 볼링겐 상을 수여해서 그가 미국에서 가장 위대한 시인이라는 자신들의 주장을 공고히 했다고 그래요. 기금은 볼링겐 재단에서 대는 거지만 실제 시상은 국회 도서관의 후원으로 이루어지거든요. 그래서 큰 혼란이 일어났지요.」

「그런데 병원은 어디에 나오지?」

「슬픈 사건이에요. 파운드가 워낙 지식인 사회에서 강력한 지지를 받고 있었기 때문에 그를 법정에 세우기를 꺼려한 정부가 한 발 물러서서 정신병자라고 공표한 다음 교도소에 가두는 대신에 워싱턴에 있는 정신병 범죄자들을 위한 성 엘리자베스 병원에 모셔 놓았죠. 이런 식으로 해서 정부는 세인들의 입방아를 피했답니다.」

「그건 잘못된 것 같은데.」 내가 말하자 그녀도 동의했다.

「그는 12년간 그곳에 있었는데, 다른 시인들이 수시로 그를 방문해서 〈성 엘리자베스 순교자〉가 되었지요. 파운드가 이탈리아에서 저지른 짓 못지않게 부끄러운 에피소드지요. 아시다시피 그는 정신병자 수용소에서 몇 편의 대표작을 썼답니다.」

「이제 좀 구체적으로 내려가 보지. 예술가의 역할과 파운드에 관한 스트라이버트의 사상이 내 손자와 같이 감수성이 예민한 젊은이에게 어떤 영향을 줄 수 있다고 생각해요? 손자 녀석이 혼란스러운 상태에 빠지기라도 한 건가?」

베넬리 양은 주저함 없이 이야기했다. 나는 그녀의 대답하는 강도로 보아서 그녀도 티모시를 옹호하고 싶어 한다는 것을 알았다. 「그건 문학 동인 내에서의 회원 자격과 관계되지요. 자기가 남들보다 훨씬 분명하게 사물을 볼 수 있는 특별한 환경 속에서 살고 있다고 확신하는 젊은이들 그룹에 끼여 있으면 항상 더 뛰어난 쪽으로 끌려가게 마련이지요.」

내 손자의 장래가 걱정되었기 때문에 나는 이러한 의문점들을 계속 물었다. 나는 조용한 미소를 지으며 말했다. 「티모시가 소어킨 양과 사귀게 되어 정말 기쁘다오. 그녀는 내가 이해할 수 있는 그런 소설을 쓰고 있다고 말했거든. 하지만 파운드와 영국을 배반한 그런 일당들에 빠져 있는 것은 정말 걱정이에요. 나는 그들을 결코 이해할 수 없어요. 티모시가 그들의 전철(前轍)을 밟으면 안 될 텐데.」

「혹시 비디오 가지고 계세요?」 내가 어리둥절해하자 그녀가 다시 설명했다. 「텔레비전을 통해서 영화를 보여 주는 기계 말이에요.」

「하나 있었지. 그런데 작동법을 몰라서 버렸는데.」

「괜찮아요. 도서관에 있으니까요.」

「그런데 뭘 보여 주려고?」

「앨런타운에 있는 대여점에 좋은 필름이 하나 들어왔어요. 두 시간짜리 영화인데, 하버드에서 만든 거예요. 아마 당신이 에즈라 파운드에 관해 알아야 할 것들을 모두 설명해 줄 겁니다.」

「그렇다면 그 영화를 꼭 보아야겠는걸.」

「날짜를 정하지요.」

가능하면 이틀 후에 보기로 했다. 그녀와 나는 「성 엘리자베스의 죄수」라는 영화를 보기 위해 오후 5시에 도서관에서 만나기로 약속했다.

10월 11일 금요일

오후 5시 드레스덴 시립 도서관. 마을 한가운데의 작고 아담한 석조 건물에서 나는 파운드의 반역 행위와 그 원인에 관한 강렬한 영화를 보았다. 영화 상영실 속에서 나는 안락함을 느낄 수 있었다. 스코틀랜드 출신의 자선가 앤드루 카네기가 드레스덴에 도서관을 기증한 것은 1900년대였지만, 나의 충고를 받아들여 남편이 이것을 현대식으로 개축했기 때문이다. 남편이 죽은 후에도 이곳은 내가 주로 기부금을 내는 곳이 되었다. 나는 변함 없이 서 있는 이 오래된 건물을 사랑했고 또한 스코틀랜드인의 의무감도 사랑했다. 드레스덴 같은 작은 도시들에 수백 개의 도서관을 지어 기증한 카네기만큼 사회에 기여한 부자가 또 있던가?

이 신중한 기부자는 오늘날 그의 도서관에서 돌아가는 일들을 보면 놀랄 것이다. 베넬리 양은 능숙한 솜씨로 내가 작동조차 하지 못했던 비디오 속에 카세트를 넣었다. 우리는 뒤쪽에 앉아서 에즈라 파운드가 겪었던 혼란과 비극, 그리고 최종적인 승리의 가슴 아픈 사연을 관람했다.

영화는 두 부분으로 나누어져 있었는데, 정교한 구성을 지니고 있었다. 전반부는 한 교만한 시인을 사로잡았던 역사적 사건의 기록을 상당한 분량을 상황별로 편집한 것이었고, 후반부는 그의 생애에서 중요한 순간들을 스튜디오에서 재현한 것이었다. 여기에서 파운드의 역할을 맡은 영국 배우는 실제와 가상의 일들을 융합하는 데 뛰어난 실력을 보여 주었다.

파운드는 네브래스카 태생의 혁명적인 젊은이로 묘사되었다. 자신의 세대와는 끊임없는 갈등 속에 있었고 주저하는 교사였으며 이탈리아로 망명해서 무솔리니를 옹호하고 유럽에서, 더 나아가 전 세계에서 이탈리아와 독일의 승리를 주창한 사람이었다. 무솔리니가 거의 모든 전선에서 승리하던 기간 동안에 찍은 기록물 속에서의 파운드는 놀랍게도 미국인을 경멸하고 있었다.

무솔리니와 히틀러가 패배한 이후의 장면들은 파운드가 저지른 행위에 관계없이 정말로 동정이 솟아나게 만들었다. 파운드의 매국적 방송에 격노한 미국 승리자들은 그를 체포해서 안이 훤히 들여다보이는 철망 속에 그를 가두고 비바람막이도 없이 길바닥에 던져두었다. 우리에 갇힌 동물처럼 그는 대중에게 공개되어 온갖 경멸을 받았다. 이보다는 덜 야만적이지만 미국 정부의 관리들이 그를 처벌한 근거가 미약했기 때문에(사실 그는 말로만 떠들었지 물리적으로 반역 행위를 한 것은 아니었다) 공개 재판을 기피하고 의사를 시켜서 정신병자로 몰아 버린 사건은 도덕적으로 훨씬 심각한 문제가 되는 것이었다. 그들은 결국 그를 재판 없이 정신병에 걸린 범죄자를 위한 워싱턴의 성 엘리자베스 병원에 오랜 세월을 유폐시켰다.

나는 철망 우리와 허위에 찬 감호 조치가 미국의 정의에
큰 오점이라는 사실을 인정하지 않을 수 없었다. 그럼에도
불구하고 우수 혈통에 대한 그의 생각과 반역 행위, 그리고
사악한 반유대주의는 결코 용서할 수 없었다. 영화가 끝나고
베넬리 양이 질문이 없느냐고 물었을 때, 나는 머리를 흔들
었다. 사실은 너무 많아서 이루 다 말할 수 없었던 것이다.
얼마 후 집으로 돌아와 거실에 앉아 멀리 라인 거리를 따라
움직이는 차량의 불빛을 보다가 나는 웃음을 터뜨렸다. 「멍
청한 당나귀 같으니! 자기들만이 현대 역사를 평가할 수 있
다고 생각한 야비한 반역자. 공산 러시아가 궁극적으로 세계
를 지배할 것이라고 믿은 어리석은 작자 같으니라고. 그가
지금까지 살아서 공산주의가 도처에서 붕괴하고 있는 현실
을 본다면 뭐라고 말을 할까.」 그리고 나는 산문처럼 무미건
조한 나의 남편을 생각했다. 그는 틀림없이 파운드가 경멸했
을 사람이었다. 제철 공장을 효율적이고 생산적으로 운영하
는 데에만 골몰했던 평범한 미국인이었다. 래리모어야말로
사회가 어떻게 될지 정확히 이해하고 있었다. 그에 비하면
파운드는 얼마나 형편없는 엉터리였던가! 나는 그의 잘못들
중 하나라도 내 손자를 오염시키지 않기를 바랐다.

10월 24일 목요일

오늘 난생처음으로 내가 늙은 정치가 같다는 생각을 했
다. 늙었다는 거야 끊임없이 경험하고 있는 것이지. 나이를
먹어 가면서 관절이 삐걱거리는 것만 해도 그렇다. 정작 놀
라운 것은 정치가 부분인데, 두 젊은 여성에게 전문적인 상
담을 해준 것이다.

먼저 미즈 마멜. 이 아가씨는 작지만 재능 있는 사람들이
많은 우리 마을에 사는 네 작가들을 방문하러 왔다가 알게

되었는데, 나에게 몇 가지 물어볼 게 있다고 해서 필시 내 손
자와 관련 있는 문제겠다 싶어서 그러라고 했다.

그녀가 〈바람의 노래〉에 도착해서는 너무나 솔직한 태도
로 나를 놀라게 했다. 「갈런드 부인, 당신이 손자를 보호하는
모습을 보고 정말 기뻤습니다. 저도 지금 그런 보호가 필요
하답니다. 당신은 누구보다도 드레스덴을 잘 알고 계시리라
생각합니다. 이 마을에서 독신 여성이 집을 구해서 살 수 있
을까요?」

「물론이지요. 환영합니다. 당신은 이미 지역 주민들을 많
이 알고 있지요.」

「그런데 집을 어디서 구하지요?」

「애덤 트록셀이라면 언제나 팔 집을 열두 채 정도는 확보
하고 있지요. 믿을 만한 사람입니다. 그런데 훌륭한 직업을
가진 도시 여성이 왜 이렇게 작은 시골 마을에서 자신을 썩
이려고 하지요?」

「최근 들어 뉴욕에서 좋지 않은 일들이 있었거든요. 회사
가 독일인 손에 넘어갔고, 유일한 친척이었던 아주머니도 돌
아가시고요. 도시는 이제 지겨워졌어요. 저도 벌써 마흔일곱
이고, 그래서 변화를 주는 게 좋겠다는 생각이 들었습니다.」

「출판사는 옮기지 않을 건가요?」

「당분간은요. 하지만 콘크리트 숲을 벗어나서 뿌리를 내
리고 싶어요. 뉴욕은 독신 여성이 살기에는 좋은 곳이 못 된
답니다.」

나는 이본이 예전에 래트너라고 하는 까다로운 남자와 결
혼했는데 그리니치 빌리지에서 흉악한 일을 당해 죽었다는
이야기를 들은 적이 있었다. 그렇다면 그녀는 과부 생활을
훌륭하게 해온 셈이다. 그녀는 총명하고 용기 있는 여성이어
서 남자들의 세계에서 살아 나가는 법을 이미 터득했을 것이

다. 그 밖에도 그녀는 내 손자가 잘 데뷔하도록 도와주었다. 그것 하나만으로도 나는 그녀에게 빚을 지고 있는 셈이다.

「당신의 차는 이곳에 놔두고 오스카를 시켜서 지역을 돌아봅시다. 시골 지역이 좋아요, 아니면 시내가 좋아요?」

「시내 쪽이 좋겠어요. 저는 이웃이 필요하거든요.」

우리는 대학으로 통하는 길을 따라 차를 몰았다. 그 사이에 매력적인 집이 몇 채 눈에 띄어서 내가 권유했지만 그녀는 모두 마음에 들어 하지 않았다. 그러나 다시 대학로를 따라 드레스덴 북동쪽으로 돌아오는 길에 그녀의 관심이 높아졌다. 그녀가 오스카에게 소리쳤다. 「잠깐만요, 여기서 좀 천천히 몰아 주실래요? 저 왼쪽 마을 끝에 2층 건물이 있지요? 멈춰서 한번 봅시다.」

「저런 집이 맘에 들어요?」

「그런 것 같군요. 오스카, 왼쪽으로 한 바퀴 돌아 주실래요? 사방에서 다 관찰했으면 좋겠어요.」 차가 한 바퀴 돌자 그녀는 표시판을 가리켰다. 〈집 팝니다 ― 트록셀과 빙겐.〉 「믿을 만한 사람들인가요?」 그녀가 물었다.

「트록셀은 내가 잘 알지요. 그러나 빙겐은 잘 모르겠군요.」

「사무실에 들러 볼까요?」 그렇게 해서 뉴욕의 한 편집자가 자그마한 독일인 이주민 마을로 이사하게 되었다.

두 번째 상담은 전혀 예기치 못한 것이었다. 손자의 편집자의 집을 구하는 일을 도와주고 나자 이번에는 녀석의 여자 친구가 자신을 얽어매고 있는 작가의 벽을 깨뜨리는 데 도와달라는 요청을 해왔다. 그녀는 바로 내가 좋아하는 제니 소어킨이었다. 티모시가 그녀를 〈바람의 노래〉로 데려왔는데 이번에는 새로운 티셔츠를 입고 있었다. 〈기분이 좋다고 생각되면 나를 느끼세요.〉

나는 그녀가 왜 나와 대화를 나누고 싶어 하는지 몰랐다.

티모시가 말했다. 「할머니, 제니가 축구 소설을 다 끝냈거든요. 그런데 뉴욕에서는 문체를 다듬는 것이 필요하다고 그러나 봐요. 그래서 모두가 충고해 주었지요. 스트라이버트도 충고를 했어요. 그는 그녀의 선생이었으니까요. 그리고 저도요. 지금은 제가 선생이거든요. 미즈 마멜도 많은 충고를 했답니다.」

「그렇게 훌륭한 엄호를 받았는데 내가 무슨 도움이 되겠니?」

「굉장한 도움이지요. 아마 결정적일 거예요. 제 말은 할머니가 우리 중에서는 유일한 독자이거든요. 할머니는 책을 읽지만 쓰지는 않으시잖아요. 제니는 큰 도움을 얻을 겁니다.」

「그 책이 무슨 내용이지? 나는 축구에 관해서는 잘 모르는데.」 내가 경고를 했다. 그러나 제니는 호감이 가는 미소를 지으며 내 말을 받았다. 「실제로는 사람들에 관한 이야기예요. 열아홉 살짜리 소녀 이야긴데요, 할머니가 그 나이 때에 꼭 그랬을 거 같아서…….」

「나는 아직 완성이 안 된 소설은 읽은 적이 없는데, 영광이구나.」

「제 소설을 보셨잖아요?」

티모시의 말에 내가 대답했다. 「나는 내가 읽을 수 있는 소설을 말하고 있는 거란다.」 그러고는 몸을 돌려서 제니에게 말했다. 「이틀 후에 오렴. 나는 책을 빨리 읽는 편이니까.」

10월 26일 토요일

제니의 원고만큼 읽는 데 재미를 주는 작품은 별로 없었지 싶다. 그것은 순진하고 총명한 산골 처녀가 서부 여섯 개 대학의 축구 선수 여섯 명과 사귀면서 겪게 되는 가슴 아픈 이야기를 경쾌한 필치로 묘사하고 있었다. 그런데 내가 특히 이 작품을 좋아하는 이유는 따로 있다. 죽은 남편이 메클렌버그에서 대학 운동팀을 감독하는 평위원회의 의장이었던 것이다. 그 대학에서는 특히 축구에 많은 관심을 기울이고 있었는데, 남편은 자신이 한때 주장을 맡기도 했었던 그 팀이 라파예트를 물리쳤을 때 기뻐서 날뛰었고, 바로 이웃해 있는 르하이 팀에 패배를 당했을 때는 식음을 전폐할 정도로 광적이었다. 게다가 운동 선수들에게 뒷돈을 대주어서 대학을 위험하게 만든 대표적인 메클렌버그 동창생으로『뉴욕 타임스』에 실리기도 했다. 이러한 남편 덕분에 나는 대학 스포츠에 대한 웬만큼의 지식을 얻게 되었고 소어킨 양이 기술하고 있는 서부의 대학들에 대해서는 잘 모르지만 참신한 내용이라는 것은 알 수 있었다.

그러나 오랜 세월에 걸친 독서 경력이 말해 주듯이 나는 그녀의 원고의 장점과 약점들을 집어내었고 오후에 그녀가 〈바람의 노래〉로 돌아올 때까지 한 페이지 분량의 주석과 질문을 만들었다. 거실에서 그녀가 나를 마주하고 의자에 자리를 잡자마자 나는 바로 이야기해 주었다.

「정말 즐거운 내용이었어, 소어킨 양.」

「제니라고 부르셔도 괜찮아요, 제인.」

「나는 갈런드 부인이라고 불러 주면 좋겠어, 제니.」

「우리 둘이서 만담극을 벌이는 것 같네요. 그건 그렇고, 제 원고에 대한 당신의 비평은 정말 고맙습니다.」

「미즈 마멜이 왜 이 책의 출판을 허락했는지 이해하겠어. 하지만…….」

「하지만…….」 제니는 실망스러운 표정을 감추지 않았다. 「저는 더 이상 하나도 생각할 수 없어요.」

「나는 가능하지. 지난 이틀간 고생했지. 그런데 오늘 새벽 4시에 드디어 약점을 알아냈어요. 이 책의 한계를 보여 줄 수도 있는 결점인 것 같아. 그런데 제니는 그것이 오늘날 훌륭한 젊은이들의 삶에 대한 멋진 통찰이라고 썼더군. 하지만 코미디를 만들려고 의도했던 건 아니지? 좀 더 깊고 중요한 어떤 것을 찾아내려고 한 것 같은데 맞아?」

「저는 그냥 막연하게 생각했어요.」

「좋아. 변명이나 회피 같은 건 하지 말자고. 네 소설은 어두운 색깔이 들어간 장면이 필요해. 비극적인 묘사 말이야. 이야기에 그런 게 빠져 있으면 피상적인 희극이 되고 말지.」

제니는 항변의 의사를 잃어 가고 있었다. 게다가 놀랍게도 힘없이 〈그래요〉 하는 게 아닌가. 나는 그녀가 자신의 입장을 지키기 위해 싸우지 않는 것에 실망했다.

「우리 머리를 맞대고 축구 선수 이야기를 생각해 보기로 하지. 아니면 여기 나오는 시인도 될 수 있긴 한데, 별로 이렇다 할 내용이 없는 것 같아. 그에게 굉장히 중요한 사건이 벌어질 수 있겠지. 독자를 꽉 붙들어 둘 만한 장면 말이야. 그래, 그 사건을 처음에 넣도록 하자.」

「아뇨.」 뜻밖에 제니가 단호한 어조로 말했다. 「선수를 먼저 집어넣지요. 소설에서 그가 너무 일찍 부각되도록 하고 싶지는 않아요. 소설의 전체 분위기가 잡히지 않을 수 있거든요.」 왜 그런지 설명할 순 없지만 나는 그녀가 이렇게 자기 작품을 옹호하는 것이 좋았다. 나는 그녀의 표정을 살폈다.

「등장 순서를 바꿀 수 있지 않을까?」

「불가능해요. 신중하게 짜인 것이라서 그런 식으로 변화를 주면…….」 그녀는 잠깐 말을 멈추었다. 「모든 가치들이 죄다 엉망이 돼요.」

「그렇게 말하는 걸 듣다니 기쁘구나. 네가 그런 정도로까지 생각을 깊게 했다니. 아니 더 좋게 말해서 그런 본능적인 직감을 가지고 있다니 말이다.」

「그래서 이제 우리는 제5장에 봉착했군요.」 제니가 말했다. 「할머니가 옳았어요. 시인은 별 내용이 없게 되는군요. 그리고 이제 네브래스카주에서 고릴라를 사랑하게 되고, 어웨이 게임을 떠날 때는 고릴라를 우리에 넣어서 데려가야겠지요?」

「좋구나. 그래서 5장에서 멈춘 게로군.」

「예.」

우리는 운동선수들이 겪을 법한 사건 사고들을 하나씩 짚어 보았다. 「하이즈만상 투표가 있기 2주 전에 약물이나 스테로이드제를 복용하도록 하는 건 어떨까?」

「그건 너무 지나쳐요. 벤 존슨과 올림픽을 생각나게 하는데요.」

「그럼 도박사들하고 얽히게 만드는 거야. 그래서 그들은 도망가고 그만 탄로 나게 하는 건 어때?」

다시 그녀가 머리를 흔들었다. 「안 돼요. 그런 피트 로즈식의 멜로드라마는 지방 방송에서 많이 우려먹은 내용이에요.」 그러고는 내가 계속해서 제안을 하도록 부추기려는 듯이 그녀가 말했다. 「이건 정말 기대하지 않았던 건데요, 갈런드 부인. 당신이 아는 축구 경기를 이야기해 주세요.」

「못할 것도 없지. 내 남편이 얼마나 스포츠 광이었다고. 몰래 뒷돈을 대주는 바람에 『뉴욕 타임스』에 호되게 당한 적도 있었지. 아, 여기 나오는 이 선수의 아버지가 병들었는데 돈이 없어서 제대로 치료를 받을 수 없도록 하는 건 어때? 아냐, 안 되겠다. 그건 지난 주 텔레비전에 나왔던 내용이지.」

「아유, 책뿐만 아니라 텔레비전에 나오는 것까지도 알고 계시다니. 정말 못 당하겠군요.」

「일흔이 넘게 살다 보면 그런 것들이 생활을 유지시켜 주기도 하지.」

서서히 좌절에 잠기면서 우리는 이야기했던 줄거리들을 하나하나 버렸다. 「나가서 산보나 좀 하자.」

10월의 미풍이 얼굴을 스치고 지나갔다. 그녀가 말했다. 「제기랄, 축구하기엔 참 좋은 날씨인데.」

그러나 나의 생각은 다른 곳에 머물러 있었다. 나는 느릿느릿 이야기했다. 「내가 일류 대학 스포츠 선수들을 볼 때마다 (과거에는 남편을 따라다니면서 보았고 지금은 방송에서 보게 되는데) 변함 없이 나를 화나게 하는 것은, 선수들은 한 푼도 못 받는데 카리스마적인 코치만이 중계료다 광고료다 해서 엄청난 돈을 챙긴다는 따위의 사실이 아니야. 진짜 화나는 것은 어느 곳이고 다 남자 선수들이 여학생들을 강간할 권리라도 부여받은 것처럼 생각하고 있다는 거야. 세 축구 선수가 신입생을 강간하고, 하키 선수 넷이, 야구 선수 둘이, 이루 말할 수 없을 정도지. 코치들도 자기의 스타플레이어가 남성다움을 증명하기라도 하듯이 원하는 대로 강간할 수 있다고 생각하는 거나 아닌지 모르겠어.」

내가 너무 지나친 말을 했다는 생각이 들었다. 나는 한 발짝 뒤로 물러섰다. 「내 말을 정정해야겠어. 코치들이 그러지는 않겠지. 그들은 틀림없이 그런 짓을 용서하지 않을 거야.」

오랜 침묵이 흘렀다. 제니는 언덕 아래쪽으로 천천히 걸어가고 있었는데, 분명히 마음속으로 생각의 방향을 잡아 나가고 있는 모습이었다. 마침내 그녀가 멈춰 섰다. 그녀는 벤치를 가리키며 옆에 앉을 것을 권했다. 그녀는 단어를 하나하나 신중히 고르면서 천천히 말을 꺼냈다. 「그래요, 제 소설의 5장 이야긴데요, 그가 바로 그 전형이에요. 뛰어나고 훌륭하고. 그도 우리의 여주인공을 강간하지요. 그녀는 분노에 사로잡혀서 즉시 고발하는 거예요. 하지만 그는 하이즈만상을 타게 되지요. 그가 상을 타면 대학도 명예를 얻는 셈이고 신입생 선발도 훨씬 순조로울 거고요.」

「강렬한 시작이로군.」

제니는 이 말을 못 들은 듯했다. 그녀의 마음은 놀라운 결말로 달려가고 있었다. 「대학 법률가들과 교수단, 그리고 코치들이 모두 나서서 고소를 취하하도록 그녀에게 압력을 가하는 거예요. 입에 재갈을 물리는 거죠. 그들이 육체적으로 무슨 위협을 하는 것은 아니지만 그녀의 마음은 만신창이가 되어요. 대학을 통틀어서, 젊은 여성이 나설 수 있는 모든 투쟁에서 싸워 온 흑인 여학생 하나를 제외하곤 그녀의 편이 하나도 없어요. 그 흑인 여자 친구가 우리의 여주인공에게 충고를 합니다. 「앞으로 나가라.」 그리고 그다음 주에 그 흑인 여학생은 퇴학을 당해요. 대학 당국은 학점과 규칙 위반을 이유로 대지요.」

「정말 멋지게 고치고 있어.」

「그러나 아직 끝난 게 아니에요. 남자 주인공은 하이즈만 상을 받게 되고, 대학은 영예를 획득합니다. 그리고 여주인공은 임신을 했어요.」

또 한 번의 오랜 침묵이 흘렀다. 「임신 사실을 알고는 그녀는 자기에게 입을 다물라고 충고했던 사람들을 찾아가서 이제 어떻게 해야 할지를 묻는 거예요. 코치가 해결책을 제시하지요. 돈과 유산시켜 줄 의사를 제공한 겁니다. 그러나 여주인공이 흑인 여학생이 복교하지 않는 한 그렇게는 못 하겠다고 주장해서 그녀가 다시 학교에 다니게 되고 그들은 함께 병원으로 가는 겁니다.」

얼마 후, 내가 말했다. 「내가 충고할 수 있는 어떤 것보다도 훌륭해. 그러나 물론 네브래스카주는 바꾸어야 할 거야. 실제 장소를 쓸 수는 없을 것 같은데.」

「물론 쓸 수 없죠.」 그녀의 대답은 분명했다. 「네브래스카

주는 건드리지 말아야겠어요. 다른 학교를 만들어 내야지요.」

「어떤 학교를?」

「아직 모르겠어요.」 그녀의 태도로 보아 개인적으로 그녀는 이 사건에 깊이 개입되었을 것이다. 그러나 지금은 그 아픈 기억을 들추어낼 때가 아니다.

10월의 햇빛을 받으며 우리는 오랫동안 말없이 앉아 있었다. 나는 곁눈질로 그녀를 관찰했다. 그녀의 창작 과정의 은밀한 내부를 들여다보았다는 느낌이 들었다. 나는 곰곰이 생각했다. 그 서부의 대학 캠퍼스에서 이 젊은 아가씨에게 무슨 일이 일어난 것일까? 그녀로부터 진실을 기대하지는 말자. 모든 작가들은 다 발명가가 아닌가. 풍경을 묘사할 때조차도 그들은 만들어 낸다.

마침내 제니가 입을 열었다. 「할머니가 무슨 생각을 하고 계신지 충분히 짐작이 갑니다. 하지만 임신하고 그렇게 치욕적인 경험을 한 사람은 제가 아니에요. 저는 사실을 적당히 바꾸었어요. 실제 여주인공은 바로 흑인 소녀랍니다. 그리고 친구가 되어 준 사람은 백인이고요. 그녀가 누구였을지는 좋을 대로 생각하세요.」

10월 29일 화요일

남편이 죽고 나서 나는 어린 시절에 소위 소모적인 과부라고 불렀던 그런 여자는 되지 않으리라고 다짐했다. 고상한 체나 하고 자기 인생은 다 끝났다는 듯한 모습으로 남편이 물려준 집에 갇혀 살면서 자식과 손주들에게 물려주기 위해 가지고 있는 돈을 모두 저금해 놓는 그런 여자는 나와 맞지 않았다.

장례식이 끝나고 얼마 안 있어 나는 과거 나에게 성취감을 가져다주었던 여러 가지 활동을 재개했다. 나에게는 많은 돈이 있었기 때문에(3천만 달러 정도) 내가 원하는 것들을 할 수 있었다.

나는 남편이 하던 대로 마을 도서관 운영에 보조를 했으며 도서관에서는 모르게 베넬리 양에게 해마다 보너스를 지불했다. 대학에도 기부를 했고 뉴먼스터의 야구 연맹을 위해서 돈을 지불했다. 물론 우리의 작은 마을 병원도 기꺼이 도왔으며 래리모어가 생전에 후원했던 교회에도 계속해서 보조를 했다.

그러나 시골 생활에 대한 관심을 유지시켜 주고 즐거움을 가져다준 것은 우리 지역의 농부며 상인들과의 친밀한 유대였는데, 그래서 우리의 새 주민인 이본 마멜이 그녀에게는 낯선 사회에서 일거리를 필요로 했을 때, 나는 그녀가 알고 있는 최상의 안내인이 되었다. 오늘 아침만 해도 아침 9시부터 시작해서 그녀를 데리고 우리 지역 일대를 돌아다녔고 인쇄된 지도와 내가 직접 작성한 지도도 주었다.

「이곳이 바로 우리 도로와 레니시 로드가 만나는 곳이랍니다. 저기 낡은 헛간을 불도저로 밀어붙인 농장이 보이지요? 저기가 바로 펜스터마허 씨 농장이었지. 정말 애석한 일이에요. 한때는 수백 에이커의 농지가 있었는데 10~20년 사이에 그 가족이 다 팔아 버렸지요. 나는 오토를 도우려고 무진 애를 썼는데 잘 안됐어요. 그 집안 사람은 정말 좋은 사람이었지요. 그런데 아들 하나가 말썽이었답니다. 래리모어와 나는 그가 뉴먼스터에 다닐 때, 일종의 장학금을 지급했었는데 아무것도 이룬 게 없지요. 당신은 아마 이곳에 자주 오게 될 거예요. 펜스터마허 씨 댁 감자 요리는 일품이지요.」

그것이 뭐냐고 묻는 이본의 말에 나는 이렇게 말했다. 「드레스덴 사람이 되려면 아직 멀었어요. 하느님이 애플버터를 만들고 난 다음에 만든 독일 요리의 진수죠. 돼지고기 음식 좋아하면 가끔……. 아참, 미안해요, 돼지고기 좋아해요? 싫어하시면 스크래플도 있고 또…….」

「제가 돼지고기 먹는 모습을 주다 삼촌이 보시면 무덤에서 벌떡 일어나실 거예요. 물론 제가 독일인 회사에서 일한다는 걸 아셔도 마찬가지겠지만…….」

「참, 요새 키네틱은 어떠우?」

「그저 그래요. 사실 따지고 보면 저는 주다 삼촌 때문에 산 거예요. 삼촌이 저를 브롱크스 공공 도서관에 데려가셔서 아동용 도서들을 보여 주셨을 때……. 잊을 수가 없어요. 아마 열한 살이나 열두 살쯤 됐었을 거예요. 제 오른팔이 부러졌을 때였죠.」

「아니, 어쩌다가?」

「스틱볼을 하다가 그랬어요.」 그녀는 자신의 고향으로 생각하고 살 지역에서 비로소 믿을 만한 친구라도 하나 사귄 듯이 비밀을 다 털어놓았다. 「야구하고 비슷한 거예요. 근데 그게 뭐하고 비슷하든 그게 중요한 게 아니고요, 사실은 제가 좋아하던 사내애가 하나 있었어요. 붉은 머리의 아일랜드계 아이였는데, 그 애가 절 밀어 넘어뜨리는 바람에 벽에 부딪혀 팔이 부러졌어요. 그로부터 또 여러 해가 지나 제가 사랑한 사람이 또 하나 있었어요. 그런데 그 사람 때문에 그 팔이 또 부러졌거든요.」 그녀는 오른팔을 내밀고는 소매를 걷어 올렸다. 「정말이에요. 아직도 흉터가 남아 있어요.」

별 재미도 없는 그녀의 과거지사를 듣고 있자니 조금 정신이 사납기도 했지만 나는 계속 이곳저곳 돌아다니며 설명해 주었다. 「저 작은 집이 바로 디트리히 부인 집인데 드레스덴 최고의 재봉사지. 일을 맡기면 제때제때 잘해 줘요. 돈이 궁한 여자라 나는 되도록 많은 일거리를 갖다 주려고 애써요. 당신도 앞으로 그래야 될 거예요.」

530

나는 또 이 고장에서 믿을 만한 장이들이 누군지 그녀에게 알려 주고 싶었다.「저쪽 건너편에는 모이어 형제가 운영하는 이 마을 최고의 수리소가 있고, 이 길로 또 쭉 가다 보면 역시 모이어라는 목수가 있어요. 아 참, 한 가지 알아 두어야 할 건 이 마을의 착한 사람들 가운데 반 정도가 다 모이어라는 이름을 갖고 있어요. 그 목수는 내 〈바람의 노래〉가 다 완성되었을 때, 래리모어가 재주가 아깝다며 목공소 차리라고 돈 좀 대줬던 사람이지요. 실내 장식이 좀 뛰어나다 싶으면 다 모이어가 한 거로 생각하면 됩니다.」

「마을 사람들을 죄다 알고 계신 모양이죠?」

「우리가 이곳에 뿌리를 내리기 시작했을 때부터 래리모어하고 나하고 그렇게 하기로 마음먹었어요.」

내가 이곳 고등학교 교장 선생님에게 이본을 소개시켜 주었을 때 그 교장 선생은 쓸데없이 나를 치켜세웠다.「저희들은 갈런드 부인을 명예 교사로 임명했지요. 도움을 많이 주셨거든요.」

그러자 이본은 예의 그 호기심 어린 표정으로 물었다.「어떤 도움인데요?」

「음악 장학금도 주시고, 화학 실험실도 새로 마련해 주시고, 웅변 대회가 열리면 상금도 주시고…….」

그러나 그 교장 선생이 빼먹은 것이 있다. 매년 형편이 곤란한 학생 셋을 선발해 대학 입학 장학금을 지급한 일이었다. 그리고 그 가운데 몇몇이 나중에 아주 훌륭한 사람이 되었으니 그것보다 보람 있는 일이 또 어디 있을까.

이곳저곳을 다닌 끝에 우리가 마지막으로 멈춘 곳은 도서관이었다. 거기에서 우리는 베넬리 양을 만났다. 그녀는 이본이 이곳 주민이 되면 자유롭게 사용할 수 있는 편의 시설들을 보여 주었다.「여기에서 보시는 것은 우리가 가지고 있는 것의 극히 일부분이랍니다. 펜실베이니아 주의 제도에 따라 우편으로도 어떤 책이든지 대출이 가능하지요. 미국 내의 모든 곳에서 발행되는 어떤 책들도 다 가능합니다. 물론 보석은 제외하고요.」 우리가 이리저리 다니면서 베넬리 양이 도서관을 잘 꾸며 놓은 것을 보며 감탄하고 있을 때, 그녀가 오늘자『타임스』한 부를 가지고 왔다.「미즈 마멜, 오늘 신문에 당신 기사가 실렸는데 보셨습니까?」 나는 큰 소리로 기사를 읽었다.

〈필라델피아의 템플 대학에서 창작을 강의하는 칼 스트라이버트 교수는 그의 단골 출판사인 키네틱과 그의 오랜 편집자였던 이본 마멜과 결별하기로 결심했다. 그는 자신의 작품 속에서 주장하는 가치들을 지키기 위해 진보적 경향으로 널리 알려진 작은 출판사로 옮길 예정이다.〉

이본은 여기까지 주의 깊게 듣고 있다가 슬픈 듯이 고개를 저으며 말했다.「이런 일이 생기리라고 짐작은 했어요.」 그러나 그다음 내용이 어떤 이유에서인지 그녀를 깜짝 놀라게 했다. 〈스트라이버트 교수는 폴 패럿 출판사의 아서 제임슨과 중요한 계약을 맺었다고 밝혔다…….〉 내가 이 이름을 읽었을 때 그녀는 헉 하고 숨을 내쉬었다. 그리고 손으로 얼굴을 가리고는 신경질적인 웃음을 터뜨렸다.

「그게 폴 패럿이었다니!」 그녀가 중얼거렸다. 나는 이것이 왜 그녀를 놀라게 했는지 알고 싶었으나 그녀는 아무 말도 하지 않았다. 나는 계속 읽어 내려갔다. 〈이 혁신적인 비평가와의 결별로 인해 키네틱 출판사는 젊은 작가들과의 계약 체결이 어려울 것으로 전망된다. 그러나 미즈 마멜의 후원자인 루카스 요더가 여전히 건재하고 티모시 툴이라는 신인을 발굴함으로써 전도가 그리 어두운 것은 아니다.〉

내가 읽기를 끝내자 그녀가 조용히 말했다.「나쁜 사람 같으니라고. 점잖게 떠날 수도 있었는데. 꼭 그런 식으로 말을 해야 하나. 썰매를 타지 말라고 하는 할머니를 때리는 못된 소년 같군.」 그녀가 보기보다 훨씬 자제력을 잃고 있다는 것을 깨닫고 나는 마을 이야기로 그녀의 관심을 돌리려 했다. 「저곳에서 시몬이 마을에서 가장 멋진 찻집을 운영하고 있답니다.」 그러자 그녀가 웃었다.

그녀를 호텔에 데려다주었을 때, 그녀는 내 손을 꼭 잡았다. 「저는 이미 그를 용서했어요. 훌륭한 새 집을 보여 주셔서 정말 감사합니다.」 내가 정정해 주었다. 「당신은 아직 진짜 훌륭한 것들을 못 보았지요. 내가 7&7이라고 하는 근사한 레스토랑에서 당신을 위해 만찬을 마련할게요. 마을에서 좀 떨어져 있긴 하지만 독일 만찬의 기본이 되는 일곱 가지 향료와 일곱 가지 양념을 내놓기 때문에 우리는 그곳에 자주 간답니다. 아마 또 다른 놀라움을 맛보게 될 거예요.」

10월 30일 수요일

이본이 요더 씨 집에 볼일이 있는데 같이 가자고 찾아왔다. 나는 이 일이 업무상의 세세한 내용들이라는 사실을 알기 때문에 그냥 집에 있겠다고 했지만 이본은 막무가내였다. 「편집자들이 어떻게 생계를 유지하는지 알 수 있는 좋은 기회잖아요.」 우리는 오스카를 운전사로 해서 출발했다.

요더 씨 집에 도착했을 때, 엠마는 마침 뉴욕에 있는 루카스의 에이전트와 통화를 끝내는 참이었다. 그녀는 수화기를 내려놓자마자 좋은 소식이라고 열심히 떠들었다. 「『돌담』이 또 3개 국어로 번역이 된대요. 스웨덴, 포르투갈, 그리고 또 히브리어라든가. 벌써 11개 국어가 됐네요. 또 번역될 거예요.」

우리의 축하에 루카스가 당황하는 것 같아 나는 그의 마음을 풀어 주고 싶었다.「다시는 소설을 안 쓰신다는 게 사실입니까?」그러자 엠마가 나서서 대신 대답을 했다.「그럴 거예요. 남편은 이제 작품 활동을 하지 않을 예정이랍니다. 그림 그리는 일만 할 거예요.」

이 솔직한 대답에 이본은 실망의 빛을 감추지 않았다.「엠마,『돌담』이 그의 마지막 작품이라고 공언하지는 마세요.」

그러자 이 자그마한 독일 여자가 다소 퉁명스럽게 말을 받았다.「왜요?」

이본은 내 생각에도 가장 훌륭한 대답을 했다.「제가 나중에 키네틱 출판사를 떠나기로 결심했을 때, 루카스가 저하고 함께 움직여 주면 제가 좋은 직장을 잡기가 한결 수월하거든요.」

엠마가 무슨 뜻인지 몰라 하자 그녀는 부연 설명을 했다.「만약 저 혼자만 움직인다면 별 주목을 받지 못한답니다. 툴하고 소어킨을 데리고 새로운 출판사로 간다면 상당한 주목을 받겠지요. 그러나 당신의 남편하고라면 제 마음대로 선택할 수가 있지요.」

「키네틱 출판사를 그만둘 생각이세요?」엠마가 물었다.

「아직은 아니고요. 하지만 상황이 좋지 않아지면 저도 살길을 찾아야지요. 그러니 제발 저를 밀어주세요. 당신의 남편은 저의 보호막이랍니다.」

이렇게 드러내 놓고 요더에게 의지하자 따뜻한 반응이 일었다. 잠시 후 엠마가 외쳤다.「두 분 모두 내일 영화 촬영하는 데 같이 갑시다. 랭커스터 쪽으로요.」나는 답례로 그들을 내일 저녁의 만찬에 초대했다.

루카스는 내키지 않는 모양이었다.「나는 할 일이 있는데.」

「커츠타운의 7&7에서 만찬을 가질 건데도요?」내가 이렇게 덧붙이자 엠마가 탄성을 질렀다.

「아, 멋진 축제가 되겠군요. 꼭 가도록 할게요.」

이본이 집을 한 채 구입할 예정이라는 말을 하자 요더 부부가 그녀에게 말했다. 「그렇다면 서류에 서명을 하기 전에 허먼 졸리코퍼 씨를 만나 보도록 해요. 그는 뛰어난 기술자랍니다.」 전화를 거니까 마침 그가 집에 있다고 해서 요더 부부도 우리와 함께 멋진 졸리코퍼 농장으로 차를 몰았다. 그곳은 우리 지역에서 아름답기로 손꼽히는 지역 중의 하나다.

졸리코퍼 부부는 이본이 옛날 허츨러의 집에 관심이 있다는 사실을 알고는 흥분했다. 「굉장히 잘 만든 집이지요. 단단하고. 마루도 삐걱거리지 않고.」 우리는 함께 그곳으로 갔다. 허먼과 루카스는 지붕과 하수관, 천장, 상수도, 그리고 전선 등 여기저기 빠짐없이 검사를 했고 엠마가 따라다니면서 수리해야 할 곳들을 받아 적었다. 나는 이 세심한 독일인들이 내가 미처 알지 못했던 숨겨진 부분까지 꼼꼼하게 검사하는 것을 보고는 그들의 조상이 드레스덴을 어떻게 살기 좋고 튼튼한 곳으로 만들었는지 알 것 같았다.

금방 고칠 수 있는 가벼운 하자만 있다는 사실에 만족해서 우리 일행은 트록셀과 빙겐의 부동산 사무실을 찾았다. 트록셀이 이본에게 말했다. 「4만 4천 달러입니다.」

졸리코퍼 씨가 물었다. 「길 건너 땅도 포함되는 겁니까?」

트록셀이 끄덕이자 허먼이 속삭였다. 「횡재하는 겁니다. 3만 9천 달러를 제시하세요. 허츨러 집안에서 모든 수리를 해준다는 조건으로요.」

트록셀 씨는 그 제의를 받아들여서 허츨러 가에 허락 여부를 알아보겠다고 말했다. 「조심하세요. 허츨러 사람들은 아주 야비하고 거칠기 짝이 없으니까요.」 허먼이 경고를 했다.

「그걸 어떻게 아십니까?」 트록셀이 물었다.

「내 아저씨가 그쪽 집안 사람하고 결혼을 했거든요.」

우리 중의 누군가가 낄낄거리자 그가 근엄하게 말했다. 「웃지 말아요. 허츨러가 저 집을 짓기 위한 돈을 어떻게 모았는지 알아요? 막대한 보험 보상금을 타서 장만한 겁니다.」 그는 계속해서 자신의 보증이 없다면 믿어지지 않을 이야기를 해주었다. 「허츨러의 설명에 의하면 이렇습니다. 〈아내와 내가 마차를 타고 시골길을 가고 있었는데, 갑자기 뒤에서 커다란 자동차가 들이받는 바람에 우리는 마차 밖으로 나가 떨어졌지. 아내는 의식을 잃은 채로 누워 있었지만 별로 다친 데는 없었어. 그래서 내가, 아마도 대형 보험에 들었을 커다란 차에 탄 부자들이 보지 않는 틈을 이용해서 침착하게 아내의 얼굴을 걸어차 버렸지.〉」

10월 31일 목요일

아침 일찍 오스카가 나를 드레스덴 차이나에 데려다주었다. 그곳에서 이본과 요더 부부를 만나기로 했던 것이다. 우리는 남쪽으로 차를 몰고 갔다. 나는 오스카를 시켜서 내 차로 가길 바랐는데, 아만파 지역 도로를 커다란 캐딜락이 마차들 속에 섞여서 달리는 것은 아무래도 어울리지 않는다고 우기는 바람에 그들의 낡은 차를 타고 가야만 했다. 엠마가 운전을 했는데, 앞좌석에는 이본이 앉았고 루카스와 나는 뒷좌석에서 이야기를 나누었다. 우리는 랭커스터 동부의 먼지가 풀썩 날리는 도로를 타고 카메라가 설치되어 있는 곳으로 달렸다.

80명이 넘는 사람들이 영화를 찍느라 왔다갔다하고 있었다. 각각의 장면들이 모두 1880년대 10월의 평화로운 아만파 교도 농장의 이미지에 들어맞아야 하기 때문에 카메라들도 전화선이 깔려 있지 않은 도로의 북쪽에만 초점을 맞추고 있었다.

기본 장면의 구성은 우리 같은 방문객들이 보기에도 그리 복잡한 편은 아니었다. 그렇다고 해도 책 속의 어느 부분을 촬영하는 건지는 알 수 없었다. 조감독이 와서 설명해 주었다.「아만파 교도들의 농촌 생활 풍경을 엄숙한 분위기가 감돌도록 묘사하는 겁니다. 이 영화의 작가들이 이 장면을 제안했지요. 시각적으로 인상적일 뿐만 아니라 줄거리도 서서히 전개해 나가는 겁니다. 잘 훈련된 건장한 말이 끄는 전통 마차가 오른쪽에서 왼쪽으로 도로를 따라 움직일 겁니다. 마차에는 멜빵 바지를 입은 젊은 아만파 교도가 타고 있죠. 아내도 함께 말입니다. 카메라가 왼쪽 멀리서 다가오는 작은 마차를 화면에 담습니다. 그 마차에는 어떤 남자가 타고 있는데 험상궂은 인상에 멜빵 바지도 입지 않았습니다. 그의 마차가 다가와서는 카메라 바로 앞을 지나갑니다. 그때 우리는 그 남자에 초점을 맞추어 흉악하게 생긴 얼굴 표정을 찍는 겁니다.

특히 두 대의 마차가 지나가는 순간의 타이밍이 아주 중요합니다. 흉악한 사람이 왼쪽에서 와서 카메라 바로 앞을 지나는 순간 다른 마차에서 그의 적을 발견했을 때의 그의 반응을 찍는 겁니다. 그 타이밍이 너무 어렵기 때문에 장면을 확대해서 또 하나의 감정을 담을 겁니다. 학교에 다니는 남녀 두 꼬마가 각기 다른 옷을 입고서 두 대의 마차에는 별 관심을 보이지 않고 길을 따라 걸어가지요. 마차야 매일 보는 것들이니까요.

그래서 카메라와 마차와 꼬마들이 위치와 시간이 딱 맞게 움직일 때 무대 미술가가 붉은색과 푸른색으로 헥스를 그려 넣은 아담한 붉은 창고가 장면의 배경으로 들어갑니다. 우리에게 도움말을 주는 랭커스터 학자가 주의를 주었답니다.

〈대개의 아만파 교도 농부들은 창고에 헥스를 그려 넣지 않아요. 그들이 미신을 믿지 않아서가 아니라 그림 그리는 값이 너무 비싸기 때문이죠.〉 어떤 아만파 교도도 그런 말을 했죠. 〈그건 사치야.〉 그러나 영화를 만드는 사람들은 이 점을 지적했습니다. 〈이미 백만의 사람들이 요더 씨의 『헥스』를 읽었거든. 우리도 읽었고. 그래서 헥스를 집어넣는 게 좋겠어. 지우지 말고 그대로 놔두지.〉」

몇 분 뒤 사이토 씨와 이스라엘 출신의 그의 동료가 원작자가 영화 촬영을 보고 있다는 소식을 듣고 달려와서는 오랜친구처럼 반갑게 인사를 했다. 「당신은 저에게 큰 행운을 안겨 주었습니다.」 사이토 씨가 말했다. 그러고는 촬영 준비를 중단시키고 사람들에게 루카스를 소개했다. 그러나 이스라엘인은 끼어들어 인사를 중지시켰다. 「한 시간 안에 이 장면을 다 끝내야 돼. 해가 너무 밝아지면 곤란하잖아.」

이본이 나에게 속삭였다. 「이제야 왜 키네틱 출판사에서 책 한 권 펴내는 비용이 몇 달러인데 반해 영화 한 편 찍는 비용이 수백만 달러가 들어가는지 알겠네요.」

마차를 모는 배우들이 그들의 배역을 대본대로 충실히 수행하고 있을 때, 말들이 날뛰었다. 도로도 배설물로 지저분해졌다. 이로 인해 말똥을 치우느냐 마느냐, 또 치운다면 누가 치워야 하느냐로 오랜 시간을 끌어야 했다. 조감독 하나가 말했다. 「나는 처음부터 말똥이 도로에 있어야 한다고 생각했어.」

이스라엘인이 외쳤다. 「그대로 둬.」

남자와 말들이 흡족하게 연기를 할 때, 이번에는 꼬마 하나가 카메라를 쳐다보았다. 그리고 마치 복잡한 퍼즐을 풀어 나가듯 모든 것이 완벽하게 움직여서 다 끝났나 싶었는데, 마침 피츠버그에서 필라델피아로 가는 비행기 한 대가 카메라에 잡히는 바람에 다시 망쳤다.

그 후로도 45분이 헛되게 날아갔다. 이스라엘인이 핸드 마이크를 잡고 으르렁댔다. 「이제 해가 떠 있을 시간도 15분 정도밖에 없어요. 제발 이번 한 번으로 끝냅시다.」

감독이 화가 나서 그에게 다가와 말했다. 「오늘 못 하면 내일 다시 하면 돼.」

이스라엘인이 다시 받았다. 「안 될 것도 없지요. 돈이 문제지.」

13분 동안 나무랄 데 없이 완벽하게 촬영을 마치자 감독이 소리쳤다. 「자, 그럼 이제 다음 세 장면 더 찍읍시다.」 그래서 다시 말이 따가닥따가닥 걸어 들어오고, 두 꼬마가 다시 검은 옷과 모자 ― 남자아이는 납작 모자, 여자아이는 레이스가 달린 탭 ― 을 썼다. 두 번째 촬영도 무사히 마쳤다.

세 번째는 말이 울고, 꼬마들이 놀라 펄쩍 뛰고, 마부가 정신을 못 차리는 바람에 엉망이 되었다. 그런데 네 번째 촬영은 풍성히 내리쬐는 10월의 태양빛 아래 모든 것들이 완벽한 조화를 이루면서 정말 아만파 교도들의 삶 ― 너른 들녘, 그들의 아이들, 그리고 그들의 교통 수단 ― 을 여실하게 그려 주었다. 감독이 환호성을 지르고, 신바람이 난 이스라엘인은 마차를 제공한 농부들에게 큰 소리로 물었다. 「제가 저 말들에게 키스 좀 해도 될까요?」 그러자 아만파 농부들은 별 미친 사람 다 보겠다는 표정으로 그를 바라보았다.

드레스덴으로 돌아오는 차 안에서 루카스는 이렇게 기록했다. 「아침 시간 전부와 80명, 그리고 여섯 마리의 말, 이들이 고작 1분 20초의 영화 촬영을 위해서였다니.」

이본이 말했다. 「그러지 말고 80초라고 하면 좀 나아 보이잖아요.」

내가 요더 부부에게 영화 촬영을 지켜 본 감상이 어떠냐고 묻자 루카스가 대답했다. 「인상적이었어요. 장면을 올바로 만들기 위해 아주 열심히 일하더군요. 나도 내 글을 올바로 쓰기 위해 단순한 의무감 이상으로 일해 왔습니다. 이본도 모든 것을 조화시키기 위해 열심히 일했지요. 내가 만나는 많은 젊은이들이 아무 공부도 하지 않고, 가령 문법을 배우고 또는 사실을 파악하고, 심리학을 배우는 등 노력도 않고 그저 막연히 작가가 되고 싶다고 말을 하지요. 그들이 오늘 이곳을 보았으면 좋았을 텐데.」 그러고는 돌아오는 동안 내 내 그는 더 이상 말을 하지 않았다.

7&7으로 잘 알려진 커츠타운 남쪽의 펜실베이니아 독일식 레스토랑은 전형적인 독일 농촌 요리를 전문으로 하는 곳이다. 커다란 테이블 위에 햄, 쇠고기, 닭고기, 그리고 제철의 감자 요리와 소시지를 내놓고(생선이나 양고기, 송아지 고기는 취급하지 않는다) 독일 전통에 따라 열네 개의 작은 단지를 올려놓고 그중 연붉은 색의 단지 일곱 개에는 단 음식을, 그리고 나머지 연초록색의 단지에는 신 음식을 올려놓는다. 실제로 단지를 사용하는 식당은 이 일대에서 이곳밖에 없다. 단 음식으로는 향료를 가미한 애플파이와 애플소스, 그리고 단무지 절임과 세 가지 젤리며 양념들을 준비하고, 신 음식으로는 여러 가지 절임과 초를 탄 겨자 따위를 마련해 놓고 있다.

그날 밤 파티에 참석한 사람은 모두 여덟이었다. 요더 부부와 졸리코퍼 내외, 이본, 손자 티모시와 그의 애인인 제니 소어킨 양, 그리고 나. 식당에서는 특별한 손님이 왔다고 좋아하면서 일행을 별실로 안내했다. 방 중앙에는 커다란 테이블이 놓여 있었고 그 위에 예의 단지들이 쭉 놓여 있었다. 초청된 손님들이 모두 자리를 잡고 앉자 의자가 하나 비었다.

아홉 개의 의자가 마련되어 있었던 것이다. 이본이 의아한 표정으로 물었다. 「이 남는 의자는 어디에 사용하는 거죠?」

나는 그녀를 깜짝 놀라게 해줄 심산으로 아무 설명도 하지 않았다. 그리고 드디어 그 순간이 왔다. 황황히 템플로 떠났다가 막 돌아온 칼 스트라이버트가 방 안으로 걸어 들어온 것이다. 나도 그의 모습이 전과 다르게 많이 변한 것을 보고 놀라기도 하고 기쁘기도 했다. 그는 이제 구부정한 어깨를 가진 소심한 젊은이가 아니었다. 훨씬 성숙해 보였고 관리들이나 권위 있는 대학의 총장들이 잘 입는 줄무늬 양복을 입고 있었다. 그는 다른 사람들은 거들떠보지 않고 곧장 이본에게로 다가가서 악수를 하고 낮은 소리로 말했다. 「당신에게 사과할 일이 있습니다. 제가 당신과 키네틱 출판사를 떠난다는 소식을 게재한 신문 기사는 정말 야만적인 내용이었습니다. 더구나 논조가 아주 잘못됐어요. 진심으로 용서를 빕니다.」

이본이 반응을 보이지 않고 가만히 있기에 내가 끼어들었다. 「그런데 왜 당신은 그런 심한 말을 했지요?」

「그건 전화 인터뷰였습니다. 기자 얼굴도 보지 못하고 단지 목소리만 들었을 뿐이지요. 그런 인터뷰는 처음이라 얼떨결에 이 말 저 말을 많이 했답니다. 정말 죄송합니다.」

그가 진심으로 반성의 빛을 보이자 그제야 이본이 입을 열었다. 「그 글을 읽고 갈런드 부인에게 당신은 어른들을 치는 불한당이라고 말을 했었습니다. 나도 무례한 말을 했지요. 당신이 사과를 하시니 없었던 일로 하지요.」 방 안에는 다시 평온한 분위기가 감돌았다.

칼이 그녀의 옆자리에 앉았을 때, 나는 요더가 묘한 감정 속에 있다는 것을 알아차렸다. 그는 눈썹을 추켜올리고 있었는데 마치 〈나는 대중 앞에선 그런 무례한 짓을 한 적이 없는

데〉 하고 말하는 것 같았다. 나는 칼이 『돌담』에 대해 왜 그렇게 야만적인 비평을 썼는지 직접 해명해 주면 좋겠다고 생각했다.

음식이 나오기 전에 이본이 은근하게 이야기를 꺼냈다. 「드레스덴에서 나의 중요한 작가 네 분을 함께 만나게 되다니 참 이상한 기분이 드는군요.」 그러고는 그들의 이름을 하나하나 들었다. 스트라이버트의 이름은 마지막에 들었는데, 익살스럽게 한마디 덧붙였다. 「이제는 셋이 되겠네요. 최근에 한 분을 잃었으니 말이에요.」 그녀는 다른 사람이 뭐라고 말을 꺼낼 틈을 주지 않고 이야기를 계속했다. 「혹시 주요 작가의 범주 속에 제니 소어킨 양을 넣는 것이 너무 이르다고 생각하실지 모르겠어요. 아직 대중들이 그녀의 책을 읽을 기회가 없었으니 말이에요. 그러나 이 방 안의 우리 중 넷은 이미 그녀의 글을 읽었기 때문에 작품이 매우 훌륭하다는 것을 알고 있답니다. 자, 이제 곧 탄생할 소설가 제니 소어킨 양을 위해 첫 번째 축배를 듭시다.」

엠마가 물었다. 「이미 소설을 완성했다면 〈탄생할〉이라는 말이 안 맞잖아요?」

이본이 대답했다. 「우리 세계에서는 출판되기 전까지는 완성으로 치지 않는답니다.」

엠마가 다시 말했다. 「괜찮은 정의로군요. 루카스와 나는 메클렌버그의 교수 한 분을 알고 있는데 아마 그 사람이 펜실베이니아 독일인들에 대해서 루카스보다 훨씬 글을 잘 쓸 거예요. 그런데 그는 진득이 앉아서 글을 쓰려고 하지 않는답니다. 결국 작품은 나오지 않는 거죠.」

그때 이본이 이상하게 눈길을 다른 곳으로 돌리는 것이었다. 나는 무슨 이유일까 궁금했다.

세 웨이터가 고기 접시를 들고 와서 식사가 시작되었다.

졸리코퍼 부인은 놀라운 속도로 먹기 시작했다. 그의 남편도 결코 이에 뒤지지는 않을 듯싶었다. 식사 중에 여종업원이 와서 이본에게 전화가 왔다고 일러 주었다. 그녀는 일어나서 졸리코퍼 씨에게 눈을 한 번 찡긋하고는 손으로 행운의 표시를 지어 보이곤 밖으로 나갔다.

그녀는 우리가 그녀를 잊어버릴 정도로 오랫동안 돌아오지 않았다. 이때 내 정신은 소어킨 양에게 쏠려 있었는데 그녀가 몸을 기울여 귓속말을 했다.「졸리코퍼 씨 얼굴 좀 보세요. 신기할 정도로 네모형인데요. 앞이마에 헥스만 그려 넣으면 꼭 메노파 교도의 헛간처럼 보일걸요.」나는 졸리코퍼를 보는 대신 그녀의 얼굴을 쳐다보았다. 내 손자가 이렇게 재치 있고 현명한 아가씨를 사귀게 되다니 고마운 일이었다.

이본은 환한 얼굴로 돌아와서는 자리에 앉지도 않고 이야기했다.「트록셀 씨한테서 온 전화예요. 그가 말하길, 허슬러 씨가 제가 제시한 가격에 집을 팔기로 했다는군요. 아, 아직 너무 기뻐하지 마세요. 그런데 수리는 제가 해야 한다는군요. 어머, 그렇다고 그렇게 실망하진 마세요. 그 대신에 수리 비용으로 집 값에서 5백 달러를 제하기로 했으니까요.」

그녀는 마음을 진정시키려는 듯이 잔을 집어서 이마에 대고 열기를 식혔다. 그리곤 잔을 치켜들고 말했다.「저의 오랜 친구들과 이제 새로 알게 된 친구들에게. 이제 저도 여러분의 일원입니다. 이 이상의 축복이 어디 있겠어요?」

즐거운 함성이 터졌다. 스트라이버트와 티모시가 그녀에게로 다가가서 가볍게 껴안았다. 요더는 고개를 끄덕였고 엠마도 박수를 쳤다. 내가 잔을 두드리면서 말했다.「우리의 새로운 납세자를 위해 건배! 자, 환영합니다!」

졸리코퍼와 요더가 말을 이었다.「축하와 건강을 위해!」모두 잔을 비웠다.

　테이블 위의 음식들이 치워졌다. 다음 음식들이 나오길 기다리는 동안에 스트라이버트가 일어서서 낮게 헛기침을 하고는 이렇게 말했다. 「저는 오랜 친구인 갈런드 부인의 사려 깊은 배려로 이렇게 다시 돌아올 수 있는 영광을 얻었습니다. 진정으로 감사드립니다. 작년에 저는 메클렌버그에서 내일 밤 열릴 〈사회 속에서의 예술가의 위상〉이라는 제목의 심포지엄을 조직했었습니다. 유감스럽게도 저는 참석할 수 없게 되었습니다. 그러나 여러분들이 제 대리인으로서 참석해 주셨으면 합니다. 좋은 저녁이 될 것입니다.」

　그가 자리에 앉자 우리는 가볍게 박수를 쳤다. 내가 물었다. 「여러분들 혹시 종업원이 테이블을 치울 때 단 음식 단지 하나만 남겨 두는 걸 아세요? 그건 그 단지가 가장 단 음식이라는 걸 상징한답니다.」 그때 종이 울리고 주방문이 열렸다. 세 종업원이 각각 양손에 감미로운 파이들(애플과 호박, 그리고 다진 고기 파이)을 마치 신에게 바치는 제물처럼 받쳐 들고 들어왔다. 그들은 음식을 하나씩 여성 앞에 놓고 보조 나이프를 테이블 위에 놓았다.

　모두들 파이를 환영했다. 엠마는 마치 의식을 집전하는 여사제처럼 나이프를 휘두르며 외쳤다. 「자, 하나씩 듭시다.」 주로 호박 파이를 많이 먹었는데 아는 사람은 다진 고기 파이를 먹었다. 사실 독일 파이 중에선 그게 최고다. 어떤 사람은 파이를 따로 담을 수 있도록 식기를 요구했다. 졸리코퍼 부인은 세 종류의 파이를 다 먹었다.

　파이를 다 먹어 치운 사람들이 두 번째 접시를 요구할 즈음 엠마가 잔을 두드려서 주의를 끈 다음 문제를 하나 냈다. 「다진 고기 파이를 무엇으로 만드는지 아시는 분? 독일인은 대답할 자격이 없습니다.」

　모두들 정확히 맞추었다. 「사과와 건포도, 그리고 약간의 땅콩과 레몬 설탕 절임, 향료와 흑설탕.」

엠마가 말했다. 「훌륭해요. 그러나 여러분은 한 가지 가장 중요한 것을 빠뜨렸어요.」 손님들은 파이를 다시 맛보았지만 결국 해답을 알아내지 못했다.

「고깁니다. 이름이 다진 고기 파이니까요. 그래요. 약간의 돼지고기와 쇠고기가 들어간답니다. 그래야 진짜 맛이 나죠.」

그러자 이본이 말했다. 「제가 만드는 레몬 머랭에도 햄과 베이컨이 약간 들어간답니다. 언제 한번 맛을 보여 드릴게요.」

11월 1일 금요일

이본이 목요일 밤 이후로 드레스덴에 머물 계획이 없었다가 갑자기 눌러앉아서 집을 사기로 결정하는 바람에 나는 한동안 원했던 중요한 논의의 기회를 잡게 되었다.

그녀에게 우리의 차를 대접할 준비는 하지 못했다. 그도 그럴 것이 〈바람의 노래〉에서 그녀를 맞이한 것은 18세기식의 두 숙녀가 차나 마시며 가십거리나 주고받는 일이 아니라 심각하고 격렬할 수 있는 중요한 문제에 대한 토론이었던 것이다. 「내 손자 티모시 문제에 관해서 나는 조언자가 필요해요.」

「어떤 할머니도 뛰어난 자기 손자가 일으키는 문제라면 좋아할 것 같은데요.」

나는 몸을 앞으로 숙였다. 「말해 줘요. 정말 그가 재능이 있나요?」

나의 적극적인 태도에 놀란 듯, 그녀는 아주 조심스럽게 이야기했다. 「티모시는 만 명에 하나 나올 만한 인재지요. 그가 제대로 다듬어지기만 한다면, 부인이나 스트라이버트로부터, 그리고 키네틱 출판사 같은 기관으로부터 조언과 충고를 잘 받아들이기만 한다면 충분히 스타가 될 수 있어요.」

「나는 아주 솔직하게 이야기하고 싶어요, 미즈 마멜. 티모시는 이제 스물셋이지요. 그 애는 이미 두 번째 소설을 탈고했답니다. 그것도 첫 번째와 마찬가지로 혁명적이라더군요. 당신도 들어서 아시겠지만, 내 남편과 시할아버지는 막대한 유산을 물려받은 데다가 한창 주가가 좋을 때 베들레헴 철강 회사의 주식으로 몇 배로 불렸지요. 래리모어와 나는 딸이 하나 있었는데 총명하긴 했지만 고집이 세서 반대를 무릅쓰고 돈을 보고 결혼한 부랑배를 좇아서 야반도주했지요. 그런데 둘 다 티모시가 어렸을 때 죽고 말았답니다. 그래서 내가 길렀죠. 내가 말하고 싶은 건, 나는 다른 상속인이 없어요. 그래서 내가 죽고 나면 티모시는 부자가 될 겁니다. 엄청난 부자 말이에요. 그 애가 과연 재산 관리와 작가 생활을 둘 다 제대로 할 수 있을까요?」

이본은 내 질문에 어떻게 대답할까 고민하다가 머리를 흔들며 날카로운 생각을 말해 주었다. 「저는 가난하지만 엄한 유대계 집안에서 자랐어요. 옷은 거의 없었지만 책은 많이 접할 수 있는 그런 집안 말이에요. 저는 모든 것을 다 가지고 있는 제 나이 또래의 소년 소녀들을 알고 있는데 그들이 저보다 훨씬 더 좋은 걸 가지고 있다고 생각해 본 적은 한 번도 없답니다. 그리고 지금의 그들을 보면 그들이 유복한 환경 때문에 오히려 해를 입었다고 느끼게 돼요. 하지만 제가 부러워하는 그런 소녀도 있었답니다. 우리 기준으로 보았을 때 그녀의 부모는 부자였지요. 그래서 그녀에게 아낌없이 주었답니다. 그러나 그 부모는 그녀에게 많은 사랑과 안정감을 함께 주었죠. 그녀는 명예를 버리고 버나드로 갔는데 지금은 중서부의 진보적인 대학 총장과 결혼해서 아이도 셋이나 낳고 잘 살고 있답니다. 저는 지금도 그녀가 부러워요.」

「당신은 티모시가 강한 정신이 있다고 생각해요?」

「그는 저하고도 기꺼이 싸웁니다.」

「소어킨 양은 어떻게 생각해요?」

「아주 재능이 있는 처녀죠. 속이 꽉 찼어요. 그런 처녀가 제 딸이라면 자랑할 만도 할 텐데.」

「그렇게 말해 주니 고마워요. 티모시가 그녀와 교제를 한답니다. 나는 그녀를 손자놈으로 하여금 현실에 닻을 내리게 할 수 있는 구원으로 보고 있답니다.」

「저도 그렇게 생각해요. 티모시가 그녀를 찾은 것은 행운이지요.」

적잖이 안심이 되어서 나는 그녀와 부랴부랴 식사를 했다. 그러고 나서 우리는 동쪽으로 그리 멀지 않은 곳에 있는 대학으로 차를 몰았다. 그곳은 이미 심포지엄에 참가하는 청중들로 열기를 띠고 있었다. 의장으로 나선 오하이오 주립 대학의 예술사 교수가 설명을 했다. 「오늘의 구성과 강연자들은 이미 1년 전 스트라이버트 교수가 조직해 놓으셨습니다. 그러나 애석하게도 그는 이 자리에 오늘 밤 참석하실 수 없게 되었습니다. 하지만 그의 훌륭한 개념인 〈현대의 계명〉은 우리 토론의 길잡이가 될 것입니다.」

영국 노팅엄 대학의 교수가 어려운 내용을 발표했다. 그는 1930년대 영국의 지식인 사회가 어떻게 해서 파운드나 엘리엇과 같은 열정적인 인물들을 유해한 반유대주의에 물들게 했으며 또 그들이 어떻게 심약한 케임브리지 대학생들을 부추겨서 연합군 특히 미국에 반역을 하고 공산화된 러시아를 찬양하도록 만들었는지의 개요를 훌륭하게 발표했다. 이렇게 배경을 설명한 그는 본격적으로 아직도 파운드에 대해서 격론이 많은 논쟁의 중심으로 뛰어들었다.

「이러한 현상을 설명하기 위해 오늘날의 학자들이 점차로 사용하는 스트라이버트 교수의 문구를 인용해야겠습니다. 그것은 〈현대의 계명〉이란 것입니다. 이 말은 서서히 젊은 예술가와 지식인들을 반역이라고 불리는 위험한 구렁으로 밀어 넣고 있습니다. 반드시 국가에 대한 반역이라기보다는 우리의 종교와 돈을 버는 방식, 그리고 특히 영국의 경우에는 계급에 대한 반역으로 몰아가고 있는 것입니다.

커다란 이상 현상들을 생각해 봅시다. 멕시코에는 그들의 영웅인 코르테스의 동상이 없습니다. 스페인계와 인디언들이 그를 자신들의 이익에 대한 반역자라고 생각하기 때문입니다. 남아프리카 공화국에는 그들의 위대한 아들 얀 크리스티안 스뮈츠의 기념관이 없습니다. 보어인들은 그가 제2차 대전 중 영국인들에게는 구세주였지만 보어인들의 이익에는 반역자라고 믿고 있습니다. 여기 미국에서 금세기에 가장 위대한 인물이 누구일까요? 프랭클린 루즈벨트라는 데는 큰 이견이 없겠지요. 그러나 여러분이 그의 기념비를 건립한다고 하면 허가를 받을 수 있을까요? 결정권을 쥐고 있는 보수주의자들이 그걸 용납하지 않을 겁니다. 그들은 서민의 편에 섰던 루즈벨트를 자기 계급의 반역자라고 알고 있는 겁니다.

예술가는 위대한 정치 지도자와 같습니다. 그들은 자기가 속한 계급을 거부하고 당면한 문제, 현대의 계명에 정신을 쏟습니다. 그러면 기존 체제는 그들을 혐오하고 그들의 행위를 반역이라고 낙인을 찍습니다.」

그것은 용감하고 정열적인 연설이었다. 청중들이 환호했다.

다음엔 내 손자가 연단에 섰다. 나는 그의 남성다운 태도와 성숙한 자기 확신, 그리고 자신의 생각을 조리 있게 발표하는 능력에 자부심을 가졌다. 그는 곧바로 자기 주장의 핵심을 단순한 용어로 이야기했다.

「오늘 밤 이곳에 모인 어느 분도 확실하게 〈현대의 계명〉
을 따르고자 했던 에즈라 파운드가 세 가지 경우의 인물로
나뉜다는 사실에 이의를 달지는 않으리라 믿습니다. 그 하나
는 미국이 낳은 가장 위대한 시인의 하나라는 사실이고, 또
하나는 세계에서 가장 앞선 시인들의 스승이라는 점이며, 나
머지 하나는 자신의 국가에 반역을 꾀한 악명 높은 전범이라
는 것입니다. 그러나 저는 이 자리에서 이 나라가 부끄러워
해야만 할 네 번째의 범주 속에서 그를 이야기하고자 합니
다. 그것은 그가 성 엘리자베스 병원의 고통받는 죄수였다는
것입니다.」

그는 파운드가 정신병자 수용소에서 겪었던 12년이라는
가슴 아픈 세월에 대해 이야기해 나갔다. 정부는 그가 이탈
리아에서 한 방송이 반역 행위라는 것을 알지만 법률상으로
는 죄명이 가벼워 정상의 정신을 가진 한 천재를 정신병자로
몰아서 교도소 대신 바리케이드를 친 병원에 수용하는 비열
한 과정을 택했다는 것이다.

「그러므로 우리 정부 스스로가 이 위대한 시인을 권위에
항거하고 불순한 의문을 던지며 이런저런 방법으로 현 체제
의 신경을 건드리는 모든 예술가의 상징으로 만든 것입니다.
파운드는 우리에게 예술가란 과거의 존경과 미래에의 비전
사이에서 줄타기를 하는 곡예사라는 사실을 일깨워 주고 있
습니다. 예술가가 되기를 갈망하지만 그러한 위험을 짊어질
의사가 없는 젊은이들은 후세에 기억될 기회를 전혀 얻지 못
할 것입니다. 예술은 자신의 생명을 건 투쟁인 것입니다.」

티모시의 열변은 거의 광적인 환호를 이끌어 내어서 나는

독자 제인 갈런드 **549**

비록 그의 결론은 마음에 들지 않았지만 능력은 인정할 수밖에 없었다. 마치 그가 성스러운 진리를 이야기한 것과도 같이 박수가 계속되자 나는 더 신중한 가치관을 지닌 누군가가 청중들로 하여금 더 큰 진리를 알게 하도록 일깨워 주어야 한다는 생각이 들었다. 나는 자리에서 일어서서 발언권을 신청했다. 경비가 마이크를 갖다 주자 회장이 상단에서 이야기했다. 「고맙게도 이 자리에 예술을 무척 아껴 주시는 여성 한 분이 자리하셨습니다. 그녀는 우리의 예술 활동을 위해 자금을 후원해 주셨습니다. 대학 평위원회 위원이신 제인 갈런드 여사를 소개합니다.」

나는 마이크를 단단히 움켜쥐고 말했다. 「오늘 밤 우리는 예술가의 임무와 행위의 자유에 관한 많은 이야기를 들었습니다. 이 청중 속에는 아마 우리들 중 어느 누구보다 실제적인 글쓰기를 많이 하셨고 일상생활 속에서 이러한 추상적인 문제들과 씨름해 오신 분이 계십니다. 저는 루카스 요더 씨를 추천합니다. 여기에 모인 사람들뿐만 아니라 전 미국에까지 널리 유명하신 분입니다. 그분이 나오셔서 고견을 우리에게 들려주셨으면 합니다.」

나는 루카스가 토론에 참여하지 않으려는 것을 알 수 있었다. 그는 예전에 이 강당에서 롱펠로를 옹호했다가 반박을 받았던 일이 있었던 것이다. 그로서는 그러한 쓰라림을 다시 맛보기 싫어할 것이다. 그러나 엠마가 그를 자극했다. 「찔리는 거 있어?」

그는 첫마디부터 폭탄을 터뜨렸다. 「우리는 오늘 밤 에즈라 파운드의 영웅적인 행위와 지적인 화려함에 대해서 많은 이야기를 들었습니다. 그러나 연사들은 하나같이 이 시인에 관해 한 가지 사실을 간과하고 있습니다. 내 생각으로는 모든 다른 것을 대신할 만한 그 중요한 사실을 말입니다. 여기에 모이신 사람 중 몇이나 유대계입니까? 손을 높이 들어 주시겠습니까? 아, 죄송합니다. 여러분들이 제가 주장하고자 하는 내용의 증인이십니다.」 제니 소어킨을 포함해서 꽤 많은 사람들의 손이 올라갔다. 그러나 미즈 마멜은 손을 들지 않았다. 요더는 엄숙하게 말했다. 「감사합니다. 만약 에즈라 파운드가 그의 뜻대로 했다면 여러분은 오늘 밤 이 자리에 없었을 것입니다. 아니 태어나지도 못했을 겁니다. 여러분의 부모들이 독일과 폴란드와 그리스와 체코에서 살았던 유대인들과 똑같은 길을 갔을 테니까요. 다시 말하면, 그들은 모두 학살되었을 것입니다.」

그의 말은 격정을 불러일으켰다. 영국 교수가 비명을 질렀다. 「오, 이건 파렴치한 짓이야.」 다른 교수가 외쳤다. 「내가 답변하겠소.」 내 손자를 비롯한 몇몇 학생들의 요더에 야유를 보냈고 제니 소어킨을 포함한 다른 학생들은 박수를 쳐서 야유에 대항하려 했다. 연설의 논조에 점점 불안해하던 로시터 총장은 무감각하게 앞을 응시하고 있다가 그의 아내가 흔들자 자신 없는 발걸음으로 마이크 앞으로 나가서 일단은 질서를 회복시켰다. 「여기는 대학입니다. 예의를 지킵시다. 우리의 훌륭한 이웃인 루카스 씨는 연설을 요청받았습니다. 그가 나서서 마이크를 잡은 건 아닙니다. 제발 그의 이야기를 들어 봅시다.」

루카스는 거의 폭동에 가깝게 된 상황 속에서 아무 말도, 자신을 보호하기 위한 아무 행동도 취하지 않고 그 자리에 서 있었다. 이윽고 장내가 조용해지자 그는 엠마까지도 전혀 예상치 못한 방향으로 포탄을 쏘았다.

「나는 나의 마지막 작품을 썼습니다. (안 돼! 하는 고함 소리가 터져 나왔으나 그는 이를 무시했다.) 나는 나의 마지막 작품을 분명히 구식으로, 다시 말해 시대에 뒤떨어진 방식으로 썼습니다. (더 많은 항의가 일어났다.) 그러나 오늘 밤 이후로 내가 새로이 글쓰기를 시작한다면 나는 이전까지 해오던 방식은 꿈도 꾸지 않을 예정입니다. 새로운 스타일, 새로운 형식, 심리학의 새로운 발견, 독자에의 새로운 접근, 모든 것을 새롭게 할 것입니다. 나는 매사에 항상 변화를 추구하고 있습니다.

진실을 말씀드리면, 나는 가끔 나의 아만파 교도 친구들이 터무니없을 정도로 구식의 생활 습관을 고집하는 모습을 발견합니다. 그러나 근본적인 것들을 고집하는 그들의 자세가 나를 기쁘게 합니다. 그래서 내 작품 속에서 나는 그들의 완고한 성격을 본받고자 노력했습니다.

그래서 오늘 밤 토론에서 나는 속박을 끊어 내는 젊은 예술가들의 용기를 진심으로 좋아합니다. 또한 예술가는 자신의 사회에 대한 의무를 지니고 있다고도 믿고 있습니다. 갈라진 부분을 상호 관심 속에 이어 주고 좋은 정부는 지지하며 불행한 사람들을 보살피고 예술가가 되기를 갈망하는 젊은 이들을 도와주어야 합니다. 나는 그들과 함께 일할 것입니다.

그러나 나는 표현의 자유를 추구한다고 해서 국가에 반역을 하고 자기가 싫어하는 사람들을 말살시켜도 괜찮다고 주장하는 사람들과는 결단코 함께 할 수 없습니다.」

그가 연단에서 내려오자 그를 지지하는 사람들로부터 조용한 박수가 터져 나왔고 신중한 사람들은 침묵을 지켰다. 그러나 모두 작가로서 자신을 솔직하게 드러내 보이고 동료 작가들에게 인류에 대한 영원한 도덕적 가치를 상기시킨 결연한 태도에 감동을 받은 듯했다. 그가 자리에 앉자 엠마가 한마디 했다. 「그렇게 되었어야 해. 이제 이 방에 신선한 공기가 부네.」

심포지엄은 파운드의 반역 행위에만 너무 맹목적일 정도의 조명을 비추었기 때문에 나는 오후 내내 가졌던 이본과의 토론에서 충분히 나누지 못한 중요한 사항을 더 알아보고 싶어 졌다. 그래서 그녀의 렌터카를 같이 타고 집으로 돌아오는 길에 우리는 잠시 도로변에 차를 세워 두고 앉았다. 나는 나를 쭉 괴롭혀 왔던 문제에 대해 물었다. 「스트라이버트가 그의 직업을 그만둔 이후로, 혹은 해고당했거나, 아무튼 아무도 나에게 이야기해 주지 않아서 잘 모르겠어요. 아무튼 티모시는 템플 대까지 차를 몰고 가서 그를 만나곤 한답니다. 그 애 말로는 『대화』에 관해 스트라이버트의 도움이 필요하다는군요. 하지만 더 복잡하게 일이 번질까 봐 걱정이랍니다.」

「당신 말씀은 그가 티모시에게 부정적인 영향을 끼칠까 걱정이 되신다는 거죠?」

「당신은 정말 이해가 빠르시군요.」

「갈런드 부인, 오늘 오후에 제가 강력하게 말씀드린 것 같은데요. 당신의 손자는 전적으로 혼자 설 수 있답니다. 어느 누구도 그에게 지나친 영향은 끼치지 못합니다.」 그녀는 웃으면서 내가 생각지도 못했던 점을 일깨워 주었다. 「갈런드 부인, 당신의 손자는 또한 저와 함께 일합니다. 가끔 뉴욕에 오곤 하죠. 그러면 당신은 또 〈그녀가 손자를 잘못 인도하지나 않을까?〉 하고 걱정하시겠어요?」

「그러니까 그 애는 강하기 때문에 별 위험이 없다는 얘기지요?」

그녀는 나의 물음엔 대답하지 않고 이렇게 물었다. 「그런데 어젯밤 누가 스트라이버트를 초대했지요?」

「내가요. 나는 그를 좋아해요. 쭉 그래 왔어요. 나는 그가 훌륭한 사람이란 걸 알고 있답니다. 나 아니면 어젯밤 누가 그에게 달려가서 키스를 했겠어요?」

「나는 항상 그를 존경해 왔어요. 지금도 그렇고요. 그 사람이 무슨 글을 쓰든지요. 잘 정리되면 좋겠네요.」

「나이 먹은 여자는 자신이 스트라이버트를 좋아해도 자기 손자 때문이라면 그를 무서워할 수도 있는 거랍니다.」

「당신은 티모시가 강하냐고 물어보셨지요? 그는 마치 불독 같아요. 저도 그가 자기 맘대로 하는 것은 정말 싫어한답니다.」 그러고 나서 그녀는 덧붙였다. 「저는 그가 미국에서 그 또래의 젊은이들 중에 가장 훌륭하다고 생각합니다. 그는 정말 그를 위한 모든 것을 다 가지고 있지요.」

그녀의 말이 너무 분명하고 솔직해서 나는 잠자리에서 이렇게 중얼거렸다. 「재능을 인정받은 자식이 순탄하게 출발을 하는 것이 부모들이 가장 바라는 것이지.」 나는 잠을 푹 잘 수 있었다.

11월 4일 월요일 이른 아침

오늘은 나중에 밝혀지겠지만 많은 이유로 인해 일기를 쓰지 못했다. 그러나 며칠 후 미즈 마멜이 11월 4일의 행적을 진술해 달라는 경찰의 요청을 받았다. 경찰 속기사가 그것을 그대로 받아 적었는데 내 기억을 되살리기보다는 그녀의 진술을 정리하는 것이 낫겠다.

펜실베이니아 드레스덴 경찰국
1991년 11월 6일 수요일
이본 마멜의 진술서
소속: 뉴욕 키네틱 출판사

1991년 11월 4일 이른 아침 나는 뉴욕으로 돌아가는 길에 교통 혼잡을 피하기 위해 어둠 속을 뚫고 나의 새로운 거주지가 될 펜실베이니아의 들판을 가로질러 차를 몰았다. 뉴저지의 외곽까지 왔을 때 서서히 날이 밝아 오고 있었다. 뉴저지에 다 와서 링컨 터널 입구로 들어섰을 때 차 속의 라디오에서 흘러나오는 방송이 내 관심을 끌었다. 브뤼셀의 정상 회담 소식이 끝나고 아나운서가 다음 뉴스를 보도하고 있었다. 「어젯밤 미국의 사랑받는 작가 한 명이 이상한 수법으로 살해…….」

차가 터널 깊숙이 들어와 버려서 라디오 소리가 사라졌다. 그 깊은 터널 속에서 나는 살해당한 작가가 누구일까 추측하면서 말없이 차를 몰았다. 그러나 내가 〈미국의 사랑받는 작가〉란 짧은 수사에 적합한 인물을 골라내다가 다음 결론에 이르렀다. 그게 만약 요더라면 아나운서는 분명히 미국의 베스트셀러 작가란 표현을 썼을 것이다. 왜냐하면 그 사실은 이미 널리 알려져 있기 때문에. 그렇다면 스트라이버트일 수도 있겠다고 생각했다. 그러나 그는 그런 방송을 탈 만하진 않은걸 하고 중얼거렸다. 그러나 그 후로도 계속 다른 작가들을 쭉 훑어보았다. 그러다가 거의 터널의 맨해튼 쪽 출구에 도달해서 외쳤다. 「그래, 꼭 남자란 법도 없지. 아나운서가 남자란 얘기는 한마디도 안 했어.」 라디오의 소리가 다시나올 때까지 나는 부지런히 적당한 여자 작가를 생각해 보았지만 헛수고였다.

차가 터널을 빠져나오자 라디오 소리가 요란하게 흘러나왔다. 터널 속에서 볼륨을 높여 놓았던 것이다. 「대통령은 그세금 법안이 그에게 상정된다면 거부권을 행사할 것이라고 단호하게 밝혔습니다.」 나는 초조해져서 다이얼을 이리저리 돌려 보았다. 그러느라 2번가에서 차를 너무 느리게 모는 바람에 다른 차들이 경적을 울려 댔다. 나는 다른 방송국에서 진행되던 뉴스의 끄트머리를 들을 수 있었다. 「그의 죽음을 두고 많은 작가와 비평가들은 티모시 툴은 가장 촉망받는 작가 중 한 사람이라고 말했……」 경찰차의 사이렌 소리가 울렸다. 나는 도로변으로 차를 갖다 댔다.

경찰관이 차창에 몸을 구부려 나에게 뭐라고 소리를 지르고 있을 때, 나는 사색이 된 얼굴로 그를 바라보았다. 「순경 아저씨, 나는 출판사의 편집자인데요, 이제 막 내 작가의 소식을 들어서……」

「아, 그 펜실베이니아 독일 마을의 젊은 친구요? 맞아서 죽었는데 정말 끔찍하다고 하던…… 아니, 아가씨! 아가씨! 어이, 이봐 맥스! 이 여자 기절했어!」

경찰관이 나를 깨우자 나는 힘없이 말했다. 「미안해요. 그 젊은 사람의 이름 좀 확인해 주실 수 있어요?」

「아니오. 하지만 살인이라고 하더군요. 펜실베이니아에서 말입니다. 그 사건 때문에 우리가 뉴저지 쪽 터널에서 나오는 차들을 검문하는 겁니다.」

「좀 도와주실래요? 가슴이 떨려서요. 전화를 걸어야겠는데……」

「아가씨, 여기서 멈추어 있을 순 없습니다. 월요일 아침이라서 교통이 복잡하거든요.」

「그 죽은 사람이 내 작가인 것 같아요.」

「이봐, 맥스! 차 좀 잠깐 봐주게.」 그는 내가 공중전화 박스로 가서 수첩을 찾느라고 지갑을 뒤지는 동안 계속 나를 부축해 주었고 『타임스』 신문의 기자에게 전화를 걸 때 동전을 빌려 주었다. 「나는 이본 마멜이에요. 어젯밤 펜실베이니아의 독일 마을에서 있었던 작가 살해 사건 알고 있어요?」

「아, 한밤중에 들어온 뉴스군요. 아침 신문에는 싣지 못했지요.」

「그 사람의 이름이 뭐죠?」

「티모시 툴요. 아주 난해한 책을 쓴 사람이지요. 모든 사람이 그를 천재라고 말했지요. 제2의 트루먼 커포티라고 말입니다.」

「정말 살해당했나요?」

「지역 보안관 말에 의하면 끔찍하게 얻어맞았다고 하더군요.」

나는 다시 기절할 것만 같아서 경찰관에게 부축을 부탁하고는 간신히 정신을 차려서 차로 돌아왔다. 「걱정했던 대로예요. 뛰어난 재능을 지닌 젊은이였는데.」

「어디까지 가십니까?」

「동부 69번가 주차장까지요.」

「가실 수 있겠습니까?」

「예.」 나는 중얼거리듯 대답했다. 그러나 경찰관의 젊은 얼굴을 보는 순간 찬란한 인생을 막 출발한 티모시가 떠올라서 다리가 후들거렸다. 나는 울음을 터뜨리진 않았지만 온몸에 힘이 빠져 경찰관의 팔에 기댔다. 「미안하지만 집으로 좀 데려다주세요. 지금 운전하면 다른 사람들이 안전하지 못할 것 같군요.」

집에 도착하여 따뜻한 물로 샤워를 해서 기운을 차리고 난 뒤 나는 『타임스』의 문학 담당 편집자에게 전화를 걸어서 내 신분을 밝힌 다음 전화를 받은 비서에게 부탁했다. 「굉장히 중요한 일입니다. 앤젤리카에게 전화를 부탁한다고 꼭 전해주세요.」

친구는 모든 자료를 준비해서 금방 전화를 했다. 「그 끔찍한 사건의 기사 내용을 알아냈어. 살해 동기가 범인에 대해선 오리무중이라는군.」 의자에 앉으면서 내가 말했다. 「계속해 봐.」 앤젤리카는 빠른 속도로 말하기 시작했다. 「티모시 툴, 23세, 양친은 모두 작고하셨고, 유명한 강철왕 래리모어 갈런드의 손자, 이분도 작고, 그의 아내인 제인은 생존, 예술의 후원인임. 그리고 그의 작품『만화경』에 대한 기사도 약간 실려 있군, 난해한 작품임. 네가 그를 데뷔시켰다고 되어 있어.」

「살인이래?」

「수사 중이래. 시체는 월요일 새벽 4시에 발견, 오늘이군. 오스카라는 이름의 운전사가 〈바람의 노래〉라는 정원에서 발견했군. 집에서 90야드 정도 떨어진 곳이래. 신원을 알아볼 수 없도록 온몸이 절단되었음. 형체도 분간할 수 없다는 거야. 근처에 제렉스라는 개 한 마리도 죽어 있었고. 살인 동기도 알 수 없고 살인자의 신원도 모름. 툴과 개가 반항한 흔적 외에는 시체 주위에는 아무 증거물도 없고. 공격을 막다가 그랬는지 오른팔이 부러져 있었다는군. 총기나 다른 무기도 발견되지 않았고……. 그의 죽음에 대해서 특별히 할 말이 있니?」

「한 세 시간은 얘기 해야겠지?」

「폴라보고 전화 넣으라고 할게. 그녀가 이 기사를 쓰고 있거든.」

폴라가 전화를 걸어서 그의 죽음을 좀 더 집중적으로 취재해서 비극에 대한 사람들의 반응을 강하게 불러일으킬 기사거리를 물을 때쯤, 나의 슬픔도 어느 정도 진정이 되었다. 나는 내가 어떻게 그를 알게 되었으며, 그의 번뜩이는 재기와 할머니에 대한 그의 지극한 마음, 그리고 그가 어떻게 어린 나이에 뛰어난 『만화경』을 집필했으며 메클렌버그 대학에서 창작 강의를 맡게 되었는지를 이야기했다.

그리고 폴라는 이야기를 돌려서 물었다. 「혹시 그가 남긴 미발표 작품은 없나요?」 나는 4분의 3정도가 완전히 타이프

된 티모시의 두 번째 소설을 기억해 냈다. 그리고 그가 죽은 후 처음으로 거의 완성된 소설이 있다는 사실과 그것을 출판해야겠다는 생각을 했다. 그래서 내가 불러일으킬 파장은 생각지 않기로 하고 조심스럽게 말했다.「지난 금요일에, 아마 1일이었을 거예요. 그의 할머니 집에서 거의 완성 단계에 있는 소설을 본 적이 있죠. 75퍼센트 정도 끝난 것 같아요. 중요한 부분만 읽어 보았는데 아마 센세이션을 불러일으킬 거라는 예감이 들었습니다.」

「첫 책의 원고를 받아 보고도 그렇게 말했었죠?」

「네, 그렇게 공언했죠.」

「새 작품의 제목은 뭐죠?」

나는 주저하지 않고 대답했다.「『대화』야. 『만화경』보다 더 대작이 될 거야.」

나에게는 내가 다음에 하는 놀라운 일들이 주목받는 게 중요했다. 나도 무관하지 않은 이 비극적인 사건을 두고 내가 너무 냉정하다거나 생각이 없다고 사람들이 생각한다면 그건 잘못된 일이다. 나는 중요한 예술 작품의 생명과 정당성을 보호하기 위해 싸우는 편집자가 아닌가. 지금은 오직 두 가지만 생각하자. 살해된 소설가와 그의 미완성 작품만을.

폴라와 통화를 마친 직후 바로 나는 〈바람의 노래〉로 전화를 걸었다. 마사 베넬리 양이 갈런드 부인 대신에 조문 전화를 받고 있었다. 나는 갈런드 부인을 바꿔 달라고 했다.「내가 그녀에게 말해야 할 것이 아니라 그녀가 내게 요청해야 할 성질의 내용이에요. 그녀에게 전해 주세요. 당신 손자의 명성이 당신 손에 달려 있다고. 꼭 전해 주세요, 꼭…….」

손자를 잃은 할머니를 움직일 수 있는 방법은 이 말밖에 없었다. 베넬리 양이 말했다.「그녀가 나오고 있으니 잠깐만 기다리세요.」그리고 얼마 후에 그녀가 전화를 받았다. 그녀의 목소리는 착 가라앉아 있었다. 「이본…….」 침묵이 흐른 후 흐느끼는 소리가 들려왔다. 「도저히 이해가 안 돼요. 이렇게 전화를 걸어 주어서 고마워요. 당신이 함께 있으면 좋을 텐데.」 나는 그녀가 전화를 끊을 것 같아 다급하게 이야기했다. 「갈런드 부인, 아니 제인, 도움이 필요해요.」

「내 도움요? 나는 숨도 못 쉴 지경인데.」

「제인, 잘 들으세요. 당신과 제가 해야 할 일이 있답니다. 지금요. 문학사에서 티모시의 위치를 보존하는 일입니다. 당신의 책의 세계 속에다가 말입니다.」

한참 동안 반응이 없었다. 이 사이에 갈런드 부인은 깊은 곳에 감춰져 있던 원기를 찾은 것 같았다. 이윽고 그녀가 다시 말을 했을 때, 그녀의 목소리가 결의에 찬 듯이 분명해졌다. 「내가 무엇을 해야 하는지 말해 봐요.」

「지난번에 티모시가 원고를 당신에게 맡긴 걸로 아는데요. 제가 보았던 그 원고 말이에요.」

「그랬지요.」

「아직도 가지고 계시지요?」

「그래요.」

「좋아요. 갈런드 부인, 이제부터 당신과 제가 힘을 합쳐서 티모시의 유작을 출판하는 겁니다. 제 말 잘 들으세요. 아주 중요하답니다. 그 원고를 베넬리 양에게 주세요. 그래서 즉시로 드레스덴의 복사집으로 가지고 가서 3부를 복사하도록 하세요. 그다음엔 매 페이지마다 밑에 오늘 날짜인 1991년 11월 4일을 적게 하고 그녀의 서명을 써넣도록 하세요.

그러고 나서는 그녀가 전부를 공증 사무소로 가져가면 그 중에 한 부를 단단하게 포장해서 왁스로 봉하고 날짜와 증인을 확인하고 공증해 줄 겁니다. 그것이 끝나면 봉한 봉투를 가지고 은행으로 가서 그녀의 이름으로 안전 금고를 빌려서 집어넣은 다음 금고를 잠그고 열쇠를 가지도록 하세요. 그녀가 원본과 나머지 2부를 당신에게 가져오면 원본은 당신이 보관하시고 복사본 2부는 저에게 보내 주세요.」

「그 말을 베넬리 양에게 다시 한 번 해줄래요?」

「그러지요. 그녀에게 연필과 종이를 준비하라고 하세요.」 원고의 안전을 확신하고 나서야 비로소 갈런드 부인에게 위로의 말을 전했다. 「소식 듣고 큰 충격을 받았어요. 제가 실신하는 바람에 경찰관이 저를 집에 데려다주었답니다.」

「참을 수가 없군요. 그 애를 얼마나 사랑했는데. 그렇게 앞길이 창창한 애가.」

「그 창창했던 능력을 보호하기 위해 우리가 하는 모든 것을 공증해야 하는 겁니다. 그렇지 않으면 몇 년 후에는 사람들이 그가 이 작품을 쓰지 않았다고 주장할지 몰라요. 그가 죽은 후에 우리가 만들어 냈다고 말이에요.」

「당신과 내가 그런 일이 일어나지 않게끔 해야죠.」 갈런드 부인이 말했다. 그러고 나는 수많은 전화를 걸기 시작했다. 사무실에 전화해 내가 즉시 펜실베이니아에 내려가 봐야 하며, 아침에 기절했던 일 때문에 회사에서 기사를 보내 드레스덴까지 운전을 해주었으면 한다고 보고했다. 그 일이 처리되자 나는 템플 대학에 있는 칼 스트라이버트에게 전화를 걸어야 한다고 생각했다. 그는 우리 중 누구보다도 티모시의 작업을 밀접하게 이해하고 있는 사람이었다. 나는 전화를 걸기가 망설여졌는데, 어쨌든 그는 공식적으로 키네틱과 그리고 나와 결별한 사람이고, 전에 7&7에서 만난 일로 관계가 조금 회복되었다고는 하지만 『돌담』을 혹평한 일 때문에 아직 앙금이 남아 있었기 때문이다. 지금부터 내가 하려고 하는 일은 스트라이버트와 거의 매일 연락해야 하는 일이었고, 우리 둘 다 그런 부담을 감당할 수 있을지 확신할 수 없었다.

확신이 서지 않아 나는 제니 소어킨에게 먼저 전화했다. 「제니? 이본 마멜이에요. 우리 울고만 있지 맙시다, 당신도 나도요……. 티모시의 새 소설 원고들 가진 것 있나요? 잘됐군요! 고쳐 쓴 부분들요? 세 개 장이라고요? 이제부터 복잡하지만 반드시 해야 할 일들을 불러 줄게요. 하나도 빠뜨리지 말고 전부 해주어야 합니다.」 나는 베넬리 양에게 일러 준 내용들을 제니에게도 말해 주었다. 그리고 이렇게 덧붙였다. 「돈이 필요하거든 어디서든 빌리세요. 제가 오후에 내려갈 겁니다. 그리고 누구에게도 이 일에 대해 얘기하지 마세요. 아무한테도요. 티모시의 이름을 지키는 데 필요한 일입니다. 당신과 나에게 특별했던 그를 위해…… 부탁해요.」

그제야 나는 스트라이버트에게 전화할 용기가 생겼다. 나에게 소식을 듣고 나서 그가 어떠한 반응을 보일지 알지 못했기 때문이다. 템플 대학에서 그와 연결하는 데 시간이 꽤 걸렸다. 마침내 그가 전화를 받았을 때, 그가 먼저 외쳤다. 「이본! 전화 고마워요.」 그러고는 울기 시작했다. 이윽고 그가 냉정을 찾고 설명했다. 「나는 아무것도 모르는 채 교실에 들어갔지요. 그런데 내가 메클렌버그 대학에 있을 때 티모시와 가깝게 지냈다는 것을 알고 있는 한 학생이 말을 꺼내는 거예요. 〈교수님, 티모시 툴이 어젯밤 살해당했다는 소식 들으셨어요?〉 나는 강의실을 나와 교수 휴게실에 와서 안정을 취해야만 했답니다. 지금도 휴게실에 있어요.」

우리는 한참 눈물을 흘렸다. 이윽고 내가 말했다. 「칼, 최근에 있었던 일들을 우리가 다 잊어버린다면…….」

「이본, 내가 왜 당신과 키네틱 출판사를 떠나려고 마음먹었는지 설명해 주고 싶군요.」

「칼, 우리는 이미 잊어버리기로 했잖아요? 나는 지금 당신의 도움이 절박하게 필요해요.」

「어떤 일인데요?」

「티모시의 명성을 보호하는 데 도움을 좀 주세요. 문학계에서의 그의 위치 말이에요.」 이 말이 갈런드 부인에게 발휘했던 것과 똑같은 효과를 불러일으켰다. 「어떻게 하면 되는데요?」

그는 티모시가 『대화』의 중요 부분 두 장을 자기에게 맡겼는데 각 장은 서로 독립된 부분이라 연결이 되는 것은 아니라고 알려 주었다. 내가 지시 사항을 말하자마자 그가 말을 막았다. 「당신의 의도를 알겠어요. 우리가 이 자료의 법적 인증을 확실히 해야겠군요. 날짜를 기입하고 즉시 복사본을 만들어 두지요. 물론 공증도 해야지요.」

「지금 드레스덴으로 오실 수 있어요? 3시에 호텔에서 만날까요? 저는 지금 내려가는 길인데.」

「거기서 봅시다.」

마침내 나는 키네틱 출판사의 사장에게 전화를 걸었다. 「이 비극 속에서도 한 줄기 빛이 보이는군요. 티모시 툴은 죽었지만 훌륭한 작품을 남겼어요. 저는 80퍼센트가량 읽어 보았는데 최소한 90퍼센트 정도는 완성되었다는 걸 확인했습니다. 이건 당신과 내가 실제 작업에 들어가기 전에는 공표하지 않을 내용인데요, 한 가지만 약속해 주세요. 내가 이 새 작품을 잘 출판해서 커다란 성공을 거둔다면, 틀림없이 그럴 거예요, 당신이 키네틱 출판사를 대표해서 가장 훌륭한 미국 소설에 대한 지속적인 관심의 표시로 이익금의 전액 또는 일부를 툴이 배웠고 또 가르쳤던 메클렌버그 대학의 문예 창작과에 기부하는 겁니다. 상당액을 기부한다고요? 좋아요. 저는 오늘은 회사에 못 들어갑니다. 티모시의 할머니가 장례식 준비를 하는 일을 도와야 하거든요. 나는 당신의 승인을 선물로 갖고 키네틱 출판사는 말할 수 없는 이익을 얻게 될 것입니다.」

일을 매듭 짓고 나서는 운전기사에게 차를 몰게 하고 드레스덴으로 향했다. 그러나 우리가 링컨 터널에 도착하기도 전에 나는 잠이 들었다.

이상과 같이 진술합니다. 이본 마멜.

증인: 월터 스텀프, 레너드 드레퓌스, 드레스덴, 펜실베이니아

타이피스트: 패니 트럼보

11월 6일 수요일

나는 이본 마멜의 경찰에서의 진술로 그 비극의 첫날에 있었던 일들을 기록하지 못한 이유를 대신하고자 한다. 내 손으로 각별히 길렀던 티모시의 죽음, 곧 무한한 앞날이 보장된 한 청년의 끔찍한 살해는 나를 쇼크 상태로 몰고 갔다. 더욱이 그 애의 죽음으로 명예로운 갈런드 가의 이름을 보존하려는 희망 또한 무참히 깨졌다는 냉엄한 현실이 나의 충격을 더해 주었다. 나는 엄청난 혼란 속에 빠져 있었다. 〈바람의 노래〉에서의 마사 베넬리의 도움과 뉴욕에서 걸려 온 미즈 이본 마멜의 차분한 목소리가 그날 나를 간신히 지탱시켜 주었다. 오후가 되어서 이본이 운전사와 함께 드레스덴에 도착했을 때에야 나는 조금씩 거동을 할 수 있었다. 그녀는 전화를 걸어서 나에게 물었다. 「오늘 오후 3시에 칼 스트라이버트를 만나기로 했는데 괜찮으시겠어요? 제가 그에게 빨리 와서 원고 문제를 논의하자고 했답니다.」

이것이 그날의 살아 있는 사람들끼리의 첫 번째 문제였다. 「당신들이 다시 함께 일할 수 있는 좋은 기회가 되겠군요.」 그러나 그나 이본이 도착하기도 전에 제니 소어킨이 문을

두드렸다. 나는 내 손자와 혼인했을지도 모를 처녀를 껴안 았다.

우리는 큰 의자에 앉아서 창밖을 통해 살인이 있었던 곳을 내려다보았다. 나는 눈물을 삼키면서 말했다. 「제니, 이것이 차라리 18세기 로망스에 나오는 사건이라면 얼마나 좋겠어. 손자는 플랑드르의 공작과 싸우다가 죽고 너는 그가 싸우러 가기 전에 구혼한 연인이고 말이야. 네가 나를 찾아와서 애 기를 가졌는데 우리 둘이서 이 사생아를 잘 키워 보자고 말 해 주고. 아, 하느님, 이게 그냥 소설이라면 좋겠어.」 나는 하 염없이 눈물을 흘렸다.

그녀는 내가 가장 좋아하는 솔직한 태도로 이야기했다. 「제가 그의 아기를 가지지 못해서 안타깝군요, 갈런드 부인. 그러나 저는 그의 소설을 완성시킬 수 있는 귀중한 자료를 가지고 있답니다. 미즈 마멜이 그것을 잘 보존하는 방법을 알려 주었지요.」

스트라이버트 교수가 도착했을 때 우리는 돌아온 탕자를 맞듯이 그를 반겼다. 베넬리 양이 말했다. 「당신이 이따금씩 들르지 않으니까 도서관도 전 같지 않아요.」 제니는 그를 따 뜻하게 포옹하고는 말했다. 「티모시와 저는 당신이 그리웠 답니다. 당신은 우리를 똑바른 방향으로 이끌어 주셨지요.」 그는 눈물을 닦았다.

몇 분 안 돼서 미즈 마멜이 도착했다. 그녀는 먼저 나를 위 로하고 스트라이버트 교수와 정답게 인사를 나누었다. 그들 은 7&7에서의 식사 후 처음으로 다시 만나는 것이었다. 나 는 마음이 산란한 상태였지만 그가 그녀보다도 더 만남을 어색해하는 것이 눈에 보였다. 「안녕, 칼. 당신이 우리를 돕 기 위해 돌아오셔서 정말 기뻐요.」 그녀는 그의 뺨에 키스를 했다.

그러고 나서 그녀는 내가 찬양해 온 나폴레옹처럼 씩씩하게 행동을 했다. 「자, 우리 티모시가 죽던 날의 그의 행적을 함께 살펴보기로 합시다.」 그래서 우리는 그녀가 아침 일찍 『타임스』에 근무하는 친구에게 전화를 해서 알게 된 내용들을 설명하기 시작했다. 그녀는 중요한 사항들을 빠뜨리지 않기 위해 녹음기를 틀었다.

제니가 먼저 말문을 열었다. 「토요일 밤 그와 나는 대학 구내의 연락 장소인 헥스에서 만났습니다. 그곳에는 우리 말고도 두 쌍의 연인이 더 있었는데, 한 쌍이 그의 방까지 동행했고 또 한 쌍은 내 방으로 날 데려다주었지요.」

일요일에 티모시는 대학 동료들인 남자 넷, 여자 둘과 어울려서 12마일 거리의 산책로인 반제 호숫가의 비포장길로 하이킹을 갔다. 그동안 제니는 티모시의 차를 타고 산책이 끝나기를 기다렸다. 다소 서리 기운이 있는 11월의 쾌적한 바람을 만끽하며 그들은 야외에서 식사하였다. 저녁 7시경 티모시가 말했다. 「오늘 밤은 〈바람의 노래〉에서 자야겠어. 혼자 사시는 할머니가 이따금씩 친구를 필요로 하거든.」

이제 그의 행적에 대한 설명이 나에게로 넘어왔다. 회상은 고통스러웠지만 나는 눈물을 연신 닦아 내면서 내가 아는 전부를 띄엄띄엄 이야기해 나갔다. 「제니의 얘기는 맞는 것 같아요. 그 애가 7시 반쯤에 혼자 왔거든. 그는 저녁은 먹었지만 건포도를 박은 아이스크림을 같이 먹겠다고 했어요. 내가 언제나 냉장고에 그것을 넣어 두는 것을 알고 있었지요. 우리는 아이스크림을 먹으면서 그의 원고에 대한 이야기를 나누었어요. 그 원고는 전문적이면서도 아주 독창적인 내용이랍니다. 나는 그에게 말해 주었지요. 잘은 모르지만 잘 쓴 것 같다고요. 단지 90페이지쯤 해서 한 부분이 이상하다고도 말했어요. 그가 그 부분을 살펴보더니 이렇게 소릴 질렀지요. 〈이상할 것 없어요. 타이피스트가 한 장을 빼먹었군요.〉 그러고는 펜을 빌려서 빠진 부분에 표시를 하더군요. 우리는 텔레비전에서 〈제시카의 추리 극장〉 끝부분을 시청하고 나서 잠자리에 들었답니다. 그 후로 살인자를 제외하고는 그가 살아 있는 것을 본 사람은 아무도 없어요.」

다음은 마멜이 사과의 말로 이어받았다. 「이 슬픔의 시간에 이런 문제들을 제기하는 것이 무례하다는 것을 잘 압니다. 하지만 우리 넷은 재능 있는 한 젊은이의 문학적 명성을 책임지고 있습니다. 그래서 앞으로 며칠 동안 우리가 취하는 행동들이 오늘날과 미래의 독자들이 그를 기억하느냐 못 하느냐를 결정짓게 될 겁니다. 먼저 갈런드 부인, 당신은 그 원고에 대한 권리를 증명할 서류가 있습니까?」

나는 조용히 대답했다. 「만일의 경우를 대비해서 우리의 변호사가 두 장의 유언장을 가지고 있습니다. 그러니까 내 재산은 모두 티모시에게 준다는 것과 티모시의 것은 모두 나에게 준다는 내용입니다.」

「좋아요. 그럼 계속하지요.」 그녀는 베넬리 양에게 물었다. 「당신은 그 원고를 복사해서 공증을 받고 은행 금고 속에 잠가 놓았겠지요? 좋습니다. 이건 아주 중요한 책이 될 수 있습니다. 제대로만 나온다면요. 칼, 우리가 마지막 장만 재구성할 수 있다면 160페이지 분량의 책을 만들 수 있겠어요. 그래서 하는 얘긴데, 맨 앞에 들어갈 에세이 하나만 32페이지로 해서 써 주셨으면 해요. 티모시가 이 책을 어떻게 구상하고 꾸며 왔는지, 그리고 이 책을 쓰는 동안의 상황과 더 중요한 것은 그가 써 내려간 원고들을 당신과 제니, 그리고 동료들에게 보여 주고 자문을 구하는 습관 등에 관한 내용으로요. 물론 그가 특히 당신들 둘을 집필 계획과 완성된 책의 희망, 계획 등에 대한 공동 참여자로 여기고 함께 의논했다는 것을 분명히 해야 합니다.」

여기까지 말을 마친 그녀는 딱 하고 손가락을 튀겼다. 「그가 혹시 수업 중 학생들에게 텍스트를 읽어 준 적은 없나요? 아, 좋은 생각이 떠올랐어요. 제니, 당신은 그가 집필 중인 작품 내용에 대해 티모시로부터 직접 들은 학생들을 여섯쯤 확보해서 공증을 받으세요. 칼, 글 잘 쓰는 친구 하나만 추천해 주세요. 그러면 그에게 티모시가 학생들에게 읽어 준 내용을 한두 페이지 정도 작성하게 할 겁니다.」

그녀는 계속 칼과 대화를 나누면서 연신 주의를 주었다. 「당신은 티모시에 대한 가장 정확한 기록자가 되어야 합니다. 그래야만 당신이 우리가 그의 원고를 공동으로 완성시킨 협력자라는 사실을 입증할 수 있을 테니 말입니다. 물론 당신 스스로도 인정을 받을 테고요.」

「좋은 전략이군요.」 스트라이버트가 말했다. 나도 동의를 했다.

그녀는 갑자기 지시를 중단했다. 「한 가지는 분명히 해두고 넘어가지요. 저는 지금까지 티모시가 직접 완성한 부분을 75퍼센트라고 했다가 80 또는 90퍼센트라고 경우에 따라 다르게 말해 왔는데 제가 본 타이프 된 원고가 몇 퍼센트 완성된 것인지 알겠지요?」

스트라이버트와 제니는 80퍼센트라고 대답했다. 이본이 다시 말했다. 「자, 이건 중요합니다. 스트라이버트 당신은 그가 읽어 보라고 준 원고의 두 개 장을 가지고 있지요? 그리고 제니는 세 개지요?」 스트라이버트는 그의 옛 학생을 쳐다보았다. 「그러나 당신들의 원고는 그가 아직도 수정 중인 원고가 맞지요? 제대로 타이프 친 게 아니지요?」

둘 다 그랬다. 그들이 서류 가방에서 꺼낸 원고는 툴이 얼마나 문장들을 고치고 또 고쳤는지를 보여 주었다. 「굉장하

군요.」 이본이 말했다. 「이것들은 당신의 에세이에 사진으로
집어넣도록 하세요. 그것이 권위를 더해 줄 겁니다. 그녀는
원고의 페이지를 넘기다가 질문을 했다. 「혹시 그가 작품을
어떻게 끝내야 할지 계획했던 자료가 있나요? 뭐 쪽지나 단
편도 좋고요.」

스트라이버트는 아무 말 없이 있었는데 제니가 나섰다.
「그가 제게 이야기해 주었어요. 그래서 그가 어떤 마음이었
는지 제가 다 안답니다.」

「그건 꾸며 냈다고 오해받을 수 있으니까. 쪽지 같은 건 없
어요?」

「예. 하지만 제가 가지고 있는 원고들을 복사한 것을 보면
거기에 제가 그에게 그의 전체적인 계획에 내용이 적합한지
아닌지를 말한 내용을 적은 곳이 몇 군데 있어요.」

「어디요?」

제니는 자기가 말한 부분을 보여 주었다. 거기에는 소설의
완전한 계획에 시험 집필 중인 원고를 이렇게 연결했으면 좋
겠다고 그녀가 쓴 주석이 달려 있고 그 옆에 티모시가 특유
의 필체로 〈좋아〉 하고 써넣은 것이 보였다. 「이건 아주 귀중
한 자료입니다.」 이본이 외쳤다. 「이제 원고는 완성될 것입니
다. 수백의 독자가 아니 수십만의 독자가 그의 소설을 읽게
될 겁니다.」

그녀는 또렷또렷하게 지시를 내렸다. 「칼, 당신은 즉시 에
세이를 쓰도록 하세요. 〈메클렌버그에서의 툴〉이라고 가제
를 잡읍시다. 그러나 먼저 칼과 제니는 나하고 식당에서 식
사를 하면서 당신들이 가지고 있는 다섯 개의 장들을 적절한
순서로 짜맞춰야 합니다. 출판된 책은 세 부분으로 나뉠 수
있겠군요. 하나는 티모시가 편집해서 완성한 내용이고, 또
하나는 다섯 개의 장으로 그가 직접 쓰긴 했지만 미처 다듬

고 편집하지 못한 내용이고, 마지막 부분은 우리가 연결시켰지만 그가 확인하지 않은 부분이 되겠지요. 모든 말은 솔직하고 공명정대하게 써야 합니다.」 그녀는 의자에서 일어나 나에게로 왔다. 「이 책은 센세이션을 일으킬 겁니다. 향후 몇십 년 동안 연구 대상이 될 거예요.」

내가 말을 받았다. 「그것이 내가 원하는 것이랍니다. 그 애가 나한테 완성되지 않은 원고를 전해 주면서 이렇게 말했지요. 〈이번 소설은 처음 소설보다 훨씬 훌륭해요〉라고.」 이본은 몸을 돌려서 말했다. 「다 녹음하셨지요, 칼?」 그들이 떠날 때 나는 그녀가 말하는 소리를 들었다. 「이제 템플 대학에 있는 당신의 그 잘난 아파트 이야기를 좀 해줘요.」

11월 7일 목요일

지난 나흘 동안 나는 한 경찰관으로부터 수사 진척 상황을 쭉 통보 받았는데, 그와 접촉을 하면서 그를 점점 존경하게 되었다. 드레스덴 경찰국의 월터 스텀프 경감은 젊은 시절의 졸리코퍼 씨를 연상케 했는데, 그는 똥똥하게 생긴 독일인의 모습을 하고 있었다. 뾰족한 머리에 두꺼운 목, 그리고 강인한 어깨와 결코 지칠 것 같지 않은 짧고 탄력 있는 다리. 11월임에도 그의 얼굴에는 붉은 기운이 감돌았고 땀을 흘리며 정력적으로 일을 했다. 그의 어투에는 독일식 억양이 살짝 섞여 있었다. 프랭클린 앤드 마샬에서 배운 정통 영어를 구사하면서도 툭툭 튀어나오는, 잘 알아듣기 힘든 시골 발음은 사람의 호기심을 자극했다. 내가 직접 보고 알게 된 바로는 그는 불독처럼 끈덕진 사람이다. 헤어질 때마다 그는 이렇게 말하곤 했다. 「갈런드 부인, 누가 그 짓을 했는지 금방 찾아낼 겁니다.」

그를 처음 본 것은 살인이 있던 날 새벽 4시경이었다. 운전사 오스카가 개 짖는 소리를 들었는데, 그는 제렉스가 짖는 소리일 거라고 추측하면서 왜 개가 그 시간에 밖에 나가 있는지 알아볼 생각은 하지 못한 채 잠자리에 들었다. 그러다가 우연히 4시경에 눈이 떠져서 제렉스가 어디 있는지 알아볼 요량으로 숙소에서 나왔다가 시체를 발견한 것이다. 그는 비명을 지르며 집으로 달려 들어와 나를 깨웠고, 나는 가운만 걸친 채 잔디밭으로 뛰어나가서 그 끔찍한 광경을 목격했다. 너무 무서운 광경이었다. 사방 천지가 피로 얼룩져 있었다. 개는 마치 티모시를 보호라도 하는 듯이 그의 얼굴 바로 옆에 죽어 넘어져 있었다. 주체할 수 없을 정도로 몸이 덜덜 떨렸다. 그러나 오스카가 침착하게 말했다. 「여기 계세요. 제가 가서 경찰을 부르겠습니다.」 그는 나에게 전등을 주고 갔는데 그 처참한 학살 현장을 눈뜨고 볼 수가 없어서 나는 불을 꺼버렸다. 그러고는 차가운 어둠 속에서 나의 세계가 파괴되어 버렸다는 것을 깨달았다. 온몸에 감각이 없었다. 그러나 추위 때문이 아니었다.

내가 시체를 지키고 있는 동안 스텀프 경감이 경찰차를 타고 사이렌을 울리고 불을 밝히며 요란하게 달려왔다. 그는 티모시와 제렉스의 부러진 시체를 비춰 보고는 중얼거렸다. 「미친놈의 짓이야.」 그것이 사흘에 걸친 증거 수집의 시작이었다.

그는 무선으로 부하들을 불러 모아서 아무도 시체에 접근하거나 잔디를 밟아 혹시 있을지도 모르는 단서를 없애는 일이 없도록 경비를 세운 다음, 돌아서서 구겨진 휴지처럼 되어 버린 시체를 보며 부하들에게 단언했다. 「어느 놈의 짓인지 꼭 잡아낼 거야.」

6시 반, 해가 뜰 때까지 그는 친구 관계와 최근의 행적 등 내 손자에 대해 알 수 있는 모든 자료를 수집했다. 그러고는 아침도 먹지 않고 바로 대학으로 달려가서 제니 소어킨을 비롯한 티모시의 대인 관계를 집중적으로 조사했다. 그가 가져온 소름 끼치는 소식은 금세 대학 전체에 충격을 주었다. 로시터 총장은 잠옷 바람에 지난 밤 대학에서 있었던 만찬에서 돌아와 침대 맡에 벗어 둔 정장을 걸치고 달려 나왔다. 모든 사람이 티모시의 착한 성품과 뛰어난 지식, 그리고 적이 있을 리 없다는 등의 증언을 해주었다. 스텀프 경감은 메클렌버그에서 단 하나의 단서도 얻어 내지 못했다.

돌아오는 길에 그는 뉴먼스터 마을에서 두 시간여를 들여서 티모시의 대인 관계와 행적 등을 묻고 다녔는데 그곳에서도 답변은 똑같았다. 「훌륭한 젊은이였죠. 6학년 이후로는 조그만 학교에 다니지 않았는데 그렇다고 거만을 떨거나 하는 일은 결코 없었습니다.」

「그가 마을 처녀들과 연애한 적이 있습니까?」

「그런 일은 감히 하지 못했을 겁니다. 그의 양친이 교차로에서 사고로 죽은 후에는 할머니가 데려다가 키웠는데 아주 엄격하게 교육시켰거든요. 그리고 그를 포츠타운에 있는 값비싼 사립 학교로 보냈죠.」

「그가 여기에서 리딩으로 간 것으로 아는데요?」

「아, 그래요. 그랬죠. 아마 그가 거기서 나쁜 친구들하고 어울려 놀았나 보죠? 그래서 그의 할머니가 그를 다시 포츠타운의 사립 학교에 보냈나 보군요. 그곳은 규율이 엄하거든요.」

그는 리딩과 포츠타운에도 갔었는데 거기서도 평범한 정보만을 얻었다. 「티모시가 이곳 리딩에서 말썽이 있었다고 말하는 건 잘못입니다. 공부하는 습관이 잘 안 되어 있었지만 행동은 나쁘지 않았습니다. 그는 가장 훌륭한 소년들하고만 사귀었지요. 여자요? 아는 바 없는데요.」

포츠타운의 사립 학교 힐에서는 이미 라디오를 통해서 그가 살해당했다는 소식이 쫙 퍼져 있어서 교무 직원들이 그에 관한 프로필을 모아 놓고 있었다. 「훌륭한 학생이었습니다. 테니스를 좋아했고 글쓰기가 뛰어나서 에드먼드 윌슨상을 받았습니다. 이 학교에서 비평 활동을 시작한 위대한 비평가를 기리는 뜻에서 만든 상이었죠. 문제가 없었느냐고요? 없었습니다. 나쁜 친구들요? 힐에는 불량 학생이 없습니다. 마을 쪽에 몇몇 있겠지만 그는 그들과 사귄 적이 없었습니다. 여자 관계요? 없었던 걸로 알고 있습니다만.」

〈바람의 노래〉가 앨런타운의 중심지에서 고작 10마일 정도밖에 떨어져 있지 않기 때문에 스텀프는 포츠타운을 떠나오는 길에 그곳에도 들렀다. 그러나 이 도시에서는 경찰들이 죽은 자의 이름조차도 모르고 있었다. 게다가 앨런타운의 불량배들과 〈바람의 노래〉를 연관 지을 만한 아무런 사건도 없었다. 「이 도시의 폭력배들에게는 그곳(바람의 노래)은 워낙 경호가 완벽하고 드레스덴에서 당신들이 순찰을 잘 도는 걸로 인식이 되어 있죠. 그건 이곳의 경찰들도 마찬가지고요. 이래저래 〈바람의 노래〉는 앨런타운에서는 관심 밖입니다.」

그곳에서도 좌절을 맛본 그는 다시 혼잡한 고속도로를 따라서 베들레헴까지 달렸다. 그곳은 그가 언제 베들레헴의 공단 지역에 도착했는지도 모를 정도로 지척에 있었다. 철강 회사 사무실에서 그는 래리모어 갈런드가 공장의 책임자로 근무할 때 원한을 살 만한 일을 했는지 자세하게 물어보았다. 「보통 파업이 시작되면 감정들이 격해지게 마련이죠. 그러나 래리모어 씨는 이해심이 많은 사람이었습니다. 그래서 문제를 오직 임금 협상에만 국한시켰지 상대방의 감정을 상하게 하는 다툼은 용납하지 않았답니다.」

「하지만 승진 같은 문제로 해서 시기도 많이 받았을 텐데요?」

「절대로 없습니다. 그 훌륭하신 양반이 돌아가셨을 때 우리는 모두 슬퍼했답니다.」

「경쟁 업체는요?」

「그럴 일 없습니다.」

「하지만 누군가가 그의 손자에게 악감정을 가지고 있었습니다. 오늘 새벽 4시에 그 증거를 보았지요.」

「스텀프 경감님, 이 공장에서는 할아버지에 대한 유감을 혹시 가지고 있더라도, 그런 일은 없지만 말입니다, 그렇다고 그 손자를 찾아가서 해코지하는 사람은 없습니다.」

「누군가가 티모시 툴을 찾아가서 진짜 몹쓸 짓을 저질렀습니다. 혹시 나중에라도 생각나는 게 있으면 연락 주세요.」

그렇게 해서 월요일 오후 5시 반, 〈바람의 노래〉에서 티모시의 원고에 관계된 사람들의 모임이 끝나 갈 무렵 스텀프가 진척 상황을 알려 주러 들렀다. 그는 세 명의 내 손님들을 보자 이본이 주택 구입 문제로 자기와 상의했던 일을 기억해 내고는 말했다. 「트록셀 씨와의 일은 잘 되어 갑니까?」

「양쪽 모두 만족스럽게 끝났습니다.」

「마침 모두들 모여 계시고 여러분들도 다 관심을 갖고 계시니까 간단하게 보고를 드리지요. 검시관의 의견으로는 그가 밤 2시경에 죽은 것 같다고 합니다. 경찰에서 찍은 사진을 보면 예닐곱 차례 둔기에 얻어맞아 사망한 것으로 드러났는데, 그가 이미 사망한 후에 누군가가 그곳에 갖다 놓았을 가능성도 있습니다. 죄송합니다, 부인.」

「계속하세요.」 내가 말했다.

「나는 이 지역의 학교를 조사했습니다. 리딩에 있는 학교와 포츠타운의 힐, 그리고 대학들을 다 들러 보았지요. 단서는 없습니다. 나쁜 친구도, 그를 미워하는 사람도, 그에게 복

574

수할 만한 여자도, 철강 회사에서도 가족에 원한을 가질 만한 사람은 없었습니다. 앨런타운에는 아무 기록도 없고요. 그리고 드레스덴에도, 하다 못해 운전 사고 경력 같은 것조차 하나 없습니다.」

「그러면 가지고 있는 게 뭐죠?」

「아무것도요. 미스터리 같아 보이는 이 사건을 꼭 해결하고야 말겠다는 굳센 결심 외에는 사실 아무것도 없습니다. 그러나 수법의 잔인성, 흘린 피의 양, 노출된 살해 장소 등을 고려해 보면 언제까지 미스터리로 남아 있지는 못할 겁니다. 무엇이든 목격한 사람이 반드시 있을 테니까요.」

스텀프 경감이 그의 부하들을 호통치듯이 파견해서 탐문 수사를 벌였으나 아무것도 이루지 못한 것과는 대조적으로 마멜은 조용히 그리고 효과적으로 스트라이버트와 제니와 베넬리 양과 나에게 〈메클렌버그에서의 툴〉을 위한 자료 수집 작업을 지시하고는 우리의 일을 세심하게 점검했다. 스트라이버트는 즉시 32페이지 분량의 에세이 집필에 들어갔다. 제니는 티모시의 기억을 글로 옮기기 시작했으며 베넬리 양은 참고 서적과 문학 자료들을 가져다주었다. 마멜은 드레스덴 차이나에서 자신이 진술했던 비망록을 다시 한 번 정확하게 살펴보았고 나는 대부분의 시간을 자료 검증에 바쳤다.

저녁 식사를 하면서 이본이 나를 안심시켰다. 「우리는 곧 문학을 사랑하는 모든 사람들이 즐겨 읽게 될 책을 만들어 낼 겁니다.」 그녀는 감사 기도를 끝내고는 버스를 타고 뉴욕으로 돌아갔다.

진 빠지게 하는 사흘이 지났을 때까지도 스텀프 경감은 여전히 답답한 약속만을 반복했다. 「범인을 꼭 잡고 말 겁니다.」

11월 13일 수요일

스텀프 경감과 그의 대원들, 그리고 그와 공조 수사를 펴고 있는 몇몇 주립 경찰관들의 정력적이지만 별다른 결실이 없는 노력을 보고 있는 동안 나는 두 시민이 개인적으로 이 사건을 위해 노력하고 있다는 사실을 알게 되었다. 대학에서 루카스 요더가 기부한 자금의 활용 방안을 논의하기 위해 위원회를 소집했는데 그때 루카스 요더가 나에게로 뚜벅뚜벅 걸어와서 위로의 말을 전했다. 「티모시를 알고 있는 모든 사람이 당신과 슬픔을 함께 나누고 있답니다. 그는 정말 보기 드문 청년이었지요. 우리는 범인을 반드시 잡을 겁니다. 갈런드 부인, 꼭 잡을 겁니다.」 그런데 그의 태도가 너무도 불안정해 보여서 나는 엠마를 찾았다. 「루카스에게 안 좋은 일 있어요? 안절부절못하는 것 같아요.」 그녀가 슬픈 표정으로 대답했다. 「모든 일이 썩 좋지 않군요. 살인 사건이 생각보다 훨씬 큰 충격을 주었답니다. 그는 나에게 몇 번이나 말했는지 몰라요. 〈그렌즐러에서 그런 일이 일어나서는 안 되는데.〉 그러더니 마치 자신이 공격을 당한 것처럼 살인자를 무섭게 증오하게 되었답니다. 게다가 〈헥스 24호〉 그림도 잘 그려지지 않고, 에즈라 파운드 때문에 벌어졌던 소동도 그에게 심리적으로 큰 상처를 안겨 주었어요.」

「그를 잘 보살펴 주세요, 엠마. 이 세상에 아주 소중한 분이니까요.」

「이렇게 우울할 때면 그 양반은 항상 졸리코퍼 씨를 찾아가서 위안을 찾곤 했답니다. 남편은 이렇게 말하곤 하죠. 〈허먼은 현실적인 사람이야. 그의 현명한 태도가 나를 현실로 돌려보내 주지.〉 그러나 지금은 그런 우정도 문제를 해결하지 못하나 봐요. 루카스가 그를 찾아가니까 졸리코퍼 씨가 말하는 것도 온통 살인 사건에 관한 내용이더래요. 둘 다 그 사건에 푹 빠졌어요.」

내가 사랑하는 두 독일인인 요더와 졸리코퍼가 손자를 살해한 범인을 밝히기 위해 애쓰고 있다는 이야기를 듣자, 나는 그들이 무엇을 알아냈는지 궁금해 견딜 수가 없었다. 「내가 내일 당신 집에 들러서 이야기할 수 있을까요?」 내가 그들의 농장에 도착했을 때 그녀와 루카스는 나를 기다리고 있었다. 그가 말을 꺼냈다. 「나는 티모시를 매우 좋아했답니다. 그리고 그의 문장도 좋아했지요. 의견이 서로 달라서 파운드 사건 때에는 나를 다소 비난하긴 했지만 그 나이 때는 당연한 일이지요.」

내가 고개를 끄덕이자 그는 계속 말했다. 「내가 살인 사건에 대한 소식을 들으려고 다니다가 아주 특별한 두 가지 정보를 얻었습니다. 졸리코퍼 씨는 오랫동안 드레스덴에 살면서 처음에는 미궁에 빠져드는 것 같은 범죄가 결국 끈질긴 추적 끝에 밝혀지는 것을 수없이 보아 왔답니다. 그가 북으로는 베들레헴에서부터 남으로는 랭커스터에 이르기까지 그동안에 일어났던 수많은 사건들을 경험한 사실을 토대로 빈틈없는 추리를 했어요. 〈루카스, 이런 경우에는 언제나 두 가지 법칙이 있다네. 즉, 섹스가 아니면 돈 문제가 틀림없어.〉 이 친구가 이 두 법칙을 가지고 범인들을 밝혀 낼 수 있는 범행 동기를 얼마나 많이 추리해 냈는지를 알면 놀라실 겁니다.」

나는 졸리코퍼 씨를 잘 몰랐다. 그와 비교적 오랜 대화를 나눈 것도 딱 두 번뿐이었다(한 번은 칵테일 파티에 요더가 그들 부부를 데리고 왔을 때이고 또 한 번은 7&7에서의 만찬 때였다). 그러나 지금 그가 말하는 것을 들으니 그의 건강한 상식에 놀라울 따름이다. 「관련될 가능성이 있는 여자 중 알고 있는 사람이 있소?」 졸리코퍼가 물었다.

「전혀…….」 요더가 대답했다. 「제니 소어킨 양을 제외하고는. 혹시 경찰에서 알고 있는 것을 우리에게 가르쳐 준다면 몰라도.」

「그들은 그럴 의무가 없지. 하지만 다른 여자는 들어 본 적이 없는 것 같은데, 그렇지? 그러면 돈이 틀림없을 거야.」

나는 졸리코퍼의 상식에 깊은 인상을 받고는 질문했다. 「당신은 특별하게 알고 있는 게 있습니까? 중요하지 않아 보이는 것이라도요.」 그러자 졸리코퍼가 말했다. 「필라델피아 신문에 당신 손자에 대한 기사가 실린 기억이 있는데. 아마…….」

나는 그의 말을 가로막았다. 「프리다, 전화 좀 쓸게요.」

스텀프가 전화를 받았다. 「혹시 몇 년 전에 『필라델피아 인콰이어러』지에 티모시의 책에 관한 이야기가 실린 것을 아세요? 그 신문에 내 손자가 백만장자라고 나왔다는데. 그 기사가 범죄를 유발할 수도 있지는 않을까요?」

나는 그의 반응으로 미루어 스텀프가 나의 느닷없는 전화에 당황하고 있음을 알아차렸다. 「갈런드 부인, 살인이 있던 날에 그 신문을 한 부 복사해 두었습니다.」

「정말 잘 하셨어요.」

그가 계속 이야기했다. 「기사를 보니까 당신 손자의 사진이 실려 있고 그가 매우 부자라고 썼군요. 당신의 예감이 적중한 것 같아요. 이제 살인자를 찾아낼 수 있을 겁니다.」

내가 스텀프의 말을 들려주자 졸리코퍼 씨가 고개를 끄덕였다. 「맞아요. 이제 그를 잡겠군요.」 나는 이 완고한 이웃이 범인을 추적해 준 것에 감사했다.

11월 16일 토요일

여러 가지 문제들 때문에 요더 씨와 내가 대학 위원회에 함께 참석하게 된 것은 두 가지 점에서 유익하였다. 내가 겪은 그 끔찍한 일을 계속 떠올리지 않게 된 점과 그렇게도 많은 미국인이 사랑하는 사람을 더 잘 알 수 있는 많은 기회를 얻게 된 것이다. 그러나 최근 들어 또 하나의 혜택이 생겼다. 작가의 마음속에 소설의 개념이 어떻게 떠오르는지를 가까이서 관찰할 기회가 생긴 것이다. 순수한 독자에게 이런 기회는 좀처럼 얻기 힘든 혜택인 셈이다.

그것은 우연히 이루어졌다. 대학에서 회의가 끝났을 때, 나는 오스카에게 언제 데리러 오라는 말을 하지 않았다는 것을 깨달았다. 내가 차를 타지 못하고 남아 있자 루카스가 나를 태워 주겠다고 제안해 왔다. 우리는 대학을 벗어나서 서쪽을 향해 곧장 〈바람의 노래〉로 가는 대신에 아름다운 뒷길을 따라 빙 돌아갔다. 어느 정도 갔을까, 그가 감개무량한 듯이 말을 꺼냈다. 「내가 다시 마흔 살이 된다면 대중들을 위해 한 가지 중요한 일을 하고 싶군요.」 나는 그 일이 어떤 일이냐고 물었다. 그러자 그는 마치 내 손자의 죽음과는 너무 직접적인 연관이 없는 낯선 사람과 대화하듯이 이야기했다. 「이 비극을 소재로 소설을 쓰기 시작할 겁니다. 배경은 그렌즐러고요. 내가 잘 알고 있는 사람들도 그대로 나오지요. 시골의 평화로움이 갑자기 깨졌어요.」 그는 어떻게 진척을 시킬지 생각하느라 잠시 멈췄다. 「안 되겠군요. 당신이 그날 들에서 보았던 장면을 그대로 묘사할 용기가 제겐 없습니다. 너무 두려운 일이죠. 커다란 목적을 위해서 배경과 전체 사건 속에 포함된 가치와 궁극적인 의미들을 사용할 수는 있는데 말입니다.」 그러고 나서 그는 그 생각을 지워 버렸다.

그러나 이번에는 그러한 소설을 만들 수 있는 유력한 후보 작가들을 훑어보기 시작했다. 「스트라이버트는 할 수 없을 것이고. 제니 소어킨이라면 가능할 겁니다. 그러나 그녀는 이 사건에 너무 깊게 관련되어 있고 우리 지역의 생활이나 역사를 잘 모르는군요. 리딩에 사는 전도 유망한 젊은 친구가 하나 있군요. 그가 나이를 좀 더 먹으면 쓸 수 있을 겁니다. 동부 라파예트 대학의 창작 선생은 내가 무척 존경하는 사람이지만 너무 어둡게 진행시킬 겁니다.」그때 그는 갑자기 놀라운 생각이 떠오른 것 같았다. 「그것을 가장 완벽하게 쓸 수 있는 사람은 바로 티모시 툴이군요! 그라면 혁신적인 새로운 방식이 될 텐데. 확실히는 모르겠지만 통찰력이 번득이고 툭툭 끊어지는 줄거리와 들쭉날쭉한 인물들. 그는 소설 행위에 적합한 무엇인가를 찾아냈을 겁니다. 그 결과는 독자들을 압도하는 것이었을 텐데.」요더는 이제 살인 사건으로 화제를 옮겼다. 빛나는 내 손자의 죽음으로 돌이킬 수 없는 손실을 입고 사회는 괴로워한다는 것이다. 그는 드레스덴과 고속도로를 피해서 메클렌버그의 산책길로 통하는 대학로로 접어들었다. 마치 땅거미가 낀 오솔길을 따라 하이킹을 하는 티모시를 만나려는 듯이. 그는 울음을 삼켰다.

우리는 길을 잃었다. 이윽고 우리가 어디에 와 있는지를 알아보니 바로 오른쪽으로 돌아가면 졸리코퍼 씨 집이 나오는 곳이었다. 「여기까지 온 김에 들어가서 새로운 소식이라도 있는지 알아봅시다.」우리가 부엌으로 들어갔을 때, 프리다와 허먼은 저녁 준비를 하고 있었다. 음식 냄새가 식욕을 자극했다. 프리다가 큰 소리로 말했다. 「지금 엠마를 불러서 함께 식사합시다.」

허먼은 요더와 나를 한쪽으로 데리고 갔다. 「나는 지금 툴과 그의 재산에 대한 기사가 실린 신문과 관계되는 생각들을 하고 있었다네. 이 일대에서 누가 그런 신문을 보려고 할까? 뉴먼스터나 드레스덴의 건달들은 아니야. 그건 경찰도 알고 있지. 대학생이 그럴듯해. 도서관에 신문이 있으니까. 이건 내 추측인데 그의 대학 친구들 속에서 살인자를 찾는 게 좋겠어.」

루카스는 완전히 다른 접근 방법에 흥미를 보였다. 「나는 뒷길을 통해 차를 타고 오면서 티모시 툴이 이 사건을 가지고 글을 쓰면 좋겠다고 생각했어요. 물론 백일몽이지만 말이에요. 그는 이 지역과 이곳의 독일인들을 이해하고 있는 작가였거든요. 만약 그가 살아 있으면 나는 그에게 이런 질문을 던질 거예요. 〈당신처럼 우리 독일인을 잘 알고 있는 사람들 중에서 외부인이 아닌 어떤 사람이 과연 그런 일을 저지를 것 같습니까?〉 자, 이제 당신이 젊은 티모시라고 생각해 보십시오. 똑같은 질문을 하겠습니다. 〈어떤 독일인이 그런 짓을 저지를 가능성이 있다고 생각하지요, 허면?〉」

졸리코퍼 씨는 몸을 뒤로 젖혀서 식탁 의자에 기대앉았다. 멜빵과 허리띠가 드러났다. 그러고는 그의 이웃들을 생각해 보았다. 「좋은 질문이네, 루카스. 그래, 우리 중의 하나라고 가정을 해봅세.」 천천히 그는 자기가 알고 있는 사람들로부터 특징들을 생각하면서 초상화를 그려 나가기 시작했다. 「우리 나이는 아니겠지. 우리는 너무 늙어서 그렇게 위험한 일은 못 하고 너무 약해서 그런 힘을 발휘하지 못해. 굵직한 뼈를 부러뜨리는 것은 쉬운 일이 아니거든.」

「뼈가 부러졌나요?」

「검시관의 보고서도 보지 못했나? 오른팔과 왼쪽 정강이 뼈가 부러졌네.」 나는 몸을 떨었다. 그러나 졸리코퍼는 계속 파고들었다. 「루카스, 그건 남자의 짓이야. 여자가 아무리 힘이 세도 그런 완력은 발휘하지 못해. 마흔다섯 살 이하일 것 같네. 그리고 성질도 급한 작자일 거야. 치명적인 가격이 가해진 후에도 계속 청년을 때릴 정도니까 말일세.」

「괴물 쪽으로 나가는 것 같은데요.」

「오, 아니야! 변호사나 목사라도 갑자기 공격을 받으면 그런 무서운 짓을 저지를 수 있다네. 그렇지요, 갈런드 부인?

그 장소에 개가 있었지요?」

「예.」 내가 대답했다. 「제럭스란 이름의 경비견이랍니다.」

「그러나 집 안에 있지 않았습니까?」

「있었지요. 티모시가 나와 함께 있을 때 제럭스는 그의 침대에서 잠을 잤어요.」

「그렇다면 이제 남은 것은 그러한 타격을 줄 정도로 힘이 센 열여덟 살에서 마흔다섯 살 사이의 남자일세. 아마 농부겠지. 툴이 백만장자가 될 거라는 이야기를 듣고 3년을 생각한 끝에 그런 짓을 저지른 거야.」 그는 말을 멈췄다. 「그가 열아홉이나 스무 살 때 신문을 읽었던지 들었던지 했겠지. 그런데 그땐 용기가 없었고. 이제 스물 둘, 셋이 됐겠군.」 그러나 그는 그 말을 하자마자 다시 정정했다. 「아냐, 그런 자들이 신문 기사를 읽었을 리가 없어. 역시 대학생이라고 보아야 해. 축구 선수쯤일 수도 있겠지. 스테로이드 약을 먹고 갑자기 힘이 세질 수도 있다네. 기억하게, 루카스. 살인자는 고릴라처럼 힘이 센 놈이야.」

그들의 논의가 현실성을 띠길 희망하면서 내가 지적했다. 「살인자가 누구든 간에 티모시의 죽음으로 돈을 가지지는 못했어요. 유괴였을까요?」

졸리코퍼는 우스꽝스러운 질문에도 짜증내지 않고 인내심 있게 대답했다. 「갈런드 부인, 그가 당신의 손자를 죽일 의도는 없었다고 봅니다. 그리고 유괴는 물리적으로 불가능하지요. 티모시는 크고 건장한 청년이 아닙니까? 살해자는 갑작스러운 공격을 받았을 거예요. 티모시와 개가 그를 향해 달려들자 그는 거의 반사적으로 마구 휘둘러 댔을 겁니다.」

「그가 노린 게 무엇이었을까요?」

「강도지요. 나는 단순 강도가 아닐까 생각합니다. 그가 어떤 연장을 들고 당신 집에 몰래 침입했습니다. 단순히 돈이

나 돈이 될 만한 물건을 원했겠지요. 가령 TV나 VCR…….」

티모시가 물건들을 지키려다가 살해되었다고 생각하는 것은 정말 끔찍하다고 말하려는 순간 엠마가 그녀의 작은 차를 몰고 간선 도로에서 막 졸리코퍼 농장 입구로 들어서고 있었다. 그녀는 부엌으로 들어와서 남편을 꾸짖었다.「내가 저녁을 장만하고 기다렸는데 어디 있었어?」그가 나를 가리켰다.「대학에.」그녀는 나를 포옹하며 말했다.「바쁘게 움직이는 것이 현명하지요.」나는 이들 네 사람이 프리다가 장만한 맛있는 음식을 정력적으로 먹어 치우는 모습에 경외심을 갖고 그들을 바라보았다.

「병아리 모이 먹듯 하는군요!」프리다가 나를 놀려 댔다. 그러나 나는 내가 돼지처럼 먹었다고 생각했다.

11월 29일 금요일

손자를 잃고 나서 나는 주로 두 가지 일에 몰두하며 지낸 것 같다. 예전에도 어떤 위기가 닥칠 때마다 그랬듯이 나는 독서로써 마음을 달랬는데 인생의 여러 시기마다 내 마음을 사로잡았던 옛 책들을 다시 꺼내서 읽었다. 소녀 시절에 즐겨 읽었던 『녹색 장원』이며 늙어서 읽은 『고귀한 죽음』, 신혼 시절의 『영원한 요정』, 그리고 딸을 잃고 우울한 나날을 보내던 때의 『안나 카레니나』 등. 그러나 굳이 이야기하자면, 그것들은 모두 다소의 차이는 있지만 위대한 전통과 언어로 고전적인 이야기 전개 방식을 따르는 작품들이었다. 그리고 전부 유럽 작가들의 작품이었다. 나는 그것들에다가 젊은 미국 작가들의 최신 소설들을 가미해서 읽었다. 이런 책들은 신선하고 기쁨을 주며 대담무쌍하기까지 해서 정신적인 만족을 맛볼 수 있었다. 나는 사랑하는 사람을 잃고 나서 살아가는 방법이라든가 고통을 이기는 방법 등의 실용서를 원하지 않왔다. 나의 치료약은 오히려 위대한 언어로 쓰인 위대한 사상과 이에 관련된 모험 속에서 나왔다.

또 하나 내가 정상적인 생활을 유지하도록 도움을 준 것은 나도 예기치 못했던 놀라운 것이다. 나는 올바른 가정에서 자라서 훌륭한 미국 도시의 훌륭한 기업에 근무하고 훌륭한 남자와 결혼했다. 내가 사회적으로 불우했다고 말할 수도 있겠다. 하긴 내 친구들 속에는 언제나 흑인도 유대인도 없었으며 가톨릭 교도도 거의 없었다. 우리 집안은 그러한 민족들에 대한 편견이 없었다. 철강 공장에서 노동자로 일하던 슬라브 인이나 체코, 폴란드인들에 대해서도 마찬가지다. 나의 부모님은 단순히 그들을 무시하도록 가르쳤다. 나는 심지어 우리 사회의 가장자리에 살고 있는 펜실베이니아의 유쾌한 독일인도 특별히 좋아하는 편은 아니었다.

그러나 책하고만 살게 된 지금은 두 명의 훌륭한 유대계 여성이 나의 가장 친구가 되어 있었고 순수한 두 독일인 가족이 나에게 가장 큰 위안을 주는 이웃이 되었다. 괴로웠던 11월의 몇 주를 보내면서 나는 힘차게 인생에 도전하는 이본 마멜과 제니 소어킨 양을 사랑하고 있다는 것을 알게 되었고, 또 토지와 수천 년을 살아오면서 지켜져 내려온 고대의 눈대중의 법칙을 고수하는 요더 가족과 졸리코퍼 가족을 귀중히 여기게끔 되었다. 이들 여섯은 폭풍우 치는 해안의 항구였으며 육지를 알려 주는 등대였다.

최근 들어 나는 점차로 미즈 마멜의 활동 범위 안으로 빨려 들어갔다. 그녀는 예기치 못한 방식으로 내가 비극을 느끼지 못하도록 신경을 기울였다. 지금껏 내가 책을 사랑해 왔다고는 하지만 나에게 있어서 책이란 신비스러운 존재였었다. 마치 그것들이 저절로 마력에 의해 솟아나듯이 도서관 책장에 꽂혀 있는 완성된 물건으로만 여겨졌던 것이다. 그러나 지금 그녀가 사무실로 전화하는 소리를 들으며 나는 책들이 만들어지는 과정에 대한 잘못된 정보를 바로잡게 되었다. 언젠가 그녀가 뉴욕으로 전화하는 것을 들은 적이 있다. 「과부들은 다 없애세요.」 나도 과부이기 때문에 (아마 그녀도 마찬가지일 것이다) 나는 그 주문이 비인간적일 것까지야 없겠지만 좀 이상하다고 생각했다. 내가 항의를 하자 그녀는 이렇게 대답했다. 「책을 만들 때 우리는 한 페이지 한 페이지의 내용들이 서로 잘 연결되는지를 본답니다. 페이지의 마지막 줄에서 새로운 문단이 시작되는 건 바람직하지 않지요. 특히 전 페이지에서 시작된 문단이 다음 페이지의 맨 윗줄에서 한두 마디의 단어로 끝나 버리는 것은 금기로 여기는데 우리는 그것들을 〈과부〉라고 부른답니다.」

자기 직업의 여러 가지 작업을 친절하게 설명해 준 보답으로 나는 그녀의 새 집 단장을 도와주었다. 나는 손자의 미완성 소설을 출판하기 위해 그녀와 함께 일을 했으며 편집자로서의 그녀의 성공에 마치 내 일처럼 기뻐했다. 출판사의 독일인 상사들이 그녀를 마음 편하게 잘 대해 주는 모양이었다. 그도 그럴 것이, 요더의 소설이 계속 베스트셀러 목록의 상위 랭킹을 유지하고, 그녀가 맡은 또 다른 소설들이 문학 동인지에 거론되기도 하고 또 할리우드의 한 프로그램 제작사가 TV 미니 시리즈물로 제작하겠다고 나섰으니 어쩌면 당연한 일이었는지도 모른다. 게다가 제니 소어킨 소설의 수정 작업이 그리 만족스럽지는 않아도 벌써 원고 조판 준비가 다 끝나 가니……. 내가 아는 출판계 친구들의 말을 빌자면 이 본은 〈명사(名士)〉가 다 되었다고 한다.

나는 그녀가 드레스덴 사람들에게 받아들여졌다는 사실이 그녀를 가장 기쁘게 했다는 것을 알았다. 유능한 목수가 단 2주 만에 엠마의 집수리 목록의 내용을 다 손봐 주었고,

스트라이버트의 도움으로 집 안의 4분의 3 정도를 거주하기에 불편 없이 꾸며 놓을 수 있었다. 11월 마지막 주에는 그녀가 기쁘게도 요더와 졸리코퍼 부부와 함께 추수감사절을 축하했는데, 그들은 그녀에게 펜실베이니아 독일인들이 향연을 베풀 때 내놓는 요리들을 너무 많이 가지고 오는 바람에 새로 산 냉장고가 크리스마스 때까지 먹을 수 있는 음식으로 꽉 차게 되었다. 추수감사절의 만찬 자체는 그리 성공적인 것은 못되었다. 만찬 내내 루카스와 허먼이 끝까지 그들을 따라다니는 화제인 티모시를 살해한 범인 문제로 토론을 벌였던 것이다.

그녀 말로는 또 하나 만족스러운 것이 있는데, 그것은 스트라이버트 교수가 그녀의 도움 요청에 한결 성숙한 태도로 기꺼이 응해 준 것이다. 「그렇게 쫓겨 가다시피 떠났던 메클렌버그에 다시 돌아온다는 것이 마음 편할 수 없었을 거예요. 또 나와 결별했다가 다시 함께 일한다는 것도요.」

「나는 아직도 그가 당신에 대해 이야기한 무정한 내용들을 인정할 수 없어요. 사실 그의 모든 것이 당신 덕분 아니겠어요? 그는 그 빚을 모른 체해선 안 되는 겁니다.」

「야심 있는 남자가 자기 분야에서 발돋움하려고 노력할 때나 또는 자기가 믿는 바를 주장할 때는 종종 상대방을 다치게 하는 경우가 있는 법이랍니다.」

그러고 나서 그녀는 칼의 행위를 용서해 주자고 제안했다. 「그는 키네틱 출판사를 떠나지 않을 수 없다고 느꼈을 거예요. 독일 경영자가 마음에 걸렸을 거고요. 그가 주장하는 문학으로부터 우리 출판사가 점점 멀어지는 것이 그가 꼭 해야 한다고 느끼는 비판적인 평론을 가로막았을 수도 있으니까요.」

「하지만 당신을 떠난 것은요?」

「저보다 더 커져 버린 것이겠지요.」

「당신은 그를 옹호하는 겁니까? 그가 당신을 대중 앞에서 그렇게 모욕을 주었는데도요?」

「편집자에게는 깊이 뿌리 박혀 바뀔 수 없는 자세가 있답니다. 우리와 함께 일을 했던 누군가가 출판사에 상관없이 진정 좋은 책을 쓰면 기쁜 마음이 되지요. 그런 성공은 곧 우리의 처음 판단이 맞았다는 사실을 증명해 주는 겁니다. 칼의 경우에 당신 손자의 소설을 위해서는 그의 도움이 필요하기 때문에 그를 다시 받아들이는 겁니다. 그도 많이 성숙해졌고요. 그 밖에도 저는 그를 언제나 좋아했답니다.」

나는 그가 티모시를 실비아 플라스나 너대니얼 웨스트 같은 요절한 천재 작가와 동등한 위치로 끌어올리는 일을 훌륭하게 수행했다는 것을 인정하지 않을 수 없다. 칼의 서문이 결정적인 역할을 했던 것이다. 〈바람의 노래〉에 모여서 우리가 공동 작업을 했던 티모시 작품의 재구성은 아주 흡족하게 끝났다. 재능 있는 세 명의 작가들(마멜, 스트라이버트, 소어킨)은 내 손자가 쓴 다섯 개의 원고들을 적절한 순서로 연결했고, 그것들을 티모시가 이미 완성시켜 놓았던 시적인 작품과 결합시켰다. 그로 인해 티모시는 제2의 삶을 다시 시작한 것이나 마찬가지였다. 나는 그의 부활을 도와준 이 마술사들에게 감사했다. 특히 다시 돌아와 준 스트라이버트에게.

그러나 그가 템플 대학으로 강의하러 다시 돌아가야 할 시간이 되었다. 이본과 나는 그와의 마지막 오후를 함께 하면서 큰 창문 앞에 앉아 그의 장래를 이야기했다. 「칼, 당신은 이곳과 인연을 끊어 버리면 안 됩니다. 당신은 이곳에서 태어났고 교육받았으며 당신의 중요한 업적도 다 이곳에서 이루어진 것입니다. 그리고 당신의 친구들, 티모시, 이본, 그리고 나, 이보다 더 좋은 친구는 어디에도 없지요.」

내 말이 감상적인 반응을 불러일으키진 못했다. 「당신은 저의 새 일이 얼마나 많은 보상을 주는지 상상할 수 없을 겁니다. 그리고 필라델피아도 아주 매력적인 곳이지요.」

「그러나 당신은 종종 이곳의 친구들을 보지 못하는 것이 안타깝지 않아요?」

한참 후에 그가 대답했다. 「안타깝습니다.」 이본은 조용히 앉아서 듣고만 있었다. 내가 다시 말을 이었다. 「칼, 필라델피아는 그리 멀지 않잖아요? 40마일쯤 되나요? 많은 사람들이 그 정도 거리를 매일 통근한답니다.」

「저는 그럴 수가 없어요.」

「나도 꼭 그러라는 건 아니에요. 그러나 이곳에 집을 하나 갖고 있는 것은 쉽게 할 수 있는 일이지요. 그리고 주말을 이곳에서 보내세요. 항상 당신의 고향과, 그리고 당신의 대학과 가깝게 지내세요.」

그는 뺨을 손가락으로 문지르며 한 1분쯤을 생각에 잠겼다. 그러나 이 시간은 그의 대답을 기다리는 우리 둘에게는 아주 긴 시간이었다. 마침내 그는 이본과 내가 전혀 예상치 못했던 대답을 했다. 「저는 사실 루카스 요더가 저의 고향을 훔쳤다고 느껴 왔습니다. 저는 그러고 싶지 않습⋯⋯.」

「오, 칼!」 이본이 소리쳤다. 「당신은 지금 뛰어난 경력을 쌓고 있는 중이에요. 만약 당신이 계속 뿌리를 잃지 않는다면 훨씬 더 힘을 얻게 될 거예요. 나는 알아요, 칼. 나도 똑같은 싸움을 하고 있는 중이랍니다. 나도 현실 속에 발판을 내리고 싶어요.」

이번엔 내 차례였다. 「당신도 나처럼 남편과 손자를 잃고서 휑하니 큰 집에 혼자 남는 일이라도 벌어졌습니까? 아파트 하나 마련하는 것은 그리 어렵지 않잖아요? 아니면 임대할 수도 있고요.」

다시 이본이 가세했다. 「내가 지금 방이 많은 집을 구했답니다. 문도 별도로 나 있어 방해받지 않고 방으로 들어갈 수 있지요.」

스트라이버트가 일어나더니 괴로운 표정으로 외쳤다.「저에게 왜들 그러시는 겁니까?」

내가 말했다.「당신을 사랑하기 때문이에요. 당신은 우리 생활의 일부랍니다. 그것도 아주 중요한 부분이지요.」

어떻든 자기의 주요 관심사에서 벗어난 두 사람이 그렇게 적극적으로 자신에게 관심을 기울일 수도 있다는 생각은 그에게는 너무 혁명적인 것이어서 (그에게 사랑이란 단어는 어울리지 않았다) 그는 그것을 이해할 수가 없었다. 우리 셋은 말없이 앉아 있었다. 우리가 점점 짙어지는 땅거미를 바라보고 있을 때, 마당을 가로질러 걸어오는 사람의 모습이 보였다. 스텀프 경감이었다. 그는 사건의 전모를 조사할 때처럼 뾰족한 머리를 앞으로 숙이고 걸어왔다.

12월 3일 화요일

모든 이에게 격정의 날이었다. 나도 우연히 그 격정 속으로 빠져들었다. 그것은 엠마의 전화로 시작되었다.「저희 집에 오셔서 답답한 우리 집 양반을 정신차리게 해주실래요?」마침 외출할 핑계가 없던 차에 잘됐다고 싶어 오스카에게 요더 씨 집으로 데려다 달라고 했다. 엠마는 부엌에서 나를 기다리고 있었다. 그녀의 남편은 작업실에서 나오지 않고 있었는데, 타이프 소리가 아니라 톱질 소리가 들리는 게 아닌가.

「그가 무슨 일을 하고 있죠?」엠마가 대답했다.「남편과 졸리코퍼 씨, 두 분이서 헥스를 만들고 있답니다. 한번 보세요.」작업실에 들어가니 졸리코퍼는 헥스의 틀판을 톱으로 자르고 있었고 루카스는 폐허가 된 헛간에서 찾아냈을 듯싶은 퇴색한 헥스에 덧칠을 하느라 정신이 팔려 있었다.

독자 제인 갈런드　589

「그는 진짜 예술 작품을 창조하고 있는 겁니다.」 졸리코퍼
의 설명에서 나는 이 착실한 독일인들이 자신의 작품에 대한
자부심이 굉장하다는 것을 알았다. 「그가 하는 일은 먼저 다
무너진 헛간 벽에서 헥스 표시를 찾아내어 이 에폭시로 나뭇
조각들을 맞춘 다음에 독일인의 삶을 간단히 그려 넣는 것입
니다. 그게 전부입니다.」

내가 몸을 굽혀서 그 중요한 예술 작품을 보았을 때, 나는
그들의 조심스러운 작업에도 불구하고 약간의 흠집이 완성
된 모습을 손상시키고 있다는 사실을 알았다. 그러나 나는
이것을 지적할 자격이 없다고 느꼈다. 그러나 사람들의 반응
에 민감한 요더는 내가 눈살을 약간 찌푸리는 것을 보고는
퉁명하게 물었다. 「어디가 마음에 안 듭니까?」 그의 노골적
인 질문에 나도 솔직히 대답했다. 「당신은 나무의 이 흠집을
그냥 지나쳤군요. 그림 바로 중앙에 있는데요.」

「그건 실수가 아닙니다.」 루카스가 다시 퉁명스럽게 말했
다. 「나는 그걸 의도적으로 놔둔 겁니다. 세월의 무상함을 나
타나기 위해서 말입니다. 이것을 보는 사람들은 이 헥스가
진짜 창고의 벽에 붙어 있었다는 것을 알게 될 겁니다. 그것
도 독일 역사의 일부분이지요.」

그의 빈틈없는 대답에 나는 수긍을 했다. 그러나 헥스를
자세히 들여다보던 졸리코퍼 씨가 이의를 제기했다. 「하지만
이 상처는 오래된 것이 아닌데. 최근에 생긴 거군. 날카로운
도끼가 스치고 지나간 것 같아.」

나는 루카스가 이 말을 듣고 차갑게 변하는 것을 느꼈다.
무거운 침묵이 작업실을 내리눌렀다. 마치 악령이 떠도는 것
처럼. 졸리코퍼는 그림을 올려다보다가 요더가 무엇엔가 놀
란 듯한 모습을 하고 있는 것을 보고는 말했다. 「왜 그래, 루
카스?」

창백한 얼굴로 요더가 천천히 말했다. 「지금 뭐라고 하셨죠?」

「아무 말도 안 했어.」

루카스는 흠집을 가리켰다. 「이 헥스에 그어진 선에 대해서 말입니다.」

「아, 그거. 그걸 고쳐야 한다고 했지.」

「그 말 말고.」

「자네는 그것이 오래된 것이라고 말하고 나는 새로 생긴 거라고 말했지 않았나? 잘 보게. 도끼 자국 같아.」

루카스는 조용히 문으로 다가가서 문이 굳게 닫혀 있는 것을 확인하고는 나지막이 말했다. 「당신 말이 옳아요, 허먼. 제가 말씀드렸지요? 지난 10월 제가 당신에게 완성된 원고를 가지고 간 날, 이 세 개의 헥스를 오토 펜스터마허 씨에게 샀다고 말입니다.」

「그런 말 한 적 없는데.」

「아닙니다, 틀림없이 했어요. 어쨌든, 오토와 제가 낡은 헛간에서 헥스들을 잘라 내기 시작했는데 그 일이 너무 힘들어서 그가 자기 아들을 불렀어요. 애플버터라고 부르는 녀석 말입니다. 그 녀석은 불평을 했어요. 다른 할 일이 있다고 그랬지요. 그런데 아버지가 저를 도와주라고 계속 시켰어요. 저는 그가 입 속으로 절 욕하는 소리를 들었어요. 그러더니 마지막 헥스를 떼어 낸다면서 창고를 부수는 겁니다. 커다란 도끼를 들고서 말이에요. 마구잡이로 도끼를 내리치다가 당신이 지적한 대로 그만 헥스 표면에 스쳤어요. 그래 제가 소리쳤지요. 〈조심해, 이 녀석아!〉 그는 저를 향해 도끼로 내리칠 듯이 노려보았어요. 아직도 그 흉측한 얼굴이 생생합니다.」

나는 졸리코퍼에게 몸을 기대며 거의 속삭이듯이 말했다. 「다시 말해 봐요, 어떻다고요?」 요더가 본 것은 〈커다란 도끼를 든 건장하고 못된 성질의 청년〉이었다.

졸리코퍼가 말했다. 「그놈 지금은 더 크고 힘도 세졌겠구먼.」

요더가 덧붙였다. 「그때 단둘이만 있었으면 그는 저를 그 도끼로 내리쳤을 겁니다.」

그러나 항상 빈틈없이 추리하는 졸리코퍼가 지적했다. 「살인에는 도끼는 없었어.」

그러자 요더가 말했다. 「하지만 그가 어떤 흉기든지 들고 있었을 수는 있지요.」

졸리코퍼는 이 말에 대답하는 대신에 상처 난 헥스로 몸을 구부려 흠집을 살펴보았다. 「자네 그가 도끼를 휘둘러서 이 흠집을 냈다고 했지? 마구잡이로 말이야.」

루카스가 고개를 끄덕이자 졸리코퍼는 벌떡 일어났다. 「스텀프를 만나야 해.」 그러고는 작업실 문을 와락 열고 부엌을 곧바로 지나 그의 픽업트럭으로 향했다. 요더와 나도 그를 뒤따랐다. 「어딜 가?」 엠마가 소리쳤다. 루카스가 등 뒤로 대답했다. 「금방 돌아올 거야.」

세 명이 타자 먼지투성이 픽업의 앞좌석이 너무 비좁았다. 내가 제안했다. 「내 차를 이용합시다. 오스카가 우리를 빨리 데려다줄 거예요.」

차를 타고 가는 동안에 졸리코퍼가 말했다. 「이렇게 좋은 차는 아주머니 장례식 때 말곤 한 번도 못 타 봤어.」 우리는 속도를 높여서 드레스덴의 경찰 본부로 갔다. 졸리코퍼는 정중한 목소리로 스텀프 경감을 만나고 싶다고 말했다.

「당신들 모두가요?」 젊은 경찰관이 물었다.

「우리 모두 관계된 일입니다.」

스텀프는 대기실에 들어서자마자 나를 알아보고는 바로 그의 사무실로 일행을 안내했다. 허먼이 이야기했다. 「확실한 단서는 아니지만 루카스와 나를 얼어붙게 만든 것이 하나 있습니다.」 그는 조리 있게 자기들이 가능성을 어떻게 하나하나 제외시켜 나갔는지를 설명했다. 그러나 그것들은 스텀프가 열두 번도 더 조사했던 것들이었다.

「미안하지만 됐습니다.」

졸리코퍼는 조금도 물러나지 않았다. 「우리는 범인은 틀림없이 아주 힘센 젊은이라고 결론을 내렸습니다. 그것도 그 일대를 잘 아는, 집까지도 잘 아는 젊은이라고 말입니다.」

「우리는 한 달 전에 이미 조사했습니다.」

「하지만 이건 오늘 일어난 일입니다.」 그러고는 요더가 헥스를 만드는 일이며 헥스 가장자리에 덧칠을 하는 방법 등을 이야기했다. 스텀프는 이상하다는 듯이 혼란스러운 표정으로 나를 쳐다보았다. 요더가 짧고 빠른 문장을 사용해서 말을 이었다. 펜스터마허에게서 헥스를 산 일이며 썩은 널빤지를 자르던 일이며 애플버터라는 별명을 가진 소년의 못된 짓 등을 상세히 설명했다. 루카스가 그 소년의 못된 짓을 너무 빠른 속도로 말했기 때문에 스텀프가 천천히 다시 이야기해 달라고 요청했다. 그러고는 결론적으로 이렇게 말했다. 「살인에는 도끼가 사용되지 않았습니다.」

「우리도 알고 있습니다.」 요더가 응수했다. 「그러나 우리는, 최소한 나는 애플버터가 범인이라고 확신합니다.」

「맙소사.」 스텀프가 으르렁댔다. 「어떤 경찰도 언론에 애플버터가 강력한 용의자라고 말할 수는 없는 겁니다. 그의 진짜 이름은 뭐죠?」

「오토입니다.」

「알았습니다. 자, 여러분. 이 사실을 아무에게도 이야기하지 마세요. 부인에게까지도요. 오토는 지금까진 용의자가 아니었지만 이제는 용의자입니다.」

「어떻게 하실 건가요?」 졸리코퍼가 물었다.

「그건 당신이 알 일이 아닙니다. 하지만 당신들의 제보는 정말 고맙습니다.」

나의 두 아마추어 탐정이 자리를 뜨기 직전에 요더가 입을 열었다. 「아 참, 툴의 책이 출판되었을 때, 신문에 이런 이야기가 실렸었습니다…….」

「졸리코퍼 씨가 이미 몇 주일 전에 지적해 주셨습니다.」 그러고는 우리가 떠날 때 스텀프가 덧붙였다. 「이제 기록실로 가서 오늘 갈런드 부인과 허먼 졸리코퍼 씨, 루카스 요더 씨가 들러서 살인 사건에 대한 제보를 해주었다고 기록해야겠군요.」

12월 17일 화요일

우리가 경찰서를 방문한 다음 며칠 동안 스텀프 경감의 부하들이 애플버터의 행동 양태를 조사하고 다녔다. 스텀프는 이따금씩 〈바람의 노래〉에 들러서 나에게 진행 상황을 대강 알려 주었다. 나는 그 젊은이가 급한 성질과 무례한 태도, 그리고 제멋대로 남의 차를 타고 다니다가 사고를 내는 등으로 악명이 높다는 사실을 알게 되었다. 그의 축구 코치는 그가 훌륭한 선수라고 말했고, 그의 학교장은 그가 아주 불량한 학생이라고 말했다. 경찰은 그가 난폭하다는 것과 체중이 많이 나간다는 사실 외에는 구체적인 증거를 잡지 못했다. 그러나 경찰은 은밀하게 그의 행적을 추적해 나가기 시작했고, 12월 14일, 그가 드레스덴에서 붉은 신호를 무시하고 달린 데다가 음주운전을 했을 때 그를 체포해서 철창에 가두었다. 그러고는 그가 갇혀 있는 동안 가택 수색 영장을 발부 받아 그의 어머니의 격렬한 항의와 아버지의 위협에도 불구하고 그의 집을 샅샅이 뒤졌다. 그 젊은이의 옷장 가운데 서랍에서는 도서관에서 빌린 책과 빈 콜라 병, 그리고 티모시 툴의 사진과 그가 백만장자라는 기사의 복사물이 들어 있는 꾸러미가 발견되었다.

애플버터의 심문이 시작되었다. 그리고 이틀 후, 그의 아버지가 자기 아들이 인권을 보호받을 권리가 있다는 사실을 알고 변호사를 선임했다. 변호사는 법원에 구속적부심을 신청했는데 이때부터 본격적인 신문이 이루어져 혐의 사실들이 하나씩 드러나기 시작했다. 스텀프는 부하들에게 경고했다. 「꼬마에게 손을 대지 말 것. 신문할 때마다 그의 권리를 상기시켜 줄 것. 물을 마시게 해줄 것. 수면 시간을 줄 것. 그리고 자네 히컴은 매시간 있었던 일을 기록할 것.」

둘째 날, 애플버터(경관들도 그를 그렇게 불렀다)의 정신이 풀어졌을 때, 한 경관이 질문을 했다. 「왜 총을 사용하지 않았지?」 여기에서 그가 첫 번째 실수를 했다. 「뻔하잖아요? 총을 사용하면 다 들리거든요.」

「그럼 왜 그렇게 잘 쓰는 도끼를 사용하지 않았지? 친구들이 그러는데 자네는 도끼의 귀재라던데.」 그가 두 번째 실수를 했다. 「트럭에 도끼를 넣어 가지고 다니면 나를 이상하게 볼 게 아닙니까?」

「그럼 무엇으로 그런 거야, 애플버터?」 그러자 갑자기 물꼬가 트였다. 「그 개가 갑자기 달려들었어요. 난 개를 떼어 놓아야 했어요.」

「무얼로?」

「쇠막대기요.」

「쇠막대긴 왜 가지고 있었지?」

「창문이 잠겨 있으면 그걸로 창문을 따려고요.」

「돈을 훔치러 그 집에 들어갔었나?」

「예. 그런데 불이 켜지고 사람이 달려들었어요. 그리고 개는 내 목을 물었고요. 전 정당 방어를 한 겁니다, 그렇지 않아요?」
「개를 때렸나?」
「네, 그 개를 바닥에 눕혔죠.」
「사람도 때렸나?」
「아니에요. 그 개가 물고 계속 놓지 않는 거예요. 그래서 죽여야만 했어요. 그 남자는 개를 보호하려고 했어요. 저는 그를 때릴 생각은 없었어요. 그런데 그가 뛰어드는 바람에.」
「그는 여러 번 맞았어, 애플버터.」
「개가 계속 짖었어요. 그래서 계속 휘둘렀습니다.」
「그 사람이 여러 번 맞았어. 열두 번쯤이나 말이야.」
「전 그럴 생각은 없었어요. 저는 개에게만 쇠막대기를 휘둘렀단 말입니다.」
「돈은 훔쳤나?」
「불이 또 하나 켜지는 바람에 그냥 트럭으로 도망쳤어요.」
「쇠막대기는 어떻게 했나?」
「반제 호수에 버렸어요.」
「거긴 꽤 먼 곳인데.」
「집에 오기가 겁났어요. 그래서 여기저기 돌아다녔습니다.」
「자네가 사람을 죽였다는 건 알았나?」
「아뇨, 조금 다쳤을 거라고 생각했습니다.」
수요일이 되자 애플버터의 변호사가 나타났다. 그는 그의 고객이 아주 자유로운 상태에서 자백을 했다는 사실을 알고 깜짝 놀라서 소리쳤다. 「당신 그에게 피의자의 권리를 알려 주지 않았군!」 스텀프는 그에게 기록을 보여 주었다. 「그를 음주운전으로 체포한 날부터 신문하기 전에는 반드시 다른 경관이 그의 권리를 읽어 주었소. 아홉 번이나.」
「당신들은 증거를 가지고 있지 않아요.」 변호사가 주장했다. 스텀프 경관이 대답했다. 「지금 세 잠수대원이 금속 탐지기를 가지고 반제 호수를 수색하고 있습니다.」

12월 20일 금요일

아침 11시에 스텀프 경감은 기자들을 불러 모았다. 그러나 우리 셋에게는 집에서 이틀 동안 다른 사람들과 만나지 말라고 주의를 주었다. 세 독일 도시의 기자들이 도착하기를 기다려 그는 신중하게 발표문을 읽어 내려갔다. 나의 두 독일인과 나는 〈바람의 노래〉의 거실에서 텔레비전으로 그 발표를 지켜보았다. 「관련 시민들의 유용한 제보를 받아 강력한 경찰력을 동원하여 유명 작가인 티모시 툴의 살인 사건을 해결했습니다. 범인은 자신의 권리를 충분히 숙지한 후에 자백했습니다. 살인 흉기는 얼어붙은 반제 호수 10피트 깊이에서 건졌습니다.」 기자들이 범인의 이름을 물어보자 스텀프는 아주 신중하게 대답했다. 「오토 펜스터마허, 스무 살 남자입니다. 그는 레니시 로드와 컷 오프의 중간 지점에서 부모와 함께 살고 있습니다.」

브리핑이 끝나고 몇 분도 채 안 되어 사진기자들이 펜스터마허의 집에 들이닥쳤다. 그러나 『앨런타운 매일신문』의 총명한 여성 기자 하나는 농장은 거들떠보지도 않고 드레스덴을 돌아다니며 사람들을 취재해서 범인의 고등학교 시절 별명이 애플버터라는 것을 알아냈다. 이 사건으로 나라가 한동안 시끌벅적했다.

다른 기자들은 발표 녹음을 다시 듣고서 스텀프 경감이 〈관련 시민들의 유용한 제보〉라는 문구를 사용한 것을 기억해 내고는 그 시민들이 누구인지 또 무슨 제보를 받았는지 알려 달라고 그를 졸라댔다. 그는 앞으로 있을 재판을 대비해서 정보 제공자의 신원을 알려 줄 수 없다고 거절했다. 경감은 자신의 입에서 요더 씨의 이름이 거론되기만 해도 기자들이 그의 농장으로 몰려들어 야단법석을 떨 것이고, 혹 자신이 졸리코퍼 씨의 이름을 언급한다고 할지라도 말 많은 독일인들이 금방 요더 씨가 개입되어 있다는 사실을 눈치채게 되어, 결국엔 정의의 바퀴를 굴린 사람이 누구인지 금방 밝혀지리라는 사실을 잘 알고 있었던 것이다. 공(功)이 누구 다른 사람한테 가는 것이 아까웠나?

12월 23일 월요일

엠마와 나는 애플버터가 체포되었다는 소식이 퍼지면서 루카스의 행동에 이상한 변화가 나타나고 있음을 감지하게 되었다. 나에게 전화를 건 엠마가 이런 말을 들려주었다. 「루카스가 아침만 되면 차를 타고 일찍 집을 나서요. 뒷길로 천천히 차를 몰아서는 뉴먼스터까지 가는 모양이에요. 애플버터가 학교를 다녔던 그곳을 유심히 둘러보고 다닌다나요. 그런 다음에는 걷는 속도와 비슷하게 정말 천천히 차를 몰아서는 컷 오프를 지나 펜스터마허 씨 농장까지 가나 봐요. 그곳에서 아무 말 없이 차에 그대로 앉은 채 다 무너진 옛 곳간과 새로 세워진 창고를 바라보며 그 농장의 흥망을 생각하며 상념에 사로잡혀 있기도 한대요. 지금 주인들이 그 풍요로운 토지를 팔아 버리기 백 년 전으로 거슬러 올라가 그 농장을 머릿속에 그려 보는 모양이랍니다. 그러고는 마치 드레스덴 지역과 펜스터마허가와의 기구한 운명의 실타래를 하나씩 하나씩 풀어 보려는 듯 동쪽으로 레니시 로드를 따라 차를 몬다지 뭐예요.」

엠마가 또 나에게 알려 준 바에 따르면, 루카스는 정오가 되면 아침에 돌았던 길을 거꾸로 다시 돌아보며 주변의 풍광을 전혀 다른 각도에서, 싸늘한 12월 햇빛을 받으며 둘러본다고 한다. 그러고는 졸리코퍼 씨 농장에 들러 그 집 부엌에서 엠마에게 전화를 걸어서는 졸리코퍼 씨와 점심을 먹으며 얘기나 나누고 오겠다고 하는 모양이었다. 그곳에서 그는 졸리코퍼와 함께 그 끔찍한 살인 사건의 자초지종을 다시 한 번 검토하고, 그 사건이 지니는 여러 가지 의미를 졸리코퍼는 어떻게 생각하고 있는지 알아보고 있는 게 틀림없었다.

그런 다음에 그는 약 2시경 집에 돌아와 낮잠을 자고 다시 일어나 차를 타고 아침의 방향과는 반대로, 그러니까 낮에 돌았던 대로 어스름이 찾아들기 시작하는 우리 마을을 둘러보는 것이다. 그러다가 어둠이 찾아오는 저녁 7시쯤에는 전 경로를 빠른 속도로 우회해서 애플버터가 쇠막대기를 버린 반제 호수를 따라가다가 저녁 늦게 집에 돌아오는 것이 일상처럼 되어 버린 모양이었다. 어딜 그렇게 돌아다니다가 오느냐는 엠마의 물음에 그는 항상 똑같은 대답이었다 한다. 「우리 마을을 둘러보고 왔지.」

12월 24일 화요일

오늘 오후 나는 매년 늘 하던 습관대로 정성껏 포장한 선물 꾸러미를 차에 가득 싣고는 오스카를 앞세워 마을을 돌면서 사람들에게 선물을 나누어 주었다. 이본의 새집에서 나는 우리의 원고가 곧 완성되어 나올 것이라는 기쁜 소식을 들었다. 그리고 스트라이버트가 묵고 있는 호텔에서는 그의 에세이 초고본을 받았는데, 나에게는 그것이 내가 그에게 줄 수 있는 것보다 훨씬 더 큰 선물이었다. 나는 벅찬 감동으로 그 초고를 읽었다. 티모시가 살아서 온 듯했다.

졸리코퍼의 집에서는 짜릿한 사이다와 크리스마스 요리 때문에 얼마간 머물러야 했다. 그들 부부는 요더가 거의 매일 오후마다 들러서는 살인 사건에 대해 끝없이 질문을 하고 그들의 의견을 듣고 간다는 말을 해주었다. 졸리코퍼 씨가

덧붙였다. 「그는 머릿속이 분명해질 때까지는 불독처럼 끈질
겨요.」

그래서 나는 약간의 걱정을 하며 요더 씨 집으로 향했다.
향기로운 크리스마스 음식 냄새가 가득한 부엌에 들어섰을
때, 나는 살인 사건에 대한 토론이 여전히 뜨겁게 이루어지
고 있음을 깨달았다. 엠마가 나를 반갑게 맞았다. 「이렇게
와주셔서 다행이군요. 루카스가 새 소설을 쓰려 한답니다.
그래서 저는 말리고 있던 중이지요.」

루카스는 그가 즐겨 앉는 의자에 몸을 기대고 수줍게 올려
다보며 말했다. 「아니야! 절대 아니야. 이 나이에 뭘 쓰겠어?」

「하지만 난 당신이 어떤 식으로 일하는지 알아.」 그녀가 요
리를 준비하면서 말했다. 「마을의 토지들을 기록하러 다니고,
당신 소설 속 인물의 모델로 삼고 싶은 졸리코퍼 같은 사람들
과 매일 이야기를 나누러 다니니 하는 말이지.」

「그건 단지 내가 티모시의 죽음에 관심이 있기 때문입니
다. 그리고 졸리코퍼가 사건의 전말을 밝혀 낸 그 총명한 방
법도 궁금하고요.」 그는 나를 보며 말했다. 그러나 엠마가 다
시 대답했다. 「제발, 루카스, 우리들 어느 누구도 다시 또 열
병이 걸리고 싶지 않아.」

「아내가 왜 소설 쓰기를 열병이라고 그러죠?」 그가 나에게
물었다. 「그건 단지 내가 언제나 해왔던 일의 일부인데 그러
는군요.」

「그래도 그건 열병이야, 루카스. 제발 우리 둘을 위합시다.
나는 또다시 그런 일에 빠지기엔 너무 지쳤어.」

나는 이 난국을 타개하기 위해 말했다. 「내가 온 것은 선물
드리는 일 외에도 또 하나 여러분을 골짜기 메노 교회의 크
리스마스 이브 자정 예배에 초대하기 위해서랍니다.」 그들이
환호했다. 「좋아요! 좋습니다!」

그날 밤 11시경 오스카가 나를 데리러 왔다. 우리는 요더와 졸리코퍼 부부를 함께 태우고는 드레스덴 앞으로 펼쳐진 농장을 훤히 볼 수 있는 그리 멀지 않은 곳에 위치한 교회로 갔다.

예배에 참석한 많은 여자들은 하얀 수실이 달려 있는 메노파 교도의 보닛을 쓰고 있었고 남자들은 검은 양복을 입고 있었다. 아이들은 색색깔의 옷을 입고 있는데 그것을 보니 가슴이 저려 왔다. 원인을 알 수 없는 교통사고 때문에 티모시가 고아가 된 후, 첫 번째 맞는 크리스마스 때 유아용 색동옷을 그의 선물로 골랐다. 그때 그는 이미 여섯 살이었다. 그가 그 옷을 침대 위에 펼쳐 보고는 나에게 키스하며 말했다. 「이젠 어른스러워져야 한다고 하셨잖아요?」 우리는 그의 새 유아복을 통통하게 살찐 펜스터마허의 아들에게 선물로 주었는데 그 아이가 나중에 애플버터라고 불린 바로 그 애였다.

고통을 털어 내며 나는 평범하긴 하지만 멋지게 장식을 한 교회의 크리스마스 분위기의 유쾌한 기운에 굴복했다. 창문을 장식한 전나무 가지들, 아름다운 장미, 그리고 1700년대에 라인 지역에서 건너온 듯한 갖가지 인형들이 한쪽 벽을 장식하고 있었다. 성 루가 인형과 아기 예수에 경배를 드리는 동방 박사들, 화려한 의복을 걸친 귀족과 어머니 마리아와 예수를 위협적으로 노려보고 있는 로마 병정들이 일렬로 늘어서 있었다.

나같이 크리스마스 하면 찰스 디킨스를 생각하는 여자가 골짜기 메노 교회에 와서 보니 미국의 크리스마스도 본질로는 독일의 전통을 따르고 있고 그중 펜실베이니아의 독일인들만이 가장 전통에 맞게 크리스마스 축제를 벌이는 법을 안다는 사실을 깨달았다.

장식 인형들의 끝 쪽으로 계곡에서 나는 풍성한 음식과 파이, 쿠키, 통조림 등을 푸짐하게 담아 놓은 테이블이 두 개 놓여 있었는데 그것들은 가난하고 교회에 나오지 못한 자들을 위한 것이었다. 낯선 독일 찬송가가 울려 퍼지자 나는 초창기 이주민 시대의 크리스마스는 어땠을까 하는 생각이 들었다. 그러나 마침내 수도 없이 들어온 영어 찬송가가 연속적으로 흘러나왔다. 〈고요한 밤〉을 독일어로 부르는 것을 마지막으로 예배가 끝났다. 내 가족의 마지막 한 사람을 저 세상에 보내고 난 후, 처음으로 맞는 크리스마스에 나의 가슴은 다시 사랑으로 채워졌다.

12월 25일 수요일

크리스마스다. 나는 이본의 새집에서 그녀가 새로 얻은 친구들과 자리를 함께했다. 우리는 모두 즐거운 시간을 보냈다. 그리고 오후 2시경 스트라이버트 교수가 제니 소어킨 양을 대동하고 방문했다. 소어킨 양은 이본의 파티에 초대받지 않았지만 환영받았다.

스트라이버트와 우리들이 거의 타이프 단계에 들어간 원고를 두고 의견을 나누고 있는 동안 요더와 졸리코퍼는 저만큼 떨어져서 살인 사건을 검토하고 있었다. 도중에 한 번 그들이 앉아 있는 곳으로 눈길을 돌렸는데, 루카스 요더가 아랫입술을 떨며 창백한 표정으로 앉아 있는 것이 보였다. 「요더 씨!」 내가 불렀다. 「어디 아프세요?」 그는 떨리는 목소리로 대답했다. 「나는 지금 펜스터마허 사람들은 잔인한 크리스마스를 보내고 있을 거라는 생각을 하고 있었어요.」 그리고는 참던 눈물을 흘리며 말을 잇지 못했다. 나는 그의 비탄에 잠긴 얼굴에서 시선을 돌리다가 문득 그가 펜스터마허라는 생각에 사로잡혔다. 그는 우리와 함께 있는 것이 아니었다. 그의 마음은 살인자의 부모가 있는 그 농장에 가 있었다.

그들의 감정이 그의 것이었다. 그것이 그가 작품을 쓰는 비결인 모양이다. 그가 어떤 사람에 대해 글을 쓸 때면 그는 그 사람이 되어 있었다. 등장인물의 입장 속에서 살고, 그들과 똑같은 고통을 느끼며 그들의 정신적 혼란을 똑같이 겪었다. 이 즐거운 크리스마스에 그를 제외한 다른 사람들은 펜스터마허를 잊고 있었지만 그는 그렇지 않았다. 나는 그것이 그를 소설가이게끔 해주는 것이라고 생각한다.

졸리코퍼 씨가 그를 마법에서 깨어나게 했다. 「그렇게 된 건 상당 부분 부모의 잘못이라네. 그들은 아들이 못된 말을 해도 그냥 내버려 두었어. 심지어 욕을 하는데도 말이야. 만약 내 아들이 그런 짓을 하려고 한다면 난 턱을 갈겨 버리겠어.」

「그런 식으로는 아무것도 해결되지 않아요.」 엠마는 평소대로 학교 선생님처럼 말했다.

프리다는 이런 식으로 받아쳤다. 「턱을 갈겼으면 욕은 못 했겠죠. 안 그래요?」

며칠 후 엠마는 나에게 자기 자신을 다른 사람들의 생활 속으로 투영시키는 남편의 특별한 능력을 보여 주는 일례를 말해 주었다.

「루카스가 『파문』을 쓰고 있었을 때, 나는 그가 멜빵을 사용해서 바지를 올리는 것을 보았지요. 그러나 그는 평소에 멜빵을 메지 않는답니다. 그래서 내가 물었죠. 〈도대체 무얼 하고 있어?〉 그랬더니 그가 〈당신의 할아버지가 어떤 느낌이셨을까 상상하고 있는 중이야〉 하더군요. 일주일 후에 보니 그는 멜빵은커녕 벨트도 하지 않고 있었어요. 그래 내가 핀잔을 주었답니다. 〈이번엔 내 오빠가 되셨군.〉 그랬더니 그는 〈응, 맞아〉 그러더군요.」

12월 28일 토요일

지난 사흘 동안 요더에게 있었던 일을 말해 준 엠마에게 진심으로 감사한다. 그녀는 나에게 그 사실들을 이야기하면서 때때로 애정 어린 눈물을 흘렸다.

「크리스마스 다음다음 날이었어요.」 그녀는 이야기를 시작했다. 「루카스가 아무 말 없이 사라졌어요. 점심때면 늘 들르던 졸리코퍼 씨 집에도 가지 않았고. 그래서 그가 어스름해서 돌아왔을 때 그에게 말했지요. 그냥 지켜 서서 과로로 스스로를 죽이는 것을 보고 있을 수는 없다고. 그는 내 말을 들으려고 하지 않고 자기는 결코 새 책을 쓰고 있는 건 아니라고 다짐만 하는 거예요. 그러고는 거기다 덧붙이더군요. 〈만약 내가 다른 시도를 한다면 그건 전혀 다른 글쓰기가 될 거야. 지금껏 써왔던 것하고는 아주 다른 방식이지. 스트라이버트의 생각에도 일리가 있어. 새로운 접근이 필요해. 사물을 바라보고 그것들을 표현하는 새로운 방식이 정말 필요해.〉

나는 그에게 지금 제정신이냐고 따졌지요. 그랬더니 이렇게 대답하는 거예요. 〈그렇진 않아. 지금 대학에서 강의를 하고 있는 제니 소어킨 알지? 그녀가 툴을 대신했어. 얼마 전 내게 최근에 탈고한 소설의 한 부분을 읽어 보라고 보여 주더군. 인상 깊은 내용이었지. 백인 축구 선수가 여학생을 강간하고는 그녀에게 유산을 강요하는 내용이지. 그 여학생은 흑인이었는데 대학 전체가 들고일어나서 그녀를 비난하고…….〉

내가 왜냐고 묻자 그가 설명했어요. 〈명성을 보호하고 그 선수가 국가적인 상을 타서 유리한 직장을 잡도록 도와주려는 거야.〉

내가 그에게 어떤 종류의 책이냐고 묻자 그는 〈매우 강한 힘을 가지고 있어, 그녀의 글쓰는 방식은〉 하더군요.

나는 그에게 젊은이들은 그들의 글을 쓰도록 내버려 두라고 말했지요. 그는 그렇게 과격한 사랑 이야기를 쓸 의무가 없다고 말이에요. 그것은 그의 스타일이 아니다, 그런데도 그런 글을 쓰려고 무리하면 신경 쇠약에나 걸리게 된다고 말입니다. 그랬더니 이러더군요. 〈그건 중요하지 않아, 엠마. 그녀는 축구 이야기를 그대로 쓰고 있는 것이고, 나는 드레스덴을 있는 그대로 기술하려고 노력할 따름이지.〉」

여기서 엠마는 말을 멈추고 손가락으로 눈가를 찍어 눌렀다. 「나는 그이가 말하는 것이 무서웠어요. 그이가 산에서 곧장 밑으로 곤두박질치는 모습을 볼 수 있었답니다. 그러나 글쓰기가 그의 생활의 일부이기 때문에 곧 내 생활의 일부이기도 한 거죠. 그래서 도대체 그 나이에 다시 시작하려고 마음에 두고 있는 내용이 뭐냐고 물었지요. 〈난 무디고 완고한 독일인들의 생활이 어떻게 살인자를 만들어 낼 수 있는지 보여 주고 싶어. 장문의 묘사도 없고, 형식적인 소개도 없이. 마치 연극 공연처럼 말이야. 설명의 부분은 하나도 없이 할 거야. 장면들이 순간적으로 비쳤다간 사라지고 대신 대화가 절반 이상을 차지하는 거지.〉」

「그래서 당신은 어떻게 대응을 했는데요?」

그녀가 말했다. 「그 나이에 그렇게 전적으로 문체를 바꾸면 결국엔 비극뿐이란 걸 잘 알지만 나는 그를 지켜볼 수밖에 없다는 것을 잘 알고 있답니다. 그래서 그의 의자로 다가가서 그를 꼭 껴안고는 그 나이에 젊은 작가들처럼 글을 쓸 필요는 없다고 말했어요. 내 말을 듣자 그가 고개를 끄덕이고는 말했습니다. 〈그러나 문제가 심각해. 그들의 글을 읽어 보면 번뜩이는 기지를 볼 수가 있지. 하지만 그들은 한 사람도 똑바른 이야기를 쓰지 못하고 있거든. 신선함을 계속 유지하면서 앞으로 나가는 작업은 잘 못하고 있지. 난 그들의 새로운 기술과 나의 옛 기술을 결합하고 싶은 거야. 그 효과는 가히 폭발적일걸.〉 나는 눈길을 다른 데로 돌려 버렸어요.」

12월 31일 화요일

요더 부부와 함께 마을 길을 따라 걸으며 크리스마스 장식들을 구경하기도 하고 아는 사람들을 만나면 인사도 하면서 산책을 즐기던 중에 요더 씨가 우리를 보고 〈잠깐만 기다려요〉 하고는 문방구점으로 뛰어들어 갔다. 그는 금방 나왔는데 손에는 큼직한 공책 한 권이 들려 있었다.

엠마가 그것을 보고 외쳤다. 「루카스! 당신 그 공책에 소설 구상을 적으려고 샀지?」 그녀는 나를 돌아보며 말했다. 「저이가 기어이 새로운 스타일로 소설을 쓸 모양이에요.」 나는 그들 부부의 언쟁에 끼고 싶지가 않았다. 그래서 그들이 연말을 지낼 물건들을 사기 위해 조그만 슈퍼로 들어갈 때 나는 따라 들어가지 않고 밖에서 그들이 짐수레에 물건을 담는 것을 구경하며 중얼거렸다. 「저들 부부 좀 봐! 이본이 말한 대로 계산한다면 그들은 올해에 3백만 달러 이상을 벌었을 텐데 말이야. 하지만 그들이 하녀를 고용하는 일은 절대 없겠군. 일주일에 한 번 정도 파출부나 부르는 것이 고작이겠어. 요리사가 엠마의 부엌에 들어갈 수 있을까? 전혀 불가능하고말고.」

〈바람의 노래〉로 돌아와서 나는 오스카와 하녀들을 도와 이웃들을 맞을 준비를 끝냈다. 금방 그들이 들이닥쳐서 손자의 죽음에 대한 애도를 표했다. 나는 각각의 부부들과 따뜻한 악수를 교환했다. 그리고 몇 명은 펜스터마허의 아들이 그런 짓을 저질렀다는 것을 알고는 무척 놀랐다고 이야기했다. 나는 그들에게 그 짐승에게는 더 이상 아무 관심도 없다고 말해 주었다. 「나는 범인을 찾아서 체포하는 일을 열심히 도왔습니다. 그러나 복수하겠다는 생각은 결코 없었답니다.

오히려 도대체 누가 왜 그런 짓을 저질렀는지 궁금했다고나 할까요. 이제 그가 전기 의자에 앉는 것을 보고 싶은 생각도 없어요. 펜실베이니아의 법률이 그걸 허가하겠지만요.」

4시경에 손님들이 떠났다. 나는 가볍게 목욕을 하고는 아늑한 기분으로 오늘 밤 8시에 내가 〈티모시 툴 부대〉라고 부르는 사람들이 송구영신을 위한 조용한 만찬에 참석하러 오길 기다렸다. 이본 마멜, 제니 소어킨, 그리고 스트라이버트 교수, 이렇게 셋은 나에게 더할 수 없이 소중한 사람들이었다. 그들이 집으로 들어올 때마다 나는 그들을 포옹했는데 특히 제니의 경우는 내 딸 혹은 손녀를 맞이하는 느낌이었다.

밤 10시, 나는 가벼운 프랑스식 식사를 내놓으며 사과를 했다. 「지난번에 7&7에서 먹었던 음식에 비하면 이건 정말 하찮은 거지요. 그러나 새해에도 우리 모두가 일을 해야 하기 때문에 그렇게 많이 먹다간 제대로 움직이지도 못할 것 같아서요.」 그러나 정작 식사가 끝날 무렵에 나는 친구들을 웃길 요량으로 벨을 울려서 그저께 오스카가 7&7에서 사 온 엄청나게 큰 파이를 세 개나 내오게 했다. 덕분에 우리는 비교적 간소한 식사에 진짜 독일식 후식을 들었다.

우리가 거실로 돌아오자 대화는 다시 문학 이야기로 돌아갔다. 내가 말했다. 「나는 요절한 위대한 작가들, 가령 채터튼이나 키츠, 그리고 내가 사랑하는 키트 말로 등에 대해서 많은 생각을 했답니다. 특히 말로는 그중 재능이 뛰어난 작가였지요. 매일같이 선술집에서 술 마시며 떠들어 대고 29년이라는 짧은 기간 동안에 남긴 작품은 거의 없지만, 그가 쓴 시 하나하나에는 천재성이 엿보인답니다. 어떤 것은 셰익스피어도 능가할 정도였답니다.」

「믿기 어려운데요.」 스트라이버트가 이의를 달았다. 나는 하녀를 시켜 말로의 하늘로 비상하는 듯한 시구를 적어 놓은 공책을 가져오게 했다. 〈이것이 수천의 배를 띄우고 하늘을 찌를 듯하던 일리움의 탑들을 불태운 얼굴이었던가?〉 그 밑에는 셰익스피어가 개작한 우둔한 시구가 적혀 있었다. 〈이것이 그리스가 트로이를 침략하게 만든 아름다운 얼굴이었던가?〉

「제 말을 취소하겠습니다.」 스트라이버트는 시인했다.

「그러나 내가 대학 시절에 암송한 말로의 시구는 아직도 내 마음속에서 떠나지 않고 있답니다. 그때 우리는 「포스터스 박사」를 공연했는데 내가 점술사의 죽음을 애도하는 노파역을 맡았었죠.

똑바로 뻗어 갔을 가지가 잘렸도다,
아폴론의 월계수 나뭇가지가 불타 버렸도다,
이 박식한 젊은이 안에서 자라난…….

마지막 행은 사실 박식한 사람이었는데 지금은 내가 목적에 맞게 고쳐 부른 겁니다.」

나는 말로가 술집에서 싸움을 벌이다 살해당하는 모습을 그려 보며 그들에게 질문했다. 「나뭇가지가 잘리지 않았더라면 그는 무엇이 되었을까요?」

「누구요?」 제니가 물었다. 「말로요, 아니면 티모시요?」

「내가 누구를 생각하는 건지 나도 잘 모르겠어.」

「갈런드 부인, 티모시는 위대해질 운명이었다는 건 확신할 수 있답니다. 그의 세계에서는…….」

「정말 그렇게 믿어, 제니?」

「예. 『대화』의 결론 부분을 작업하면서 저는 확신했어요. 그는 관습적인 글쓰기로부터 아주 훌륭하게 결별을 하고 있었다고 확신해요.」

이렇게 말하고 난 젊은 소설가 소어킨 양은 죄송하다며 자리에서 일어섰다. 「나는 캠퍼스에 남아서 학생들이 맥주 파티로 신년을 맞이하는 것을 도와주기로 약속했거든요.」

곧 우리는 그녀의 차바퀴가 자갈에 부딪치는 소리를 들었다. 소리가 멀리 사라졌을 때 이본이 말했다. 「믿지 못하실 거예요, 칼. 저 젊은 여성이 세 번째 원고에서 큰 발전을 이루었다는 사실을. 무엇보다도 내가 그녀의 장래를 믿는 이유는 그녀가 직유와 은유를 아주 쉽고 자연스럽게 사용할 줄 안다는 겁니다.」 그녀는 우리에게 그녀가 마음에 들어한 문구나 문장에 연필로 엷게 표시해 놓은 제니의 원고 몇 장을 보여 주었다. 〈어머니가 세 아이들을 데리고 회전문을 밀고 들어갈 때처럼 난폭하게.〉 네브래스카 대학 축구팀의 라인 코치에 대한 묘사는 이랬다. 〈한니발이 코끼리 떼를 몰고 알프스 산맥을 넘으려 할 때라면 그는 아주 필요한 존재였을 것이다.〉

「제가 너무 편견을 갖고 그녀와 그녀의 작품을 대했던 것 같군요.」 스트라이버트가 말했다. 「저는 그녀를 오직 티모시에게 나쁜 영향을 주는 존재로만 보아 왔습니다.」

그러나 나는 그녀를 티모시의 구원으로 생각했었다. 오늘 저녁 그녀가 일찍 간 것이 그렇게 기분 나쁘지는 않았다. 사실 나는 스트라이버트와 이본하고만 이야기할 기회를 원했던 것이다. 나는 우리 모두에게 관련된 주제를 끄집어냈다. 「우리는 공통점이 너무 많지요. 우리는 우리가 사랑하는 것들을 잃어버린 사람입니다. 내 경우를 보면 세 번 있었는데, 내 남편의 죽음, 그리고 딸과 마지막으로 손자의 죽음이 있었지요. 당신은 두 번이지요, 칼. 당신이 그리스에서 만났던 아일랜드 교수와 그리고 이번의 티모시까지요. 이본, 당신은 말은 잘하지만 글은 잘 쓰지 못했던 그 재능 있는 젊은 양반을 잃었고요.」

「어떻게 그렇게 많이 알고 계시지요?」 이본이 물었다. 칼이 기분 좋게 맞장구쳤다. 「그래요, 당신은 꼭 탐정 같습니다.」

「나는 내 손자가 어떤 사람을 본받아서 따라 배울지 걱정하지 않을 수 없었답니다. 그런데 그가 역시 사람을 잘 골랐어요. 뭐니 뭐니 해도 인생에서 아픔을 겪어 본 사람이 좋지요.」 나는 덧붙였다. 「사실 처음에는 칼 당신을 걱정했더랬어요. 당신은 꼭 손자 녀석에게 나쁜 물을 들일 것 같았거든요. 그런데 다행히도 제니가 나타나서 안전한 방향으로 끌고 갔지요. 그리고 이본 당신도 걱정이었어요. 당신은 부서지기 쉬운 사람같이 보였답니다. 한 학생이 당신을 가리켜 〈아주 총명한, 그러나 심장은 없는 유대계 지식인〉이라고 하더군요. 그런데 알고 보니 당신이 당신의 남편을 — 작가였지요, 아마? — 키워 낸 이야기는 근래 들어 가장 감동적인 러브스토리이더군요.

그렇게 고통을 알고 있는 당신들이야말로 나의 동생이고 누이랍니다. 그런 점에서 지난주에 잠깐 나누다 말았던 이야기를 다시 해야겠어요. 칼, 이곳 드레스덴에서의 당신의 개인생활을 다시 찾을 거지요? 어떻게 할 예정인가요?」

그는 대답하지 않았다. 자정이 되기까지 10분이 남았다. 나는 텔레비전을 틀었다. 1991년의 마지막 시간이 째깍째깍 사라져 가는 소리를 들으며 나는 말했다. 「아, 속이 시원하군요. 이런 한 해가 또 온다면 참을 수 없겠지요?」

그러나 나는 다시 신중해졌다. 「하긴 좋은 순간들도 있긴 했지요.」

드디어 자정의 종소리가 울려 퍼졌다. 환호 소리가 거실을 메웠고 나는 자리에서 일어나 스트라이버트에게 키스하고 이본을 얼싸안았다. 그러고는 그들을 나란히 일으켜 세워서 신년을 축하하는 키스를 하도록 했다.

그들이 떠날 준비를 하고 있을 때, 나는 거실의 책장에서 남편이 영국 여행 중에 나에게 선물한 시모음을 꺼내 들었다. 「이런 겨울밤에는 『성 아그네스 축전일』을 읽으면서 중세의 성에 갇힌 느낌을 맛보는 것도 괜찮겠군요.」 그들이 떠나고 나자 나는 스탠드의 불을 밝히고 책을 무릎 위에 올려놓았다. 하녀가 와서 다른 불들을 모두 꺼주었다. 나는 어둠 속에 파묻혀 책을 읽기 시작했다.

그때 놀라운 일이 일어났다. 나는 「성 아그네스」의 낯익은 시행을 읽고 있었는데 갑자기 시행의 내용이 생명력이 없고 나와 전혀 맞지 않는다는 감정에 사로잡힌 것이다. 그것은 이전 세기의 작품이고 진부한 표현들로 가득 차 있으며 말은 많으나 의미는 전혀 없었다. 운율은 있으나 파격이 없고 신선하거나 의미 있는 표현 역시 하나도 없다는 생각이 들었다. 장문의 시를 이리저리 뛰어넘으며 훑어보던 나는, 내 손자가 그렇게도 경멸한 롱펠로의 단조로운 운율이 단지 기법만 약간씩 달리한 것뿐이라는 사실을 깨달았다. 마침내 나는 칼 스트라이버트나 에즈라 파운드, 데블런 등이 추구하는 바를 이해했다. 고양된 의미와 충만한 감정이 살아 숨쉬는 지성인들 사이의 대화를…….

책을 읽지도 않고 그냥 무릎 위에 펼쳐 놓은 채 나는, 나에게 비난받아야 했던 이본의 말이 타당성이 있다는 것을 받아들이고 있는 나 자신을 깨달았다. 그녀는 이렇게 말했었다. 「독일 풍경을 묘사하는 루카스 요더의 감정 소설이나 축구계의 비리를 흥미 있게 기술하고 있는 제니 소어킨은 둘 다 초급 학교만 졸업하면 누구나 읽고 즐길 수 있는 재미있는 소설을 쓸 따름입니다. 스트라이버트나 파운드 그리고 틱모시는 훨씬 더 강력한 의사 전달 방법을 찾고 있는 것이랍니다.」

내가 그 놀라운 결론에 도달한 것은 밤 2시경이었다. 칼 스트라이버트가 옳았다. 오늘날의 대중 소설의 수준이 1850년의 대중 시의 수준과 똑같다면 그것도 우리 시의 운명과 똑같은 전철을 밟게 될 것이다. 점점 더 좋은 소설은 점점 더 안 읽히는 그런 운명을 맞이할 것이다. 그러한 전망은 나 같은 열렬한 독서가에게는 너무 우울한 것이어서 나는 잠을 이룰 수 없었다. 나는 시집에는 관심도 없이 의자에 앉아 있었다.

한 해의 마지막 밤이 그렇게 씁쓸한 기록으로만 끝난 것은 아니다. 내가 2층 침실로 올라가려고 하는데 전화벨이 울렸고 수화기에서 커다란 목소리가 흘러나왔다. 「갈런드 부인?」 나는 누군지 몰라 잠시 멈칫했는데, 이내 이본 마멜임을 깨달았다. 「아니 지금 어디서 전화하는 거예요?」

「여긴 제 집이에요. 지금 그리로 가도 돼요?」

「아니 새벽 4신데? 그건 위험해요. 하지만 전화로도 충분히 이야기할 수 있지요.」

「칼이 집까지 바래다주었는데 나는 그가 안으로 들어오길 바랐어요. 그가 들어오더군요. 우린 티모시의 원고 정리를 위해 그가 쓴 훌륭한 에세이에 대해 이야기를 나누었답니다. 그러고는 그가 지금까지 제니 소어킨을 곱지 않게 보아 왔는데도 불구하고, 내가 소어킨 양의 『빅 식스』를 축구 시즌이 시작될 때 출판을 하면 틀림없이 성공할 것이라는 예감이 들었다고 하자 진짜로 기뻐하는 것 같더군요. 처음 데뷔하는 작가로서는 굉장한 출발이 될 거예요.」

「당신은 그 말을 하려고 전화한 것 같지 않은데요?」

「그래요. 저는 처음 키스를 요청 받은 소녀처럼 안절부절 못했었어요. 어떻게 말을 꺼내야 할지도 몰랐고요. 그러다가 과감히 말을 꺼냈지요. 〈갈런드 부인이 당신에게 한 말은 아주 중요한 것입니다. 아무 문제없이 이곳으로 다시 이사 올 수 있어요. 나이 차이도 많이 나서 그녀에게 세를 들면 별 뒷말이 없을 겁니다.〉」

「그가 뭐래요?」

「아무 말도요. 그냥 서 있더군요. 그가 내 말을 듣지 않고 있었나 봐요. 틀림없이 그가 신처럼 모시는 데블런의 죽음을 생각하고 있었을 거예요. 손수건을 꺼내서는 눈가를 두드리지 뭐예요. 그래서 제가 외쳤어요. 〈맙소사, 제발 사내답게 구세요.〉 사실 그런 말은 하는 게 아닌데.」

「그가 화를 냈겠군요?」

「아니에요. 그는 힘없는 목소리로 묻더군요. 〈당신도 쓸쓸합니까?〉 그래서 나는 최대한 부드럽게 대답했답니다. 〈견디기 힘들 정도로요. 그렇지 않으면 내가 왜 이리로 이사왔겠어요? 나는 졸리코퍼 같은 진실한 사람들을 만나고 싶었어요. 갈런드 부인이나 당신 같은 사람을요.〉」

「그랬더니 그가 어떻게 하던가요?」

「그가 뒷걸음을 치더니 저를 유심히 보더군요. 그런데 그를 보니까 전혀 다른 사람 같았어요. 데블런의 죽음으로 비틀거리는 무기력한 지식인의 모습이 아니었어요. 사랑하는 수제자의 살해에 충격을 받은 젊은 교수의 모습도 아니었어요. 그는 더 크고 더 씩씩해 보였어요. 그의 목소리에도 확실히 힘이 들어가 있더군요.」

「그가 어떤 말을 했는데요?」

「믿지 못하실 거예요. 옥스퍼드 대학으로부터 1년 동안 미국 문학을 강의해 달라는 제의를 받았답니다.」

「어머나! 정말 기쁜 일이로군요.」

「그리고 템플 대학도 그를 위해 추가 지원을 해두었답니다. 그는 세 명의 박사 과정 학생을 조교로 쓸 수 있게 되었어요.」

「그건 그렇고, 메클렌버그로 돌아오는 문제는 어떻게 됐어요? 그가 우리의 초청에 어떤 식으로든 응했나요?」

「다 거절했어요.」

내가 실망의 표시를 하자 그녀는 박장대소를 했다.

「당신은 그가 무슨 말을 했는지 짐작도 못 하실 거예요.」

「틀림없이 충격적인 것이겠지요. 그렇지 않다면 이 시간에 전화를 걸 리가 없잖아요?」

「그가 한 말을 그대로 알려 드릴게요. 〈갈런드 부인의 말씀처럼 당신과 나는 뿌리가 필요해요. 그래서 사흘 전 드레스덴 외곽에 있는 새로 지은 콘도에 방을 하나 구입했습니다.〉」

새벽 4시가 되었다. 나는 큰 창문 너머로 계곡 아래쪽을 바라보다가 나를 끊임없이 괴롭히는 슬픔을 그녀와 나누고 싶어졌다. 「지난번, 새벽 4시경에 우리는 언덕 아래 잔디밭에서 티모시를 발견했지요. 그 애의 죽음으로 당신과 내가 잃은 것을 생각하면 슬픔으로 가슴이 막힌답니다.」 그런 슬픈 생각에서 벗어나고자 나는 다시 그녀에게 물었다. 「칼이 다시 회복한 활력을 가지고 무슨 일을 하리라고 생각하나요?」 그녀가 대답했다. 「먼저 옥스퍼드로 가서 데블런의 무덤 앞에서 눈물을 흘리겠지요. 그다음엔 이렇게 생각할 거예요. 〈이제 다시 드레스덴에 돌아가면 두 총명한 여성이 있을 것이다.〉 그러고는 당신의 초대를 생각할 겁니다. 그런데요, 중요한 질문이 하나 있어요. 내가 그 남자를 사랑하게 되었다면 어떻게 해야 하지요? 남자를 사랑하는 남자를요!」

그녀는 절실히 내 도움을 청하고 있었다. 그녀가 오래전 사랑했던 사람은 자기 연민에 빠진 겁쟁이였던 것이다. 나는 이제 새로운 사랑을 시작하려는 그녀에게 용기를 빌려주고 싶었다. 「기다리세요. 인생에서 좋은 일들은 아기를 낳는 것과 똑같은 과정을 거쳐야 해요. 90퍼센트는 기다리는 일이죠.」

1992년 1월 15일 수요일

어제는 진지한 경험을 했다. 내 최근의 기록들이 보여 주듯이 나는 그동안 나에게 많은 영향을 주어 왔던 작가들에 대한 내 솔직한 생각이 무엇인지 알아내려는 정신적인 갈등을 겪어 왔다. 몇 년 전까지만 해도 나는 루카스 요더가 가장 글을 잘 쓰는 소설가라고 믿어 의심치 않았다. 그러나 스트라이버트 교수가 그의 뛰어난 논리로 이러한 견해에 의심을 품도록 만들었고, 내 손자가 좀 더 새롭고 대담한 글쓰기 방법에 대한 눈을 뜨게 해주었다. 그리고 제니 소어킨의 솔직 담대한 말 속에서 낡은 혼란을 날려 보내는 새로운 바람을 느낄 수 있었다. 무엇보다도 가장 중요한 것은 큰 출판사의 운영을 맡고 있는 이본 마멜의 합리적인 판단이었다. 그녀는 나의 길잡이 역할을 맡아서 자신의 탁월한 견해로 나의 새로운 생각들을 확신시켜 주었다.

나는 스스로 문학의 비밀들을 간파했다고 믿었으며 그것들을 적당히 묶어서 내버려 두었다. 그러나 어제 엠마의 집에 들러서 그녀와 부엌에 앉아 잡담을 나누고 있던 중 그녀에게 물어보았다. 「루카스는 요즘 무엇을 하며 지냅니까?」 그녀가 대답했다. 「당신이라면 흥미를 느끼실 거예요. 신년 축제가 있고 난 뒤로 그는 쭉 그가 〈나의 짐〉이라고 부르는 일에 몰두하고 있답니다.」

「그게 뭐지요?」

「편지 답장 쓰는 일이지요. 새 책이 출판되자 엄청난 양의 편지가 몰려오고 있답니다.」

「아니 『돌담』은 벌써 몇 달 전에 나왔는데요?」

「맞아요. 하지만 그의 옛날 책들이 계속해서 여러 나라에서 출판되고 있지요. 그곳의 독자들에게는 새로운 책들인 셈이지요.」 그녀는 나를 책들이며 온갖 서류들이 어수선하게 널려 있는 그의 서재로 데리고 갔다. 그는 세계 각지로 꼼꼼히 편지를 쓰고 있었다. 「이것도 내 직업의 일부지요.」 그가 하던 일을 멈추고 이야기했다.

「당신 진짜로 이 편지들마다 일일이 답장 쓰시는 겁니까?」 나는 얼추 보아도 80통은 족히 넘어 보이는 편지 뭉치를 가리키며 물었다.

「그럼요. 이들이 나를 움직이는 사람들이랍니다.」 그가 옆의 편지 뭉치를 툭툭 치면서 대답했다.

「좀 읽어 봐도 될까요?」

「다 읽으셔도 됩니다.」 그가 웃었다. 「전 다 읽었습니다.」

그리고 그것이 내가 몰랐던 세계, 나처럼 독서를 귀중한 경험으로 생각하고 있는 수백, 수천의 사람들의 세계를 알게 된 계기가 되었다. 나와 같은 사람이 이렇게 많을 줄은 정말 몰랐다는 생각이 들었다.

드레스덴의 따스한 겨울 햇빛을 받으며 나는 먼저 편지들을 쭉 훑어보고 그것들을 읽기 시작했다. 편지는 세 종류로 분류되어 묶여 있었다. 확실히 편지들 속에는 쓸데없는 내용이 많았다. 무조건 〈글쓰기에 관한 모든 것〉을 말해 달라는 것이나, 수집을 하려고 하니 친필 서명을 한 사진을 보내 달라던가, 또는 작품 속의 등장인물과 똑같은 이름을 갖고 있다는 등. 〈당신 작품 속의 창고지기는 내 아저씨 아이작 슈만츠를 모델로 삼은 겁니까? 그런 이름을 흔치 않은데.〉 그러나 아주 진지한 편지도 뜻밖으로 많았다.

첫 번째 묶음은 그렇게 양이 많지는 않았는데 대개 이런 내용이었다. 즉, 자신은 요더를 정직한 소설가로 믿게 되었다.

요더야말로 자기가 만나 보고 싶고 또 방문하고 싶은 곳에 살고 있는 중요한 인물들에 기초해서 솔직한 이야기를 작품으로 만든 사람이다. 이런 독자들은 대개 이런 식으로 끝을 맺었다. 「당신은 내가 가장 좋아하는 작가입니다. 아마 오늘날 가장 글을 잘 쓰는 분일 겁니다. 나는 당신의 다음 책을 열렬히 기다리고 있습니다.」 나는 이렇게 편지를 쓴 사람들이 얼마나 다른 작가의 작품을 폭넓게 읽었을까 의심이 갔다.

두 번째 부류는 나에게 깊은 감동을 주었다. 그 편지 하나하나가 내 남편이 살았으면 그렇게 썼을 내용이었다.

나는 내 직업에만 몰두해 왔기 때문에 솔직히 책을 읽을 시간을 가지지 못했습니다. 아내는 이런 나를 두고 힐책합니다. 스스로를 교양이라곤 모르는 전형적인 무식한 일꾼으로 만들고 있다고 말입니다. 몇 년 전 당신의 『헥스』가 나왔을 때 아내는 그 책에 대해 많은 말을 하면서 나도 그 책을 좋아하게 될 것이라며 권했습니다. 그래 나는 위기의식을 느껴 그 책을 읽어야만 했습니다.

당신의 책은 나를 완전히 빨아들였습니다. 너무 좋았어요. 너무 생생했습니다. 그래서 나는 아내에게 부탁했죠. 〈다른 책 또 없어?〉 그녀가 이번에는 『파문』을 추천했습니다. 그것이 『헥스』보다 더 훌륭하다는 이야기를 덧붙여서 말입니다. 이제는 요더 씨, 내가 당신의 모든 책을 다 읽었다고 자신 있게 말할 수 있습니다. 다른 작가의 책들도 많이 읽게 되었죠. 당신은 나를 내 업무보다도 더 광활한 사고의 세계 속으로 돌려다 놓았습니다. 이 점에 깊이 감사드립니다. 열 번 백 번 감사드립니다.

래리모어도 그랬다. 그는 강철 보고서 외엔 거의 책을 읽

지 않았다. 나는 거의 강제로 『헥스』를 읽게 했다. 그러자 그
도 되돌아와서 다른 책들을 읽기 시작했고 점점 더 많은 책
들을 읽게 되었다.

그러나 나를 가장 놀라게 한 것은 다음 세 번째 묶음이었
다. 나는 독자들이 거의 똑같은 말을 했다는 사실을 믿기 어
려웠다.

　내가 당신 책의 끝장에 다가감에 따라 이루 말할 수 없
는 안타까움이 나를 사로잡았습니다. 내가 사랑하게 된
작품 속의 인물들과의 관계를 이제 끊어야 한다는 것을 깨
달았기 때문입니다. 그리고 몇 주일, 어떤 때는 몇 달 동안
지내 왔던 세계의 한구석을 버려야 한다는 생각에 말입니
다. 그래서 나는 아주 천천히, 아주 신중하게 당신의 책을
읽습니다. 그래도 남은 페이지의 양이 줄어들 때마다 마치
무엇과도 바꿀 수 없는 귀중한 무엇을 잃어버린 느낌을 지
울 수 없군요.

　선생님께서는 내가 하는 말을 비웃을지 모르겠습니다.
하지만 페이지가 얼마 남지 않았다는 생각이 들면 나는 하
루에 읽을 수 있는 양을 제한합니다. 그리고 마지막 부분
을 읽은 후에는 책을 덮고 몇 분 동안 뒷장의 지도를 응시
한답니다. 그러곤 귀중한 무엇이 나의 삶에 와 닿았음을
느끼곤 합니다.

편지들을 한쪽으로 밀어 놓으며 나는 루카스가 타자를 치
고 있는 모습을 바라보았다. 그는 그러한 반응들을 불러일
으킬 사람처럼 보이지는 않았다.
「당신은 언제나 저런 편지들을 받으셨나요?」

『『파문』 때부터 오기 시작했지요. 그러더니 끊이지를 않는 군요.」 그는 약간 당황한 듯이 윗입술을 깨물었다. 그는 내일 답장을 쓸 편지라고 말하면서 나에게 또 한 뭉치를 내밀었다. 나는 색색깔의 우표를 보고 놀랐다. 그것들은 세계 각지에서 온 편지들이었다. 독일이나 브라질, 스웨덴 등지의 출판사에서 번역 출간한 대로 그의 작품을 무연대순으로 접한 사람들이 그가 몇십 년 전에 쓴 작품을 마치 어제쯤 쓴 것처럼 그에게 편지를 보낸 것을 보니 흥미로웠다.

그의 모든 책들은 이 순간에도 살아 있는 듯했다. 마치 그것들이 이제 막 출판된 것처럼. 책이란 뉴욕에서 처음 출판된 날짜가 아니라 그것이 요하네스버그나 부에노스아이레스, 또는 이스탄불 등지에서 독자의 손에 닿는 그 행복한 순간에 생명을 띠는가 보다.

나는 겸손한 마음이 들었다. 나의 조용하고 키 작은 독일인이 자기 나라 전역뿐 아니라 세계 각국에서 불러일으킨 열정과 일체감을 보았을 때 나는 그를 전혀 다른 각도에서 바라보지 않을 수 없었다.

「당신은 매우 강력한 펜을 휘두르셨군요, 루카스.」

「나는 운이 좋았을 뿐이지요. 특히 나를 옹호해 준 이본 마멜과 같은 여성을 만나게 된 것은 정말 행운이지요.」

나는 외국에서 온 편지들을 가리켰다. 「이런 편지들이 당신에게 아주 중요합니까?」

그는 타자기에서 몸을 뒤로 젖히더니 몇 분 동안 말없이 생각했다. 그러고는 나이 든 독일인처럼 미소를 지었다. 「글쎄요, 스트라이버트 교수의 가혹한 비평이 『타임스』에 실렸을 때, 당신은 나에게 어떠냐고 물으셨지요. 나는 당신에게 읽지 않았다고 말했고요. 엠마가 나에게 그 내용을 읽어 주었을 때에도 나는 아무런 반응도 보이지 않았습니다.」 그의 미소가 비밀에 접한 초등학교 소년이 씩 웃는 듯한 모습으로 바뀌었다. 「갈런드 부인…….」

「제발, 그냥 제인이라고 불러요. 우리는 실제로 대학 친구잖아요!」

「그래요 제인, 사람이 거의 매일 이런 편지 뭉치를 받으면 비판 따위는 무시할 여유가 생기게 된답니다. 그런 편지들이 나의 마음을 따뜻하게 하는 불을 지필 연료가 되어 주는 셈이죠.」

나는 그의 서재를 나왔다. 새로운 창작의 세계를 본 것이었다. 부엌으로 돌아온 나는 말했다. 「아마 훌륭한 그림을 그리는 사람이나 훌륭한 작품을 쓰는 사람은 그 일을 계속해야 할 의무를 갖고 있나 봅니다. 불이 꺼지지 않는 한 말이에요.」

「루카스가 다시 시작해야 한다고 생각하세요?」

「나는 그렇습니다.」

「당신은 그러길 원하는 모양이군요.」 그녀는 난로 위에서 펄펄 끓는 주전자를 집으며 이렇게 말했다. 그녀가 나에게로 얼굴을 돌렸을 때, 그녀는 몹시 피곤해 보였다. 그녀가 레몬차를 내왔다. 그러고는 말했다. 「작년 그믐에 나는 더 이상 그를 반대할 수 없다는 것을 깨달았답니다. 나는 그가 늙은 나이에 또다시 본격적으로 소설 쓰는 것을 반대했지요. 이렇게 그렌즐러 시리즈가 무사히 끝난 마당에요. 그러나 우리가 졸리코퍼 씨 집에서 신년 축하를 끝내고 집으로 돌아오고 난 후의 일입니다. 루카스는 방으로 들어가는 대신 서재로 들어가더군요. 내가 잠이 들면서 마지막으로 들은 것은 그의 타자기 소리였어요.

밤 2시가 되었을 때 무엇인가가 나를 깨웠어요. 그의 타자기 소리였지요. 나는 서재로 들어가서 그에게 소리쳤어요.

〈루카스, 지금 뭐하는 거야?〉 그랬더니 그가 나에게 자신이 그린 지도 한 장을 내미는 거예요. 펜스터마허 농장과 〈바람의 노래〉 사이의 지역에다가, 뉴먼스터, 드레스덴, 그리고 살인 흉기가 발견된 반제 호숫가를 모두 담은 지도를 말이에요.

그 지도를 보는 순간 전율을 느꼈답니다. 그가 드디어 본격적으로 소설을, 그것도 스트라이버트 같은 비평가도 인정할 수 있는 대담하고 새로운 소설에 착수했다는 것을 알았기 때문이죠. 우리 둘 다 이미 늙었고 기력이 떨어졌는데도 사실과 인물과 의미를 찾기 위한 거대한 작업이 다시 시작된 거죠.

3시 종이 치는데도 나는 거기에 앉아서 그의 소설 노트를 보았어요. 이미 제목도 『범죄』라고 정했더군요. 그리곤 중심 인물로 허먼 졸리코퍼 씨 비슷한 사람을 선정했답니다. 그 악당은 애플버터처럼 충동적인 속물인데 그런 우스꽝스러운 별명은 없었어요. 그 대신에 아만파 교도들의 전통에서 두 개의 대안을 선정해 놓았지요. 하나는 스트롱 제이콥이고 또 하나는 독일인들 사이에서 널리 쓰이는 이름인데 허들 에이모스라는 거예요. 그러나 그는 둘 다 마음에 들지 않는다고 말했어요. 소설의 중심에는 오토 펜스터마허 같은 비극적 인물도 있었어요. 항상 열심히 일했지만 모두 실패하고, 돼먹지 못한 아들의 마약 복용을 막지 못해 땅 조각마저 팔아 치운 인물이었지요.

나는 그것이 매우 강력한 소설이 될 거라는 걸 알 수 있었답니다. 그러나 나는 이렇게 말했지요. 〈루카스, 지금 몇 시인지나 알아?〉 그가 얼굴을 쳐들었는데, 그의 마음은 어디 드레스덴의 뒷길쯤을 헤매고 있었어요. 내가 다시 말했죠. 〈잠잘 시간이야.〉 침실로 올라가면서 그는 내 어깨에 팔을 두르며 이렇게 말하더군요. 〈고마워. 나는 이 책을 쓰면서 큰 희망이 하나 있지. 그게 뭔지 아오?〉 그는 나의 마음을 편하게 해주는 미소를 지었어요. 〈기억해 봐. 우리가 스트라이버트와 아무도 이해 못 하는 그의 잘난 《현대의 계명》을 어떻게 쫓아 냈는지를. 그런데, 그가 옳았어. 나는 그가 주장하는 그 충동에 몰려가고 있는 거야. 나는 더 이상 나의 화려한 독일을 과거처럼 쓰고 싶지 않아. 오늘의 그들을 쓰고 싶은 거지. 그릇된 선택과 완고한 행동이 살인을 불러일으켰어.〉

　나는 그가 또다시 작품 쓰는 것이 마음에 들지 않았지만 그가 확신에 차서 말을 하니까 기뻤답니다. 옛날에도 집필 초기에는 그런 식으로 말을 했고 그것이 좋은 결과를 가져왔거든요. 나는 크리스마스 전날의 그 말다툼할 때만큼이나 피곤함을 느꼈어요. 그러나 그의 외침은 기억한답니다. 〈글쓰기가 내가 할 일이야. 나는 그것을 해야만 해.〉 그가 침대에서 곯아떨어지자 나는 몸을 숙여 담요를 덮어 주었죠.」

사람들이 사는 세상 — 소설의 세계

1. 왜 읽는가?

　미국의 저명한 비평가인 해럴드 블룸Harold Bloom은 『어떻게 읽고 왜 읽을 것인가*How to Read and Why*』의 프롤로그인 「왜 읽는가?*Why Read?*」라는 글[1]에서 우리가 글을 읽는 목적이 어디에 있는지, 그리고 그런 목적을 위해 어떤 글을 읽어야 하고, 또 왜 그런 글을 읽어야 하는지를 분명하게 밝힌 바 있다. 그 글에서 블룸은 〈왜 글을 읽는가?〉라는 질문을 던진 뒤, 그 이유는 깊이 있는 지속적인 독서만이 〈자율적인 자아〉, 즉 주체적 자아를 온전하게 확립해 주고, 또 그 자아의 주체성을 증진시키기 때문이라고 답한다.

　그런데 여기서 중요한 것은 우리가 〈자율적인 자아〉 형성

---

1 해럴드 블룸, 「왜 읽는가?」, 『어떻게 읽고 왜 읽을 것인가』(뉴욕: 사이먼 앤드 슈스터, 2000), 21~29면. 이 부분에 관한 요약된 설명은 미국의 철학자인 리처드 로티Richard Rorty의 「에고티즘에서 벗어나기: 정신적 훈련으로서의 제임스와 프루스트*Redemption from Egotism: James and Proust as Spiritual Exercises*」 참조.

을 위해 어떤 글을 읽어야 하는가 하는 점이다. 블룸은 〈자율성〉을 확보하기 위한 가장 효율적인 독서에는 논쟁적인 글보다는 상상력이 돋보이는 글이 더 적합하다는 전제 아래, 정치, 철학, 종교 등 이데올로기를 담은 글보다는 소설, 극, 단편, 시 등의 문학 작품이 그가 말하는 독서에 어울리는 대상이라고 말한다. 물론 블룸은 정치 경제학에 관한 글이나 철학에 관한 글이 그 글을 읽는 사람의 생에 변화를 가져다줄 수 있음을 부인하지는 않는다. 그러나 〈자율성〉을 과거의 사고방식에서 해방되는 것, 구체적으로는 개인의 삶과 운명에 관해 우리가 인습적으로 생각하던 방식에서 벗어나 새로운 시각을 형성하는 것으로 보았던 블룸은, 어느 특정의 개인에 관한 우리의 판단을 다시금 생각하게 하는 문학이 우리를 우리 자신의 과거에서 해방시키는 가장 중요한 실천의 도구가 된다고 보았던 것이다.

블룸은 새뮤얼 존슨Samuel Johnson 박사의 말을 빌려 독서의 주요 목적이 〈우리 정신에서 상투적인 것을 씻어 내는 것*Clear your mind of cant*〉[2]에 있다고 한다. 여기서 〈상투적인 것〉으로 옮긴 〈*cant*〉는 실상은 사람들이 아무 생각 없이 일상적으로 던지는 말을 의미한다. 그러나 그 의미를 확대하면 사람들이 으레 당연히 여기는 것, 인습적으로 그렇게 여겨 왔던 것을 의미한다고도 할 수 있다. 따라서 우리 정신 속에서 그런 상투적인 것을 지워 낸다는 것은 그동안 우리가 당연하게 받아들였던 것을 다시 새롭게 다시 보는 힘을 키우고, 기성(旣成)의 것을 의심할 수 있는 능력을 배양하는 것을 뜻한다고 할 수 있다. 기존의 사상이나 이데올로기를 아무 생각 없이 당연히 받아들이는 것에 만족한다면 우리는 그 사

2 앞의 글, 23면.

상이나 생각의 노예에 불과하며, 기존의 사고의 틀에서 헤어나지 못하는 편협한 시각에서 세상을 바라볼 수밖에 없다. 우리 상상의 노력이 그 신선함을 상실하거나 이미 존재하는 것에 대한 의심의 능력을 상실할 때 우리는 이미 〈상투적인 것〉의 그물에 갇힌 꼴이 된다는 뜻이다. 우리가 그런 〈상투적인 것〉에서 벗어나는 것이, 바로 앞에서 언급한 바대로, 우리가 우리 자신의 과거에서 해방되는 것을 뜻한다. 그리고 이 해방은 우리 각자가 처해 있는 정치, 경제, 종교, 혹은 철학적 현상에 변화를 시도하려는 노력으로 이어질 수도 있으며, 더 나아가 현재의 제도를 정당화시키는 기성의 사상이나 생각과의 단절을 도모하는 노력의 출발이 될 수도 있다.

그러나 보다 중요한 것은, 그러한 노력의 바탕에 개인의 변화가 없으면 해방은 이루어질 수 없다는 사실이다. 실로 개인적인 차원을 넘어선 공적인, 사회적인 차원의 변화는 그 구성원 각자의 질적인 변화 없이는 불가능하며, 아무리 제도적인 장치를 마련한다 해도 개인의 근본적인 변화 없이는 사상누각에 불과하다는 사실은 굳이 그 예를 들지 않아도 우리가 익히 경험을 통해 확인하고 있는 사실이다. 그렇다면 우리 자신의 질적인 변화는 어떻게 가능할까? 그것은 우리 자신의 직접적인 경험을 통해, 혹은 상상의 경험을 통해 가능하다. 그런데 시간적인 제약과 공간적인 제약으로 인해, 우리가 몸으로 체득하는 직접적인 경험은 한계가 있다는 사실을 감안하면 우리 삶에서 더욱 중요한 것이 바로 상상의 경험이 아닐까 싶다. 그리고 그 상상의 경험에서 중요한 부분을 차지하는 것이 바로 독서이다. 우리는 독서를 통해 우리의 〈과거〉로부터 해방될 수 있으며, 그 해방을 통해 더 많은 감수성을 지니고 더 많은 통찰과 지혜를 지닌 사람으로 거듭날 수 있는 것이다. 여기서 우리가 〈과거〉로부터 벗어나는

해방은 바로 〈반성(反省)〉의 과정을 통해 이루어지는 결과이
며, 그 과정을 통해 우리가 더욱 지혜로운 사람으로 변화한
다는 것은 곧 〈자기 확대〉로 나아감을 의미한다고 할 수 있
다. 이런 의미에서, 독서는 사회적인 차원의 행위라기보다는
일차적으로는 개인적인 차원의 행위에 속하는 것으로, 블룸
은 이런 독서의 행위를 〈고독한 실천*solitary praxis*〉[3]이라 부
른다. 말하자면 독서는 자기반성과 자기 확대가 동시에 이루
어지는 공간으로, 그 공간 속에서 우리는 본연(本然)의 〈나〉
에 가까이 다가가는 질적인 변화의 과정을 겪게 되는 것이
다. 그것이 곧 블룸이 말하는 〈자율성〉의 획득이며, 이는 비
록 개인적인 차원에서 이루어지는 실천의 과정이지만 실은
그 개인적인 차원을 넘어 사회적인 변화의 단초가 되는 과정
인 셈이다.

2. 세상 사람들, 그리고 그들이 사는 땅의 이야기

앞에서 〈왜 읽는가?〉라는 물음을 던지며 독서에 관한 이
야기를 한 것은 그것이 어떤 의미에서는 소설이 우리에게 던
지는 물음과 맞닿아 있기 때문이다. 독서를 통해 우리가 얻
고자 하는 것이 자율성이고 진정한 자기 자신에 가까이 다가
가는 것이라면, 그것은 아마 존재의 진정성과 관련한 문제일
것이다. 그리고 이 자율성과 진정성을 달성하는 길은 〈진리
는 무엇인가?〉와 같은 철학적, 형이상학적 물음이기보다 오
히려 더없이 세속적일 수 있는, 더없이 평범한 것일 수 있는,
〈세상에 어떤 사람들이 살고 있으며, 그들은 어떻게 살고 있

3 앞의 글, 21면.

는가?〉라는 물음에 의해 가능한 것이 아닌가 싶다.[4] 진부한 물음일 수도 있는 이 후자의 물음을 통해 우리는 아집과 편견과 과거에서 해방되어, 세상살이가 혼자가 아닌 관계에 의해 이루어지고 있음을 확인하고, 그 관계를 실천할 수 있는 보다 넓은 지평의 삶 속에 진입할 수 있는 열쇠를 찾을 수 있기 때문이다.

그런데 여기서 〈세상에 어떤 사람들이 살고 있으며, 그들은 어떻게 살고 있는가?〉라는 물음은 바로 소설이 우리 독자들에게 제기하면서 동시에 대답을 들려주는 근본적인 물음이기도 하다. 사실 소설은 세상 사람들의 이야기이고, 그들이 사는 물리적 환경에 관한 이야기이다. 그 이야기를 바탕 배경으로 하여 작가들은 형형색색의 작은 무늬들을 그 위에 덧붙여 바탕의 배경을 때론 감추거나 위장하기도 하고, 때론 더욱 아름답게 꾸미기도 하고, 때론 한두 개의 빛나는 무늬로 전체를 덧씌우기도 하는 것이다. 이러한 덧붙임의 기교는 시대에 따라 다를 수 있고, 작가마다 다를 수 있지만 작품의 바탕은 언제나 세상을 살아가는 사람들과 그들 삶의 터전에 관한 이야기다.

제임스 A. 미치너는 바로 〈이 세상 사람들과 그들이 사는 땅〉에 가장 정직하게 다가간 작가 가운데 한 사람이다. 『세상은 나의 집』(랜덤하우스, 1992)이라는 그의 자서전 제목이 보여 주듯, 미치너는 실제로 세계의 많은 곳을 여행하며 곳곳의 색다른 지리적 공간과 그 공간 속에 살고 있는 사람들의 삶의 모습을 직접 관찰한 작가다. 그리고 더 나아가 자신의 경험과 관찰을 소설로 재현해 내었다. 가령, 제2차 세계 대전 동안의 남태평양 군도를 배경으로 병사들의 애환과 원주민

4 로티, 「에고티즘에서 벗어나기」 참조.

들의 삶을 다룬 1948년 퓰리처상 수상작 『남태평양 이야기』
(1947), 하와이 섬의 형성 과정과 그곳 주민들에 관한 이야
기를 담은 『하와이』(1959), 콜로라도의 역사적 형성 과정을
그린 『센테니얼』(1974), 알래스카의 역사를 담은 『알래스카』
(1988), 고대 카리브 해의 인디언 문명을 정치권력 및 사회
경제학적 관점에서 다룬 『카리브 해』(1989) 등이 그 좋은 예
이다.

　이렇듯 미치너가 세상의 낯선 지형과 낯선 사람들의 모습
을 보여 주는 것은, 서로 다른 기후와 민족성과 종교와 피부
색을 지닌 사람들이라도 모두가 우리에게 즐거움을 주는 사
람들이며, 마치 우리의 이웃처럼 우리와 어울려 살 수 있는
사람들이라는 믿음이 있기 때문이다. 우리의 삶의 지경(地境)
과는 다른 곳의 먼 역사를 이해하고 사람들의 삶을 이해하고
자 했던 미치너가 스스로를 〈정신적으로 혼혈인〉[5]이라고 부
른 것도 그러한 믿음에서 비롯된 것이다. 또한 거꾸로, 자신
이 유대인일 수도 있고 러시아인일 수도 있고 흑인일 수도 있
다는 정신의 개방성으로 인해, 사람에 대한 믿음과 그 사람들
의 삶에 대한 솔직한 이해로 나아갈 수가 있었던 것이다.

　〈땅land이 존재의 근본적인 한 부분〉이라고 언급한 미치
너는 그 땅 위에 존재하는 사람들은 차별 없는 존재의 평등
성을 보유하고 있다고 생각한다. 다만 우리가 삶의 질의 차
이, 혹은 문명의 차이라고 부르는 것이 있다면 그것은 사람
들이 사는 지형(地形)의 다름에 따라 혹은 좋든 나쁘든 문명
의 개입에 따라 불가피하게 형성된 차이일 뿐이라는 것이다.
또한 그런 차이는 어느 지형 밖에서 관찰한 상대적인 차이일

5 1991년 1월 10일에 있었던 인터뷰. www.achievement.org/autodoc/page/
mic0int-1 참조. 이후 내용에서 각주 표시 없이 인용된 부분은 이 인터뷰에 실
린 내용이다.

628

뿐이지, 어느 한쪽의 일방적인 잣대로 재단할 수 있는 좋고 나쁨의 차이는 아니다. 다만 그런 차이에 따라 생겨난 부산물이 우리가 흔히 말하는 문명일 테고, 그 문명의 높고 낮음의 구분은 역사적 시간의 지연(遲延)에 따른 차이에 불과할 수도 있는 것이다. 보다 중요한 것은, 땅과 사람들의 삶의 차이 혹은 다름에 대한 관찰이 차별로 이어지는 것이 아니라 이해로 나아가는 미치너의 태도가 아닌가 싶다.

미치너는 이러한 태도는 그가 훌륭한 이야기꾼이라는 점에서도 엿볼 수 있다. 〈다른 사람들의 말에 진지하게 귀를 기울이지 않는다면 훌륭한 이야기꾼이 될 수 없다〉고 한 미치너의 말에서 우리는 그가 낯선 땅과 낯선 사람들의 삶에 어떻게 눈을 뜨고 어떻게 귀를 기울였을지 짐작할 수 있다. 스스로가 한 사람의 지리학자, 한 사람의 나그네가 되어 자신이 지나온 길의 경험과 그 속에서 터득한 지식을 재구성하여 독자들과 나누고자 했던 작가인 미치너는 어떤 면에서는 사물이나 사람을 바라보는 시각과 이해와 관심이 아주 단순하면서 소박한 이야기꾼이다. 그는 뛰어난 유머가도 아니고, 우아하고 아름다운 언어를 사용하고 고풍스러운 분위기를 이끌어 내고 환상적인 구도 속에 이야기를 전개시키는 뛰어난 문장가도 아니다. 그렇다고 인물의 심리 분석에 뛰어난 작가도 아니다. 그는 자신이 이해하지 못하는 복잡다단한 삶의 구도는 취급하지 않는다. 자신이 다룰 수 없는 부분이 많다고 인정하는 그는 다만 자신이 쓰고자 하는 것에 지나치지도 모자라지도 않은 소박한 관심을 지닌 작가다. 그런 관심으로 한 편의 이야기를 솔직하게 말할 수 있으며, 한 인물을 솔직하게 그릴 수 있다고 그는 말한다. 이야기를 어떻게 전개시킬까에 과도한 신경을 쓰는 작가가 아니라 이야기가 그 스스로 풀려나가기를 원하는 작가다. 그는 사람들에게 교훈적인 이야기나 설교조의 이야기를 들려주어 누구를 계몽하거나 가르치려 들지 않았다. 다른 사람들과 똑같이 자신의 이야기를 들려주고, 또 다른 사람들의 이야기에 귀를 기울이는, 그러면서 자신의 삶의 경계를 넓히는 그런 보통의 사람이었다.

저는 믿습니다. 역사를 통해, 인류의 초기부터 지금까지의 모든 역사를 통해 사람들이 밤에 모닥불을 피워 놓고 같이 모여 있을 때면, 같이 모여 있는 사람들이 지나간 일을 기억하고 그날 있었던 일을 떠올리고 이러저런 세상살이의 의미와 가치를 재평가하고, 어쩌면 다음 날을 위한 새로운 결의를 다지고 싶어 했으리라 믿습니다. 저 역시 그런 모닥불 앞에 앉아 이야기를 하는 한 사람에 불과합니다.[6]

3. 왜 이야기가 필요한가?

한 사람의 이야기꾼, 한 사람의 작가로서 미치너는 줄곧 일관된 관심을 내보였다. 앞서 언급한 대로 바로 땅과 그 땅 위에 사는 사람들에 대한 관심이 그것이다. 우리 세상살이의 가장 기본적인 요소가 토지와 그 토지를 둘러싼 물리적인 환경이라면, 그 환경 속에서 이야기를 펼치는 사람들의 삶이 바로 그의 소설의 토대다. 어쩌면 모든 소설, 즉 모든 이야기의 기본 골격이 이것인지도 모른다.

그런데 우리는 땅과 사람이 엮어 내는 소박한 이야기에 냉담하다. 그저 그것은 기본이니까, 그리고 누구나 할 수 있는

6 앞의 인터뷰.

이야기이니까 그냥 무시하고 지나치는 것인지도 모른다. 더욱이 그의 이야기에는 최근 들어 많은 이들이 관심을 가지는 판타지나 추리의 요소가 없다. 어쩌면 오늘날과 같은 디지털 시대에, 문자와 소리와 그림이 결합된 재미있는 멀티미디어라는 도구도 있고, 그때그때 필요한 정보만 부분적으로 취사선택할 수 있는 하이퍼미디어라는 도구도 있으니, 화려함이 없는 긴 호흡의 이야기는 더욱 재미없는 이야기로 취급받는지도 모른다. 시작과 끝이 있는 이야기, 지루하게 전개되는 긴 이야기는 오늘날에는 아예 관심의 대상에서 제외된 것인지도 모른다. 입맛에 맞는 것, 순간적인 흥미와 감흥을 자아내는 달콤한 것에 길들여지고, 타자에 대한 관심보다는 자신의 것을 지키고 더욱 키우려는 세상에선 더더욱 낯선 땅과 낯선 사람들의 이야기가 먼 메아리로만 치부될 수도 있다.

또한 그의 이야기는 때론 일반 독자들의 대중적 인기를 끌었을지언정 혹평을 받기도 했고, 고급 문학에 속하는 이야기로 취급받지도 못했다. 그러나 세간의 평가에 관한 한 미치너는 일시적인 평가보다는 긴 호흡의 평가를 원했다. 굳이 그는 자신의 작품에 대한 평가에 대해 이러쿵저러쿵 반박을 하지도 않았다. 그저 그는 정직한 작가로 기억되길 원했을 뿐이다. 그럼에도 미치너와 같은 작가의 이야기가 중요한 것은, 앞에서 언급했듯이, 우리가 우리의 과거에서 벗어나 보다 넓은 이해의 광장으로 나갈 필요가 있기 때문이다. 자기만의 방에서 벗어나 광장으로 나가야 비로소 본연의 나에게 가까이 다가갈 수 있다. 또한 그래야 나의 이야기가 의미 있는 울림으로 상대방에게 퍼져 나가는 것이다.

가령, 그의 이야기가 어떻게 구성되고 어떻게 만들어지며, 그 이야기와 관련이 있는 사람들은 어떤 생각과 이야기를 품고 있는지를 한 권의 소설로 보여 준 『소설』(1991)이 좋은 예다. 소설과 관련된 네 명의 화자(소설가, 편집자, 비평가, 독자)를 등장시킨 이 소설에서 미치너는 자신을 모델로 한 루카스 요더의 입을 통해 작가가 독자들에게 전해 주는 것은 재미보다는 이야기의 호소력이라고 하며, 자신의 토지와 물리적 환경에 초점을 맞춘 자신의 이야기가 하나의 구성물로 완성되기 위해서는 인물과 플롯의 전개에 더 많은 관심이 있는 편집자의 도움이 있기에 가능하다는 것을 보여 준다. 더 나아가 미치너는 전통적인 이야기꾼인 작가와는 다른 예술관을 지닌 비평가의 시선을 통해 예술을 바라보는 시각의 차이를 보여 주고 있으며, 또한 문학이란 대중의 정서에 호소할 수 있어야 한다고 믿는 독자를 통해서는 비평가와는 다른 시각을 지닌 대중들이 있음을 보여 준다. 이런 인물들의 이야기를 통해 그는 이처럼 생각의 차이, 판단의 차이를 그대로 노출시킴으로써 그의 『소설』을 읽는 독자로 하여금 또 다른 층위의 생각의 단계로 올라서게 해주는 것이다.

이처럼 미치너는 자신의 경험을 통해 획득한 사실에 상상을 첨가시키는 한편, 세상과 그 세상을 사는 사람들에 대해 독자로 하여금 객관적 거리를 유지하도록 이야기를 전개시킨다. 그럼으로써 그는 독자들이 어느 일방의 주장이나 판단에 함몰되지 않게 하는 성과를 보여 주고 있다. 우리에겐 미치너가 보여 주는 그런 이야기가 필요하다. 움베르토 에코는 한 신문에 기고한 글을 통해, 오늘날처럼 물질주의가 팽배한 시대에 근원적인 진정성을 회복하려면 〈우리 삶의 의미를 우리 자신에게 그리고 다른 사람들에게 올바르게 확인시킬 필요가 있다〉[7]고 했는데, 그러기 위해서는 우리의 이야기가 필요

---

7 〈어떤 이들에게는 신이 위대한 존재가 아니다〉, 『선데이 텔레그래프*Sunday Telegraph*』, 2005년 11월 27일 자.

한 것이 아닐까 싶다. 혼자만의 독백이 아닌, 다른 사람의 이야기를 통해 재구성하는 우리들의 이야기가 보다 근본적인 자기 존재에 가까이 다가가는 방식일 수 있기 때문이다. 우리에게는 리처드 로티가 말했던 〈궁극의 어휘*Final Vocabulary*〉가 필요하다.

모든 인간은 그들의 행동과 믿음과 삶을 정당화하기 위해 나름의 언어들을 지니고 다닌다. 그 언어를 통해 우리는 친구를 찬양하고 적을 경멸하기도 하며, 우리의 원대한 구상을 말하기도 하고 우리 자신의 가슴 아픈 자기 회의를 드러내기도 하고 드높은 희망을 펼치기도 한다. 그 언어들이 바로 우리가 때로는 앞을 내다보며, 때로는 뒤를 돌아다보며 우리 삶의 이야기를 말하는 바로 그 언어인 것이다.[8]

윤희기

---

8 마크 에드먼슨*Mark Edmundson*, 『왜 읽는가?*Why Read?*』(뉴욕: 블룸즈버리, 2004), 25~26면에서 재인용.

제임스 A. 미치너 연보

1907년 출생 2월 3일 뉴욕 시에서 태어남. 고아로 자랐으며, 후에 마벨 미치너Mabel Michener에게 입양되었다고 전하지만 실은 그녀가 친모라는 이야기도 있음.

1917년 10세 펜실베이니아 주 도일스타운Doylestown으로 이주. 멀린다 콕스 무료 도서관에서 797번 회원증을 발급받음.

1925년 18세 도일스타운 고등학교 졸업. 스워스모어 칼리지 Swarthmore College에 장학생으로 입학.

1929년 22세 스워스모어 칼리지를 최우수 성적으로 졸업(영문학 및 역사 전공). 조슈아 리핀콧 장학금을 받아 유럽을 여행하고 스코틀랜드 세인트앤드루스 대학에 진학. 유럽 여행 중 스페인 발렌시아에서 처음으로 소싸움을 구경, 훗날 소설 『멕시코*Mexico*』에 나오는 캐릭터 고메즈Gómez를 구상.

1933년 26세 유럽에서 돌아와 펜실베이니아 주 뉴타운의 조지 스쿨에서 영어 교사로 재직.

1935년 28세 7월 25일 버지니아 대학에서 만난 패티 쿤Patti Koon과 결혼.

1937년 30세 콜로라도 주립 사범 대학에서 석사 학위를 취득함. 학위 취득 후 3년 동안 콜로라도 대학에서 사회학을 가르침. 그 후 하버드 대학, 버지니아 대학 등에서 강의함. 멕시코를 여행함.

1940년 33세 뉴욕 시의 맥밀런 출판사에 사회학 분야 편집자로 취직.

1943년 36세 미 해군의 역사 편찬 위원으로 남태평양에 파견됨. 뉴헤브리디스 제도, 과달카날 섬, 보라보라 섬 등 49개 섬에 걸쳐 15만 마일 항해. 1945년에 미국으로 복귀함.

1946년 39세 3월 22일 어머니 마벨 미치너가 도일스타운에서 사망.

1947년 40세 제2차 세계 대전 당시 남태평양 군도에 파견된 병사들과 원주민들의 생활을 담은 『남태평양 이야기*Tales of the South Pacific*』 발표. 펜실베이니아 주 파이퍼스빌Pipersville에 30만 제곱미터가량의 땅을 삼.

1948년 41세 『남태평양 이야기』로 퓰리처상 수상. 패티 쿤과 이혼하고 베인지 노드Vange Nord와 결혼.

1949년 42세 제2차 세계 대전 이전의 펜실베이니아를 배경으로 고아 소년 데이비드 하퍼가 등장하는 소설 『파이어 오브 스프링*The Fires of Spring*』 발표. 로저스와 해머스타인Rodgers and Hammerstein 각색으로 『남태평양 이야기』가 브로드웨이 뮤지컬로 제작됨. 하와이 호놀룰루로 이사함.

1950년 43세 뉴저지의 라이더 칼리지에서 명예박사 학위 받음.

1951년 44세 타히티, 피지, 뉴질랜드, 호주 등 남태평양의 이국적인 장소들을 배경으로 한 이야기들을 모은 단편집 『리턴 투 파라다이스*Return to Paradise*』 발표.

1952년 45세 『리더스 다이제스트*Reader's Digest*』지의 비상근 편집자로 활동(1970년까지).

1953년 46세 한국 전쟁시 도곡리의 다리를 파괴하려는 전투 조종사의 이야기를 그린 『도곡리의 다리*The Bridges at Toko-Ri*』 발표.

1954년 47세   1950년대 초기를 배경으로 하나오기라는 일본 여성과
사랑에 빠진 군인 그루버의 이야기를 담은 소설『사요나라*Sayonara*』
발표.『사요나라』는 1957년 영화화되어 아카데미 영화제 10개 부문
후보에 오르고 4개 부문에서 수상함. 소설 자료 조사를 하던 중 일본
여성 초청 오찬에서 마리 요리코 사부사와Mari Yoriko Sabusawa를
만남. 스워스모어 칼리지에서 명예박사 학위를 받음.

1955년 48세   베인지 노드와 이혼하고 11월 23일, 39세의 마리 사부
사와와 결혼.

1957년 50세   미 국무부 예술 자문위원이 됨.

1959년 52세   하와이 섬의 지리적 형성 과정을 시적으로 표현한『하와
이Hawaii』발표. 아내 마리 사부사와와 멕시코까지 자동차 여행을 떠남.

1960년 53세   도일스타운 벅스 카운티Bucks County에서 케네디의
대선 준비 위원회 회장을 맡음.

1962년 55세   펜실베이니아 주에서 민주당 후보로 하원 의회에 진출
하려 했으나 실패.

1963년 56세   제2차 세계 대전 직후 아프가니스탄을 배경으로 한 소
설『카라반Caravans』발표.

1965년 58세   이스라엘에 관한 역사 소설『소스*The Source*』발표.

1967년 60세   아인슈타인 의학 대학Einstein Medical College에서
아인슈타인 어워드 수상.

1968년 61세   『소스』로 〈올해의 베스트셀러상〉 수상.

1971년 64세   다양한 국적과 배경을 가진 여섯 명의 사람들이 함께
스페인, 포르투갈, 모로코, 모잠비크를 여행하는 내용을 담은 소설『드
리프터The Drifters』발표.

1974년 67세   콜로라도에 관한 이야기를 그린『센테니얼*Centennial*』
발표.

1977년 70세　제럴드 포드 대통령 재임 시 대학, 박물관, 도서관 등에 많은 기부를 한 공로로 자유의 메달 수훈.

1978년 71세　1583년에서 1978년까지 체서피크 지역에 사는 여러 가족들에 대한 이야기를 담은 소설『체서피크*Chesapeake*』발표. 미국 우편국에서 우표 자문 위원회 위원으로 활동(1987년까지).

1979년 72세　미 항공우주국NASA의 자문 위원으로 활동(1983년까지).

1980년 73세　남아프리카 공화국의 여러 인종을 다룬 역사 소설『커버넌트*The Covenant*』발표. 뉴욕 메트로폴리탄 인쇄 산업에 대한 공로로 프랭클린 어워드 수상.

1982년 75세　미국 우주 개발 계획의 역사를 배경으로 독일 과학자를 비롯한 다섯 명의 남자와 그들의 가족 이야기를 담은『스페이스*Space*』발표. 텍사스로 이사.

1983년 76세　여러 세대에 걸친 세 가족의 이야기로 폴란드의 역사를 구성한 소설『폴란드*Poland*』발표. 예술과 인문학에 관한 대통령 위원회에서 공로상 수상.

1985년 78세　텍사스의 역사를 다룬 1천 페이지가 넘는 방대한 소설『텍사스*Texas*』발표. 초판을 랜덤하우스의 출판사상 최대 부수인 75만 부 인쇄.

1987년 80세　미국 레이건 행정부의 외교 스캔들인 이란-콘트라 사건을 다룬 소설『레거시*Legacy*』발표.

1988년 81세　알래스카의 역사를 사실에 기초하여 상상적인 사건으로 형상화한『알래스카*Alaska*』발표. 미치너의 고향인 펜실베이니아 주 도일스타운에 제임스 A. 미치너 박물관 개관.

1989년 82세　고대 카리브 해의 인도 문명을 다룬『카리브 해*Caribbean*』발표.

1991년 84세　작가, 편집자, 비평가, 독자 네 명의 화자를 통해 소설의 형성과 생산 과정을 그린 『소설*The Novel*』 발표. 스미소니언의 국립 우편 박물관 자문 위원회 위원으로 활동.

1992년 85세   1961년의 톨레도라는 가상 도시를 배경으로 사흘간의 이야기를 그린 소설 『멕시코』 발표. 자서전 『세상은 나의 집*The World Is My Home*』 외 다수의 작품을 발표함.

1993년 86세   해군 복무와 문학적 공로로 미국 해군 기념 재단에서 론 세일러 어워드 수상.

1994년 87세   9월 25일 아내 마리 사부사와 사망. 팜스라는 가상의 지역에서 은퇴 생활을 그린 소설 『리세셔널*Recessional*』 발표.

1995년 88세   종교적인 주제의 소설 『세비야의 기적*Miracle in Seville*』 발표.

1997년 90세   10월 16일 텍사스 주 오스틴에 있는 자택에서 신부전으로 사망. 화장 후 아내 마리 사부사와가 묻힌 오스틴 추모 공원에 안치.

2007년   미치너의 사망 10주년, 탄생 100주년 기념으로 미완성 소설 『메타컴*Matecumbe*』이 출간됨.

2008년   미 우편국에서 제임스 A. 미치너 기념 우표 발행.

열린책들 세계문학 **005** 소설 하

옮긴이 윤희기 1958년 부산에서 태어났다. 고려대학교 영어영문학과를 졸업하고 동 대학원 박사 과정을 수료하였으며, 숙명여자대학교와 강원대학교 등에서 강의했다. 현재 고려대학교 국제어학원 연구 교수로 있다. 논문 「로버트 블라이의 구조적 상상력」을 발표했으며, 옮긴 책으로는 폴 오스터의 『동행』, 『폐허의 도시』, 『소멸』, 『나는 아버지가 하느님인 줄 알았다』, 존 스타인벡의 『의심스러운 싸움』, 지그문트 프로이트의 『정신분석학의 근본 개념』, A. S. 바이어트의 『소유』, 『마티스 스토리』, 『천사와 벌레』 등 다수가 있다.

지은이 제임스 A. 미치너 **옮긴이** 윤희기 **발행인** 홍예빈·홍유진
발행처 주식회사 열린책들 **주소** 경기도 파주시 문발로 253 파주출판도시
전화 031-955-4000 **팩스** 031-955-4004 **홈페이지** www.openbooks.co.kr
Copyright (C) 주식회사 열린책들, 1992, 2009, *Printed in Korea.*
ISBN 978-89-329-0919-6 04840 **ISBN** 978-89-329-1499-2 (세트)
발행일 1992년 2월 15일 초판 1쇄 1993년 3월 25일 2판 1쇄 1999년 4월 20일 2판 5쇄 2003년 7월 30일 신판 1쇄 2006년 2월 25일 보급판 1쇄 2009년 1월 30일 보급판 3쇄 2009년 12월 20일 세계문학판 1쇄 2021년 5월 10일 세계문학판 7쇄

이 도서의 국립중앙도서관 출판예정도서목록(CIP)은 서지정보유통지원시스템 홈페이지(http://seoji.nl.go.kr)와 국가자료공동목록시스템(http://www.nl.go.kr/kolisnet)에서 이용하실 수 있습니다.(CIP제어번호:CIP2009003478)

열린책들 세계문학
Open Books World Literature

001 **죄와 벌** 표도르 도스또예프스끼 장편소설 | 홍대화 옮김 | 전2권 | 각 408, 512면

003 **최초의 인간** 알베르 카뮈 장편소설 | 김화영 옮김 | 392면

004 **소설** 제임스 미치너 장편소설 | 윤희기 옮김 | 전2권 | 각 280, 368면

006 **개를 데리고 다니는 부인** 안똔 체호프 소설선집 | 오종우 옮김 | 368면

007 **우주 만화** 이탈로 칼비노 단편집 | 김운찬 옮김 | 416면

008 **댈러웨이 부인** 버지니아 울프 장편소설 | 최애리 옮김 | 296면

009 **어머니** 막심 고리끼 장편소설 | 최윤락 옮김 | 544면

010 **변신** 프란츠 카프카 중단편집 | 홍성광 옮김 | 464면

011 **전도서에 바치는 장미** 로저 젤라즈니 중단편집 | 김상훈 옮김 | 432면

012 **대위의 딸** 알렉산드르 뿌쉬낀 장편소설 | 석영중 옮김 | 240면

013 **바다의 침묵** 베르코르 소설선집 | 이상해 옮김 | 256면

014 **원수들, 사랑 이야기** 아이작 싱어 장편소설 | 김진준 옮김 | 320면

015 **백치** 표도르 도스또예프스끼 장편소설 | 김근식 옮김 | 전2권 | 각 504, 528면

017 **1984년** 조지 오웰 장편소설 | 박경서 옮김 | 392면

018 **수용소군도** 알렉산드르 솔제니찐 기록문학 | 김학수 옮김 | 464면

019 **이상한 나라의 앨리스** 루이스 캐럴 환상동화 | 머빈 피크 그림 | 최용준 옮김 | 336면

020 **베네치아에서의 죽음** 토마스 만 중단편집 | 홍성광 옮김 | 432면

021 **그리스인 조르바** 니코스 카잔차키스 장편소설 | 이윤기 옮김 | 488면

022 **벚꽃 동산** 안똔 체호프 희곡선집 | 오종우 옮김 | 336면

023 **연애 소설 읽는 노인** 루이스 세풀베다 장편소설 | 정창 옮김 | 192면

024 **젊은 사자들** 어윈 쇼 장편소설 | 정영문 옮김 | 전2권 | 각 416, 408면

026 **젊은 베르테르의 슬픔** 요한 볼프강 폰 괴테 장편소설 | 김인순 옮김 | 240면

027 **시라노** 에드몽 로스탕 희곡 | 이상해 옮김 | 256면

028 **전망 좋은 방** E. M. 포스터 장편소설 | 고정아 옮김 | 352면

029 **까라마조프 씨네 형제들** 표도르 도스또예프스끼 장편소설 | 이대우 옮김 | 전3권 | 각 496, 496, 460면

032 **프랑스 중위의 여자** 존 파울즈 장편소설 | 김석희 옮김 | 전2권 | 각 344면

034 **소립자** 미셸 우엘벡 장편소설 | 이세욱 옮김 | 448면

035 **영혼의 자서전** 니코스 카잔차키스 자서전 | 안정효 옮김 | 전2권 | 각 352, 408면

037 **우리들** 예브게니 자먀찐 장편소설 | 석영중 옮김 | 320면

038 **뉴욕 3부작** 폴 오스터 장편소설 | 황보석 옮김 | 480면

039 **닥터 지바고** 보리스 빠스쩨르나끄 장편소설 | 박형규 옮김 | 전2권 | 각 400, 512면

041 **고리오 영감** 오노레 드 발자크 장편소설 | 임희근 옮김 | 456면

042 **뿌리** 알렉스 헤일리 장편소설 | 안정효 옮김 | 전2권 | 각 400, 448면

044 **백년보다 긴 하루** 친기즈 아이뜨마또프 장편소설 | 황보석 옮김 | 560면

045 **최후의 세계** 크리스토프 란스마이어 장편소설 | 장희권 옮김 | 264면

046 **추운 나라에서 돌아온 스파이** 존 르카레 장편소설 | 김석희 옮김 | 368면

047 **산도칸 ─ 몸프라쳄의 호랑이** 에밀리오 살가리 장편소설 | 유향란 옮김 | 428면

048 **기적의 시대** 보리슬라프 페키치 장편소설 | 이윤기 옮김 | 560면

049 **그리고 죽음** 짐 크레이스 장편소설 | 김석희 옮김 | 224면

050 **세설** 다니자키 준이치로 장편소설 | 송태욱 옮김 | 전2권 | 각 480면

052 **세상이 끝날 때까지 아직 10억 년** 스뜨루가츠끼 형제 장편소설 | 석영중 옮김 | 224면

053 **동물 농장** 조지 오웰 장편소설 | 박경서 옮김 | 208면

054 **캉디드 혹은 낙관주의** 볼테르 장편소설 | 이봉지 옮김 | 232면

055 **도적 떼** 프리드리히 폰 실러 희곡 | 김인순 옮김 | 264면

056 **플로베르의 앵무새** 줄리언 반스 장편소설 | 신재실 옮김 | 320면

057 **악령** 표도르 도스또예프스끼 장편소설 | 박혜경 옮김 | 전3권 | 각 328, 408, 528면

060 **의심스러운 싸움** 존 스타인벡 장편소설 | 윤희기 옮김 | 340면

061 **몽유병자들** 헤르만 브로흐 장편소설 | 김경연 옮김 | 전2권 | 각 568, 544면

063 **몰타의 매** 대실 해밋 장편소설 | 고정아 옮김 | 304면

064 **마야꼬프스끼 선집** 블라지미르 마야꼬프스끼 선집 | 석영중 옮김 | 384면

065 **드라큘라** 브램 스토커 장편소설 | 이세욱 옮김 | 전2권 | 각 340, 344면

067 **서부 전선 이상 없다** 에리히 마리아 레마르크 장편소설 | 홍성광 옮김 | 336면

068 **적과 흑** 스탕달 장편소설 | 임미경 옮김 | 전2권 | 각 432, 368면

070 **지상에서 영원으로** 제임스 존스 장편소설 | 이종인 옮김 | 전3권 | 각 396, 380, 496면

073 **파우스트** 요한 볼프강 폰 괴테 희곡 | 김인순 옮김 | 568면

074 **쾌걸 조로** 존스턴 매컬리 장편소설 | 김훈 옮김 | 316면

075 **거장과 마르가리따** 미하일 불가꼬프 장편소설 | 홍대화 옮김 | 전2권 | 각 364, 328면

077 **순수의 시대** 이디스 워튼 장편소설 | 고정아 옮김 | 448면

078 **검의 대가** 아르투로 페레스 레베르테 장편소설 | 김수진 옮김 | 384면

079 **예브게니 오네긴** 알렉산드르 뿌쉬낀 운문소설 | 석영중 옮김 | 328면

080 **장미의 이름** 움베르토 에코 장편소설 | 이윤기 옮김 | 전2권 | 각 440, 448면

082 **향수** 파트리크 쥐스킨트 장편소설 | 강명순 옮김 | 384면

083 **여자를 안다는 것** 아모스 오즈 장편소설 | 최창모 옮김 | 280면

084 **나는 고양이로소이다** 나쓰메 소세키 장편소설 | 김난주 옮김 | 544면

085 **웃는 남자** 빅토르 위고 장편소설 | 이형식 옮김 | 전2권 | 각 472, 496면

087 **아웃 오브 아프리카** 카렌 블릭센 장편소설 | 민승남 옮김 | 480면

088 **무엇을 할 것인가** 니꼴라이 체르니셰프스끼 장편소설 | 서정록 옮김 | 전2권 | 각 360, 404면

090 **도나 플로르와 그녀의 두 남편** 조르지 아마두 장편소설 | 오숙은 옮김 | 전2권 | 각 408, 308면

092 **미사고의 숲** 로버트 홀드스톡 장편소설 | 김상훈 옮김 | 424면

093 **신곡** 단테 알리기에리 장편서사시 | 김운찬 옮김 | 전3권 | 각 292, 296, 328면

096 **교수** 샬럿 브론테 장편소설 | 배미영 옮김 | 368면

097 **노름꾼** 표도르 도스또예프스끼 장편소설 | 이재필 옮김 | 320면

098 **하워즈 엔드** E. M. 포스터 장편소설 | 고정아 옮김 | 512면

099 **최후의 유혹** 니코스 카잔차키스 장편소설 | 안정효 옮김 | 전2권 | 각 408면

101 **키리냐가** 마이크 레스닉 장편소설 | 최용준 옮김 | 464면

102 **바스커빌가의 개** 아서 코넌 도일 장편소설 | 조영학 옮김 | 264면

103 **버마 시절** 조지 오웰 장편소설 | 박경서 옮김 | 408면

104 **10 1/2장으로 쓴 세계 역사** 줄리언 반스 장편소설 | 신재실 옮김 | 464면

105 **죽음의 집의 기록** 표도르 도스또예프스끼 장편소설 | 이덕형 옮김 | 528면

106 **소유** 앤토니어 수전 바이어트 장편소설 | 윤희기 옮김 | 전2권 | 각 440, 488면

108 **미성년** 표도르 도스또예프스끼 장편소설 | 이상룡 옮김 | 전2권 | 각 512, 544면

110 **성 앙투안느의 유혹** 귀스타브 플로베르 희곡소설 | 김용은 옮김 | 584면

111 **밤으로의 긴 여로** 유진 오닐 희곡 | 강유나 옮김 | 240면

112 **마법사** 존 파울즈 장편소설 | 정영문 옮김 | 전2권 | 각 512, 552면

114 **스쩨빤치꼬보 마을 사람들** 표도르 도스또예프스끼 장편소설 | 변현태 옮김 | 416면

115 **플랑드르 거장의 그림** 아르투로 페레스 레베르테 장편소설 | 정창 옮김 | 512면

116 **분신** 표도르 도스또예프스끼 장편소설 | 석영중 옮김 | 288면

117 **가난한 사람들** 표도르 도스또예프스끼 장편소설 | 석영중 옮김 | 256면

118 **인형의 집** 헨리크 입센 희곡 | 김창화 옮김 | 272면

119 **영원한 남편** 표도르 도스또예프스끼 장편소설 | 정명자 외 옮김 | 448면

120 **알코올** 기욤 아폴리네르 시집 | 황현산 옮김 | 352면

121 **지하로부터의 수기** 표도르 도스또예프스끼 장편소설 | 계동준 옮김 | 256면

122 **어느 작가의 오후** 페터 한트케 중편소설 | 홍성광 옮김 | 160면

123 **아저씨의 꿈** 표도르 도스또예프스끼 장편소설 | 박종소 옮김 | 312면

124 **네또츠까 네즈바노바** 표도르 도스또예프스끼 장편소설 | 박재만 옮김 | 316면

125 **곤두박질** 마이클 프레인 장편소설 | 최용준 옮김 | 528면

126 **백야 외** 표도르 도스또예프스끼 소설선집 | 석영중 외 옮김 | 408면

127 **살라미나의 병사들** 하비에르 세르카스 장편소설 | 김창민 옮김 | 304면

128 **뻬쩨르부르그 연대기 외** 표도르 도스또예프스끼 소설선집 | 이항재 옮김 | 296면

129 **상처받은 사람들** 표도르 도스또예프스끼 장편소설 | 윤우섭 옮김 | 전2권 | 각 296, 392면

131 **악어 외** 표도르 도스또예프스끼 소설선집 | 박혜경 외 옮김 | 312면

132 **허클베리 핀의 모험** 마크 트웨인 장편소설 | 윤교찬 옮김 | 416면

133 **부활** 레프 똘스또이 장편소설 | 이대우 옮김 | 전2권 | 각 308, 416면

135 **보물섬** 로버트 루이스 스티븐슨 장편소설 | 머빈 피크 그림 | 최용준 옮김 | 360면

136 **천일야화** 앙투안 갈랑 엮음 | 임호경 옮김 | 전6권 | 각 336, 328, 372, 392, 344, 320면

142 **아버지와 아들** 이반 뚜르게네프 장편소설 | 이상원 옮김 | 328면

143 **오만과 편견** 제인 오스틴 장편소설 | 원유경 옮김 | 480면

144 **천로 역정** 존 버니언 우화소설 | 이동일 옮김 | 432면

145 **대주교에게 죽음이 오다** 윌라 캐더 장편소설 | 윤명옥 옮김 | 352면

146 **권력과 영광** 그레이엄 그린 장편소설 | 김연수 옮김 | 384면

147 **80일간의 세계 일주** 쥘 베른 장편소설 | 고정아 옮김 | 352면

148 **바람과 함께 사라지다** 마거릿 미첼 장편소설 | 안정효 옮김 | 전3권 | 각 616, 640, 640면

151 **기탄잘리** 라빈드라나트 타고르 시집 | 장경렬 옮김 | 224면

152 **도리언 그레이의 초상** 오스카 와일드 장편소설 | 윤희기 옮김 | 384면

153 **레우코와의 대화** 체사레 파베세 희곡소설 | 김운찬 옮김 | 280면

154 **햄릿** 윌리엄 셰익스피어 희곡 | 박우수 옮김 | 256면

155 **맥베스** 윌리엄 셰익스피어 희곡 | 권오숙 옮김 | 176면

156 **아들과 연인** 데이비드 허버트 로런스 장편소설 | 최희섭 옮김 | 전2권 | 각 464, 432면

158 **그리고 아무 말도 하지 않았다** 하인리히 뵐 장편소설 | 홍성광 옮김 | 272면

159 **미덕의 불운** 싸드 장편소설 | 이형식 옮김 | 248면

160 **프랑켄슈타인** 메리 W. 셸리 장편소설 | 오숙은 옮김 | 320면

161 **위대한 개츠비** 프랜시스 스콧 피츠제럴드 장편소설 | 한애경 옮김 | 280면

162 **아Q정전** 루쉰 중단편집 | 김태성 옮김 | 320면

163 **로빈슨 크루소** 대니얼 디포 장편소설 | 류경희 옮김 | 456면

164 **타임머신** 허버트 조지 웰스 소설선집 | 김석희 옮김 | 304면

165 **제인 에어** 샬럿 브론테 장편소설 | 이미선 옮김 | 전2권 | 각 392, 384면

167 **풀잎** 월트 휘트먼 시집 | 허현숙 옮김 | 280면

168 **표류자들의 집** 기예르모 로살레스 장편소설 | 최유정 옮김 | 216면

169 **배빗** 싱클레어 루이스 장편소설 | 이종인 옮김 | 520면

170 **이토록 긴 편지** 마리아마 바 장편소설 | 백선희 옮김 | 192면

171 **느릅나무 아래 욕망** 유진 오닐 희곡 | 손동호 옮김 | 168면

172 **이방인** 알베르 카뮈 장편소설 | 김예령 옮김 | 208면

173 **미라마르** 나기브 마푸즈 장편소설 | 허진 옮김 | 288면

174 **지킬 박사와 하이드 씨** 로버트 루이스 스티븐슨 소설선집 | 조영학 옮김 | 320면

175 **루진** 이반 뚜르게네프 장편소설 | 이항재 옮김 | 264면

176 **피그말리온** 조지 버나드 쇼 희곡 | 김소임 옮김 | 256면

177 **목로주점** 에밀 졸라 장편소설 | 유기환 옮김 | 전2권 | 각 336면

179 **엠마** 제인 오스틴 장편소설 | 이미애 옮김 | 전2권 | 각 336, 360면

181 **비숍 살인 사건** S. S. 밴 다인 장편소설 | 최인자 옮김 | 464면

182 **우신예찬** 에라스무스 풍자문 | 김남우 옮김 | 296면

183 **하자르 사전** 밀로라드 파비치 장편소설 | 신현철 옮김 | 488면

184 **테스** 토머스 하디 장편소설 | 김문숙 옮김 | 전2권 | 각 392, 336면

186 **투명 인간** 허버트 조지 웰스 장편소설 | 김석희 옮김 | 288면

187 **93년** 빅토르 위고 장편소설 | 이형식 옮김 | 전2권 | 각 288, 360면

189 **젊은 예술가의 초상** 제임스 조이스 장편소설 | 성은애 옮김 | 384면

190 **소네트집** 윌리엄 셰익스피어 연작시집 | 박우수 옮김 | 200면

191 **메뚜기의 날** 너새니얼 웨스트 장편소설 | 김진준 옮김 | 280면

192 **나사의 회전** 헨리 제임스 중편소설 | 이승은 옮김 | 256면

193 **오셀로** 윌리엄 셰익스피어 희곡 | 권오숙 옮김 | 216면

194 **소송** 프란츠 카프카 장편소설 | 김재혁 옮김 | 376면

195 **나의 안토니아** 윌라 캐더 장편소설 | 전경자 옮김 | 368면

196 **자성록** 마르쿠스 아우렐리우스 명상록 | 박민수 옮김 | 240면

197 **오레스테이아** 아이스킬로스 비극 | 두행숙 옮김 | 336면

198 **노인과 바다** 어니스트 헤밍웨이 소설선집 | 이종인 옮김 | 320면

199 **무기여 잘 있거라** 어니스트 헤밍웨이 장편소설 | 이종인 옮김 | 464면

200 **서푼짜리 오페라** 베르톨트 브레히트 희곡선집 | 이은희 옮김 | 320면

201 **리어 왕** 윌리엄 셰익스피어 희곡 | 박우수 옮김 | 224면

202 **주홍 글자** 너새니얼 호손 장편소설 | 곽영미 옮김 | 360면

203 **모히칸족의 최후** 제임스 페니모어 쿠퍼 장편소설 | 이나경 옮김 | 512면

204 **곤충 극장** 카렐 차페크 희곡선집 | 김선형 옮김 | 360면

205 **누구를 위하여 종은 울리나** 어니스트 헤밍웨이 장편소설 | 이종인 옮김 | 전2권 | 각 416, 400면

207 **타르튀프** 몰리에르 희곡선집 | 신은영 옮김 | 416면

208 **유토피아** 토머스 모어 소설 | 전경자 옮김 | 288면

209 **인간과 초인** 조지 버나드 쇼 희곡 | 이후지 옮김 | 320면

210 **페드르와 이폴리트** 장 라신 희곡 | 신정아 옮김 | 200면

211 **말테의 수기** 라이너 마리아 릴케 장편소설 | 안문영 옮김 | 320면

212 **등대로** 버지니아 울프 장편소설 | 최애리 옮김 | 328면

213 **개의 심장** 미하일 불가꼬프 중편소설집 | 정연호 옮김 | 352면

214 **모비 딕** 허먼 멜빌 장편소설 | 강수정 옮김 | 전2권 | 각 464, 488면

216 **더블린 사람들** 제임스 조이스 단편소설집 | 이강훈 옮김 | 336면

217 **마의 산** 토마스 만 장편소설 | 윤순식 옮김 | 전3권 | 각 496, 488, 512면

220 **비극의 탄생** 프리드리히 니체 | 김남우 옮김 | 320면

221 **위대한 유산** 찰스 디킨스 장편소설 | 류경희 옮김 | 전2권 | 각 432, 448면

223 **사람은 무엇으로 사는가** 레프 똘스또이 소설선집 | 윤새라 옮김 | 464면

224 **자살 클럽** 로버트 루이스 스티븐슨 소설선집 | 임종기 옮김 | 272면

225 **채털리 부인의 연인** 데이비드 허버트 로런스 장편소설 | 이미선 옮김 | 전2권 | 각 336, 328면

227 **데미안** 헤르만 헤세 장편소설 | 김인순 옮김 | 264면

228 **두이노의 비가** 라이너 마리아 릴케 시 선집 | 손재준 옮김 | 504면

229 **페스트** 알베르 카뮈 장편소설 | 최윤주 옮김 | 432면

230 **여인의 초상** 헨리 제임스 장편소설 | 정상준 옮김 | 전2권 | 각 520, 544면

232 **성** 프란츠 카프카 장편소설 | 이재황 옮김 | 560면

233 **차라투스트라는 이렇게 말했다** 프리드리히 니체 산문시 | 김인순 옮김 | 464면

234 **노래의 책** 하인리히 하이네 시집 | 이재영 옮김 | 384면

235 **변신 이야기** 오비디우스 서사시 | 이종인 옮김 | 632면

236 **안나 까레니나** 레프 똘스또이 장편소설 | 이명현 옮김 | 전2권 | 각 800, 736면

238 **이반 일리치의 죽음 · 광인의 수기** 레프 똘스또이 중단편집 | 석영중 · 정지원 옮김 | 232면

239 **수레바퀴 아래서** 헤르만 헤세 장편소설 | 강명순 옮김 | 272면

240 **피터 팬** J. M. 배리 장편소설 | 최용준 옮김 | 272면

241 **정글 북** 러디어드 키플링 중단편집 ┊ 오숙은 옮김 ┊ 272면

242 **한여름 밤의 꿈** 윌리엄 셰익스피어 희곡 ┊ 박우수 옮김 ┊ 160면

243 **좁은 문** 앙드레 지드 장편소설 ┊ 김화영 옮김 ┊ 264면

244 **모리스** E. M. 포스터 장편소설 ┊ 고정아 옮김 ┊ 408면

245 **브라운 신부의 순진** 길버트 키스 체스터턴 단편집 ┊ 이상원 옮김 ┊ 336면

246 **각성** 케이트 쇼팽 장편소설 ┊ 한애경 옮김 ┊ 272면

247 **뷔히너 전집** 게오르크 뷔히너 지음 ┊ 박종대 옮김 ┊ 400면

248 **디미트리오스의 가면** 에릭 앰블러 장편소설 ┊ 최용준 옮김 ┊ 424면

249 **베르가모의 페스트 외** 옌스 페테르 야콥센 중단편 전집 ┊ 박종대 옮김 ┊ 208면

250 **폭풍우** 윌리엄 셰익스피어 희곡 ┊ 박우수 옮김 ┊ 176면

251 **어셴든, 영국 정보부 요원** 서머싯 몸 연작 소설집 ┊ 이민아 옮김 ┊ 416면

252 **기나긴 이별** 레이먼드 챈들러 장편소설 ┊ 김진준 옮김 ┊ 600면

253 **인도로 가는 길** E. M. 포스터 장편소설 ┊ 민승남 옮김 ┊ 552면

254 **올랜도** 버지니아 울프 장편소설 ┊ 이미애 옮김 ┊ 376면

255 **시지프 신화** 알베르 카뮈 지음 ┊ 박언주 옮김 ┊ 264면

256 **조지 오웰 산문선** 조지 오웰 지음 ┊ 허진 옮김 ┊ 424면

257 **로미오와 줄리엣** 윌리엄 셰익스피어 희곡 ┊ 도해자 옮김 ┊ 200면

258 **수용소군도** 알렉산드르 솔제니찐 기록문학 ┊ 김학수 옮김 ┊ 전6권 ┊ 각 460면 내외

264 **스웨덴 기사** 레오 페루츠 장편소설 ┊ 강명순 옮김 ┊ 336면

265 **유리 열쇠** 대실 해밋 장편소설 ┊ 홍성영 옮김 ┊ 328면

266 **로드 짐** 조지프 콘래드 장편소설 ┊ 최용준 옮김 ┊ 608면

267 **푸코의 진자** 움베르토 에코 장편소설 ┊ 이윤기 옮김 ┊ 전3권 ┊ 각 392, 384, 416면

270 **공포로의 여행** 에릭 앰블러 장편소설 ┊ 최용준 옮김 ┊ 376면

271 **심판의 날의 거장** 레오 페루츠 장편소설 ┊ 신동화 옮김 ┊ 264면

각 권 8,800~15,800원